毛姆写作笔记

[英]毛姆——著
张俊贤——译

W.S.
MAUGHAM

U0889413

黑龙江美术出版社

图书在版编目（CIP）数据

毛姆写作笔记 /（英）毛姆著；张俊贤译．—哈尔滨：黑龙江美术出版社，2020.4
ISBN 978-7-5593-0093-5

Ⅰ．①毛… Ⅱ．①毛… ②张… Ⅲ．①文学创作方法 Ⅳ．① I04

中国版本图书馆 CIP 数据核字（2020）第 025912 号

毛姆写作笔记
MAOMU XIEZUO BIJI

作　　者　[英] 毛姆
译　　者　张俊贤
出 品 人　周　巍
责任编辑　聂元元
出版发行　黑龙江美术出版社
地　　址　哈尔滨市道里区安定街 225 号
邮政编码　150016
网　　址　www.hljmscbs.com
经　　销　全国新华书店
印　　刷　天津旭丰源印刷有限公司
开　　本　880mm × 1230mm 1/32
印　　张　13
字　　数　278 千
版　　次　2020 年 4 月第 1 版
印　　次　2020 年 4 月第 1 次印刷
书　　号　ISBN 978-7-5593-0093-5
定　　价　59.80 元

本书如发现印装质量问题，请直接与印刷厂联系调换。

前言

儒勒·列那尔（Jules Renard）的《日记》一书，在法国文学中，只能算是二流著作。他写过三四部独幕剧，全都中规中矩，既不会令人捧腹大笑，也不会使人痛哭流涕，但是当它们被搬上舞台，人们坐下来观看时，通过出色的表演，也能让人看得下去。他写过几部小说，《胡萝卜须》（Poil de Carotte）写得最为成功。书中讲述的是他自己的童年故事，主人公是一个粗野的小男孩，他的母亲性格十分古怪，而且待人严苛，这使他痛苦不堪。列那尔的写作手法，虽没有华丽的辞藻，也没有刻意的修饰，却能使人深刻体会到故事中的悲怆和凄楚。这个可怜的小男孩有着如此悲惨的遭遇，连任何黯淡的希望都看不到，着实让人揪心。你看到他笨拙而努力地讨好那个恶毒的妇人，会忍不住苦笑，会对他的耻辱感同身受；你看到他无缘无故地遭受惩罚，会感到愤愤不平，就像这些事都发生在自己身上一样。无论是谁，看到孩子遭受了如此残酷的折磨虐待之后，如果没有感到义愤填膺，那他就不是个正常人。这不是一本让人过目即忘的书。

儒勒·列那尔的其他小说没有什么特别值得一提的。它们要么是自传性的片段，要么是根据他的细致记录汇编而成的文本，其中记录了与他接触密切的人，根本算不上是小说。他的文笔实在太缺乏创造力了，所以人们想不通，他怎么就成了一个作家呢？对于如何凸显出事件的重点，他没有任何独创之处，在敏锐观察和描述方面，他也没有什么套路。他的写作主要是在汇集各种事实。但是小说不能单靠事实堆砌，事实本身是没有活力的，是不生动的，它们的用途仅是创建出一种观点或者反映出一个主题。为了适应写作目的，小说家不仅有权利去改编、强调甚至隐藏一部分事实，而且非常有这个必要。儒勒·列那尔有自己的理论，他表示自己的目的仅仅是陈述事实，让读者根据呈现在他们面前的信息写出属于自己的小说，倘若作者试图对事实做任何篡改，都是在打着文学的幌子胡说八道。但我对小说家的理论总是保持着怀疑态度，因为据我所知，他们都只是为了替自己的缺点辩护。一个没有故事天赋的作家会告诉你，讲故事是小说家所有能力中最不重要的部分，如果他缺乏幽默感，他就会哀叹幽默会毁了小说。如果要给干巴巴的事实赋予生命的光芒，就必须注入深刻的情感，所以当儒勒·列那尔把在自己母亲身上所感受到的自怜和仇恨之情，如鸩酒般注入对童年的痛苦回忆中时，才写出来唯一一部好的小说。

若不是在他去世后，生前孜孜不倦地写了二十载的日记得以出版，我猜测他此时已经被忘得一干二净了。这是一部了不起的作品。他认识一些当时文学和戏剧界中的重要人物，比如演员莎拉·贝恩哈特（Sarah Bernhardt）和吕西安·吉特里（Lucien Guitry），作家罗斯丹（Rostand）和卡普斯（Capus）等人。他以一种活泼，有时又略显刻薄的笔调，记录了与这些人的交往。在这里，他敏锐的观察力派上了用场。虽然他刻画得十分逼真，将这些聪明人之间的对话也写得十分生动，但是，要想真正欣赏和领会日记的这些部分，你可能得对19世纪末和20世纪初这几年的巴黎有所了解，当然，亲身经历也行，道听途说亦可。当这一作品出版时，他同时期的作家感到十分愤慨，他们发现当儒勒·列那尔写到他们自己时是多么尖刻，他所描绘那个时代的文学生活是多么野蛮。人们说，狗不咬狗，对于法国的那些文人墨客而言，却并非如此。我认为，在英国，文人墨客之间很少相互搅扰。他们不会像法国作家那样形影不离，他们各干各的，相遇的机会很少，甚至会尽可能地避免偶遇。我记得有一位作家多年前对我说过："我更喜欢和我的素材一起生活。"他们甚至都不阅读彼此的作品。有一次，一位美国评论家来英国采访几位文学界的杰出作家，当他发现他此行见到的第一位杰出的小说家，竟从未读过一本吉卜林的书时，便放弃了此次采访。英国作家喜欢评判自己的同行，他们会告诉你某个作家相当不错，然后说另一个没什么影响力，但他们对前者的热情很少达到发烧发热的程度，他们对后者的不满表现得更像是冷漠而不是贬低。他们不会嫉妒别人的成功，当同行明显德不配位的时候，他们会大笑但不会愤怒。我认为英国作家是以自我为中心的。他们可能和其他人一样虚荣，但是他们的虚荣心满足仅限于私人圈子里的欣赏。除了仅有的一两个人，大部分人都不会被差评过度影响，所以他们也不会卑躬屈膝地去讨好书评人。他们自得其乐，互不干扰。

法国的情形便大相径庭了。在那里，文学生活是一场无情的冲突，在这场冲突中，某人会向另一人发起挑战，某个群体会向另一群体发起猛烈的攻击，你必须时刻警惕着敌人的糖衣炮弹和陷阱，你永远都无法保证你的朋友不会在背后捅刀。这是一场所有人之间的相互战斗，并且就像某种摔跤比赛一样，几乎没有规则，人们做任何事情都是被允许的。这种生活充满了算计、嫉妒、背叛、恶意和仇恨。我认为这一切都不是毫无缘由的。当然，其中一个原因是法国人对待文学的态度比我们更加认真，一本书对他们来说很重要，对英国作家来说却无足轻重。他们随时会与人就原则性问题进行争论，其激烈程度往往会让我们感到惊讶和可笑，因为我们无法理解他们怎么会在文学这件事上如此较真儿，他们夸张的样子看上去非常滑稽。另外，政治和宗教也总是与法国文学纠缠在一起，某本书的作者被疯狂地抨击，不是因为书写得不好，而是因为他是新教徒、民族主义者、共产主义者或无信仰者。法国的这种情形，大部分还是值得称道的。作家不仅认为他自己写的书很重要，还觉得其他人写的书也同样重要，这一点很好。作家们起码认识到了书籍确实意义重大，如果一本书的影响是有益的，它的价值就必须得到维护；如果是有害的，就必须受到攻击。如果书籍的作者自己都不认为自己的作品重要，这些书就肯定不会有什么特别之处。在法国，正是因为作家们认为自己的书非常重要，他们才会如此极力地维护自己的立场。

法国作家有一种共同的习惯，一直让我感到惊讶：他们在写作的过程中或作品完成后，会互相交换阅读。在英国，作家们有时会将自己未发表的作品送给同行进行点评，这里所说的点评其实指的是赞美，因为一个作家对另一个作家的手稿提出任何严重的反对意见都是非常鲁莽的，他只会得罪人，他的批评不会被听取。而且我认为不会有哪个英国作家，在同行读自己的新作时能够忍受数小时百无聊赖的久坐。在法国，作家们似乎认为自己应当这么做，而且更奇怪的是，即使是杰出的作家，也会根据收集到的批评意见来改写自己的作品。这里不得不提到福楼拜（Flaubert），他便是听取了屠格涅夫的点评而修改了自己的作品。你也可以从安德烈·纪德（Andre Gide）的《日记》中看出他也经常以同样的方式受益。这令我感到十分困惑，我给自己的解释是，对于法国人而言，他们认为写作是一种至高无上的职业（在英国从未如此），因此很多从事这一行的人，虽然没有什么卓越的才华和出众的创造力，但他们敏锐的智慧、良好的教育以及深厚的文化背景，依然能够使他们创作出高水准的作品。能够做到这一点，是因为作家们决心坚定、兢兢业业，而且头脑聪明、知识丰富，因此，他人的点评和善意的参考意见，对他们来说大有裨益。但是，让我感到非常惊讶的是，即使是巴尔扎克（Balzac）这样伟大的剧作家，也会不厌其烦地去听取同行意见。他们之所以写作，是因为他们已经拿起了笔，写作已经变为一种使命，他们只会去思考自己下面要写的内容。法国作家总是想方设法地精益求精，使自己的作品日臻完美，尽管他们很敏感，却不像他们的英国同行们那么自满。

还有另一个原因，可以解释为什么法国作家之间的对立比英国更加强烈，那就是他们的读者人数太少，而作家又特别多。我们有多达两亿的读者，法国作家却只有我们的四十分之一。每个英国作家都有足够大的发展空间，就算你从未听说过他的名字，只要他在任何一个领域有天赋，就可以赚到不错的收入。他不是很富有，但如果财富是他的追求，他也不会从事文学这一行。只要给他点儿时间，他就可以收获一票忠实的读者，如果想要得到出版商的推广和登报宣传，他的文章就必须要在报纸上留出很大版面，让读者对其进行点评，于是大众刊物就给了他足够的关注。他自己能够安身立命，衣食无忧，当然就可以毫无嫉妒之情地看待其他作家。但在法国，很少有作家可以通过写小说来谋生，除非他们另有手段或职业来养活自己，否则他们便只能屈尊去写新闻通稿。买书的人并不多，所以一位作家的成功会大大削弱另一位作家成功的可能性。要知道这是一场斗争，这是一场各自努力在公众的视野中抢占一席之地的斗争。这使得他们疯狂地去吸引评论家的善意关注，评论家的评论会让他们更加有名气。当然他们也很怕差评，即使是声名远播的作家，得知在某个报纸上出现了一篇不好的评论，也会感到十分焦虑，甚至火冒三丈。文学批评在法国比在英国的确更有分量。某些评论家的影响力非常大，大到甚至可以决定一本书的成败。虽然世界上不是只有巴黎人才阅读法国书籍，每个地方都有文人读法语，但法国作家真正在意的只有巴黎——巴黎的作家、批评家、聪明读者的意见。就是因为文学抱负集中在这一个地方，所以这里才出现了数不清的针锋相对和热血沸腾的场景。由于著书的收入菲薄，所以作家们非常渴望并且想方设法地去争取每年给特定书籍颁发的奖金，或者选择加入一个或多个学会来提升自己的荣誉地位，增加自己的市场价值。但是相对那么多有抱负的作家，奖项却少得可怜，学会里也几乎没有空缺。没有多少人能知道他们品尝过多少辛酸苦涩，经历过多少讨价还价，又体验过多少尔虞我诈，才赢得某个奖项或成为某学会的候选人。

当然，法国也有不太在意金钱和荣誉的作家，而且由于法国是个慷慨的民族，这些作家都得到了所有人的无条件尊重。这就是为什么某些作家，按照任何标准来判断，都没有什么特别的成就，却享有外国人难以理解的声誉，尤其在年轻人中备受推崇。因为才华和创意并不总是和高尚的品格相伴相随。

儒勒·列那尔非常实在，他在文章中并没有把自己写得天花乱坠。他尖酸刻薄、冷漠自私、狭隘善妒、忘恩负义，唯一的可取之处是他对妻子的爱。他写过那么多卷作品，在所有人物当中，只有在提到自己妻子的时候，他的语言才算和善。他的虚荣心很强，受到一丁点儿侮辱，哪怕是假想的，都很容易受到影响。他不算善良，待人也没有多少善意。他肆无忌惮地蔑视一切自己不解的东西，而且永远不会认为不解的原因在于自身的浅薄。他十分吝啬，对人没有慷慨的姿态，也没有慷慨的情感。尽管如此，他的《日记》确确实实是一本好书，写得十分有趣，诙谐、微妙、睿智。他之所以保留这个笔记本，是出自一个专业作家的内心召唤，他满腔热忱地寻求着写作的真谛，探索着更好的写作风格和语言，没有哪个作家能比他更勤奋了。儒勒·列那尔记下了生活中遇到的那些巧妙的反驳，聪明的短语、谚语，以及他所见闻的人、物、湖光山色和光影斑驳，简而言之，他记下了一切在他著书立作之时可能有用的东西。等他积累了足够的素材，便将这些素材串联成互相关联的叙述，然后就完成了一本书。对于作家来说，这些用心的记录，其实是书中最有趣的部分，它会把你带入作家的“车间”，向你展示他认为最值得收藏的素材，以及他是如何收集这些素材的——虽然他没能更好地利用这些素材，但这不是我在这里要说的重点。

我忘了是谁说过这样一句话：每个作家都应该有一个笔记本，但不要总去翻阅它，不要总参考里面的东西。我认为这种说法不乏道理。通过将平日的一些奇思妙想记录下来，你可以将它们和源源不断进入精神世界的意识流隔离开来，就更容易牢记于心。我们所有人都曾有过好的想法或生动的感受，我们想着有一天可能会有用，但是由于我们懒得写下来，于是乎，它们便烟消云散，离我们而去了。当你知道自己要记下某些事情的时候，你会更加专心地看待它，并且在记录的过程中，你会越来越认同这些话，这将使它在现实中也会有一席之地。使用笔记的危险之处在于，你有可能会发现自己变得越来越依赖它们，从而失去了写作过程中文思无意识的自然流动，其实也就是失去了灵感。不管是否适合，你都会喜欢把自己的笔记生搬进去。我听说沃尔特·佩特（Walter Pater）曾经写过大量关于自己阅读和反思的笔记，并将它们放入文件格中，当他的某个主题积攒了足够的笔记时，就把它们汇总起来写成一篇文章。如果这是真的，可能就是为什么当人们读他的作品时总觉得相当狭隘的原因，也可能就是为什么他的语言风格既没有韵律也缺乏活力的原因。就我而言，我认为持续做笔记是一种很好的习惯，我只是后悔天生的懒惰使我无法坚持这个习惯。如果能够聪明且慎重地使用笔记本，它会大有用处。

正是因为儒勒·列那尔的《日记》在这方面引起了我的注意，让我觉得这种做法很有趣，所以我也收集了自己的笔记，并冒昧地把它们拿给了我的同行过目。我迫不及待地解释自己写得不如他的有趣，我的笔记相对来说不那么连贯，我有很多年根本没记过笔记，它们丝毫不像日记……我从未写过任何与有趣或有名的人会面的内容，很抱歉我没有写。如果我有不少相熟的杰出作家、画家、演员和政治家，如果我写下了与他们之间的对话，那么无疑会让本书后面的内容更加有趣，但是我不想这么做。我从来不会去记录任何我认为对工作没用的东西，虽然在我早期的笔记中，我也曾记下了各种各样的个人想法和情感，但这只是为了早晚有一天将它们赋予到我创造的人物形象中。我的意思是，我的笔记只是一个供将来使用的材料仓库，除此之外别无他用。

随着我年纪越来越大，也越来越清楚自己想要的是什么，我便越来越少用笔记本记录我的个人观点，而更多的是忽略我对某些人和地方的新印象，哪怕它们看似可以为我当时的特定写作目的提供素材。事实上，有一次，当我去中国时，我隐约觉得自己可能会写一本关于此行的游记，但我的笔记写得太多了，以至于我放弃了写游记的计划，把它按原样出版了。当然，我在本书中把游记中的内容删掉了。我同样也删掉了所有我在其他地方用过的内容。如果我在某部作品中写了一两句话，被我的忠实读者记起在我的其他作品中也读到过，这并不是因为我对它情有独钟，想再用一次，只不过是不小心把它留了下来。然而，可能也有那么一两次，我故意留下了我当时记下的见闻，因为它们给了我一个故事或一本小说的灵感，我认为它可能会让那些偶然记得其中一两句的读者感到开心，因为这可以使他们看到，我是用了哪些素材创作出了更为精致的作品。我从不敢说自己可以凭空创作出任何东西，我一向都需要一个事件或一个人物角色作为起点，我运用了想象力、创造力和戏剧感才把它变成属于我自己的东西。

在我早期的笔记本中，大部分都是一些戏剧的对话，但是我最终并没写这些剧本，因为我觉得不会有人对它们感兴趣，这部分内容也被我删掉了，但是有很多评论和反思我没删，尽管对于此时的我而言，它们看起来非常夸张和愚蠢，因为它们表达的是一个小年轻对现实生活，或者说对他所谓的现实生活和自由的反应，以及他在经历过处处受限和过度保护的生活之后，被一些胡思乱想和小说演义所误导，而写下的一些感悟。这对于那个年龄段的男孩来说再正常不过了，它们反映的是他对自己成长环境中的那些陈规陋习、条条框框的反抗。如果隐去这些内容，我会觉得自己对读者不够真诚。我的第一本笔记是 1892 年的，那时我十八岁。我并不想假装比真实的自己更为睿智，那时的我本就年幼无知、天真烂漫、热情奔放、乳臭未干。

我的笔记本足足有厚厚的十五本，但是像前面所说的，通过省略，我已将它们缩减了，长度和一般的小说大差不差。我希望这足以让读者能够接受它的出版。我将它发表出来，不是因为我傲慢，觉得自己的每一句话都值得长久保存。发表它，是因为我对文学创作技术和创作过程感兴趣，如果有其他作者的这样一本书出现在我手中，我应该会手不释卷。十分有幸的是，我感兴趣的东西似乎有许多人也感兴趣，我从没奢求会有此效果，这一直让我感到挺惊讶的。以前发生过的事情，可能会再次发生，可能有一些人会在本书中发现他们感兴趣的东西。倘若我仍处于文学创作活动比较活跃的时期，我会觉得将其发表非常唐突，因为虽然它对我自己而言似乎很重要，但对我的同行来说它是一种竞争。但是现在我是一个老人，我不会成为任何人的竞争对手，我已经退出了那些喧嚣的纷争，舒舒服服地退居二线。我曾经的雄心壮志早已得到满足。我不争不抢并不是因为没有值得我去争抢的东西，而是因为我已经说完了我想说的话，我很乐意让别人占据我在文坛中的位置；我已经做完了我想做的事，现在只想静度时光。有人跟我说，在这个时代，如果你不写一些新东西让大众看到自己的名字，你很快就会被遗忘，我对此毫不怀疑。好吧，我准备好了。当我的讣告最后发布在《泰晤士报》上时，人们说："什么，我还以为他早就死了呢！"那时，我的魂魄只会在天上吃吃窃笑。

目 录

1892

这一年我进入了圣托马斯医学院学习，我在那里度过了五年。在最初记的那些笔记上我都仔细地写上了日期，我希望这些日期能够有助于解释其中内容的偏颇和浅薄，毕竟我那时还是个毛头小子。我后来的笔记本上都没有标注日期，事实上，我的许多笔记都是随手写在纸片或信封背面的，我只能根据它们的主题来判断是什么时候写的。有的地方可能会推算错误，前后差个一两年，但我觉得这没什么大碍。

考虑到有些人做起事来如此愚蠢，闲扯起来却如此欢快，如果他们多说话少做事，或许对世界才更有益。

音乐厅的歌曲可以使愚钝者的榆木脑袋开窍，谚语箴言则可以给予他们智慧。

好运总能带来美德，却不追随美德而来。

牧师箴言：

牧师收人钱财，应该向人们传道，而不是自行其道。

只邀请那些会回请你的人，来陪你一起吃住。

“己所不欲，勿施于人。”对“施于人”的人而言，这实在是至理名言。

针对禁酒主义者，他总是会说“上帝指示我们去好好利用这世上的东西”，以此来回应他们的观点，而且他身体力行，在家里放满了威士忌和利口酒，却小心地将它们锁进餐具柜里。“并不是所有人都喝得了烈酒，”他说，“把这些诱惑摆在他们面前实在是罪恶，况且，他们也领略不了这些烈酒的好处。”

这些都是从我叔叔的嘴巴里唠叨出来的“箴言”，他是惠特斯特布尔（Whitstable）的牧师。我当时可把它们都当了真，但是现在回过头来看，越来越觉得他是在打趣我，寻我开心，我没想到他倒还有几分幽默呢。

读书并不能使人明智，只能使人博学。

体面是傻瓜用来掩盖其愚蠢的斗篷。

行为本身没有好坏之分，是好是坏由成规决定。

老处女一般都很穷。倘若一个未婚女人很有钱，她一定年龄不详。

天才应当以平庸为墨，把自己的名字载入史册。

天才就是才华加臆想。

天才缺吃少穿，人才身着锦服。

大部分时候，今天的天才到五十年后，最多只能算得上有那么一点儿才华。

让朋友和你一起去看画展，或许是你对他最严峻的考验了。大部分人一到画廊，就会把礼貌谦恭和雨伞、手杖一块儿丢在门外。他们走进去时，已然扒光了平日的虚饰，将赤裸裸的本性示人。于是你会发现他们刚愎自用、飞扬跋扈、言行轻率、愚蠢无知、小肚鸡肠。他们也不会设法掩饰对你的看法，而且他们多半是看不惯你的。

在这种情况下，要是还有谁能耐心地听取你的意见，承认你的观点十分有道理，那么他确实是个真正的朋友。

不过，我首先得问，你是否打心底里确信我对你的友情？你对我们的友谊是否有十足的把握？因为只有这样我才能和你谈一些最隐私的话题。

当然了，我的好兄弟，你有一颗如此真诚的心，再让人不爽的话你都可以说。你尽管说。

布鲁克斯（Brooks）。他个头不高，肩宽体健，身材匀称。长相俊俏，鼻子笔挺，天庭饱满。他的脸刮得很干净，没有胡楂，还配着一个尖尖的下巴。他的眼睛是浅浅的蓝色，有一点儿呆萌，嘴巴倒是不小，厚厚的嘴唇还挺性感。他的头发卷卷的，但是日渐稀疏，还留了长发。他举止优雅，气质浪漫。

他在剑桥读书的时候，和一帮生活奢侈、喜欢运动的有钱人厮混在一起。这帮人都觉得他才智超群，他的导师和学院院长也都这么认为。他在晚饭后会在酒吧读书，还辅修了第二学位。到了伦敦后，他便穿起了昂贵的定制服装，养了个情妇，被选举进了改革者俱乐部，是他的朋友怂恿他去参选的，因为他们觉得他有从政的潜质。他的朋友都是读书人，经常和他们接触，就好似修了一门英国古典文学课，当然，修习的过程很是轻松，也不太专业。他很欣赏乔治·梅瑞狄斯（George Meredith）的作品，对三卷本小说（维多利亚时代英国小说的标准出版形式）嗤之以鼻。他喜欢看六便士小说周刊、文学月刊和季刊，是它们的忠实读者。他经常出入戏剧和歌剧院，要是哪天晚上没去剧院，他就会去朋友家或一些老式小酒馆，喝着威士忌，抽着烟，谈论生死、命运、基督教、书籍和政治，直到深夜。他因读纽曼（Newman）的著作而深受启发，在布朗顿礼拜堂（Brompton）找到的天主教教义也深深吸引着他。后来，他生了一场病，痊愈以后去了德国。他在这里遇到的人与他原来的伙伴有着截然不同的追求和爱好。他开始学习德语，为此读了许多德语经典著作。于是，继梅瑞狄斯和纽曼之后，他又崇拜起了歌德。他后来去意大利度假，待的时间不长，却很快爱上了这个国家。他回到德国只待了几个月，便又回意大利去了。

他读了但丁（Dante）和薄伽丘（Boccaccio），但后来接触了一些热爱希腊罗马古典文学作品的学者，发现他们并不看好他这种浅尝辄止的学习态度。他这个人像根墙头草，很容易被他人的意见左右，每个新的意见都会对他产生影响，于是他很快便认同了新朋友的看法，开始读希腊和拉丁文学作品。

他痴迷着一切美好的事物：波提切利（Botticelli）的画作、白雪皑皑的阿尔卑斯山、海上的日落，一切让别人欢欣愉悦的事物都会令他痴狂，却看不到自己周围简单美好的东西。他并不是虚伪，他确实以实实在在的热情喜爱着他所喜爱的东西，但只有在别人的点拨下，他才能看到美在哪里，他自己没有发现美的能力。他很想写点儿什么，却总是说自己没有精力，也缺乏想象力和意志力，从而没能付诸实践。他很勤奋，却懒得动脑子。他在过去的两年里一直在研究莱奥帕尔迪（Leopardi），想要去翻译他的一些作品，但直到现在都还没有动笔。他长期独自生活，因此变得相当自负，很鄙视那些不懂文学艺术的人。他目空一切，每当有人开始谈论文学时，他都会故作深沉地发表一些陈词滥调，就好像他已经解决了这个问题，没什么可说的了似的。如果你不认可他的自我意象，他就会变得非常敏感，感到受了伤害。他太渴望得到别人的欣赏了。他软弱虚荣，自私自利，但是，如果妨碍不到他的利益，他也挺和善的；如果你小心翼翼地去拍他的马屁，那他也会很认同你的看法。他有着良好的文学品位和真诚的文学情感，但是他一生中从未有过什么独特的见解。他是个敏感而又敏锐的观察者，对于那些显而易见的事情倒是很有见地。

如果事情做到最后还能像开头一样有趣，一杯酒喝到最后还能像第一口那样甘美，那生活该是多么美好啊！

自己的亲戚，你再讨厌他，再怎么说他的不是，你都不喜欢别人来揭他的短，让他出丑，因为别人对你亲戚的诋毁也会让你颜面扫地、荣誉受损。

医院。两个十分要好的朋友，他们一起吃饭，一起工作，一起玩乐，形影不离。其中一个人回家待了几天，但就在这几天，另一个人在做尸检的时候感染了败血症，四十八小时后就死掉了。那个人回来了，他们两个曾经约好在尸检室里见面的。他走了进去，却发现自己的朋友赤身裸体地躺在解剖台上，已经死去。

“当时可真把我吓了一跳。”他告诉我。

我刚从伦敦回到家。走进餐厅，看见我那年迈的姑母坐在桌边，手里做着活计。灯亮着。我走到她跟前，碰了碰她的肩膀，她轻声惊叫，然后发现是我，立马从椅子上弹了起来，用她瘦弱的胳膊搂住我的脖子，亲了又亲。

“哦，亲爱的，”她说，“我还以为再也见不到你了。”然后叹了一口气，把白发苍苍的脑袋伏在我的胸前：“威利啊，我好难过哦，我知道自己活不了几天了，应该挨不过这个冬天。我原本希望你姑父能先我而去，那样他就不必为我的死而悲伤了。”

我顿时泪流满面。这时我才知道自己是在做梦，因为我的姑母已经走了快两年了。她尸骨未寒，我姑父便续了弦。

在去年圣·艾夫斯湾的那场大风暴中，一艘意大利船遇险。船只在下沉，火箭抛绳器已经发射出去了，船员们却好像不太会用救生索。陆地近在咫尺，他们完全有可能挽救自己的生命，却束手无策。埃利斯太太告诉我，她一直站在小屋的窗口，眼睁睁地看着船沉了下去，她痛苦万分，最后实在难以忍受，便去厨房祷告了一整夜。

大多数人都很蠢，说谁谁有过人之处还真算不上是什么恭维。

大部分人长得都很丑！可惜，他们不知道该待人和善一点，也好弥补一下。

当天神们在潘多拉宝盒里装满邪魔，又在里面装进“希望”时，他们一定窃笑不已，因为他们无比清楚，这才是最凶狠的邪魔。人们之所以甘愿忍受苦难直到死去，正是因为受到“希望”的诱惑。

今天早上，刺杀卡诺（Carnot）总统的卡斯里奥·桑托（Caserio Santo）被执行了死刑，报纸上充斥着这样的字眼：“桑托死得像个懦夫。”

但实际上并非如此。没错，他浑身发抖，几乎没办法走上绞刑台。他说遗言的时候，声音十分微弱，几乎没人能听清，但他的遗言仍然在坚持自己的信仰：Vive l' Anarchie（法语：无政府主义万岁）。他直到生命最后一刻都忠于自己的原则。当初他刀剑出鞘，便已知自己将为之偿命。临刑时，他的意志同样坚定，丝毫没有胆怯。颤抖、说不出话都只是面对死亡时生理上的恐惧，哪怕是最勇敢的人也会如此，但是他能说出那样的话，就体现出了非凡的勇气。肉体虽然脆弱，精神永不屈服。

1894

最近这几天，每个人都异常兴奋，因为英法两国可能要开战了。

一周以前，关于两国的战争还没什么动静，大家都没往这种事情上想。但是，从上周六开始，各大报纸开始纷纷报道两国的紧张关系。就是那个时候，报纸上对开战也只字未提。当有人提出可能要打仗了，大家还都嘲笑他荒唐。第二天，报纸上报道得更详细了：争端的根源是马达加斯加，法国人想吞并它。报纸上讨论着形势的复杂性，并开始暗示这仗可能是非打不可了，但是私下里人们还是觉得这是没凭没据地自己吓唬自己。他们反驳说，法国人再蠢也不至于去挑起战争。而今天，10 月 3 日，星期三，人们被一则公告吓了一跳。公告通知召开紧急内阁会议，内阁大臣们原本都不在城里，现在也都突然被紧急召回伦敦。

随着时间的流逝，人们也越来越亢奋，大家都在谈论法国人日益增长的妒意，还有他们在暹罗和刚果实施的阴谋诡计。人们争相购买报纸，阅读相关报道，报道后面还附有马达加斯加地图。证券交易所里也出现了恐慌气氛，股价下跌，每个人都在谈论战争。城里人一直在讨论去当志愿兵的事情。无论走到哪儿，都会有人打听消息。大家都很焦虑。他们对法国人倒没什么敌意，但是如果需要，他们将坚决参战。大家对政府都没什么信心，因为谁都知道政府内部向来不和。尽管大家信任罗斯伯里伯爵（Lord Rosebery），但也都清楚其他内阁大臣与他意见相左，无论他想做什么都一定会受到阻挠。人们都觉得，倘若英国再对法国的无理一味忍让，他们就会推翻政府。人们对战争感到十分焦虑和恐惧，大家的共识是，即使两国的战争可能会推迟，但是法国人如此贪婪、傲慢、善妒，这仗迟早要打起来。但如果真的开战了，也没几个人能搞明白开战的原因，至于马达加斯加到底为何会引起争端，人们其实都一无所知。

这天晚上我去看望几个朋友，路上遇到两个邮递员，他们也在谈论这个全民话题。到了朋友那儿，我发现他们也和其他人一样激动不安。我们的谈话一直围绕着战争。我们比较了 1870 年普法战争前德法两国人民的感受和当前英国人民的感受。我们聊到了克雷西战役和阿金库尔战役，还有皮特（Pitt）和威灵顿（Wellington）。我们就战争的第一步走向讨论了许久，假如法国派军队登陆英国海岸会怎样？他们会在哪里登陆？会有何行动？怎样才能阻止他们占领伦敦？

10 月 4 日。恐慌结束了。政府向人们解释了召开紧急内阁会议的原因，说是要讨论如何确保身处北京的英国公民的人身安全，于是一切又回到原样了。但是，对于被如此误导，民众多少有些愤慨。他们质问政府，既然可以预见一定会引起恐慌，一定会造成证券交易市场的巨大经济损失，那为何还非要隐瞒突然召开紧急内阁会议的原因。在整个事件中推波助澜的那些记者，也因为受到了愚弄而感到十分气愤。

安南戴尔（Annandale）。我注意到他把自己房间里的两个塑像转了个面，脸冲着墙，于是问他为何要如此。他说事物的背面总是别具特色。

安南戴尔：“我经常想，一个人如果姓史密斯，那他的生活一定会与众不同，既不可能有什么诗意，也没什么特殊之处。”

他很喜欢读《圣经》。“我总觉得里头有些人物的身上法国味儿十足。”

昨天晚上，他讲了一个老掉牙的笑话，我跟他说我已经听过好多次了。安南戴尔：“编造新笑话真是一点儿必要都没有。我其实很鄙视那些编新笑话的人。他们就像挖钻石的矿工，而我是炉火纯青的艺术家，我把钻石切割然后抛光，去博得女士们的欢心。”

他后来还说：“我不懂人们为什么不能发自肺腑地评价自己，为什么不可以自我表扬呢？我很聪明，我自己肯定知道啊，我为什么不能承认呢？”

我在圣·托马斯医院的时候，租住在威斯敏斯特区文森特广场11号的一间带家具的房屋。我的女房东很有特点。我在小说《寻欢作乐》中对她略有描述，不过我净拣着优点写。她很和善，很会做菜，善解人意，还有伦敦人的幽默感。她从房客们身上找到了不少乐趣。下面记的是她跟我讲过的一些话。

福尔曼太太昨晚去教区礼堂听了一场音乐会，住在14号的布朗小姐和她一起去的。在街角，开小酒馆的哈里斯先生也在。"'诶，那不是哈里斯先生吗？'我说，'那要不是他就见鬼了。'布朗小姐戴上眼镜，眯起眼睛看了看说：'真的呢，是哈里斯先生。''他穿得真帅，对不对？'我说。'岂止是帅！要我说，简直是帅呆了，酷毙了！'她说。'而且你看，他的衣服不是借来的，他穿着好合身。'我说。'可不是每个人都能有一套那么漂亮的衣服的，是吧？'她说。"

然后，福尔曼太太对我说："我跟你讲哦，他穿的是挺讲究的。他在扣眼里别了好大一朵白花，但是那朵白花配上他那张大红脸真是滑稽，他这打扮真是别致，真是得体啊。"

"啊，是的，以前我想要一个小男孩，上帝就实现了我的愿望，不过我现在倒希望他没那么做，我当时应该要个小姑娘的，我会教她刷洗东西，教她弹钢琴，教她打理壁炉，太多了，我都说不完。"

她向我描述某人用过的一个长单词："你知道吗，那个词真是气派，哎哟，听上去，要想把它说出口非把下巴整脱臼不行。"

"嗯，等什么时候一便士能买四坨精纺毛线了，也就天下太平了。"

"他的样子真是糟糕，我想他应该快要回家了。"

我进屋的时候壁炉里的火灭了，福尔曼太太把它生上了。"我不在的时候，你就让火自己烧着，知道吗？不要盯着它看，知道吗？你会发现，只要你不看它，它烧得可旺了！"

“我觉得我们的儿子不太会亲热，他从小就这样。但是他知道我为什么宠他。他净知道调皮捣蛋。我们太爱他了！哦，他就像一块果酱！我饿的时候甚至觉得自己可以把他吃掉，他的身上软乎乎肉嘟嘟的，我真想咬一口。”

世上有两种友谊。第一种友谊源于动物本能的吸引。你之所以喜欢你的朋友不是因为他有什么特别的品质或天赋，而仅仅是由于你被他所吸引。“C'est mon ami parce que je l'aime parce que c'est mon ami.（法语：因为我爱他，所以他是我朋友，他是我朋友，所以我爱他。）”这没什么道理可言，没法讲什么道理。而世事常常很讽刺，让你有这种感觉的人，很可能并不值得你喜欢。这类友谊虽然跟性没什么关系，但它其实与爱情很相似。它以同样的方式产生，也有可能以同样的方式消退。

第二种友谊源于智慧。当你认识一个新朋友的时候，吸引你的是他的才华。他的见解令你耳目一新，他的生活体验你从未见识过，他的人生阅历令你赞叹。但是，水井再深也有见底的时候。总有一天，你的朋友会江郎才尽，再没什么新东西传授给你了，此时便是决定你们的友谊能否继续的关键时刻。如果他除了那些从书本和阅历中学到的东西之外别无他物，就再也不能吸引你、取悦你了。这口井已经空了，你把桶丢进去什么都打不上来了。这就是有的人跟新朋友很快就能打得火热，却又很快分道扬镳的原因。这也是他后来会厌恶这些人的原因，他发现自己不应该欣赏羡慕这些人，起初他很失望，而后又转为鄙视和憎恶。不过有时，出于这样那样的原因，你还是会经常与这些人见面。这时若想通过与他们的交往获得新见识，你可以拉长与他们见面的间隔时间，让他们有空去从新朋友身上获取新鲜的经验和思想，便又能给你新鲜感了。慢慢地，当初发现他们浅薄时的失望感渐渐消失，出于习惯，你也就能容忍他们的缺点了，也就能长期与他们保持不错的关系。但是，倘若在发现他没什么新知识能带给你之后，你发现他身上还有其他东西：个性、情感，还有活跃的思想，那么你们的友谊就会历久弥坚，这段友谊将令人无比愉悦，完全不比肉体相吸的那种友谊逊色。

可以想象，如果这两种友谊汇集到同一个人身上，他将会是最完美的朋友，但想要有这样的朋友无异于九天揽月。另外，倘若两人当中一方是被对方的肉体所吸引，另一方是被对方的才智所吸引，那接下来只会变得不和谐，现实生活中确实有这种情况。

年轻人很看重友谊，你与每一个新朋友的交往，都是一次激动人心的冒险。我记不得是什么人勾起了我这些杂七杂八的想法，不过鉴于毛头小子们总是喜欢从一件事情中总结普遍规律，我猜我当时一定是一头热地被谁吸引了，而另一个人的才智也引起了我的注意，但我后来发现他并非那么有才。

我不知道在日常生活中，哲学除了能让我们做一些自己不太乐意做的事情以外，还有什么用处。有些事情若不是迫不得已，我们绝不会主动去做，哲学则会告诉我们这样做的好处，尽管我们心里不快，但也算得了些安慰。当我们做一些自己不情愿的事情时，哲学可以让我们保持平静。

人们在恋爱时应当运用交往经济学的原理。没有谁会永远爱一个人。在收获甜蜜的爱情之前，越是面临着艰难险阻、困难重重，它便越是坚如磐石、天荒地老。如果一个人要么因为爱人不在身边，两人难以见面，要么因为所爱之人反复无常或是冷淡无情而无法享受爱情，他便可以假想如果自己的愿望得以成真，该是多么开心，于是从中寻得些微安慰。但是，爱情就是这样，如果没有这些障碍，太过顺利，他就不会这么谨小慎微，他得到的惩罚就是厌倦。最长久的爱情是永远得不到回报的爱情。

一句至理名言：劳人做事切勿强人所难。

1896

我认为任何人的生活都不受他的处世哲学所掌控，他的哲学所体现的是他的欲望、本能和弱点。有一天晚上，我和 B 聊天，我让他跟我说说他用以解释自己生活意义的思想体系。

他说，生活的最高目标是要活出自己的个性，我们应当顺应自己的本能，在人世间放松自我，无论命运带来的是意外还是厄运，皆坦然接受。如此这样，我们便似浴火重生般最终得到了彻底净化，面对未来的生活，才能做到随遇而安。他内心有爱的力量，这使他相信上帝和永生确实是存在的。他相信，不管是感官层面还是精神层面的爱，都可以使人得到净化。这个世上并没有什么幸福，有的只是些许时刻的满足，人们缺乏幸福却又对其无限渴望，这也是存在永生的另一个证据。他认为人们大可不必把自我牺牲挂在嘴上，他坚信人们所有尝试的开始、过程和结束都是一种自我发展，不过他也承认，自我牺牲对于人们的自我发展有时的确大有裨益。

我让他解释一下自己的生活为何如此荒淫无度。这让他有些恼火，不过他还是回答了，说自己的性本能太强烈了，而且自己所爱的其实仅仅是自己心目中的一个理想恋人形象。他在形形色色的人身上找到了自己所爱的特征和特质，然后将它们融合成自己的理想恋人形象，就像一个雕刻家一样，取这个人的黛眉，取那个人的杏眼，取另一个人婀娜的身姿、优美的曲线，最终创造出一幅完美的美人相。

但显然，在个人成长发展和顺应本能的过程中，人们必定要和他人接触。所以我问B，对于那些本能是抢劫或谋杀的人，他想说些什么。他回答说，这种本能对社会而言是一种危害，这些人因此会受到社会的惩罚。

“但是，”我说，“倘若这个人顺应自己的本能，其行为虽没违反社会的任意一条法律，但仍然有损他人利益呢？比如，他可能会爱上一个有夫之妇，引诱她抛夫弃子，离家出走，与他同居，后来又厌倦了她，爱上别的女人，最后弃她而去。”

对此，他的回答是：“好吧，那么，我应该说他可以顺应自己的本能，但也要有底线，起码不能伤害他人。”

此时，他的理论显然已经土崩瓦解。这明显是一个懦夫的思想，他没有能力去对抗自己的欲望，只能像一片羽毛一样，随风飘摇。而B确实没什么意志力，缺乏自我约束的能力，也没有勇气去面对命运中的任何意外。若是没有烟抽，他便无比难受；若是酒菜不好，他便心烦意乱；若是阴雨绵绵，他便愁眉紧锁；若是身体不适，他便沉默寡言、意志消沉、郁郁寡欢。别人与他的意见稍有分歧，哪怕只是有一点点不一样，他都会生气、闷闷不乐。他是个自私的家伙，对他人的感受漠不关心，不过对英国绅士行为，他还保持着传统看法，这也是唯一能使他举止得体的东西。他绝不会穿过马路去帮助哪个朋友，但若哪位女士走进他的房间，他还是会立刻起身致意。

当你自嘲的时候，人们是最乐意去相信你的；而倘若他们把你自嘲的话当真，你便会火冒三丈。

你总是来烦我，就好像我是一句格言，你却想把我变成警句。
每个人都能说出真理，但只有极少数人能说出警句。
然而，19 世纪 90 年代的时候，我们都试图那么做。

“你懂法语吗？”

“哦，嗯，那个，如果是本粗话连篇的小说的话，我还是读得懂的。”

考克尼①方言：
“你真是个漂亮女人。”“嗯，也就那双脚漂亮。”
“这话你前面说过了啊。”“行，那我现在后面说。”
“一个帅小伙儿，有着罗马式的眼睛，连鼻子都勾人。”

---

① 考克尼（Cockney）这个词指的是英国伦敦的工人阶级，尤指伦敦东区以及当地民众使用的考克尼方言（即伦敦方言）。伦敦东区（East End of London）是伦敦一个非正式认定的区域，聚集了大量贫民与外来移民。考克尼方言有着非常特殊的口音与用字，因为语言差异，译文中很难体现。

“咱星期天穿的靴子咋样了？”

“唉，要是上帝他老人家把你给收了，你家人就谢天谢地啦。”

“我这辈子有过两个老公，我希望赶在死前还能再有一个。”

“弗洛莉，我真的爱你。”“可怜的家伙，你多受累呀！。”

女人可以想多坏就多坏，但要是她长得不漂亮的话，这么做就没啥好处了。

“哎呀，我可不想变老。老了一点儿意思都没了。”

“但是，你会有别的收获呀。”

“能有什么？”

“比如对青春的思考呀。如果我和你一般大，我想我有可能会觉得你是个狂妄自大、自以为是的家伙，但其实我觉得你是个迷人有趣的小伙子。”

我怎么也记不起来这话是谁和我说的了，可能是我的姑母朱莉娅。不过不管怎样，我很高兴我当时认为这值得一记。

在宴会上，你要挑着吃而不是尽情吃，要尽情说而不是挑着说。

智慧是一件柔韧多变的武器，人们有了它，便不再需要其他武器；但若要与本能较量，它就起不到什么作用了。

文学的发展过程很好地展现了人类道德史。无论作家写的是什么主题，他都展现出了他自身所处时代的道德准则，这正是历史小说的最大弊病所在。小说刻画的角色虽然做着带有历史色彩的事，却奉行着作家所处时代的道德准则，这明显存在着许多不合理性。

人们常常会施粥舍饭给食不果腹者，如此一来，便没有什么能妨碍自己开怀大吃了。

在极度亢奋的时候，人便不受文明的一般约束，而会重拾以牙还牙的原始法则。

你若认为美德的实现需要牺牲个人喜好，并且美德仅存在于这种牺牲当中，那就大错特错了。并不是说谁做了自己不情愿做的事就是高尚的。

大多数人的一生都只是为了儿孙的衣食住行而不停操劳，等儿孙们踏入社会，也会像其先辈一样，重演同样的历史。

一个人越聪颖，便越能承受苦难。

如果女人在经历痛苦时流露的感情并不强烈，并不代表她们比较能忍受痛苦，只能说明她们对痛苦已经麻木了。

爱情是一种本能，其主要目的是种族繁衍，它的具体体现是：

对于绝大多数男人而言，不管出现在他面前的是哪个女人，他都有可能爱上她，如果没能赢得首个心动对象的芳心，他很快便会寻找下一个。

很少有男人能够特别专情，一辈子只爱一个女人，如果有哪个男人可以做到，只能说明他的性本能不太强烈。

一旦繁衍的本能得以满足，男人便不再被爱迷了心窍，没了那份痴狂。他有了一个老婆，却对她视而不见。

我不太懂抽象美是什么意思。所谓美的东西是能够激起艺术家审美情趣的事物。今天艺术家觉得美的东西，十年之后所有人都会觉得美。就在前几年，所有人都觉得没有什么会比冒着黑烟的工厂烟囱更丑，但某些艺术家发现了它们的装饰性，把它们描绘进画作。起初人们嘲笑他们，但是慢慢地，人们发现了这些画作的美，也从他们描绘的烟囱身上找到了美感。现在，人们再去看工厂烟囱的时候，不再需要一双慧眼，便能觉得赏心悦目、激动不已，就像看到一片鲜花满地的原野一样。

人们对诗人和艺术家的风花雪月总是喜闻乐见，但他们应该赞叹的其实是这些人表现出来的艺术天赋。发生在普通人身上的事往往不会引起人们的注意，但倘若这些事发生在才华横溢的作家身上，人们就会兴趣盎然。重要的不是事件本身，而是承载事件的人。

人们对自己在自然界中的地位有着极其错误的看法，并且这种错误已根深蒂固，无法消除。

要是好人没这么迟钝就好了！

哲学家就像一个登山者，历经千险万苦爬到山顶只为一览美丽的日出，但到了山顶只见浓雾，只好悻悻地下山而去。如果他没跟你说那山顶风景有多么壮观，他就是个实诚人。

那些为世界而生活、为世界而工作的人自然要求得到世界的认可。但那些为自己而活着的人，既不会期望得到世界的认可，也不会受它的影响。如果他对张三、李四、王五并不在乎，那他为什么要在意这些人对自己的看法呢？

无论大喜还是大悲，都有同样强大的力量。我们应该羡慕那些情感迟钝的人，他们才是真的“不以物喜，不以己悲”。在无上大的幸福中，仍然存在苦涩的味道，苦难则是纯粹的，不掺一丝杂质。

没有哪个男人的内心会像一个教养良好的女人一样愤世嫉俗。

一个男人一旦与一个女人同居，哪怕是被社会认可的，这个男人通常也会变得更狭隘、更刻薄。若不是因为同居，他便不会如此。

男人心目中的女神仍然是童话故事里的公主，七层褥子下面有一粒干豌豆她就睡不着。男人最害怕神经大条的女人。

你若想知道更多女性的特征，就去认识一个懂生理学的人吧，这比读各式各样的哲理和箴言要强千百倍。

女人如果不能照着男性对她的普遍看法做事，那她的日子就不会好过。

没有什么能像爱情一样使男人改变自己的看法。因为新看法大多是新感情，源自激情，而非理智。

人们的困难和犹疑，一般都源于他们想要为每个问题辨个是非黑白。但答案可能并不是绝对的“黑”或者绝对的“白”，每件事情可能都有它的两面性。

每每有一个新想法冒出，然后一个新的视角慢慢展露在我面前的时候，我都会兴奋不已。一个全新的想法会使我灵光闪现，让我觉得自己像是远离尘世，羽化成仙了一样。这一刻，我把所有凡尘琐事都抛于脑后，了无牵绊。

当我审视自己性格里的各个部分时，我总会困惑不已。我觉得自己身体里面好像住着好几个人，此时此刻占上风的那个人必将让位给另一个。但哪一个才是真正的自己呢？都是，还是都不是呢？

生活中有太多的错误和误解，我深陷其中，却终能挣脱其束缚，这对我来说也不失为一种乐趣。一层层地剥离自己年轻时便被灌输的各种偏见，本身就是一种消遣。

人们总是坚持要跟自己的感觉反着来，结果一次又一次地毁掉自己的生活。

很少有人能想到，一个抱着崇高目标坐在外面淋雨的人，和一个因为醉酒回不了家而只能露宿街头的醉汉一样，都可能患上风湿，搞不好前者还更容易些。

如果你不为别人而否定自己，他们会觉得你自私可恶；但若你为了别人而做出牺牲，因此给自己招来麻烦，他们则会视而不见，丝毫不为之动容。

女人最大的特点就是喜欢挑刺儿，喜欢翻旧账。女人有能耐准确详细地跟你复述她和友人多年前的一段无关紧要的对话，更要命的是，她们的确会这么干。

痛苦会让人受伤。有人说痛苦使人高尚，这简直是胡扯。尼采（Nietzsche）对艰难困苦大加颂扬，他像极了《伊索寓言》里那只断了尾巴的狐狸。他认为痛苦可以给人以力量，使人变坚强，他这种观点解释了为什么那些经历过痛苦的人大多会有一颗复仇的心。

他希望别人也去品尝一下自己受过的苦涩滋味，并以此为乐，这就是他所谓的力量。

我们如何对待他人取决于我们所持的自我保护原则。一个人采取某种方式对待他人，要么是为了获得某种好处，要么是为了避免他人给自己带来坏处。人对社会并没有什么亏欠，他采取某种方式从社会获益，社会接受他有益的行为，并给以酬劳。他行善，就会得到社会的奖励；作恶，就会受到社会的惩罚。

当我在大教堂里，或者当我面对任何人类的恢宏巨作时，我不会感到人类的渺小；相反，彼时我会惊叹于人类力量的强大。人类的大脑似乎能够胜任每一项壮举，让我忘了人类只是一种微不足道的生物，爬行在一坨泥巴上面，也就是地球——这颗围着小恒星转的小行星上面。自然和艺术哪怕是违背了人们的意愿，也可以让我们看到人类的伟大；只有科学能彻底揭示人类的渺小。

科学是一剂良药，当人们遭遇麻烦时，它可以带来安慰、抚平创伤，因为它能使人们认识到凡尘琐事是多么微不足道，人生及其种种失败又是多么无足轻重。

欢乐的时光稍纵即逝，欢乐之余人们往往会感到厌倦，但是倘若因此而躲避欢乐，那就太蠢了。这就如同食欲满足得很快，满足之后就不饿了，于是便拒绝吃东西一样愚蠢。

让行为完全符合自己的准则，与让准则完全符合行为一样困难。大部分人都是说一套做一套。向他们指出这一点，他们就会声称那只不过是自己一时的怯懦，内心依然希望能依照自己的处世准则行事。这完全是借口。人们都是先按自己的喜好行事，然后再采纳某些原则。这些原则往往并不符合他们的喜好，他们便会因此寝食难安、心神不宁。倘若他们硬是要求自己按原则办事，压制自己的喜好，他们便会心灰意冷了——也就天堂里的人才能做到道行合一吧。

比起公正无私，人们更喜欢赞扬慷慨大方，这说明人们评价事物优劣的标准完全是看它是否对自己有利。公正的人坚持原则，不给别人分外的东西，这种人反而没人欣赏，十分不讨喜。

有人说既然快乐不能用数学的方式来表示，快乐就毫无价值，真是荒唐。

个人对社会的立场等同于个人对个人的立场。当 A 帮 B 建房子的时候，他认为他们两人达成了某种契约，日后若是自己有需要，B 也会按照这个契约去帮助他，这样 A 在日后就能获得自己所需的好处。

一个人没有明确说出自己某种行为的理由，并不代表没有理由。如果他自己也不知道到底是什么理由，这还是不能代表没有理由。倘若非要叫他说出一个理由，他可能又会搞错，给出一个错误的理由。

野蛮人因怕遭到报复而约束自己，不做有损同伴的事，人与社会的关系也是如此。

如果说道德作为社会的自我保护手段，随之发展，也不一定与个体有什么关系。

奇怪，在很多时候，个体的良心水平都是以社会规则为评判标准的。

人有义务去充分发挥自己的所有官能，而不能让哪种官能一家独大。人与人之间千差万别，怎么可能建立起一个共同的道德体系？

难就难在如何找到一个支配人类行为的共同特性。

很多人每挣一先令的同时会付出十八便士的代价。倘若你想为了长远利益而放弃眼前利益，务必要确定长远利益大于眼前利益。长远本身并没有什么利益可图。

脱离了快乐谈无私奉献实在荒唐，不管是眼前的还是未来的快乐都是不可或缺的。当一个人期望另一个人可以对他无私奉献，却未能得到时，他也只能耸耸肩，怏怏离去。他当然没有权利因此生气。

如果一个人不关心自己的种族存亡怎么办？如果他不打算为种族繁衍而做出牺牲怎么办？

无私的父母会养育出自私的孩子。这并不是孩子的错。他们接受着父母为自己所做出的牺牲，自然而然地将其当作自己的权利。他们怎么会懂得，在这个世界上没有付出就没有回报呢？

从纯理性的角度来看，人们应当为了他人的幸福而牺牲自己的幸福，这种说法是站不住脚的。

如果有人认为无怨无悔的无私能给予自己最大的快乐和最高的奖赏，那快乐和奖赏便是他无私奉献的理由。

倘若利他主义不是快乐的源泉的话，它就不会存在。每个人都或多或少地希冀从自己的无私行为中获得某种回报。世上没有绝对的利他主义。社会性利他主义往往只意味着，一个人为他人牺牲，自己是有好处的。唯一一种最原始的自我牺牲，与繁育后代有关。但这里涉及的是人类最强大的动物本能，这种本能的发挥如果受到了阻挠，便会出现极度的不适，甚至是切实的痛苦。父母若是指责孩子忘恩负义，那真是愚蠢至极，他们应当记住自己无论为孩子做了什么，都是为了使自己快乐。

牺牲本身并没有什么值得称赞的，一个人在自我牺牲之前，完全可以理智地问问自己这样做是否值得。但事实上，人们会愿意为一些最不高尚的东西而牺牲自己，这证明，自我牺牲会使人们产生强烈的愉悦感。

施恩于人，自得其乐，外界的赞扬会放大这种快乐。但施恩者极少会考虑他人是否欢迎他的恩惠。而且，他也从不会对自己得到的快乐感到满足，他要的还有别人的感恩戴德。

什么事算是乐事，在很大程度上取决于人们的看法。它们就像女性的时装一样变幻无常，时下流行哪种乐事，人们便对其趋之若鹜。有的行为本身算不上什么乐事，但若被贴上时尚的标签，也能变成令人极度喜悦的快乐源泉。

如今，人们热切地追求怜悯和善良所带来的奢侈快意。人们指责那些在布尔战争（the Boer War）中来到开普敦的妇女，说她们只是为了换个地方玩儿，为了和战士们调情。我认为这非常不公：吸引她们前来的乐趣，比这更明确，也没那么老套。

对于男孩子而言，有一个对其关怀备至的母亲是最大的不幸，后果相当严重。

个人与社会之间的关系就像轮盘赌博。社会是庄家，个人时赢时输，社会却总是赢。

人们都说，时间一久，我们对他人痛苦的同情就会变得麻木；但是话说回来，对于他人的快乐，我们不也是这样吗？

理想的欢乐，也就是说想象中的欢乐，绝不如亲身体验过的欢乐那般有血有肉。

不管一件事情多么无害，只要法律明令禁止，大多数人就会认为它不对。

我们听过不少对劳动高尚的赞颂，但其实劳动本身没什么高尚的。看看社会历史，我们会发现，一旦战事频繁，人们便会看不起劳动者，而对军人歌功颂德。如今大部分人都是劳动者，人们便开始颂扬劳动。事实上，人们只不过是非常自负地把自己所从事的活动，看作人类最高尚的事业。

工作之所以受到称赞，是因为它让人们摆脱了无所事事的状态。一旦无事可做，愚蠢的人就会百无聊赖。与大多数人一起工作是唯一能使他们摆脱无聊的途径，但因此便说劳动高尚也太可笑了。做一个闲人需要有卓越的才华和超高的自我修养，要么就得有与众不同的头脑。

众所周知，任何事情，无论在普通人看来多么不道德，经年累月地坚持下去，便不会显得不道德了。

只要你经常告诉人们必须如此这般行事，只要说得足够多，他们最终一定会那么做，而且绝不会问你为什么。如果你经常告诉人们某件事是对的，他们最终也会相信你，而且如果你不告诉他们理由，他们会更加愿意相信你。

我不会反对文明国度对野蛮民族的血腥战争，但是我们也要知道，战争唯一的解释是：强权即公理。这是一场不公平的较量，只是好武器与差武器之间的比试，毫无崇高目标或公理可言。如果谁要说把征服者的文明强加于被征服的野蛮人身上，这些野蛮人就会获得幸福，那也太伪善了。我们有什么理由认为他们过原始简单的生活不幸福，而在强行接受了自己不喜欢的文化或者不需要的改革，并且受制于外族法律时才会幸福呢？

人们起初认为某些事正确而且是法律，由此又会认为其他事因为是法律所以正确。

英国人在布尔战争的最初几场战役中连连失利，在援军到达之后，又不断地为自己的人多势众而喝彩。战争的最终目的就是胜利，人数上的优势显然很关键，但是凭借人数优势而取胜，既不符合骑士精神和英雄主义，也不会激起人们的拥军情感。很奇怪的是，当局势不利时，人们竟然那么快便能将他们十分看重的美德抛之脑后。我们可以得出这样的结论：占上风的时候，你想怎么侠义就怎么侠义吧，可一旦局势不利，那就别管什么侠义不侠义的了，还是想想怎么扭转局势要紧。

我的目标是为当下一般状态下的普通人找到一条行为准则。

人可以实现对社会的完美适应吗？或许有一天，人类会停止为了生存而进行的顽强奋斗，但是这会为人们带来所期望的最终结果吗？仍然会有一部分人强大而另一部分人弱小；每个人的生理需求也不尽相同，仍然会有一部分人比其他人长得漂亮；仍然有某些更有才华的人会得到更多的收益；失败者仍然会嫉妒成功者；人们仍然会变老却不自知，仍然想要享受年轻人的特权，直到有一天这些特权被强行夺走。尽管所有其他的不和谐因素都消除掉了，但在两性问题上仍会有分歧产生。没有哪个男人会因为另一个男人想得到自己喜欢的女人，就拱手相让。有爱情的地方就会有恨妒情仇。无论人们有多么情愿为了公共利益而放弃自己的需求，我们也没办法相信他们肯牺牲自己孩子的需求。人是不会改变的：激情总有可能被唤醒，野蛮人粗野的本性也总有可能重回主导地位。

极少有人能认识到年轻人与老年人有着不同的行为准则。制定法律的人都是一些老学究，十分不讲道理，总想压制年轻人的青春活力。但是年轻人有权利放飞自我。那些老顽固们尽可以大谈他们从艺术和文学当中得到的精神满足，讲到面红耳赤都不要停；但如果你是个年轻人，有美女相伴可比听什么高雅音乐有趣多了。

研究一下那些由于环境原因而免于战火侵袭的民族，我们便可以看出，和平也是有弊端的。丛林维达人和因纽特人都是从未经历过战乱的民族，但是免于战乱似乎并未给他们带来较高程度的文明。

个人的利他行为皆源于利己的动机。一个人不会鼓动大家去消除某种恶习，除非他本人也深受其害，但是他必须得有能力让别人听他的话——富人通常具有这种实力，穷人则只能默默忍受。

当下的道德观念是如此根深蒂固，以至于哲学家只有在自己的结论符合时下流行的观点时，才会感到自信。倘若有人意见与之相左，在面对强烈的争议、令人信服的理由时，他也只好妥协认同。

极少有人在面对某种新观念时会面不改色，这种人可能百年都难遇几个。不过我们多数人还算幸运，因为对于我们而言也极少有什么所谓的新观念。

如果某种追求被认为比另一种更高尚的话，要么是因为它曾经不可或缺，比如军备武器；要么是因为它的从业者虚荣自负，一刻不停地对它进行美化，比如艺术行业。人是很容易上当受骗的，最好的例证就是人们一直以来都心甘情愿地认同艺术家的自我评价。许多人会毕恭毕敬地接受和认可某个作家的观点，虽然他们在各自领域中的地位丝毫不逊于这个作家，这常常会令作家本人感到十分诧异。

宽容只不过是冷漠的另一个名字。

我时常问自己生活的理由、目的和最终目标到底是什么，我几乎用了两年的时间去埋头寻找这个问题是否有答案。如今，我才刚刚对我所谓的真理有了一些模糊的认识。所有这些问题的答案开始在我的头脑中逐渐成形，但是此时此刻一切还都是一团糟。虽然我已经积累了大量的事实、观念和经验，却还不能将其整合成一个体系或者理出某种明确的模式。

是非观念取决于生活所需。

年轻人在成长中被寄予厚望，他们的思想接受着童话和幻想的滋养，这都使得他难以适应生活，所以当他的幻想破灭时，便会痛苦不堪。他所有的苦难都是因为身边的那些个半吊子对他过于关怀，比如他的母亲、保姆和老师。

为什么我们不能滋养感官呢？快感源于感官的满足，不论我们有没有主动追求它。我们所要考虑的只有结果。斯宾塞（Spencer）

说主动追求快感是不对的，这是因为他出身于卫斯理公会派，他从未摆脱过它的影响。他特别赞赏对美学情趣的追求，旅行便是这样一种充满美感的事情。

一个人若想统治别人，就必须独断专行。这就是为什么人民的领袖通常都是有着鲜明观点、偏见和激情的人，而不是哲学家。不过哲学家也会安慰自己说，他们才不想去领导那些粗鄙的乌合之众呢。

只有没主见的人才会接受道德规范，有主见的人有自己的准则。

卡普里岛。我独自徘徊，一直在问自己同一个问题：生活的意义是什么？生活有什么目的或者结果吗？有道德这种东西吗？一个人在生活中应该如何行事？有什么指南吗？一条道路是否比另一条更好？还有数不清的其他诸如此类的问题。有天下午，我在度假别墅后面小山上的岩石间攀爬。头顶是蓝色的天空，周遭是无边的大海，远处隐约可见维苏威火山。我记得棕色的大地、参差不齐的橄榄树，还有零零星星的几棵松树。我突然停住了脚步，脑子里一片混乱，充满了各种各样的念头。我什么都做不了，只感到一团乱麻。绝望中，我大喊："我不明白！我不知道！我不知道！"

那不勒斯湾，糟糕的一天。几个那不勒斯人呕吐出一大堆未消化的通心粉。他们突然猛地一阵狂吐，就像水从爆裂的总水管中喷出一样。他们张着大嘴，看起来又蠢又难受，那张脸就像离了水的鱼一样，但你不能像对待你抓的鱼一样，朝他们的脑袋上来一锤子，让他们脱离苦海。况且，你手里也没有锤子。

我觉得，"家庭生活无比神圣"这个观念，是从犹太人那儿传过来的。他们只有在家里才能与外面世界的动乱和迫害隔离开来，获得安全与宁静。家是他们唯一的避难所，所以他们爱它，但是这样的爱是因为他们的孱弱。希腊人似乎从未有过家庭生活，从没有人指责过他们恋家。他们充满能量、热情和活力，与他们相比，其他民族就像从未享受过生活的乐趣一样。世界在他们眼里就是一个战场，战争的喧嚣、胜利的呐喊，甚至战败者的呻吟，在他们耳中都是美妙的乐曲。他们投身到生活当中，就像一个无所畏惧的泳者，迎风破浪。

人类智慧最常见的一个错误就是坚信规律就该普遍适用。以解剖学为例。在二十个案例当中，其中八个人的动脉从主动脉的第二节分枝，六个从第一节，还有六个从第三节。因此得出的规律就是动脉从主动脉的第二节开始分枝，尽管例外更多。

人的智慧在用于求生、自保和种族繁衍之外，剩下的部分大多数人都用到不怎么光彩的地方了。

我觉得，在文明达到一定的高度之后，人类可能会故意回归野蛮状态，或者会因为无法保持这一高度而倒退。

生活中的一切都毫无意义，痛苦和磨难都是徒劳。生命没有目标。对于大自然而言，除了种族延续之外，其他事情都不重要。而这，难道不是一双狭隘的眼睛在过短的时间里观察而得出的草率看法吗?

愿死亡用黑夜掩藏我的一生。

1897

一个人吃大餐的时候，最容易看出他的精神境界。

T在某个火车站。一个女人走到他面前，说T曾在一次刑事诉讼中起诉过自己，而当时他特别和善，因此她想感谢T。她当时最想做的就是让T相信自己是清白的。T则对她的样貌没有任何印象。于她而言，那是一场悲惨可怕的折磨，对于T，却不过是一件微不足道的小事，早已忘得一干二净。

泰晤士河上的一个水手爱上了一个姑娘，可是他没什么钱，所以不能带她出去狂欢。他看到水里有个人，还剩半口气。但是救起一个活人是拿不到一分钱的，所以他用钩子钩住他的衣服，把他拽了过来。那人被拉上岸，有个路人说他还没死透。水手马上就翻脸了，朝那个路人一顿痛骂。他把那个人脸朝下放在地上，使他没有办法再苏醒过来。就这样，他赚到五先令，带着情人出去耍了。

治安法庭上，三名妇女被指控。她们是妓女。有两个人身体健壮，但是第三个有肺结核，快不行了。前两个人有钱付罚金，但第三个人一分钱都没有，要被关十四天的监禁。没过一会儿，那两个人又回来了。尽管很冷，她们还是把自己的外套当了，替她付了罚金。她们拒绝让女孩去救济站的医务室。“我们会一直守护她的。”她们说，然后三个人一起进了一家妓院。她们照看了那个垂死的女孩一个月，直到她死。她们出钱给她办了葬礼，去参加葬礼的时候，她们俩都穿着黑色的新裙子，各自带了一个花圈，搭了一辆出租车跟在灵车后面。

一个女人坐在那里看着她的丈夫。他躺在床上，醉得不省人事，这天是他们结婚二十周年纪念日。当初嫁给他的时候，她以为自己会很幸福。结果却是，嫁给这样一个懒汉、醉鬼、畜生，她的生活十分艰难困苦。她走到隔壁房间服了毒药。然后，她被送到圣托马斯医院进行救治。康复后，她却因为自杀未遂的罪名受到了治安法庭的指控。她没有为自己辩护，但是她的女儿站了起来，向治安官陈述了母亲被迫遭受的各种不幸。法庭最后判决他们夫妻分居，而且她的丈夫要每周向她支付十五先令。她的丈夫在分居协议上签了字，放下十五先令说：“这是你第一周的钱。”她拿起钱，甩了他一脸，“拿走你的臭钱，”她叫道，“还我二十年的青春！”

前几天，我在手术室观摩了一场剖宫产手术。因为这种手术做得很少，所以手术室里挤满了人。手术开始前，医生C做了简短的介绍。我听得不是很认真，但记得他说这项手术至今鲜有成功。

他告诉我们，这个病人无法自然分娩，而且有两次流产史，但是现在她又怀孕了，还一心想要一个孩子，尽管他已经向她解释了手术的风险，也跟她说了她只有百分之五十的机会能挺过来，她还是表示自己愿意去冒这个险。她的丈夫也很想要这个孩子，这一点对她来说似乎相当重要。手术看起来非常顺利，当医生C取出宝宝的时候，脸上乐开了花。今天早上在病房里，我问一个护士那个产妇的情况怎么样。她跟我说她夜里就死了。不知道为什么，这让我无比震惊，我不得不皱紧眉头，生怕自己会哭出来。我这个样子挺蠢的，我并不认识她，只跟她在手术台上有过一面之缘。我想我之所以如此动容，是因为那个女人的强烈情感。她只是医院里一个普普通通的病人，强烈希望自己能生下宝宝，为此甘愿去冒如此可怕的风险。她不得不死去，这似乎太残酷了，残酷得可怕。护士告诉我宝宝很健康。可怜的女人啊。

诚恳的求告向来有效，但奇怪的是，它根本不需要发自内心，只要做得像那么回事儿，就大功告成了。

一场盛大的晚宴，只不过是一个让人们一起放纵感官欲望的机会。

星期天，牧师花了二十来分钟，把《圣经》里面比较浅显易懂的部分讲了两遍。为那些大老粗们考虑，他用了不少陈词滥调，语言也很通俗，在《圣经》官方版本的文字里混着日报用语一起讲解。他可以把那些连目不识丁的人都能明白的经文，讲得激情澎湃，并且还很得体，他在这个方面很有天分。他收到的奉献金一部分用于帮助教区的穷人，一部分用于购置教堂的必需品。人们需要煤炭用于礼拜室的取暖，需要蜡烛去点亮祭坛，他看到了这种需求与宗教教义之间的联系。因此在这些场合，他一定会厉声呵斥那些歪理邪说，向由一群乡下人和小男孩组成的聪明会众们讲解亚大纳西信经（Athanasian Creed）中的困难。但是，他状态最好的时候，是他嘲讽羞辱那些无神论者、天主教徒和科学家的时候。他在攻击进化论的时候几乎无法保持严肃。他就像在玩九柱戏一样，把哲学家和哲人们的假设排列起来，用自己无所畏惧的智慧将它们统统打翻。这种布道的方法很危险，好在他的信众们对他绝对信任，而且他们其实也没有仔细听他在讲什么。

1900

如果一个四十多岁的女人对一个男人说自己的年龄都够做他的母亲了，这男人最好马上逃离，才有可能保全自己。不然她日后要么会嫁给他，要么会拖着他去离婚。

每个人都应当不断培养自己的偏见。

康沃尔郡。狂风把大海掀了个底朝天，黑压压的海水撞击着岩石。头顶的天空变幻莫测，扭曲痛苦的乌云飞快地掠过夜空，狂风呼啸着，忽而嘶嘶作响，忽而发出刺耳的尖叫声。

扭曲着的云层被撕成碎片，仓皇逃离天空，就像沉默痛苦的灵魂一样，嫉妒的上帝带着复仇之心在后面穷追不舍。

远处传来呜咽的雷声，雨开始一滴接一滴地落下，像上帝的眼泪。

风像是战车御者，战马肌肉紧绷，踏着马蹄印微微颤抖。他用鞭子猛烈地抽打它们，它们便风驰电掣地向前冲去，发出一阵长长的刺耳的嘶叫声，划破了清晨安静的空气，仿佛是想要逃离危险却找不到出路的惊慌失措的女人。

我信步走着。柔软的地面上铺满了棕色的枯叶，上面有数不清的蜿蜒小溪流过，散发出一股湿润的土壤气息，这是我们地球母亲沁人心脾的芬芳，她默默地孕育着生命。野蔷薇的长枝缠绕着我的双脚，隐蔽的角落里星星点点地开着几朵樱草花和紫罗兰。山毛榉纤细的枝条被幼嫩的新叶簇拥着，染上了一抹深色，新叶里头刚刚钻出小芽，生动而柔嫩。这，就像一个翡翠天堂。这一片绿色的枝叶层层交错，让人无法看穿。这是纤枝嫩条上的精致工艺品，比夏日的雨更细腻，比黄昏的暮霭更微妙，它像美丽的思想一样难以触摸。此情此景，可以让人们生活中的所有悲伤苦涩都烟消云散。这片碧绿是如此纯净，我的思想也变得纯洁了，我觉得自己仿佛变成了一个孩童。间或有几棵高耸的冷杉，远远高于其他树木。它们矫健地挺立着，就像一个完美的生命体，没有任何瑕疵，但是它们漠然、清冷、沉默。四周一片寂静，只有兔子在枯叶中穿梭和松鼠弹跳的窸窸窣窣声。

雨后的傍晚，莺莺鸟语盈于耳畔，鸟儿们叫得如此欢快，直叫人觉得这不可能是一个充满悲伤的世界。在高耸的毛榉树上，椋鸟躲在茂密的树叶中间，放开了嗓子，唱出动人的旋律，红腹灰雀和画眉鸟在为它和声。远处的草地上，一只布谷鸟不停地叫着，另一只布谷鸟也远远地叫了起来，像是回声。

冬天的格林公园。

雪花轻轻飘落，似孩子轻盈脚步。白雪掩盖了整洁的小路，遮住了被人踩过的小草，放眼望去全是茫茫白雪，连屋顶和树梢上都是。严寒之中，天空有些低沉，灯光也分外灰暗。圆圆的路灯排成一条长线，在天幕下闪烁。紫色的薄雾弥漫在光秃秃的枝杈间，像冬夜里的火车一般贴着地面蔓延游走。刺骨的寒冷抹杀了所有色彩，单单显露出雾气的紫色。这种紫色无比轻柔，却很冰冷，冰冷得让我这颗疲倦的心难以承受其中的苦楚。在皑皑白雪的映衬下，卡尔顿府联排（Carlton House Terrace）的房屋显得一团阴沉。在阴森的沉寂中，白天就这样悄悄地溜走了，甚至没让人瞥见一眼落日。阴沉的天空越来越灰暗，灯光则更亮了些，每一盏灯的周围都环绕着一圈苍白的光晕。

伦敦。西边的晚霞就像天使身上的巨大翅膀，他飞过天空，背负着复仇的任务；翅膀火红的影子发出骇人的光芒，笼罩在城市上空。

碧绿的草地上遍布着金凤花，像一块金丝锦缎，又像一块献给鸢尾王子和白手白脚的黄水仙牧童的地毯。

轻盈的黑云飘上树梢，缠绕在光秃秃的树枝间，就像从一件摇曳生姿的宽大衣服上扯下来的碎布。

薄薄的乌云走过树梢，被光秃秃的树枝撕成碎片。

天空中，海燕在翱翔。

黑沉沉的乌云一大团一大团地叠压在一起，一动不动，轮廓圆润分明，几乎能分辨出上面是哪位巨人雕刻家的手指印。

一片高大的冷杉，参差不齐，幽暗冷峻，它们阴沉的绿色笼罩在银色的薄雾中，仿佛百年凛冬累积的白霜，遇夏化作了冰冷的寒气。在它们前面，在山顶边缘，数以百计的松树爬满了山头，间或有一两棵刚刚发芽的橡树，披着新生的青翠，像是哪位年轻天神的新娘。橡树青春永驻，冷杉则常年迟暮，它们如同白天和黑夜，对比鲜明。

冷杉林就像生命之林，灰暗阴郁的迷宫里游荡着吟诵地狱和死亡的诗人。

田野里生机勃勃，春天新发的嫩草已经长得很高，金凤花神气活现，毫不把无情的黑夜放在眼里，在阳光下欢欣鼓舞，就像先前在雨中嬉戏一样欢快。怡人的雨滴在雏菊上滚动。蒲公英毛茸茸的小球被微风吹得四散开来，真是人生的象征，漫无目的、随风飘荡、毫无用处，唯一的使命就是把自己的种子播撒到肥沃的土地上，这样来年的夏天就能长出和它一样的东西。无须谁的关照，它们顾自繁衍，顾自死去。

那时我还不知道用这种不起眼的小草竟能做出那样美味多汁的沙拉。

山楂树篱，修剪得很是整齐，一片欣欣向荣，正往外冒着花苞，其间零星点缀着几朵盛开的野玫瑰。

日落时分，在西边灰蓝色的云团之上，氤氲着一层蒸汽，红得似火，像无比纤薄的雨幕，又像铺撒在寂静海面上的大片金色尘埃，有如火之女神的裙裾。少焉，太阳冲破灰沉沉的云墙，就像一个巨人冲破监牢，照耀出万道光芒，好似一个巨大的铜球。它几乎使出了浑身解数，将前面挡着的云层用力推开，将光辉洒满整片天空；于是平静的海面上铺开了一条金碧辉煌的大道，人们激情四射的灵魂可以永无休止地沿着它，向不朽之光的源头走去。

云层里饱含雨水，低垂在山谷上空。云里满满的都是雨水，却苦苦撑着不肯让雨滴落下，这着实让人不爽。

松树孤傲冷漠，非常符合我的心境。高大的树干，像航船桅杆一样笔直修长。温柔的芳香、柔和的光线、紫色的薄雾，缥缈得叫人难以察觉，只在空气中留下些许暖意——这一切都让我感到十分安逸。走在棕色的松针上，竟没有一点声响，十分柔软舒适。这种芳香像东方迷药一样让我感到昏昏欲睡。这种色彩如此柔和，仿佛没有任何颜料和画笔能将其再现。这一切都被一层淡彩的空气笼罩，使它们的轮廓变得更加柔和。我陶醉在这美妙的遐想中，有一种说不清道不明的感觉，似梦似醒，平添了一些撩人的情思。

有些人可以从大自然当中感受到它所给予的醉人情愫，却不会试图分析这种情愫从何而来，他们真是太好命了！

风呜咽着穿过松林，十分可怜，像一个姑娘在哀叹一段逝去的爱情。

田野里开满了数不清的金凤花，一片金黄，就像柔软而有弹性的地毯，佩鲁吉诺（Perugino）大师画作中的天使们走在上面正合适。

这是一场曲风多样的音乐会，在每一排灌木树篱间，在每一棵树的枝丫间，鸟儿躲在其中，放声歌唱。每一只鸟似乎都想脱颖而出，拼了命地歌唱，仿佛是以唱歌安身立命，它们似乎活得非常潇洒快活。

这个地方连绵起伏，视野开阔，可以看见青翠的山丘和肯特郡肥沃的田野。这里是肯特郡最肥沃的地方，树木繁茂，长着许许多多的榆树、橡树、栗子树。这里的每一代人都辛勤劳作，把它当作花园来照料。

这里的景色像普桑（Poussin）和克劳德（Claude）的风景画一样规整。没有一丝狂放不羁，人工修剪和细心维护的痕迹一目了然。

有时候，我会站在比其他地方略高一点的山头上，放眼望去，下面的平原沐浴在阳光下，一片金光闪耀。玉米田、苜蓿园、道路和溪流在灿烂的阳光下形成一幅天然和谐的图画，明媚空灵。

一幢白色方形的灰泥房子，两扇巨大的弓形窗户，一条长满金银花和月季的走廊。这种结构实在丑得可怕，想要让它变漂亮，连大自然都无可奈何，这是乔治亚式建筑和死板常识结合产生的杂种。不过它也有舒适可靠的氛围。它的四周环绕着茂盛的树木，到了夏天，花园里会开满各式各样的玫瑰。一道低矮的树篱把它与外面的绿地隔离开来，到了傍晚，村里的男孩们会在绿草地上打板球。对面就是村里的教堂和小酒馆，很近，很方便。

天空是瓦灰色的，太过单调阴郁，似乎是谁故意把它画成了这个颜色，其中流露着无限的悲伤。

圣詹姆斯公园。

天空是灰色的，平静而低沉；太阳只露出一个狭窄的白色圆圈，畏畏缩缩地透出云层，照耀着大地，在暗沉的水面上投下一道光圈。在如此昏暗的日子里，树木也不再青翠，微缈的薄雾掩盖了它们浓密的树叶。远处，在白杨的层层掩映下，参差的建筑是政府办公楼和特拉法尔加广场的重型屋顶。

水面倒映着灰蒙蒙的天空和阴郁的树木，黑暗沉寂；水里散发出来的潮湿臭气，让人头晕恶心。

太阳下，山谷郁郁葱葱、清爽宜人。但当浓密的乌云从西边滚滚而来，笼罩着四周的山头时，天地间变得如此压抑，我差点要喊出声来，仿佛身体遭受了痛苦。眼前呆板的景象叫人难以忍受。阴郁整齐的榆树和草地显然得到了精心的养护。当巨大的云块与山丘相连时，我感到自己被禁闭了。而要逃出这方天地似乎不可能，我仿佛失去了所有逃跑的力量。这一切如此井井有条，让我觉得在这样的环境中，永远无法逃脱。过去几个世纪的人，以某种方式生活，以某种标准为行为规范，受着特定情感的影响，他们太强大了。我觉得自己像一只笨鸟，生在樊笼，没有力量争取自由。我对自由生活的渴望到底只是徒劳，因为我知道自己缺乏那种力量。我在田野边上，沿着田野周围整齐的铁栏杆行走，四周到处都是人工修缮的痕迹。大自然本身似乎就受着规范力量的影响，随处可见刻板、规整的景象，没什么野性。树木被排成合适的队列，这儿多了几棵，显得不那么优雅，那就砍掉；那儿少了几棵，显得整个树丛不太对称，那便种上。

暴风雨后，天空被呼啸的狂风扫得干干净净，显得有些不近人情，就像正义给人的感觉一样。

一缕薄雾被吹到过去，彩色的轻烟包绕着我的记忆，磨平了它们的棱角，使它们有了一种陌生的情愫。它们就像你透过霓虹看到的远方城市或港口，轮廓模糊难辨，斑斓炫目的色彩也柔和下来，变得更加细腻，平添了一些微妙的和谐感。但是雾气从永恒的深海中悄然升起，经年累月，最终把我的记忆隐藏在阴沉惨淡、深不可测的黑夜里。

过去的岁月就像从时间海洋中掠过的一层薄雾，让我的记忆有了新的模样。过去残酷的经历变得不再那么残酷，过去可怕的经历也不再那么可怕。但是，偶尔，就像岸边突然吹起的一阵风，吹散了从幽暗海水中卷起的雾一样，一句话、一个手势、一段旋律，都可能打破时间这个叛徒所打造的幻象。于是，我重新看到自己的青春故事，目光更加敏锐，更加清晰地看到那时的所有残酷现实。但我发现我看到的那些现实并不能影响我。我就像一个观众，心不在焉地看一场演出，像一个老演员重看自己出演过的角色片段，可能还会惊异于它的老套粗劣。我打量着过去的自己，有些吃惊，也有些鄙夷、好笑。

四月喜雨。

漫漫长夜。

酷热中，村子陷入了沉寂。

秋天，浓郁的死亡色彩就像一段无限感伤的旋律，也像一支悔不当初的哀歌。但在那些充满热情的色彩中，在苹果的鲜红、金黄中，在落叶的五彩斑斓中，仍然有一些东西在提醒人们：在自然界的死亡和腐朽中总会有新生命的诞生。

热情洋溢的星光之夜。

黎明时分不断变幻的玫瑰色晨光。

风，阴险狡诈、神出鬼没，像瞎了眼的动物一样，穿过光秃秃的树梢，沙沙作响。

对于等候心上人的恋人来说，迟缓的报时声是最让人忧伤的声音。

灯光闪烁，像人们濒死时游移的目光。

在漫长而疲惫的夜晚之后，黎明必然会降临，却没有一丝光能照亮他悲惨的内心。他的灵魂必会在黑暗中永远游荡，永远在黑暗中，永远。

在乡下，夜晚的黑暗是亲切温馨的；但在城里，灯火通明，夜晚的黑暗就显得不自然，充满敌意，让人有些毛骨悚然，就像巨大的秃鹫，在上空盘旋，等待着时机。

早晨从一片黑暗的云层中爬出来，像一个不速之客，不确定自己是否受人欢迎。

C.G. 和我一起看着日落，他说他觉得日落挺俗气的。而我正为眼前的日落感动着，因此觉得受到了羞辱。他很鄙夷地说我“英国气”，我却一直为此骄傲。他跟我说，他的精神是法国式的，而他说这话的时候用的是标准的英国口音，还真是遗憾。

C.G. 拥有所有的“风度”和“美德”（仅仅是打个比方，他的人品并不好），他很以自己的幽默感为傲。对他来说，要支持某项事业，能提出的最佳论据就是这项事业不受欢迎。他特别喜欢诋毁自己的国家，还为此感到出奇的骄傲，他觉得这样做可以显得他见多识广。在巴黎待过十天，领过几次库克（Cook）的优惠券，便足以让他相信法国人的优越性。他屁颠屁颠地笑着谈论理想中的爱情和梦想，却又花十先令到斯特兰德大街去嫖妓。他总是哀叹世道不好，以此来为自己的各种失败辩解。这个时代、这个国家都拒绝接受他的自我评价，那还有什么可说的？他希望自己能生在古希腊，但他现在只是一个乡村医生的儿子，放到彼时彼处，他肯定只能是个奴隶。他会因为我洗冷水澡而鄙视我。他回回考试都不及格，但他总能把每一件不光彩的事都变成新的自大的理由。他写诗如果能有些独创性，那还算过得去。他没有一点儿胆量，游泳的时候总是怕得不行。但他很自豪自己是个懦夫，他说谁还不会勇敢呀，但那只是缺乏想象力的表现。

上帝走遍了大地的每个角落，翻开泥土，播下疼痛和苦难，从东方种到西方。

夏日的黄昏晚霞如绮。

就像那把火焰剑，剑光烤干了夏娃凄苦双眼中的泪水。

暖房里的一束兰花：佩特风格的温室花朵，笼罩着热带的腐香，无比压抑。

太阳是一个咆哮着的熔炉，将巨大的云层熔化成炽烈的金色雨水；它是如此光芒万丈，让人觉得可能会发生什么惊天剧变，产生一个强大的新世界；东边的那些云便是这剧烈燃烧过程中产生的浓烟。我们可以想象有这么一个庞大新世界的造物者，他把邪神、浮华和虚荣，不计其数的金属，还有无数的人类作品统统丢进了沸腾的海釜；在一阵可怕的寂静中，所有的生物都被分裂、粉碎、熔化成了无形缥缈的神秘新物质。

在微风轻快的吹拂下，嫩叶柔媚地轻轻颤抖。

我的灵魂像一把弦乐器，上帝用它弹奏出绝望的曲调。

我的心因她而悲伤，尽管我已不再爱她，却仍然无法释怀。我虽已不再辛酸苦闷，但被一种痛苦的空虚感填满；这也许让人更加难以忍受。爱情消失了，记忆却还在；即便记忆也消失了，解脱却仍不能到来。

大海的苦浪。

云在天空驰骋，乳蓝映衬着紫铜和鲜红。

石南花，紫水晶般端庄秀美、不露锋芒。

在低沉灰暗的天空下，风景的色彩出奇的醒目。在树篱和林木的黯淡色调中，映衬着田野棕黄或深绿的浓郁色彩，虽不像意大利风景般明艳夺目，却也一样色泽强烈、富丽堂皇，仿佛是由各种原色构成的。它使人想到那些早期的画作，在纯金色的背景下营造出同样熠熠生辉的效果。

恋爱时，如果你得到的回报只是善意、友情和好感，有什么用？那不过是金玉其外、败絮其中，让你如鲠在喉。

以前，只要能和 ×× 在一起就足够了，和她一起走着，可以什么都不用讲，或者随便聊些无关紧要的事情；但是现在，当我俩陷入沉默时，我会绞尽脑汁地没话找话，我们聊天的时候，对话内容听上去很是勉强做作，与她独处的时候我觉得挺尴尬的。

有人觉得改变就是进步，这观点真够奇怪的！欧洲人抱怨说，中国工匠们还在使用那些已经用了好几个世纪的工具。但是如果他们仅靠这些原始的工具，就能制造西方工匠无法企及的精巧而牢靠的物件，那他们有什么必要去做出改变呢？

伦敦朦胧的低吟浅唱，像是远处一个强大的引擎在嗡嗡作响。

人越长大越沉默。年轻的时候，我们总想向全世界吐露心声。那时，我们总觉得自己跟他人亲如手足，想要投入他们的怀抱，也觉得他们会接纳自己；我们想向他们敞开心扉，好让他们接受自己，也想走进他们的内心；我们的生命就像河流汇入大海一样融进他人的生命。但是渐渐地，我们不再有想要这么做的动力了。我们和同伴之间出现隔阂，然后意识到他们对自己来说其实只是陌生人。然后我们可能会把自己全部的爱和交往能力都放到一个人身上，可以说是做最后一搏，让自己和他的灵魂相连；我们竭尽全力想要把他拉近自己，试图去了解他，也试图让他了解自己，是直达心底的那种了解。但一点一点地，我们发现这一切都不可能。不管我们多么挚爱这个人，也不管跟他有多么亲密，他对我们而言到底还是个陌生人。就连最忠诚的夫妻之间都算不上互相了解。于是我们退回到自我当中，默默地建造起属于自己一个人的世界，不让每一个活着的灵魂看到，就连我们最爱的人也不让，因为我们知道这个人不会理解我们。

有时，我们会发现自己对所爱的人竟然一无所知，便会感到愤怒和绝望。一想到自己无法了解他们，更不可能走进他们的内心，我们便会悲不自胜。有时，我们在某种情绪的影响下，可能偶然地瞥见了他们的内心世界，但是意识到自己对其竟然如此不了解，与之相隔甚远，我们又会万念俱灰。

当两个人在谈论某个话题时，一旦他们之间突然出现了沉默，每个人都会朝着自己的方向思考，过了一会儿，当他们再次聊起来的时候，才发现他们之间竟然有了如此巨大的分歧。

有人说生命是短暂的。对于那些回头看的人来说，生命可能短得很；但对于那些朝前看的人来说，它却长得可怕，看不到尽头。有时人们会觉得受不了还要活那么久，为什么就不能睡上一觉，永远不再醒来？那些希望能够永生的人一定活得相当幸福！因为长生不老的想法太可怕了。

芸芸众生，个人的行为无关紧要。

你真是喜欢说教啊！真想给你来几撮鼻烟，好让你歇歇。

没有办法表达自己实在太可怕了，打碎了牙也只能往肚子里咽。

我是一个二流诗人，就该把鲜血淋漓的器官展示给庸人看吗？

如果在结婚第一年就可以体面地解除婚姻，那么五十对夫妻里也找不出一对还在一起的。

读者们并不知道，他们用半个小时或者五分钟就读完的一篇文章，其实是作者呕心沥血才写出来的。那些让他们感到“太真实了”的情感，他都亲身经历过，并为此在许多个不眠之夜流下苦涩的眼泪。

人心有多大，悲伤就有多大。

你说“你好啊”的时候，有些人会说“挺好的，谢谢你”。谁若觉得你真在乎他们好不好，那就太自以为是了。

让人最难以接受的，是意识到自己并不是世界的中心，而是边缘。

1901

生命的尽头。就像人在傍晚读书，他读啊读啊，没有发现光线在变暗，后来，他突然停下来片刻，才发现天都黑了;光线太暗了，他再低头看书的时候，就什么都看不见了，书也没有什么意义了。

卡比斯湖。金雀花橙绿相间。不知谁采了一束石楠花，又把它扔了。它躺在草地上，奄奄一息，一抹凋败的紫色，似乎象征着帝国皇权的衰败。

一块纪念碑。它矗立在山丘上，俯瞰着山谷和大海。赫尔城，有静静流淌的河流，像一座古老的意大利小镇，即使在阴沉的天空下，小城也一样色彩斑斓，透露着一种欢快的格调。纪念碑周围躺着一些枯萎的蕨类，颜色如棕黄的泥土，脚步落在上面没有一丝声响。它们是最先凋谢的夏季植物，九月的微风一吹便会冻死。

乔安尼斯·尼尔（Joannes Knill），1782。他是谁？可以想象，他性情乖张、郁郁寡欢，18 世纪有不少这样的人。在那个时代，形式主义至上，这种人应运而生。那个时代因缺乏新鲜空气而凋败萎靡。它还在饮着伊丽莎白时代的陈酒，伊丽莎白时代的人曾在那杯浊酒中找到了多姿多彩的生活乐趣；后面一代人则从中找到激情，点燃了灵魂，去寻求自由；但是如今酒味已淡，酒渣中只剩下困乏消沉。

夏天的时候，枯死的树木似乎不协调，一块墨色，与康沃尔六月的明快色彩搭不上半点儿关系。但是现在，整个大自然都渐渐与之协调起来。它们站在那里，疙疙瘩瘩，还掉光了叶子，却平静沉默，似乎感悟到了事物的永恒，心满意足。绿叶和花朵娇美可爱，却跟四月的蝴蝶和微风一样转瞬即逝，但枯树是恒久如一的。四周无声无息，似乎能听到白嘴鸦拍打翅膀的声音，它们在天空中，在田野间飞来飞去。奇怪，在这片静谧中，我觉得自己听到了伦敦的呼唤。

天空阴云密布，乌云饱含雨水，席卷山顶。天色将晚时分，雨点开始降落。雨下得很细，一场康沃尔郡的毛毛雨，像雾一样笼罩着大地。它像人类的悲伤一样无孔不入，整个村庄陷入一片黑暗。

风轻快地穿过村庄，像一个身强体壮的年轻耕农，哼唱着小曲。

雾气包裹着大地，一片乳白，叫人难以看穿，但还有一种奇怪的透明感。

杰里米·泰勒（Jeremy Taylor）。风格看人格，用这句话来描述他再合适不过了。当你读《死得崇高》（*Holy Dying*）时，可以通过它悠闲的节奏、古典的精神、流畅轻巧的诗情，想象出杰里米·泰勒是个什么样的人。如果再研究一下他的生活环境，你便可以猜到他的写作风格就是他的处事风格。他是一个查理一世时期的高级教士，他的生活非常轻松、富足、与世无争，这就是他的风格。他与弥尔顿不同，弥尔顿的文风像汹涌澎湃、所向披靡的洪流，而他的文风是一条潺潺的小溪，欢快地蜿蜒穿过春天里繁花似锦的肥沃草地。杰里米·泰勒不喜欢玩弄华丽的辞藻，按常用的含义去遣词造句他就心满意足。他使用的修饰语从不微妙，也很少赋予修饰对象什么新的或引人注意的特质；他仅仅把它们当作装饰，一遍又一遍地使用，似乎它们并不是什么活灵活现、必不可少的东西，而只是某个名词的固定搭配而已。因此，尽管他文采飞扬，却仍给人一种简洁的感觉。他用的似乎都是些张口即来的词语，他的措辞不管多么婉转精妙，都非常朗朗上口。也许，他不断重复用“and（和，还有）”这个词的习惯也增强了这种天真烂漫的感觉。长长的从句一个接着一个地连起来，好像永远不会断掉，让人觉得他写这些东西的时候不费吹灰之力。这看起来像是和一个心地善良却有些啰唆的老牧师之间的对话。的确，这些无穷无尽的短语、一个接一个的从句连在一起，极少考虑含义，也根本不顾句子结构，只是靠着随意的标点符号连成句，但若重新排列，也能变成紧凑连贯的复合句。要是乐意，杰里米·泰勒也能像其他人那样把话说得整齐巧妙，把句子写得韵律完美。他曾写过：“若想死得安详快乐，须谨记：不可骄奢淫逸；生活应朴素、圣洁，谨遵主的教诲，行事谨慎警醒，应力争上游，睿智好学，勤勤恳恳，眼观六路，耳听八方。”

但有的时候，他的句子会失控，一个“and”接一个“and”，一个想法跟一个想法，让人找不到句子的头尾，看不懂他在说些什么，句子最终晦涩难懂，草草收尾，不合语法。偶尔，他能以高超的技艺整合这些庞大的句子，在一串长长的从句中，修饰性短语的排列、句子细节的形式和次序都被安排得错落有序、娴熟优雅。

但是《死得崇高》的最大迷人之处在于这本书的整体氛围：芬芳而庄重、波澜不惊又温文尔雅，像一座古色古香的花园。此外，它的魅力还在于书中某些散落的句子所透露的美妙诗意。每一页都可以找到巧妙得体的措辞，每一页都有简单词语的重新排列，似乎使这些词语平添了新的意义。读者在其中还常常可以发现一些如画的篇章，华丽繁复，就像早期的洛可可艺术，虽然有复杂的装饰，但依然高雅完美、恰如其分。

现如今，尽职尽责的作家们搜肠刮肚地寻找（常常是徒劳）一个合适的修饰语，希望能以新的视角描写事物，显现出一些从未被认识到的特点。但是杰里米·泰勒从来没想做这类事。他最先想到哪个形容词，就用哪个。用来描述大海的修饰词可以有上千个，倘若你觉得自己是一个追求文采的人，唯一一个你会尽力避开的词就是“蓝色”，这个词却是最令杰里米·泰勒满意的形容词。他写不出弥尔顿那样犀利的句子，也不能像弥尔顿一样可以用充满诗意的句子把名词和形容词、动词和副词以一种前所未有的方式连接起来。他从不会给读者带来惊喜。他的想象既不猛烈也不大胆。他满足于走老路，使用现成的辞藻和语句。他的风格的主要特点在于他那温和、田园般的人生观。他友好地看待世界，精准地将其转录，不加雕琢，却有着良好的祈愿，那就是竭尽所能把事物描写得优美如画。

冉冉升起的太阳将晨雾染上了各种各样的颜色，直到它如玉髓般色彩斑斓，绛紫、粉红和翠绿。

赤陶小雕像。我为这些小人儿流畅的动作、大胆的姿势和冷漠的态度沉迷。它们衣饰的皱褶和凝固的动作，都流露出文明的气息，这也许就是古希腊人生活的主要部分。一排塔纳格拉出土的小雕像让富有想象力的人对古代自由、简单的生活充满了热切的渴望。

悲伤的暴风雨之夜，充满了永恒的诅咒。

间或，在飞驰着的云层间隙，露出一颗苍白的星，冷得瑟瑟发抖。

比法国老珠宝上的珐琅更加深邃的蔚蓝。

犁过的田野在阳光下染上了玉般的五颜六色。

榆树的枝叶比碧玉的颜色还显深郁。

阳光下，湿叶像翡翠一样闪闪发光，翡翠这种石头，用来打扮腐化堕落的皇家情妇最合适不过。

华贵，是那种人为打造的精致华贵，如同那些满镶宝石的华美珠宝。

绿色，珐琅般的绿色，比翡翠更清透。

浓密、半透明的阴影下，水也有了玉石般深邃、沉郁的色彩。

石榴石般的浓郁深邃。

它有玛瑙般的透明和华彩。

蔚蓝的天空，比青金石还要明亮。

雨后夕阳，整个乡村都染上了一层新色彩，浓郁得甚至有些刻意，一时间展现出利摩日珐琅般的华丽色调。

像一只利摩日瓷盘，闪耀着，富丽堂皇。

深深的半透明阴影下，水也有了玉石般深邃的美。

读者可能会纳闷，这里讲了这么多珍贵半珍贵的珐琅啊、宝石啊什么的，是要干吗呀。我马上就来说说为什么。那个时候，我还在惊艳于19世纪90年代流行的华丽散文，并且意识到我自己的文章是那么平淡无奇，于是我想我应该努力去给它增添些色彩，加上些润饰。我因此满腔热忱、孜孜不倦地读了弥尔顿和杰里米·泰勒。有一天，我想到了奥斯卡·王尔德《莎乐美》中一段华丽的片段，就带着纸笔去了大英博物馆，想着日后可能用得上，便做了以上笔记。

破晓前的皮卡迪利大街。在一整天的车水马龙、热闹喧嚣之后，皮卡迪利大街的凌晨寂静得叫人难以置信。这显得挺不自然的，而且有些诡异。空旷的大道显得宽阔肃穆，向远处延伸开来，如同一条平静的河流一般自信而庄严。空气清新澄澈，但容易产生回声，一辆马车经过都会让整条街响起来，轻快的马蹄声后便是一串长长的回响。路灯排列得规则整齐，它们飞扬跋扈、厚颜无耻，把刺眼雪亮的光泼洒四周。它们冷漠地、粗暴地亮着。向上，它们把光线打在巨大沉默的房子上；向下，它们清晰地照亮了公园里长长的、整齐的栏杆以及附近的树木。在它们之间是一排煤气灯，闪着黄色的火苗，像一串大大小小脱了色的宝石。

到处都是一片沉寂，屋子里面也是一片安静，这种安静与外边的沉寂不同。房屋立在那里，很白很白，只有中间的窗户是黑洞洞的。它们安睡着，锁了门上了闩，很无助地列在人行道旁，凌乱无序、有失体统，没有了人声喧哗，没有人进人出，它们便失去了所有意义。

秋天也有秋天的花朵，却很少受人喜爱、被人称颂。

这简直是胡说八道，我无法相信我写的这些话只是字面上的意思，我一直在想自己想出这种牵强的比喻，是不是因为哪个老大姐那时调戏过我这个害羞的小青年。

K。我认为，很多时候，你可以通过看一个人读哪些书来获得对他的深刻了解。我们大多数人都过着同样安静的日子，除了读书之外，我们很难找到更好的办法去满足内心的冒险精神。我们可以通过读书去体验那些虚构的生活，这通常会比客观环境强加于我们的更加真实。如果你问 K 哪些书对他影响比较大，他一时半会儿可能答不上来。经常会有人问这个问题，而这个问题其实也没有乍看起来那么蠢。对于这个问题，通常得到的回答是《圣经》和莎士比亚，这一回答要么是言不由衷的愚蠢，但更多时候，是因为那个人害怕如果自己有什么独特的回答，会被人觉得自命不凡。K 在提到那些占据了他的心灵、给了他最生动感受的书时，有些自鸣得意。在他列出的书单中，佩特罗尼乌斯（Petronius Arbiter）的《萨蒂利孔》（*Satyricon*）与纽曼（Newman）的《为己申辩》（*Apologia*）摆在一起；阿普列乌斯（Apuleius）与沃尔特·佩特（Walter Pater）放在一块儿；还有乔治·梅瑞狄斯（George Meredith）、见多识广的胡克（Hooker）、杰里米·泰勒、托马斯·布朗爵士（Sir Thomas Browne）和吉本（Gibbon）。他最喜欢华丽的文风。他喜欢那些矫揉造作的文章。当然，他是头倔驴，一头聪明、博学的倔驴。

他觉得自己深陷峡谷，正午时分就能看见星星，这是那些生活在阳光下的人无法看到的。

他似乎认为，只有组成生命的所有洪流都汇聚起来，才能浇灭他如焚的饥渴。

一个合理稳妥的判断。

（大教堂的）教士。他回避所有的宗教问题，就好像它们都不得体似的，就算在迫于压力不得不回答的时候，他回答起来也缩手缩脚、满含歉意。他总说宗教跟所有东西一样，也应该进化发展。他站在知识和无知的交界线上。“在这里人类理性就无法再前行了”，他说，然后立即开始适应这个黑暗而未被发现的国度。但是当科学像海浪一样涌了过来，证明人类理性其实一直都在，只不过是在另一个区域里头，他便很快就退缩了。就像战败的将军要在战报急件里粉饰战绩一样，他把自己的退兵称作向敌人后方进行战略转移。他把信仰建立在不可知的事物上。他把一切都放在了理性的界限上。但是，就像一个败家子只能眼看着高利贷债主一亩一亩地侵吞自己的庄园一样，他也只能带着难掩的焦虑，眼巴巴地看着科学不断地进步。

他在讲经台上诵读《圣经》中的一些篇章，他知道，在他的会众当中，一部分人会相信那些传说字字真实，另一部分人则觉得它们明显是虚构的。有时，他也会怀疑自己这样做的理由，但他会在心里耸耸肩。“毕竟，”他说，“这还是有好处的，无知的人应该相信这些东西。干预他人的信仰总是危险的。”但也有时候，他实在无法强迫自己去读某些章节，于是就安排自己的助理牧师去读。他喜欢自己的助手蠢一些。

当他自己发火时，他称之为正义的怒火。当有人做了一件他不喜欢的事情时，他会声称自己处于义愤填膺的心理状态。

马修·阿诺德（Matthew Arnold）的文风。它是表达思想的绝妙工具，它明了、简练、精确，它的行文就像一条平稳、澄澈的河流——甚至有些过于平静。如果把写作风格比作考究的男士服装，虽不能引人注目，但偶尔细看时就会发现十分得体，那么，阿诺德的文风就十分完美。它从不那么刺眼，绝不会用一个生动的短语或是优美的修饰词去分散人们的注意力，使其偏离文章内容；但若精品细读，人们会发现他笔下的句子结构是何等谨慎平衡，节奏是何等和谐、优美、高雅；人们会感到他在遣词造句方面是何等妥帖。而且十分令人惊叹的是，他只用一些常用的词语，便能获得如此不寻常的效果。阿诺德笔之所及，任何东西都会变得与众不同。他的文风总让人想到一个十分有涵养有学识的女士，年长一些，生活的激情已消磨大半。她优雅精致，叫人看不到逝去岁月的痕迹；她幽默风趣，活力四射，叫人根本不会想起她是上一代人的年纪。但是，这种文风非常适用于讽刺和机辩，适用于问题的阐述，十分易于指出论证中的弱点，因此对文章内容要求极高。它毫不留情地找出推理中的弱点和平庸的思想，它因此赤裸得可怕，令人困惑不安。与其说它是一种艺术，不如说它是一种方法。要想获得这种流畅而冷酷的写作技艺，得花多少心血，这世上恐怕也就只有我能明白了。语言简洁是所有写作风格中最难掌握的，这已经是老生常谈了，人们在读阿诺德的文章时，有时仍能察觉他想要努力做到这一点的蛛丝马迹，也能看到在他所采用的写作方式变成写作习惯之前，他给了自己多少约束。我这么说并没有任何贬低的意思，但我不禁想到，为了形成这样的风格，阿诺德在经过了长期艰苦的训练之后，行文变得有些死板机械。我们知道佩特从未如此。很显然，那些如诗如画的描写、丰富多彩的想象和各式各样的隐喻，的确都需要作者不断创新。但阿诺德的写作风格不具备这些特征，他的词汇量很小，他的措辞经常重复，他所追求的简洁性也没给想象力留下多少空间。不管他写什么，风格都一样。或许，人们之所以经常批评他缺乏个人色彩，除了他的古典主义之外，还有上面说到的原因。但是，对我而言，阿诺德风格和佩特（Pater）或卡莱尔（Carlyle）一样极具个人色彩。他的文风确实清晰地反映了他的性格：略有些女性化，有些小题大做，还有点儿武断冷酷，但他风度翩翩、思维机敏、优雅美妙，这足以弥补他的缺陷。

理性最终必须让步于“自然选择”。我们承认，理性所倡导的利己主义与宗教所倡导的利他主义之间存在矛盾。但毕竟，从进化史中可以看出，正是对个体利益的追求才带来了物种的进化。如果要说人类社会应该有什么不同，似乎就有点儿不合逻辑了。

美德源于人的本能，一个族群总会把那些本族群独有的特性尊为德行。正如在任何一个族群里，理想的美往往就是在平均相貌水平上拔高一些，所以族群里已有的那些本能便被称作了美德。

自然选择所做的这些努力，都是为了什么呢？所有这些社会活动，除了帮助芸芸众生获得食物、繁衍生息之外，还有什么好处呢？

道德标准与世界上其他标准一样善变。“善”只不过是最适合当前环境的行为；而进一步进化的结果可能是摒弃现有的道德标准，推翻所有我们现在所认为的美德。唯一一条绝对的道德标准是生存竞争中的成败。幸存者即“善”。

道德是处于生存斗争中的社会与个人打交道时所使用的武器。社会会奖励和表彰那些其生存所必需的行为和品质。道德的重要职责就是劝服个体去相信那些对社会有益的东西对他也有好处。

有些人实在没什么幽默感，他们至今仍对哥白尼怀有怨恨，因为他推翻了他们在宇宙的中心位置。他们认为这是对他们个人的公然冒犯，因为他们再也不能把自己当作世间万物的中心枢纽了。

为了便于论证，我们把康德的“目的自身”纳入“真、善、美”当中。“真、善、美”从来都不比田野里的花朵更长久，我们都能看出这个简单的事实，对此，你会如何解释？仅在有文字记载的短暂历史中，这三个概念的内涵就已发生过翻天覆地的变化。你又有什么理由可以想当然地认为，我们今天对这些主题的想法就是绝对的？那么，你该如何看待“目的自身”这样一个纯粹相对的概念呢？在和我们讨论“目的自身”前，请告诉我们什么是“绝对”。

现在的潮流是鄙视味觉及其乐趣，但事实上，味觉比审美本能更为重要。一个人若没了味觉，相较于没了审美本能，可要难过多了。如果按照各种机能对人类生存的必要性来给它们排序的话（这似乎挺合理的），那么消化器官将和性器官一起，排在最前面，是最为重要的。

很显然，有宗教信仰的人的心里也存在享乐主义，享乐主义对信徒行为的影响程度之深，绝不亚于它对简单纯粹的享乐主义者的影响——只不过，信徒把未来幸福，而不是现时欢愉，当作对当下行为的奖励。事实上，在那些选择某一途径以便享受永恒幸福的人身上，享乐主义的痕迹最为明显。而且，如果我们仔细研究他们想要的这种永恒幸福，常常会发现其中物欲横流，就连许多自称享乐主义者的人都会为此感到羞耻。

但是，有些笃信宗教的人，有一种奇特的情感观，能说服自身相信自己做事并不图回报，仅仅是出于对上帝的爱。不过，如果我们去分析一下这种感觉，便会发现其中的享乐主义因素。他们的回报其实就是行善后心底获得的自我满足，是在意识到自己做了正确的事之后获得的内心愉悦，由于它的本质是情感回报，就比那些较粗俗、较明显的回报更容易让人有满足感。

人类的美丽取决于其性吸引力。它是对某个民族在某一时期普遍特征的强化，但这种强化不太过分，因为超过一般水平太多的话，只能激起厌恶而非欣赏。从性的角度看，男人和女人的目的都是把自己与他人区分开来，从而引起别人对自己的注意。他们通过强调自己的人种特征来做到这一点。于是，中国人裹上了自己天生的小脚，欧洲人束上了自己天生的细腰。而当一个民族的特征发生变化时，他们理想中的美也会随之变化。在过去的一百年里，英国女人身高见长；旧时那些小说中的女主角都远远不够高，直到丁尼生（Tennyson）的出现，文学作品才明白身高的增加可以为美丽加分。

他们谈论艺术的时候好像自己了解它的一切，而那些不为他们所知的都不值得去了解。但艺术并没有这么简单。它怎么可能简单呢，它的起源里有这么多不同的事物：性、模仿、游戏、习惯、无聊、对改变的渴望、对增加快乐或减少痛苦的情感欲望。

我们的每个行为都是无法事后补救的，生活也正因如此而变得这般艰难。没有任何事情在又一次发生时能和之前的情形一模一样，并且在那些最重要的事情上，也没有任何先前的经验可提供指导。我们采取的每一次行动都是只此一次的，每一个错误都是不可挽回的。有时，回头看看，我们会为自己犯下的各种错误而万分震惊，我们似乎在歧路上荒废了太多时间，而且往往是彻彻底底走错了路，蹉跎了大把大把的时光。

在大多数传记中，主角的死亡才是最有趣的。这无法避免的最后一步令人着迷，甚至还有一些实用价值，这是他此前经历的任何事件都无法匹及的。令我大惑不解的是，传记作者既然已经着手去向世界展示某个名人的生活细节，为什么常常会对他死亡时的细节犹豫不决，迟迟不肯下笔呢？读者最感兴趣的是主角的性格、他的优点与弱点、他的勇气与懦弱。而这些特点只有当他躺在病床上，行将就木的时候，才表现得最为明显。了解伟人如何死亡同了解他们如何生存，能给予我们同样多的感触和收获。我们的生活受到外在环境的制约，但死亡属于我们自己。我们应当去看一看别人是如何走完这最后一段旅程的，因为当我们自己踏上这段旅程时，这会是我们能得到的仅有的帮助。

有时我会在夜里自问白天都做了些什么，有什么新思想或新观点，有什么特别的情感，是什么让它与众不同；而大部分时候，一天对我来说都显得无关紧要、毫无裨益。

道德主义者说，履行义务会带来快乐。义务由法律、公众舆论和良心共同支配。任何一项单独拿出来或许都没有多大力量，但三者联合起来是不可抗拒的。但舆论与法律有时是对立的——就像在欧洲大陆的问题上一样；而舆论本身也不一致，一部分人所谴责的，另一部分人却赞成；而各行各业，如军队、教会、商界，也都有他们自己的标准。

在某些情况下，履行义务明显不是什么乐事，于是人们便常常做不到，而为了促使人们履行义务，就必须找到新的制裁方法。布尔战争中，处于危险境地的军官很轻易就会投降，为了有机会活下去，他们宁可不要尊严。直到其中一些人被枪决，还有更多人被革职以后，大部分人才振作起来，坚定地鼓起勇气。

切萨雷·波吉亚（Cesare Borgia）可以说是“自我实现”的完美范例。就个人而言，唯一的道德规范就是使自己精神和肉体上的本能得到充分发挥，一项事业的审美意义就在于此。在这一方面，切萨雷·波吉亚的一生和圣方济各[①]的一生是相同的。两个人都充分实现了自己的性格，达到了最高要求。这个世界仅仅按照行为对世界自身的影响进行判断，就说一个人无耻，另一个人圣洁。那么，这个世界又该如何评判像托尔克马达（Torquemada）这样的人物呢？他是他那个时代最虔诚的信徒，他改良了一种迫害工具，这种工具造成的死亡和痛苦远超许多漫长血腥的战争。

个人对自己谈不上有什么义务或责任，这两个词对于个人而言毫无意义，它们只有在他与别人的关系中才能获得意义。对于他自己而言，他拥有绝对的个人自由，因为没有什么权威力量能对他发号施令。

社会为了维护自身而制定规则，但个人对社会没有任何责任。除了谨慎之外，没什么东西能限制他。他可以自由地走自己想走的路，做自己想做的事，但如果他不按照规定行事而受到社会惩罚，他也不应该抱怨。比起社会为了自我维护而设立的所有法律，另外

① 圣方济各（San Francesco di Assisi），1182—1226，宗教人物。

一种更有效的方法则是良心制度，这样就相当于在每个人的心中安排了一位警察，以确保法律得到遵守。奇特的是，即使是那些怎么想也和社会没有关系的最隐私的事务，良心也会引导人们按照个人以外的组织利益行事。

基督教与科学最大的差别在于：前者高度重视个人价值，而后者，即科学，根本不把人当回事儿。

人的善恶观是暂时的，良心因此也必然具有相对性。某个人在某个时代会因没做某件事而良心不安，在另一个时代则会因为做了而悔恨不已。

常识往往会被视为道德准则。但若仔细分析，逐条去看它的规定，人们便会对自己在其中发现的无数矛盾而感到震惊。他将无法理解，不同国家以及同一国家的不同阶级和区域竟然有如此截然相反的常识性指令。他甚至会发现，即使在同一个国家、同一个阶级和区域内，常识的各种规定往往也是互不相容的。

常识似乎只是不动脑子和欠思考的代名词。它由童年时的偏见、个人性格癖好以及报纸观点所构成。

在我们与他人的交往中，“常识”表现得非常公正无私，但这只是做个样子而已。比如，在周遭的贫穷和苦难消除之后，是不是就可以纵情享乐了？对于这个问题，常识会不假思索地给出否定答案。

如果要谴责感官欲望，那这种谴责就应该彻底。如果你谴责食欲或性欲，那你也应该谴责那些对温暖、舒适、运动和对艺术美、自然美的欲望。否则你谴责的东西就不是感官欲望，而只是一些依赖于食欲或性欲享乐而存在的弱点而已。

智慧很难被称作美德，因为它是由才智和能力构成的，而这种才能不是每个人都有。若要说智慧是正确行为的必要条件，那也只是针对少数人的说法。

直觉主义建立在道德的绝对原则之上，它之所以靠不住，是因为那些指导人们行动的直觉，在不同的国家、时代以及不同的人之间是各不相同的。直觉在一个时代会告诉人去实施谋杀，在另一个时代则会让他反对这种想法。直觉看似是一些没有明确来源的判断，但其实很容易就能证明它源于童年教育和邻里行为。对直觉的解释与广告的解释相同：对一个人说一万次“皮尔牌”肥皂能改善肤色，他最终就会形成一种直觉，确信那是真的。

奇怪，有这么一位教会神父——金口圣若望（君士坦丁堡主教，又名圣约翰·克里索斯托）（St. Chrysostom），居然暗示过道德的相对性：“既然它们（《旧约》箴规）现在已经过时了，就不要问它们能有什么好处了；你应该问，在需要它们的那个时代，它们曾有过什么好处。”

享乐主义者必须记住，自我意识与幸福快乐是不相容的。如果他执意追求个人的享乐，幸福快乐就会离他而去。

欲望在最初是令人愉快的，但是随着它越来越强烈，就变得令人痛苦。到那时，欲望的结局也会和痛苦一样，我们会想尽一切办法去摆脱它，而不是得到自己渴求的东西。有时候爱情如此猛烈，以至于爱欲不再是一种乐趣，而是一种痛苦，于是男人会杀死自己所爱的女人，好让自己从爱欲中解脱。

饥饿是一种欲望，它处在痛苦和快乐的界限上。欲望的强烈程度决定了个体是痛苦还是快乐，相对于人的其他状态，饥饿更能体现这一道理。当适度饥饿时，那种感觉是惬意的，想到食物让人感到快乐；但当过度饥饿时，就只剩下痛苦了，那时人所想的并不是一顿美餐所带来的满足感，而是怎样才能摆脱这种痛苦。

疼痛使人高尚，这恐怕是最扯的辩护理由了。之所以有这种解释，是因为基督教觉得有必要证明疼痛的合理性。疼痛只不过是神经发出的信号，告诉机体它正处在对其有害的环境当中。如果是这样的话，我们也完全有理由说危险信号使火车高尚。但是，只要简单地看一看生活，就足以相信，在绝大多数情况下，痛苦绝不能提高人的修养，只会让人变得粗暴无情。住院患者便是很好的例子：生理上的疼痛使他们变得自私、牢骚满腹、毫无耐心、不公正且贪婪。我可以说出许多疼痛导致的坏毛病，却举不出一个优点。贫穷也是一种痛苦。有一些人，他们不得不生活在比自己富有的人中间，在夹缝中讨生活，深受贫穷的困扰。我就认识很多这样的人，贫穷使他们变得贪婪卑鄙，口是心非，言不由衷。贫穷教会了他们各种各样的可憎伎俩。倘若收入水平尚可，他们原本可以是正直高尚的人，却在贫穷的折磨下，丢掉了所有的廉耻心。

对普通人来说，有一条生活原则：遵循自己被社会道德标准约束着的本能行事。

他努力想要参透生命的奥秘，不安的想法啃噬着他的内心，他暴怒着，像普罗米修斯（Prometheus），只是更加微不足道。

我很乐意把生活看作一局国际象棋游戏，它的基本游戏规则不容讨论。没人问为什么马可以这样奇怪地跳来跳去，为什么车只能走直线，为什么象只能斜着走。这些规则是死的，人们只能接受，下棋的时候必须遵守。抱怨规则的话就太蠢了。

伦理学是自然研究中的重要组成部分，因为人只有认清了自己在世间的位置，才能正确合理地行事。

若说人类的存在是有目的的，那真是无稽之谈，这就像在整个古代和中世纪时期人们普遍接受的预定假设一样。那时的人们认为，圆形是最完美的形状，因此天体必须做圆周运动，实在荒谬至极。

至于人类存在的目的这个问题，想想亚里士多德派对哥白尼体系的质疑，他们当时问，最外层的行星和恒星之间无尽的空间有什么用处呢?

人类普遍具有的东西不可能是邪恶的。许多伦理体系都有这个错误，它们多少都有些武断，它们把人的某些倾向定为善，把另一些定为恶。如果性本能的满足从未被视为邪恶，那人类将会拥有多少幸福啊。一个真正的伦理体系必须找出所有人普遍具有的品质，并称之为善。

得到人们称赞的行为似乎是那些能够让他们多多少少从中获益的行为，但是，那些能够激发其想象、令他们啧啧称奇、引人注目、富有戏剧性的行为，也都能得到他们的赞扬。

虽然我们并不经常有意识地把快乐当作自己的目标，但这并不是在反驳“人类所有行动都以获得快乐为目的”这一观点。

从理论上讲，除了对革命的恐惧之外，国家的权力是无限的，其行动的唯一限制是它自身的能力。因此，国家会把所有国营能够优于个体经营的行业国有化，而只把那些能通过个体贪婪更充分地发挥，带来更多经济效益的商业活动留给个体。国家决不能忘记曼德维尔（Mandeville）原理中的真谛：私恶即公益。

自由权：除非国家为了自己的目的而赞成它，否则便没有这样的权利。

对个人而言，道德只不过是个人满足的表达，它只是一个美学问题。

强权即真理。责任或道义是不存在的。某种行为就其本身而言，和另一种行为一样都说得过去。道德的唯一标准就是国家的福祉。个人与国家之间的关系是这样一种默契：个人出于自身的利益而考虑按国家利益行事。

哪怕有四千万人都在说同一句蠢话，它也不会变成一句睿智的话；如果智者骗他们说这句话很睿智，那他就是在犯蠢。

对宇宙和人类而言，一切都没有尽头。任何事物都是相对的，没有什么是确定的。道德标准取决于国家，而国家权力无限。强权即是真理。

发展进步有什么好处？日本人获取了西方文明，能给他们带来什么好处？马来人住在森林边缘，肯纳卡人居于肥沃的岛屿，他们难道没有住在伦敦贫民窟里的人快乐吗？这一切的归宿是什么？又有什么用处？我不知道答案。

快感是暂时的，但这并不能证明它就是邪恶的，这是因为，人们能找到什么永恒不变的东西吗？

认识到个体思想根本上的孤立性，是大有裨益的。除了我们自己的意识之外，我们对他人的意识缺乏特定的了解。我们只能通过自己的个性了解世界。倘若我们因为他人的行为与自己相似，就猜测他们和我们一样，那么，当我们发现他们其实和我们毫不相像的时候，就会十分震惊。随着年龄的增长，我愈发觉得一个人与另一个人之间的差异是如此巨大。我差不多已经相信每一个人都是独一无二的了。

我认为我们有充分的证据可以表明人们的所有努力都是为了得到快感。“快感”这个词会让禁欲主义者觉得不好听，很多人更喜欢把它说成“幸福”。但是幸福只能被定义为一种持久的快感状态，如果要谴责其中一个，那另一个也应受到谴责。假如构成一条直线的点都是“恶”的话，你就没理由把那条直线叫作“善”。当然，“快感”并不一定完全由感官享受组成，但是在使用这个词的时候，人们总会觉得它指的就是那些感官享受。对于一般人来说，与感官的快感相比，审美带来的快感、努力带来的快感和想象带来的快感都显得如此苍白无力，以至于当他听到这个词的时候，并不会想到这样的一些“快感”。

像歌德一样，有些人认为是和谐赋予了生命存在的理由；还有一些人像沃尔特佩特一样，认为是美给生命赋予了理由。但是当歌德告诉人们要全面培养自己的能力，嘱咐他们看到生命的全部时，他其实是在倡导毫不掩饰的享乐主义，因为人越是全面地发展自己，他获得的幸福感就越大。我认为，把美丽作为生命的目标和终点，是有些愚蠢的，这是一种只可同甘、不可共苦的信条，遇上不同寻常的压力，就会毫无用处。拉结[①]泣不成声，因为她的孩子拒绝她的安慰，然而那天的日落依然像往常一样壮丽。

良心。关于它的力量，约翰·亨利·纽曼在《自我辩护》里的一个注解中说得很好：人们“宁愿犯点儿错误，受到良心的惩罚，也不愿仅凭理性判断而尽善尽美”。

要是能证明对死亡的恐惧是一种欧洲病的话，那会十分有趣：看看东方和非洲民族是多么沉着地期盼着它的到来。

完美似乎只是一种对环境的彻底适应。但环境是持续变化的，因此完美从来都只能是昙花一现。

人类有一种根深蒂固的想法——创新是邪恶的，这在孩子和野蛮人身上体现得尤为明显。野蛮人没什么兴趣爱好，他们的衣着都价值不菲，为的是能穿很久；他们的工艺形式很有限，因此他们陷

① 拉结（Rachel）是《圣经》中雅各（Jacob）的两个妻子之一，此处引自《圣经·耶利米书》31 章 15 节：“……拉结哭她儿女不肯受安慰，因为他们都不在了。”

入了保守主义。但是在人们心中也存在着对变革的喜爱，他们纯粹是喜欢变化本身，而在一种文明的状态下，它可以压倒旧时对变革的恐惧。文明人有各种设施可以用来获得变化，比如在衣着方面，可以靠着批量生产而做到价格低廉，款式多样；在风景方面，可以凭借便利的交通工具去欣赏千姿百态的风景。

同一句话在两个人身上永远不会产生完全相同的效果，并且话里的词语向他们两人传达的第一感觉也大不相同。

没有人证明过阿波罗（Apollo）或阿芙洛狄忒（Aphrodite）不存在，人们对他们的信仰之所以会消减，只是因为那种信仰与人们的一般智力水平不再匹配。

人的尊严。当一个人肆意地、无比虚荣地把一切令人赞不绝口的优点都加到自己身上时，说到底，他就像那些东方小国的统治者，个个都堂而皇之地宣称自己是大地的王者、太阳的兄弟。

人们对自己所处时代的各种观点持怀疑态度，这是十分明智的。过去几百年里的那些看似言之凿凿的观点，如今在我们看来，却错得十分明显，甚至有些荒谬。如今我们所接受的一些普遍理论，似乎都有着诸多令人信服、十分合理的根据，以至于我们无法想象它们也许就像那些我们已知是谬误的理论一样，并不可靠。这些理论或许与 18 世纪关于人类原始完美的假设一样，荒唐至极。

他们正在谈论V.F.，他们都认识她。她出版了一卷充满激情的爱情诗集，里面的诗歌显然不是写给她丈夫的。一想到她竟然在他的鼻子底下红杏出墙了这么久，他们都哈哈大笑，而且实在想知道当他读到这些诗的时候是一种什么感觉。

这段笔记给了我灵感，让我在四十年后写下了一个故事。故事叫作《上校夫人》①。

各种美德是根据其对社会的用途大小排序的。因此，勇敢高于审慎，人们会称那些用自己的生命做无谓冒险的人是“好人”，其实他只是一个蛮干的家伙。勇敢中蕴含着慷慨大方，审慎中则有一些狡猾甚至卑鄙的东西。放纵是一种缺点，但并不明显地影响公共利益，因此人们看待它的态度就有些模糊。在某种程度上（起码在英国），它并没有受到人们的反对，只有当人们的放纵影响了他人时才会受到谴责。人们对于那些自己可以从中以各种方式获利的性格弱点是宽容的。他们说那些把时间和金钱浪费在寻欢作乐上的人“不成器”，最糟也就只是说说“他最大的敌人就是他自己”。

每一代人都认为，前一代人比自己这代更有活力，品德更加高尚。人们总在抱怨世风日下，在希罗多德（Herodotus）的史学著作中，在罗马共和国晚期作家的作品里，在蒙田（Montaigne）以及当今作家的文章里都能找到这种抱怨。之所以会这样，是因为人们

① 《上校夫人》（*The Colonel's Lady*），1946年发表。

讨厌变化，恐惧变化。习惯会变，但人不变。

我们必须警惕那些看似不言而喻且最明显的观点。它们是普遍存在的，我们自小就听到它们被当作真理，而且我们周围的每一个人都毫无异议地接受了它们，因此我们甚至都没想过要质疑它们。然而我们最需要小心权衡的恰恰是这些观点。

前一代人的假设往往就成了下一代人的信条，此时若去怀疑它们就有些荒唐。但是再过一代，人们就会发现它们无用、过时、荒谬，于是弃之不顾。

1902

在我看来，平凡的人类并不适合永生这样伟大的事情。人类有着自己的一些小热情、小美德和小恶习，与这个平淡无奇的现实世界非常相称。但永生的概念太过宏大了，不能用如此小的模子铸造出来。我不止一次目睹人们死去，或平静，或悲惨，但在他们临终前，我从未见过任何能够表明他们精神永恒的迹象。他们就这么死去，和一条狗死去没什么两样。

提香（Titian）的《基督下葬》。我丝毫感受不到那个场面的悲壮，也感受不到死亡的恐怖和生者的痛苦，我所感受到的只有生命的温暖气息和意大利的热情之美。即使在那死亡和恐怖的时刻，生命的荣光也压倒了一切。也许在所有的艺术中都应如此，美可以改变一切丑陋的景象，甚至可以从死亡和悲伤中发掘出生命的欢欣。

世界上最优美动人的旋律，即便再高雅，也得用音符来表达。同样，即便是那些最高级的意识活动，其根源也都在于大脑的物理活动。

生命的意识是直接或间接地由个体在宇宙中的位置所决定的，起决定性作用的还有他是否需要了解自己的周围环境，以及是使周围环境适应自己，还是使自己适应周围环境。

对待人生，除了保持幽默，随遇而安，我想不出还有什么态度更能让人心安了。

如果我们坚信悲伤不可避免，它便会因此而减轻。我想，如果一个人能发现造成其痛苦的物理原因，他便能控制自己的种种痛苦。康德有过疑病症，早年间近乎厌世，后来他知道了这种疑病症是自己扁平而狭窄的胸廓所致，便战胜了这种痛苦。

性格的起源可以追溯到个人有机体的形成，它受到人出生后的身体状况和周围环境的影响。一个人自己没有什么过错，性格却怪僻而又难以相处，这是非常不公平的，因为这会使他不幸。

每个青年都像在黑夜里出生的孩子，一睁眼就看到了日出，便认为昨天根本不存在。

现代文化中有一件很愚蠢的事（英国是一个典型），就是喜欢在人类的某些自然功能上遮遮掩掩。“君子自重”的布告不仅张贴在街道的墙边和角落，更贴在英国人的灵魂深处。于是乎，许多无害的、必要的行为都因此被涂上了一种近乎色情的色彩。与之相比，在其他时代，最文雅的人对待这些事情都坦率而朴实。

人类机体结构的高级使得个体不得不承受较大程度的痛苦。由于人类神经系统的复杂性，他遭受着更强烈、更多样的身体痛苦，同时也遭受着道德和想象上的痛苦，而低等动物就不会有这种烦恼。

1904

帕丽斯。她与鲁本斯（Rubens）的第二任妻子海伦娜·芙尔曼（Helena Fourment）有些相像，面色红润，金发碧眼，眼睛蓝得像仲夏时节的大海，头发金黄得像八月骄阳下的玉米，但她还要更精致一些。并且，不幸的海伦娜很容易发胖，她却不会。

她是一个成熟而极富魅力的女人，她面颊红润，头发秀美，眼睛蓝得像夏天的大海；曲线圆润，胸部丰满，珠圆玉润。鲁本斯在《海伦娜·芙尔曼》中描绘的迷人形象永久地刻画下了那类女性之美，她便属于这种类型。

这个场景很像华托（Watteau）人物组画的风格。他站在草坪上，人们仿佛看见了小丑吉尔（Gilles），他一袭白衣，精致的鞋子上系着粉红色的蝴蝶结，用疲惫而嘲弄的眼神看着人们，嘴唇颤抖。但是，他是在压抑自己不要抽泣，还是在忍住自己不去讥笑，谁能分辨出来呢？

圣母披着一件天鹅绒材质的长披风，蔚蓝得像南方夜晚的天空，上面用金线绣着精致的花朵和叶子。

平静的湖面上倒映着白云，秋日将近，树木已开始枯黄。绿树连天，榆树和橡树沉静蔚然。这种场景显得十分庄严，明显经过了长期的精心照料。在湖边，可能就坐着华多画笔下的那些颓废太太们，她们穿着五颜六色的绸缎，与那些殷勤的情郎矫揉造作地谈论着拉辛（Racine）的诗句和塞维尼夫人（Madame de-Sevigne）的信。

轻松愉快、炫耀做作的性格，挑衅的姿态，虽藐视市侩庸人，却又想看他们惊讶和愤怒的样子，好从中寻点乐子，这就像安东尼·华多（Antoine Watteau）在画作《冷漠》（*L' Indifférent*）中描绘的那个欢快的家伙一样，一刻不停地在画布上跳脱地行走，得体而优雅。他穿着蓝色缎子紧身上衣，长筒袜，鞋子上还点缀着玫瑰，喇叭袖的褶子环着他的手腕，一只胳膊上还漫不经心地搭个薄薄的斗篷。

清晨，太阳还没有升起，树木和水面都呈现出一种柔嫩而细腻的灰色，让人不禁想起柯罗（Corot）的一幅画。这幅画有一种微妙而明亮的优雅，能净化我们的内心，在这种净化下，所有卑劣都会消散，使我们的内心一尘不染。

他的五官很大，脸很方，但尽管如此，他还是英俊得引人注目。不过他的容貌不仅仅是英俊：他阴郁的神情使得他在安静的时候显得近乎暴戾，他那双又大又黑的东方人一样的杏眼，还有精致性感的红唇，以及恰到好处地卷曲在头上的暗栗色短发，都使他显得冷酷孤傲。他能勾起人们的热情，但他报之以强烈的不屑和冷漠。对他可能引起别人的激情这一点，他感到非常轻蔑。这是一张邪恶的脸，可是美不会如此邪恶；这是一张残忍的脸，可是冷漠绝不会如此残忍。那是一张印在你脑海里的脸，你对它的感觉一部分是爱慕，一部分是恐惧。他的皮肤非常光洁，是一种泛着一层精致胭脂的象牙色；他的手指修长，就像布龙齐诺（Bronzino）画笔下那位雕刻家的手一样机敏、灵巧、活跃，你会觉得，只要他的双手碰一下，黏土便会自动把自己塑造成可爱的形状。

这是一张奇怪的脸，无情而淡漠，懒散而热情，冰冷而性感。

身强体健，容光焕发，就像威尼斯画派作品中的人物，生命似乎就是那么光芒万丈。

他有着维埃纳农牧神般不怀好意的笑声，有着调皮的嘴唇和闪闪发光、不近人情的眼睛。他有着同样的小鼻子，同样形状古怪的脑袋，尽管有着人的形状，却使人想起传说中动物的兽性。

她冷峻美丽，有一种细腻、纯洁的优雅，一种骨子里透出的镇静，让你不禁想起（此时你还会不禁微微一笑）罗浮宫里的那尊狄安娜（Diana）雕像。她像个小女孩一样，正在聚精会神地系着自己的披风。她的耳朵做工无比精致细腻，她的五官雕琢得十分优雅标致。

他是一个狂热者，有着又细又直的鼻子，紧闭严肃的嘴唇。在他紧闭的眼睛和紧绷的下巴里，在他焦躁不安的紧张状态中，有一种冷酷的决心和阴郁的固执。

他留着卷曲浓密的黑胡子，修剪得四四方方、轮廓分明，再加上他低低的额头，笔直的鼻梁，红润的面色，看上去就像酒神巴克斯（Bacchus）的某些雕像。这些雕像不是年轻小伙子的形象，而是一个正值壮年的男人形象。

弗拉基米尔（Vladimir）。他好几天没见到弗拉基米尔了，很想知道他现在怎么样了。他不在平时常去的咖啡馆。他知道他的住处，于是就去了他住的旅馆。这家旅馆位于拉斯拜尔大道（Boulevard Raspail）附近，是一家廉价旅馆，经常有学生、落魄的演员和音乐人光顾。弗拉基米尔住在五楼一个脏兮兮的小房间里。他到的时候弗拉基米尔正躺在床上。

“你生病了吗？”他问。

“没有。”

“那你为什么没出门？”

“我起不了床，我仅有的一双靴子都烂掉了，天气这么糟糕，我不能穿着拖鞋出去。”

他看了看那双靴子，确实没法穿了，所以，尽管他自己也穷得叮当响，还是给了弗拉基米尔二十法郎，让他去买一双新靴子。弗拉基米尔一个劲地向他道谢，他们约定像往常一样，晚饭前在“穹顶咖啡馆”见面。但是弗拉基米尔没有露面。那天晚上和第二天晚上他都没有过来，所以第三天他又去了旅馆，爬了五层楼去了弗拉基米尔的房间。他看到房间里面摆满了鲜花，而弗拉基米尔仍旧躺在床上。

“你为什么没来？”他问道。

“我出不了门，我没靴子穿。”

“可是我给了你二十法郎让你去买双靴子啊。”

“我把钱全买这些花了。它们很漂亮吧？Qui fleurit sa maison fleurit son coeur.（法语：谁的房间鲜花怒放，谁的心就心花怒放。）”

他的灵魂就像高塔里的囚犯，透过牢房狭窄的窗户，能看到自由世界里碧绿的草地和茁壮生长的树木，却只能被囚于阴冷潮湿的高墙内，永远暗无天日。

青葱的树木在废弃的塔楼间悄然生长着，常春藤以一种奇妙的柔情覆盖着那些经受过上百次围攻的灰色石头。

白杨树依河而立，如此优美挺拔，在慵懒的水面上投下它们修长的倒影。

法国一条浅浅的河流，清澈如镜，映照着星空，在月光的照耀下，小岛显得十分洁白美丽。河岸两旁是郁郁葱葱的树木。肥沃迷人的都兰，充满着一种温文尔雅的气氛和对浪漫过去的回忆。

整个乡村风景在你面前徐徐展开，你感到有足够的空间去深吸一口气。它起起伏伏，土壤肥沃，长满了白杨树、栗树和落叶松，到处是一片盎然绿意，似乎在微笑。它给你一种舒适的富足感，甚至是奢华感，不过这是一种充满优雅、美丽和稳重端庄的富足感。

1908

成功。我认为它对我不会有任何影响。比方说，我总是期待着它，而当它到来的时候，我会觉得它是件很自然而然的事情，没什么好大惊小怪的。对我而言，它唯一一个不容置疑的价值，是让我摆脱从未离开我脑海的对经济方面的担忧。我讨厌贫穷，我讨厌为了收支相抵而不得不攒钱。我想我没有十年前那么自负了。

雅典。我坐在狄奥尼索斯剧场里，从我坐的地方可以看到蓝色的爱琴海。当我想到那些在这个舞台上曾上演过的伟大戏剧时，我浑身直起鸡皮疙瘩。那真是个激动人心的时刻，我既兴奋又敬畏。来了几个年轻的希腊学生，他们用蹩脚的法语和我交谈。过了一会儿，其中一个问我是否想听他在台上背诵一些东西。我欣然接受。我想他会背诵索福克勒斯（Sophocles）或欧里庇德斯（Euripides）的一些伟大演讲，尽管我知道我可能一句话都听不懂，但我还是准备好了去聆听一场美妙的演讲。他爬了上去，摆好架势，然后用一种可怕的口音说："C' est nous les cadets de Gascogne.（法语：我们是加斯科涅军校的学生。）"

他是个慈善家。他的工作很重要，意义深远。他工作勤奋，公正无私。他虽平凡，却也伟大。他把酒看作一种祸害，尽管他很忙，但还是抽出时间在全国各地进行戒酒讲座。他不允许他的家人碰酒。在他的房子里有一个房间是锁着的，不允许任何人进入。有一天他突然去世了，葬礼结束后不久，他的家人就把房间的门撬开了，一直以来他们对这个房间都很好奇。他们发现里面到处都是空瓶子，有白兰地、威士忌和杜松子酒的酒瓶，也有查特酒、法国甜酒和莳萝利口酒的酒瓶。很明显，他把瓶子一个接一个地带了进来，喝掉了里面的酒却不知道怎么处理酒瓶。我真想知道当他做完戒酒班的讲座回到家，在锁着的门后啜饮着绿色的查特酒时，脑子里想的是什么。

1914

吃早餐时，我遇到了一个奇怪的人。他是一个轻骑兵，为他的团打头阵。当他吃早饭时，一个勤务兵牵着他的马站在广场的树下。他告诉我，他是一个哥萨克人，出生在西伯利亚，十一年来一直在边境与中国人作战。他瘦瘦的，五官分明，蓝眼睛又大又醒目。他在瑞士待了一个夏天，在战争爆发前三天接到命令，必须立即前往法国。宣战后，他发现自己无法返回俄国，并被派到法国骑兵团任职。他健谈、活泼、喜欢自夸。他告诉我，他俘虏了一名德国军官后，把他带到了自己的住处。在那里，他对他说："现在我要让你瞧瞧我们是怎样对待俘虏和绅士的。"然后，他给了德国军官一杯巧克力饮料。喝完后，他说："现在我再来让你看看你们是怎么对待他们的。"然后，他在德国军官的脸上甩了一巴掌。"那他怎么说？"我问。"什么都没说，他知道如果他开口，我就会杀了他。"他和我聊起了塞内加尔人，他们坚持要砍下德国人的头："这样你就能肯定他们死了——et ça fait une bonne soupe（法语：而且用来炖汤也不错）。"他这样描述炮弹："它们嗖嗖地飞蹿，直到它们落下，你才知道自己是否会被炸死。"

离这儿不到二十五公里的地方还在打仗。等待午饭的时候，我和一个非常机灵的十三岁小伙子聊了起来。他告诉我，前几天有两名俘虏被押着路过这里。男孩补充说，当时自己的帽子里装满了热栗子，他把栗子一个一个地往那两个可怜的家伙脸上砸。当我告诉他那样做很不像话的时候，他大笑起来，说："为什么？其他人都在打他们。"后来，来了几个德国人，他们要取一辆征用的汽车，和市长一起开车去放车的那栋房子。宪兵们，有十个人，听见这话，便跟踪了过去。当他们到达时，军官正和市长一起走进房子，还有一个德国兵正在汽车下面鼓捣着什么。军官走到一旁，让市长走在他前面。"这说明他很有礼数。"给我提供住处的老太太这么说。就在这时，宪兵们向他开了枪，然后又开枪打死了汽车下面的那个人。其他人举手投降，但宪兵们还是开枪把他们全都打死了。

我被分到一间古怪的小房子里居住，给我提供住处的是一个退休的老伙计和他的妻子。他们有三个儿子，都被征走当了兵。他们非常热心，很高兴有个军官住在他们家里，希望能为我做他们能做的一切。他们在我上床睡觉前给我热牛奶，还说只要我住在那里，他们就会把我当成他们的儿子一样对待。这是一个小房间，有一张带篷的大木床，往外看可以看到一个院子和一个倾斜着的红色大屋顶。

整个上午我都在一个由学校改成的医院里面忙活。这里肯定有两百到三百名伤员。整个医院臭气熏天，没有一扇窗户开着，地板也没有打扫过，肮脏和悲惨得令人难以置信。似乎只有两名医生负责照顾他们，还有几位外科医生助手和镇上一些不懂护理知识的妇女在帮忙。那里有一个德国战俘，我和他聊了一会儿。他的腿被切掉了，他觉得，如果他是法国人，就不会被截肢。医生助手让我向他解释，想要拯救他的生命就必须要截肢，并绘声绘色地向我详细解释了当时这条腿的状况。那个战俘闷闷不乐，一言不发。他正饱受思乡之苦。他躺在那里，脸色蜡黄，长着一撮乱蓬蓬的胡须，一双疯狂而痛苦的眼睛。为了帮助他，医生在他旁边放了一个同样被截肢的法国人，好让他知道法国人也是一样要截肢的，而那个法国人躺在床上，还挺高兴的样子。我已经好多年没有做过这种工作了，一开始我感到尴尬和不知所措，但很快我发现我能帮上忙，但也仅限于此，那就是清理伤口，涂碘酒，包扎伤口。我从未见过这样的伤口。有的是肩膀上超大的伤口，骨头都碎了，流着脓，臭气熏天；有的是背部裂开的伤口；有的是子弹穿过肺部的伤口；有的双脚都炸碎了，你都不知道他的肢体能否保得住。

午饭后，我们接到命令，要把一百名伤员转移到车站，因为此时要全力腾空杜朗镇的这家临时医院，以准备迎接开战后的大量伤员。我们来到这里以后，每天路上都是行进的部队在为这场大战做准备。有些伤员可以走路，有些伤员要用担架抬到车上。就在第一批担架被抬出来的时候，传来了颂歌的声音，抬担架的人便放下了担架。一个破裂的铃铛叮当作响，发出一种忧郁的调子。一个又大又胖的牧师，穿着牧师袍和白色法衣，走了出来。他前面是一个瞎子，由一个小男孩牵着，我想这应该是仪仗官。仪式开始，他们先为死者颂歌超度。接着，四个人抬来了一具棺材，棺材上盖着黑布，上面放着一个没有染色的木质小十字架，钉着那个死去士兵的身份牌。后面跟着四个士兵和一个护士。他们走了几步，牧师停下来，环顾四周，恼怒地耸了耸肩，他们便停下来等着。终于，又来了一具棺材，然后是第三具和第四具，队伍又开始行进，破裂的铃铛叮当作响。他们走出院子来到马路上，平民们脱帽致哀，士兵们则行军礼，他们慢慢地向墓地走去。我不知道，医院里那些临终者每次听到那只小破铃可怕的叮当声时，心里会是什么感觉。

它坐落在一座白石城堡里，是一座庄严的建筑，门上刻着“1726”这个年份。它既有路易十四时代的坚实宏伟，又略带一种轻盈精致的感觉。它被急匆匆地改造成一家医院。受伤的人躺在大厅和餐厅地板的草垫上。客厅已经变成一个临时病房，匆忙之中，家具还没有搬开，只是被推到了墙边——在大钢琴上看到盆、敷料和药品，真叫人觉得古怪。躺在担架上等待包扎的病人被放在布尔写字台上。前一天晚上，法国人曾试图攻占昂德希镇。法国人在炮兵还没有为他们准备好前进的道路之前，就已经出兵了，有一个团已经占领了敌军的战壕，但是另一个团（地方自卫队）的士气动摇，然后逃走了，所以已经占领德军战壕的那个团不得不撤退，撤退时遭到了严重的反攻，有三百人死亡，一千六百人受伤。我们把担架从救护车里抬出来，等着把那些可以挪动的人抬走。房子前面有一块圆形草坪，我们可以想象，它在平时一定是修剪整齐的，此时却泥泞得像是在雨中踢了一场足球赛一样。一整晚都有担架员在上面走来走去，还有沉重的救护车轮子在上面碾来碾去，草坪被摧残得七零八落。旁边的一所房子里堆着死尸，他们是那些一到医院便已经死掉的人，还有那些在当晚死去的人。他们紧紧挤在一起，奇形怪状的。他们的制服沾满了泥泞和血污，肮脏不堪。有些人的身体扭曲得很奇怪，仿佛死去时极度痛苦。有一个人伸着胳膊，好像在弹竖琴；有些人瘫在那里，像是一件空落落的衣服，没有人形。但是在死后，那些士兵粗糙肮脏的手没有了血色，反倒变得异常细腻和高贵。我们去了这家医院两三趟，然后去了村里的教堂。它矗立在一座陡峭的小山顶上，是一座光秃秃的、饱经风霜的乡村教堂。在其中一个小礼拜堂里，椅子已经被堆叠在了一起，地板上铺着草垫。伤兵们便沿着墙躺在上面，排得老长，几乎没有什么可以从他们中间挤过去。由于事发突然，没有来得及摘掉那些宗教标志，有一个石膏制成的圣母从高高的祭坛上俯视着，她瞪着眼睛，脸颊上涂着红红的胭脂，两侧都放着烛台和盛着纸花的镀金罐子。病得不太重的人都在抽烟。这是一个奇特的景象。门口有一群士兵，一边抽烟，一边聊天，他们不时严肃地望着伤员；到处都有人在转来转去，寻找受伤的战友，不时停下来问问某个伤员的伤势；医院的护理员在伤员中间来回穿梭，为他们送水送汤；担架员小心翼翼地穿过人群，抬着伤员走向救护车。人们的谈话声中夹杂着痛苦的呻吟和垂死者的哭喊；有些人比他们的同伴受的伤要轻，他们开着玩笑，大声笑着，庆幸自己还活着。一位牧师站在一根柱子旁，为一位即将死去的人举行最后的圣礼。他嘟哝着，匆匆地低声祈祷。他们中的大多数人似乎都受了重伤，他们已经像我看到的那些死去的士兵一样，乱糟糟地躺在那儿了。教堂的正门旁边，有一个人半躺着，他与别人不同，是在另一场战役中受伤的。他的脸色灰白，胡子拉碴，瘦削而憔悴。他没有出声，也没有动，只是阴沉沉地盯着前面，仿佛意识到自己没有办法逃避死亡，于是满腔怒火。他的腹部有个可怕的伤口，我们已无力回天，他等待着死亡的到来。我又看见另一个伤员，看起来还是个孩子，长得挺丑，圆脸，黄皮肤，细长的眼睛，看上去像是日本人，受了重伤。他知道自己快死了，他非常害怕自己会死掉。三个士兵站在他的脑袋旁，俯身看着他，他紧紧抓住其中一个士兵的手，喊道："天哪，我要死了。"他号啕大哭，豆大的泪珠从他那又脏又丑的脸上滚落下来，他不断地说："我好不幸，上帝啊，我好不幸呀。"士兵们试图安慰他，握着他手的那个士兵用另一只手抚摸着男孩的脸："Mais non, mon vieux，ta guériras.（法语：不会的，朋友，你会好起来的。）"另一个士兵坐在圣坛的台阶上，抽着烟，冷冷地看着一切。他的面颊红润，看上去没有大碍，我走到他跟前时，他高兴地笑了。我看到他的手臂包着绷带，便问他伤口是否严重。他笑了笑："啊，如果就是这点儿伤的话，那倒不算什么！我的脊椎中了一颗子弹，我瘫痪了。"

蒙迪迪耶的兵舍。我找到了图书室。在法国大革命之前，邻近的乡绅们在蒙迪迪耶有自己的城区住宅，他们过去会在冬天来这里进行社交活动，但现在他们的宅邸已经被分成了两到三套房子，供那些已经取代他们的资产阶级居住了。分给我住的地方给人的印象是，它应该曾是一幢大房子中的一部分，而图书室是一楼的一间小房间，你可以从一个曾是后楼梯的通道过去。这是一间镶板的房间，一个嵌入式的书柜占据了整面墙，书被铁丝网保护着，门是锁着的，要弄到一本书是不可能的，但我可以看到它们的名字，倒也挺有趣的。它们多半是在18世纪被收藏的，有着烫金装饰的封面。上面几排书架上放的是灵修类书籍，但在它们当中，非常低调地隐藏着几本特别的书，我找到了流浪汉小说《古斯曼·德·阿尔法拉切》（*Don Guzman de Alfarache*）；在它的正下方，我还找到了《一位贵族青年的回忆录与冒险史》（*Mémoires d'un Homme de Qualité*）；另外还有博须埃（Bossuet）全集，马西隆（Massillon）的布道集，还有我从未听说过的某位作家的十二卷文集。我很想知道他是谁，他怎么配得上这个如此豪华的装帧。我还想读一读里面的一套四卷的四开本著作，其中包括一本《蒙迪迪耶史》。书架上只有《忏悔录》这一本卢梭（Rousseau）的作品。在下面的一个书架上，我找到了一本布封（Buffon）的书，跟我小时候看的版本一模一样，这本书曾给我的童年带来无限的乐趣。收藏这些书的人一定是一个性情严肃的人，因为我发现他的藏书中有笛卡尔（Descartes）的作品，还有一本超级厚的世界史，一套多卷本的法国史和一本休谟（Hume）所著的《英格兰史》译本。书架上还有一大本斯科特（Scott）的大开本小说集，全是八开本的，黑色皮革的封面，看起来很压抑；还有一部拜伦（Byron）勋爵的作品集，看起来着实有些不合时宜的庄严肃穆。很快，我就再也不想看我面前的这些书了，在我看来，隔在它们的金属丝保护罩后面看它们的书名要有趣多了，这样，它们便拥有了一种魔力，如果我能拿到它们，翻开里头发霉的书页，这种魔力便没有了。

亚眠城。这里的英国人几乎和布伦城里一样多，高贵的女士们开着巨大的汽车到处去看望病人，指挥医生。我听说了一件好玩儿的事情。一辆满载伤员的火车刚从前线过来，伤员被暂时安置在车站的医院里。一位女士走来走去给他们喝热汤。过了一会儿，她来到一个被子弹射穿了喉咙和肺部的男人面前，她正要给他喝汤，主管医生告诉她，如果她这么做了就会“淹死”他。“你什么意思？”她说，“他当然要喝汤。这对他不会有任何伤害。”医生回答说：“我的专业意见是，如果你给那个人喝汤，他就会死。”这位女士变得不耐烦了。“胡说八道。”她说。“你给他喝汤的话，后果自负。”医生说。她把杯子端到那人的嘴边，那个人想咽下去，结果马上就死了。那位女士对医生大发雷霆：“你杀了他！”“你说什么？”医生回答，“是你杀了他。我告诉过你会有什么后果的。”

斯滕福德的旅馆老板。他很有特点，是一个佛兰芒人。他谨小慎微、行动缓慢、笨重肥胖，圆圆的眼睛，圆圆的鼻子，圆圆的脸，四十五岁上下。他不但不欢迎到访的客人，还会使绊子阻碍客人的入住或用餐，客人必须跟他使劲说好话，他才愿意提供他们想要的东西；而当他克服了自己对陌生人本能的不信任时，他便会友善起来。尽管他又笨重又迟钝，却有一种孩子气的幽默感，喜欢恶作剧，喜欢哈哈大笑，反应总会慢上几拍。现在他已经和我熟络起来了，虽然还有一丝猜疑，但已经和蔼可亲多了。当我对他说“Votre café est bien bon，patron（法语：老板，你家咖啡不错）”的时候，他会回答说：“C’est lui qui le boit qui l’est.（法语：不错的是喝咖啡的人。）”他说话的时候口音很重，总会乱用第二人称单数和复数。他会让人想起旧时弗兰德绘画当中那些捐赠圣坛的人，他的妻子也很像某个捐赠者的妻子。她是一个身材高大的女人，爬满皱纹的脸十分严厉，不苟言笑，还挺可怕的。不过，你有时会觉得，在她严厉的背后有着佛兰芒式的幽默，有时我还听见她因为某些冒犯过她的人出洋相而开怀大笑。我来到这儿的第一天，拜托老板给我上晚饭，他过去问他的妻子可不可以。他说：“Il faut bien que je la demande，puisque je couche avec.（法语：尽管我和她同床共枕，但我还是得问问她。）”

我在斯滕福德玩得很开心。天气又冷又不舒服。洗个澡是不可能的。食物很差。这里的工作既辛苦又乏味，但是不用操什么心是多么令人高兴啊！我不需要去做什么决定，我只需要做上头安排我做的事，做完了，剩下的时间就是我自己的了，我可以随心所欲地浪费它。在此之前，我一直都认为时间非常珍贵，我不能白白浪费每一分钟。我满脑子都涌动着各种各样的想法，而且迫切地想要将它们表达出来，我都有些走火入魔了。我有那么多想学习的东西，那么多想看的地方，那么多我觉得我不能错过的经历，但是岁月在流逝，时间很短暂。我从来都没有过上真正不用操心的日子。操什么心？好吧，我想，应该是对我自己，对我所拥有的才华操心，我想充分利用它们和我自己。而现在我自由了，我很享受这种自由。这种快乐是感官上的，甚至是肉欲上的。当我听说有些人在战争中度过了一生中最美好的时光时，我完全可以理解他们。我不知道英语中是否有像“hebetude”这样的词，如果有的话，这个词所表达的就是我喜欢的状态了。

1915

我们正坐在卡普里的一家酒馆里，诺曼走了进来，他告诉我们T正要开枪自杀。我们被吓了一跳。诺曼说，当T告诉他，他要做什么的时候，他实在想不出什么理由去劝阻他。“你打算做点什么吗？”我问。“不打算。”他点了一瓶酒，坐下来，等待枪声响起。

1916

从利物浦到纽约。朗格特里太太也在船上，我们俩都不认识其他人，所以我们很多时候都混在一起。我以前不怎么了解她。她身材依然很好，有着高贵的仪态，如果你走在她后面，可能会把她当成一个年轻的女人。她告诉我她六十六岁了。人们说她的眼睛很漂亮，但她的眼睛比我想象的要小得多。我相信她的双眸曾经无比湛蓝，但现在颜色已经非常淡了。她此时的美貌仅仅限于她那薄薄的上唇和迷人的微笑。她很少化妆。她举止随和，不做作，有着很好的教养，一看就是一直生活在上流社会的女人。

她说过一句话，我认为是我听过的女人讲的话里最骄傲的一句。那天，她说话的时候蹦出“弗莱迪·格布哈特”这个名字，而我从未听说过，最后忍不住问她这是个什么人。“你的意思是说，你从来没听说过弗莱迪·格布哈特？”她着实惊讶地叫道，“怎么会？他可是全世界最著名的人啊。”“为什么呢？”我问道。“因为我爱过他啊。”她回答。

她告诉我，她来伦敦的第一个季度只有两件晚礼服，其中一件还是由白天穿的常服抽掉一根绳子改成的。她说那时候，女人都不化妆，所以她的天生丽质和明眸红唇很占优势。她引起了不小的轰动，以至于当她到马房租马骑去公园里兜风的时候，马房的人得关上大门才能把乌泱泱的人群挡在外面。

她告诉我，她曾经和鲁道夫王储十分相爱，他给了她一枚华贵的翡翠戒指。有一天晚上，他们吵了一架，在争吵中，她把那个戒指从手指上拽下来扔进了火里。他大叫了一声，“扑通”跪倒在地，扒出（她用的就是这个词）燃烧的煤块来挽救那块珍贵的石头。当她讲述这件事的时候，她那薄薄的上唇轻蔑地翘了起来。“从那以后我对他就再也爱不起来了。”她说。

到达纽约后，我见过她两三次。她迷上了跳舞，几乎每天晚上都要去舞厅。她说里面的男的跳得很棒，你只要付他们五十美分就行了。她说这些话的时候那么平静直接，让我很是厌恶。我一想到这个曾让全世界都拜倒在脚下的女人，现在却花五十美分让一个男人陪她跳舞，就感到惋惜。

火奴鲁鲁。联合酒吧，你从国王大街穿过一条狭窄的小巷就能到达。小巷里有一些办公室，所以人们可能搞不清那些饥渴的人是要去这里还是要去酒吧。这是一个有三个入口的方形大房间，吧台对面的两个角落被分隔出几个小包间。传说，建这些包间，是为了卡拉卡瓦国王来喝酒的时候可以不被臣民看见。在其中某个小包间里头，这位古铜色皮肤的国王可能一边喝酒，一边和 R.L.S.[①] 聊

① 即文蒂文生（Robert Louis Stevenson）（1850—1894），英国作家，19 世纪末新浪漫主义的代表。他于 1890 年曾在夏威夷住过四个月，也的确和卡拉卡瓦国王一起喝过酒。

天，讨论着传教士的恶行和对美国人的禁令。

酒吧的墙上有着深棕色的木质护墙板，高约五英尺，再往上，墙上挂满了各种各样的画，是个大杂烩。有几张维多利亚女王的肖像画，是油画，嵌着金光闪闪的画框；有几幅卡拉卡瓦国王的肖像画，是18世纪的老式线条雕刻画（有一幅模仿的是德怀尔德的一幅戏剧画，天知道它怎么被挂到了那里）；有二十年前《画报》和《伦敦新闻画报》圣诞增刊里赠送的石版画，还有威士忌、杜松子酒、香槟和啤酒的广告画，以及棒球队和本地乐队的照片。酒吧后面站着两个肥硕的混血服务员，穿着白色的衣服，胖胖的，胡子刮得干干净净的，皮肤黝黑，头发浓密卷曲，眼睛又大又亮。

这里聚集了许多美国商人、海员，他们不是普通的水手，而是船长、轮机员和大副，还有一些商店老板和卡纳卡人。人们在这里进行着各种各样的交易。这个地方有一种神秘兮兮的气氛，你可以想象得到，这里非常适合进行一些不光彩的交易。白天这里光线昏暗，晚上电灯冰冷阴森。

中国人居住区。满街都是一、二、三层楼高的框架房屋，漆着各种各样的颜色，但时间和风雨已使它们变得有些斑驳。他们看起来很破旧，像是租约快到期了，那些租客便觉得不值得再去费事修理了一样。商店里，东西方的商品都有，只要你能想得到的东西，应有尽有。那些中国店员无所事事地坐在商店里，漫不经心地打量着路过的行人。有时，在晚上，你会看到一对黄皮肤、满脸皱纹、眼睛细长的人，聚精会神地玩一个神秘的游戏，大概是中国版的国际象棋吧。他们身边围着一些和他们一样紧张的旁观者，他们每走一步棋都要花很长时间，左思右想。

红灯区。你走在海港旁的小路上，在黑暗中，穿过一座摇摇晃晃的桥，然后走到一条大路上，到处都是车辙和坑洞。再往前一点，道路两边都有停车的地方，有灯火辉煌的酒馆和理发店。这里有一丝骚动，一种心怀期待的焦躁。你拐进一条狭窄的小巷，要么向右转，要么向左转，无论往哪个方向都可以走到红灯区。这条街把伊韦雷分成了两半，而这两个部分一模一样，都是一排排小平房，漆成绿色，非常整洁，整洁得甚至有点古板，它们中间的那条大路又宽又直。

伊韦雷的布局就像一座花园城市，它的规则感、秩序感和整齐感给人一种颇为讽刺的恐怖印象，因为寻找爱的过程从来都不会如此有计划性和系统化。每个漂亮的小平房都分成了两间寓所，每个寓所里都住着一个女人，每个寓所都有两个房间和一个小厨房。其中一间是卧室，里面有一个抽屉柜，一张带床篷和床帏的大床，还有一两把椅子。它看起来过于拥挤。客厅里有一张大桌子，一台留声机，有时还有一架钢琴，还有六把椅子。墙上贴的是旧金山展览会的三角旗，有时还有些廉价的打印画，最受欢迎的是《九月的清晨》(*September Morn*)，还有旧金山和洛杉矶的照片。厨房里乱七八糟。里面放着招待客人用的啤酒和杜松子酒。

女人们坐在窗边，以便自己能被清楚地看见。有的在看书，有的在缝纫，对路过的人漠不关心；有的则会眼巴巴地盯着路人走近，然后在他经过时大声招呼。她们之中各个年龄段、各个国家的人都有，有日本人、德国人、美国人、西班牙人（当你路过此处，听到留声机里放考普拉斯歌或塞吉迪亚舞曲的时候，你会感到奇怪，怎么如此怀旧）。她们中的大多数人都没了青春和美貌，你很想知道，她们长成这副模样，怎么维持生计呢？她们的面颊上涂着厚厚的胭脂，穿着廉价的服饰。你走进去之后，她会放下百叶窗，如果有人敲门，她会回答：忙着呢。她会立马邀请你去喝啤酒，跟你说她那天已经喝了多少杯。她会问你从哪里来。留声机开着。价格是一美元。

中间的街道被零星的几盏街灯照亮，但主要还是被平房敞开的窗户里透出的光线照亮。男人们四处游荡，多半是一声不吭地注视着女人。不时有人下定决心，溜上通向客厅的三步台阶，他一进去，门和窗户便会关上，百叶窗也会放下来。大多数男人只是想去那里看看。他们来自各个国家。有来自港口船只上的水手，有来自美国炮艇上的水兵，这些人大都醉醺醺的，还有夏威夷人、驻岛军团里的黑人或白人士兵、中国人、日本人。他们在黑夜中游荡，空气里面似乎有欲望在悸动。

当地报纸连续几天都在报道伊韦雷的丑闻，传教士们吵得沸沸扬扬，警方却拒绝采取行动。他们的理由是，瓦胡岛上的男性占绝大多数，卖淫嫖娼是不可避免的，而将其限制在一个区域，易于控制，医学检查也更加可靠。各大报纸都猛烈攻击警方，最后他们被迫采取了行动。他们进行了一次突袭，逮捕了十四名皮条客。几天后，他们传唤了所有妇女，判处她们要规规矩矩地过一年，违者要被送进监狱。她们之中大多数人都直接返回旧金山了。我在突袭的那天晚上去了伊韦雷。大多数房子都关着门，街上几乎空无一人。偶尔会有三四成群的女人聚在一起，悄悄谈论着这个消息。这个地方又黑又静。伊韦雷已不复存在。

郝乌拉。瓦胡岛迎风一侧的一家小旅馆，由一位德裔瑞士人和他的比利时妻子经营。这是一间带个大阳台的木制平房，门上装了纱网以阻挡蚊虫的叮咬。花园里有香蕉、木瓜和椰子树。那个瑞士人身材矮小，长着一个德国人似的四四方方的脑袋，脑袋很大，与他的身材很不相称，他秃顶，留着又长又乱的小胡子。他的妻子有点儿发福，长得很结实，脸蛋很红，棕色的头发向后梳得整整齐齐。她给你的印象是十分能干，并且总是公事公办。他们喜欢谈论他们已阔别十七年的家乡。男主人来自伯尔尼，女主人则来自纳慕尔附近的一个村庄。晚饭后，女主人来到客厅，一边聊天，一边玩着单人纸牌游戏，过了不久，房东，也兼厨师，也走进来坐在一起闲聊。

从这里出发，你可以去参观神圣的瀑布。穿过一片甘蔗地，然后沿着一条狭窄的小溪走到山上。沿着溪边有一条小路，一会儿在溪的这边，一会儿又在另一边，所以你必须不时地涉水而过。凡是顶上比较平的大石头，上面都有许多叶子，这些叶子还被小石子压着。它们是用来慰藉此地神灵的供品。水从一个峡谷泻入一个圆形深潭，四周是纠缠在一起的灌木丛，郁郁葱葱。再往前，上面是一个峡谷，据说，还从未有人去过。

夏威夷人。它们的肤色从古铜到黝黑不等。他们高大结实，有着扁扁的鼻子，大大的眼睛，丰满性感的嘴唇，还有乌黑卷曲的头发。他们容易发胖，女人年轻时优雅苗条，随着年龄增长越来越胖。当他们变老时，不管男的还是女的，都变得很丑，而他们年轻时曾经那么美，真是奇怪。也许只有当思想、行为和感情力量共同塑造出个体的性格时，年纪才能算是美丽的东西。

威基基海滩的卡纳卡人。“硬汉比尔”：一个高大且皮肤黝黑的家伙，嘴唇前突，像个孩子一样爱夸夸其谈。荷尔斯泰因：又名疯子，是18世纪一艘失事丹麦船只上某个水手的后代，这个水手在船只失事后失踪于某个岛屿，但是由于他的头发是深红色的，所以这个说法显得很奇怪。“胖子米勒”：一个很胖，很黑的男人，圆圆的脸，举止很是滑稽，和他身上一种天生的高贵感格格不入，也显得有些奇怪。

草裙舞。小房间里贴着墙纸，装饰着加利福尼亚的三角旗，配有廉价的柳条家具。地板的一头盘腿坐着一位老人。他很瘦，满脸皱纹，灰白的头发剪得很短。他看起来像一个希腊学派现实主义雕塑中的渔夫。他那张黝黑的脸上毫无表情。他一边用手敲着葫芦，打出奇怪的节奏，一边用单调的低音唱着歌。他一气呵成，似乎从未停下来去喘口气。跳舞的是两个女人，都不年轻，一个胖，一个瘦。她们的脚几乎不动，但身体的动作幅度很大。据说每一支舞都用动作表达了老人唱的那首歌中的歌词。

离别。在码头的入口处，妇女们向过路人献上了夏威夷花环，这是用鲜花或黄色薄纸串成的花环。它们被挂在即将离去的人的脖子上。船上的人向站在下面的人扔彩带，船的侧面也挂满了黄色、绿色、蓝色和紫色的薄纸彩带，显得十分鲜艳。乐队演奏着《珍重再见》(*Aloaha Oe*)，伴着人们的高声道别，船只扯破了彩带，缓缓驶离。

基拉韦厄火山。这座火山位于夏威夷群岛最大的岛屿上。你从希罗岛登陆，驱车上山，先是穿过稻田和甘蔗地，然后一直往上爬，穿过一片巨大的树蕨林。这些树稀奇古怪，就像那些专门画恐怖画的人想象出来的样子。各种攀缘植物缠绕在树木周围，它们纠缠着，叫人无法看穿。渐渐地，植被越来越少，直到再看不见任何绿色，这时你便到了熔岩原。这里一片死灰，万籁俱寂；这里没有植物生长，也没有鸟儿歌唱，映入你眼帘的只有烟霭，有的是滚滚浓烟，有的则像茅屋烟囱里冒出的烟一样又细又直。你下车，开始步行。熔岩在你脚下嘎吱作响。你不时地跨过一些狭窄的裂缝，从裂缝里冒出来的硫黄烟呛得你咳嗽。你来到火山口的锯齿状边缘。你毫无防备。眼前的景象十分壮观，甚至有些骇人。你俯视着浩瀚的熔岩海洋，它显得既黝黑又厚重，不断地翻腾涌动。熔岩不过是一层薄薄的外壳，不时地被几道红色的火舌冲破，不时地会有一些喷泉似的火焰升起，足足可以升到三十英尺、四十英尺、五十英尺的空中。它们喷涌而出，炽热发白的火焰，像极了人造的喷泉。最令人印象深刻的有两点：一是它的轰鸣声——就像某个阴沉沉的日子里海浪的咆哮一样，是无休止的轰隆声，也像瀑布的怒吼声一样令人生畏；二是它的运动——熔岩一刻不停地涌动着，看起来有些蹑手蹑脚，叫人觉得它仿佛是有生命的活物一样，似有什么目的。在它平静的前行过程中有一种异乎寻常的坚毅，它坚韧得有些可怕；它超越了一切有生命的事物，它就像命运一般不可避免，也像时间一样冷酷无情。熔岩就像某种原始黏液中诞生的巨大无定形生物一样，缓慢爬行，搜寻着一些令人恶心的猎物。熔岩坚定地向前移动，走向一个冒着火光的裂缝，掉进了一个无底的火焰洞穴。你会看到一个个巨大的火洞，巨大的火坑。一个站在旁边的人说："天哪，这真像是地狱。"他身旁的一位牧师却转过身来，对他说："不，它像上帝的面庞。"

太平洋。有时，它可以把你幻想的所有画面都展现出来。大海风平浪静，在蓝天下显得碧蓝晶莹。地平线上飘着朵朵蓬松的云，在日落时分，它们的形状会变得千奇百怪，你几乎认为自己看到的是连绵起伏的山脉。接下来的夜晚也很可爱，繁星璀璨；当后来月亮升起时，洒下的月光更加熠熠生辉。但是海上经常会波涛汹涌，比你想象的要频繁得多，海面上满是白色的波峰，有时它则会像大西洋一样，灰蒙蒙一片。海面上涌起滚滚大浪。太平洋最奇妙的地方在于它的孤独荒凉。你在海上航行着，日复一日，看不到一艘船的影子。偶尔会看到几只海鸥，这说明陆地就在不远处了，它是那些迷失在茫茫大海的岛屿中的一个，你看不到一个远航者，也看不到一艘帆船或渔船。这是一片空荡荡的荒原，渐渐地，这种空荡荡的场景会让你心里充满一种隐约的不祥预感。这种巨大又寂寥的空旷感着实令人恐惧。

乘客。格雷：一个高大的犹太人，体格魁梧健壮，举手投足却显得十分笨拙，没有风度。他长着一张灰黄的脸，又长又瘦，大大的鼻子，黝黑的眼睛，他的声音又大又刺耳。他十分好斗，恃强凌弱，总是我行我素。他脾气暴躁，十分敏感，总是提防着别人是不是轻视自己。他总是含含糊糊地威胁说要给谁谁的鼻子来一拳。他喜欢打扑克，一有机会，他就会偷看邻座人的牌。他打牌打得很烂，还总骂自己运气不好，但他每次玩儿几乎都会赢。当输了的时候，他会大发雷霆，把一桌子人都骂一通，然后转身走掉，整晚都不和别人说话。他在钱的问题上很是精明计较，哪怕只有六便士，要是能从朋友那骗到手，他也会骗。但是留声机里的伤感曲调，太平洋上明月升起的美景，都会让他感动不已，他会颤抖着声音说："太棒了。"

埃尔芬拜因。他被公司派到悉尼出差。他比格雷要年轻得多，个子矮矮的，但很结实，大大的脑袋上黑黑的卷发向后梳在太阳穴的上方；他的脸刮得很干净，有一双突出的棕色眼睛。他来自布鲁克林。他和格雷一样聒噪、粗俗、大嗓门，他粗鲁的言语像一种防御盔甲，心地却十分善良，也很善解人意、感情丰富。他对自己的种族很敏感，当谈话涉及种族时，他会把目光移开，一言不发，很是尴尬。他精力充沛，总是不停地吼来吼去。他对钱很精明，不会让自己吃亏。在帕果时，他把一些旧衬衫拿到岸上，从当地人那里换来了玩具独木舟、香蕉和菠萝。

马克斯是澳大利亚的猫眼石大王，他是一个年近四十的小个子男人，头发灰白，不大的脸上布满皱纹。他是个天生的小丑，喜欢出洋相。他对船上所有的运动都兴致勃勃。在化装游行活动中，他扮成了一个草裙舞姑娘，玩得非常起劲。

梅尔维尔。他是一个高个子男人，面色阴沉，一头长长的、乌黑的卷发中，已经夹杂了一些灰发，五官十分鲜明。他要去澳大利亚摄制美国闹剧和音乐喜剧。他周游过世界，谈论起锡兰和塔希提时激情澎湃。和他说话时，他会很和善，但他天生比较寡言，整日坐着在那儿看法国小说。

轮机手给我讲了阿凡斯的故事。他最初在夏威夷当苦力，后来当了厨师，买了地，雇了中国劳工，变得富有起来。他娶了一个葡萄牙的欧亚混血女人，生了好多小孩儿。他的孩子们是按照美国式的教育养大的，他觉得自己在家里格格不入，像个陌生人一样。他对西方文明深恶痛绝。他很想念自己年轻时的中国妻子，那时他们一起住在一个海港城市，他很怀念那时的生活。有一天，他把家人叫到一起，告诉他们自己要离开，从此他便神秘消失了。

其实这条是可以写一个故事的，但我没有写，因为我发现杰克·伦敦早就已经写过了。

帕果。船沿着海滩前行，海滩陡然升起，形成许多山丘，上面植被繁茂。椰子树长得很茂密，在其中，你可以看到萨摩亚人的草屋，偶尔还有一些闪着白光的小教堂。不久，你就到了港口。船缓缓驶入码头。这是一个很大的内陆港，大得足以容纳一支舰队，四周耸立着又高又陡的青山。在入口附近，是坐落在一个花园里的总督府，这里能吹到习习的海风。靠近码头的地方有两三间装饰整齐的平房和一个网球场，然后是码头和仓库。有一群当地居民、美国水手和官员前来迎接这艘船的到来。每三个星期才会有一艘船从美国开来，它们的到来是件大事。当地人会带着菠萝和大串大串的香蕉、塔帕布、项链（有的是用甲壳虫的壳做的，有的则是用棕色的种子做的）、卡瓦碗和作战独木舟模型，和前往悉尼的旅行者做交易。

帕果一丝风都没有。天气热得要命，还经常下雨。前一秒还是蓝天白云，下一秒你便会看到黑压压的乌云浮在上空，然后便下起了倾盆大雨。

当地人。他们的肤色是棕色的，通常被称为古铜色。他们大多有黑色的头发，很多人是卷发，但也有不少人是直发。很多人会用石灰把头发染成白色，然后，再配上他们常规的五官，他们的外表就显得格外不同寻常。他们经常染发，男人、女人和孩子都染着深浅不同的红色，在年轻人身上，则有着一种虽然轻浮却让人挺喜欢的感觉。他们双眼分得很开，眼窝也不太深，看起来像古代的浅浮雕。他们身材高大、体型健硕，经常会让你想起埃伊那岛上的大理石雕像。他们迈着大大的步子，从容而尊贵地慢慢走着。在路上遇到你时，他们会大声跟你打招呼，脸上洋溢着灿烂的笑。他们都很爱笑。大多数儿童和少年都患有雅司病，这种病会使人的脸溃疡变形，就像慢性溃疡一样。你还会看到很多患象皮病的人，有的人胳膊巨大粗壮，有的人腿严重畸形，脚都已经陷进肿大的腿里了。女人们穿着萨摩亚花裙，外面套着一件宽松的长袍，像条无腰身的衬裙一样。

男人们从腰部到膝盖，再到手腕上都有精美的文身图案，女人的手臂和大腿上文着一些错落的小小的十字形。男人们常常在一只耳朵上夹朵木槿花，猩红色的花朵映在他们棕色的脸上，看起来像一团红彤彤的火焰。女人在头发上插着白色的芳香的提亚蕾花，当她们走过时，花的香味会在空气中弥散开来。

传教士。他又高又瘦，四肢细长，关节松散，两颊凹陷，颧骨很高；他那双漂亮的黑色大眼睛深陷在眼眶里，嘴唇丰满而性感；他的头发留得很长，脸上没什么血色，一副忍气吞声的样子。他的手很大，线条很好，手指修长，原本很白的皮肤被太平洋的骄阳晒得黝黑。

W 夫人，他的妻子，是个身材娇小的女人。她的头发梳得很精致，戴着一副金边的夹鼻眼镜，后面是一双有神的湛蓝色眼睛；

她的脸很长，像绵羊的脸，但她的样子一点儿都不愚蠢，倒显得极其警觉。她的动作像鸟一样敏捷。她最引人注意的是声音，音调很高，尖锐刺耳，没有任何抑扬顿挫，生硬而单调地落在耳边，像风钻发出的嘈杂声一样刺激着我的神经。她穿着黑色衣服，脖子上戴着一条细细的金链子，链子上挂着一个小十字架。她是一个新英格兰人。

W夫人告诉我，她丈夫是一名医疗传教士，因为他的教区（吉尔伯特群岛）有许多相隔很远的岛屿，所以他经常得划着独木舟长途跋涉。海上往往风浪很大，他的行程伴随着危险。他不在时，她就留在他们的总部管理布道所。她谈到当地土著的堕落时，声音便会高亢起来，但她的语气里带着一种强烈的做作，真叫人瘆得慌。她说他们的结婚习俗污秽不堪。她说他们第一次去吉尔伯特群岛的时候，所有村庄里都找不出一个“好”女孩儿。她对当地的舞蹈深恶痛绝。

汤普森小姐。她身材丰满，美得相当俗艳，可能还没超过二十七岁。她穿着一件白色的连衣裙，戴着一顶大白帽，脚上穿着一双白色的长靴，腿上裹着一双白色的长丝袜，小腿在靴筒里头显得鼓鼓囊囊的。她在那次突袭结束之后，离开了伊韦雷，此时正在前往阿皮亚的路上，她希望能在那里某个旅馆的酒吧找到一份工作。她是被舵手带到这里的，舵手是个满脸皱纹的小个子男人，脏得难以形容。

旅社。这是一栋两层的木框架房子，两层都有走廊。它位于布劳德大街，面朝大海，从码头走到这里大约需要五分钟。楼下是一家杂货铺，出售罐头食品、猪肉、豆类、牛肉、汉堡牛排、芦笋罐头、桃子和杏子；还卖棉织品、萨摩亚花裙、帽子、雨衣等诸如此类的东西。老板是个欧亚混血儿，他的妻子是本地人，身边围着一群棕色皮肤的小孩儿。房间里几乎没有家具，只有一张破旧的铁床，挂着一顶破烂不堪的蚊帐，还有一把摇摇晃晃的椅子和一个脸盆架。雨水噼里啪啦地打在波纹状的铁皮屋顶上。旅社不提供餐食。

根据这三条笔记，我写了一个故事——《雨》。[①]

雷德。他曾是一名美国海军水兵，他来到帕果，并因此退了伍。他的职业是屠夫，但在帕果的三年里，他几乎没干过什么活。在我看来，他就像一个海滨流浪汉。他大概二十六岁，中等个头，身材瘦削，五官端正，但脸色阴沉，留着一小撮红棕色的八字胡，下颌的胡子得有三天没刮了，他有一头漂亮的红棕色卷发。他穿着一件无袖背心和一条脏兮兮的斜纹长裤。小餐馆的老板病了，雷德便替他照看餐馆赚生活费。他说要回美国找工作，但你会觉得他永远也下不了离开这个岛的决心。他含糊其词地问起在阿皮亚能不能找到什么工作。这家小餐馆是帕果郊区的一间绿色小平房，几乎就在灌木林的边缘，四周种着面包树、椰子树和杧果树。这是一个不

① *Rain*，1921 年发表。

大不小的房间，里面有一个吧台，但是不卖酒，因为帕果禁酒。还有两张铺着红布的小桌子。吧台后面有几个架子，上面放着几罐积满灰尘的牛肉、番茄汤和杏脯。隔壁是一间邋遢的小卧室，平房后面的空地上，便是雷德用来做饭的炉子和一张用来充当食橱的粗木桌。为房间遮风挡雨的只有游廊顶棚。倘若有船只进港，送来鸡蛋，小餐馆就会做鸡蛋吃，否则每天就只有汉堡牛排和咖啡。晚饭时，雷德就用他做汉堡牛排时剩下的骨头熬汤。这里的顾客中，只有少数几个是在前往澳大利亚的途中顺道路过帕果的陌生人，还有一些是从美军驻地来的水兵，以及一些当地人。雷德是个沉默寡言的人，很少开口说话。他会粗暴地拒绝别人递上的香烟或雪茄。当他肯跟人聊天的时候，就会谈起女人，或者谈论起这个地方，哀叹这个地方太毁人了，能把一个人变得一无是处，然后还要向人展示他收集的一沓低俗明信片。

马努阿号。这是一艘七十吨的纵帆船，靠烧煤油驱动，在不逆风前行的情况下，它可以开到每小时四到五海里；它是一艘脏兮兮的旧船，很久以前刷的是白漆，现在又脏又破，斑驳不堪。它本来是为在浅水里航行而造的，现在摇晃得很厉害。“总有一天，”船长对我说，“它会翻个底朝天，我们都得沉到太平洋的海底去。”客舱长约八英尺，宽约五英尺，是旅客吃饭和睡觉的地方，押运员也在这里记账。晚上用煤油灯照明。

全体船员包括一名船长、一名押运员、一名轮机手和他的助手、一名中国厨师和六名卡纳卡人。这艘船靠烧煤油前进，船上有一股令人难受的煤油味。那些卡纳卡人只穿一条蓝色棉布裤子，别的什么都不穿。厨师穿着又脏又破的白衣服。船长穿了一件开领的蓝色法兰绒衬衫，戴着一顶灰色的旧毡帽，还穿着一条很旧的蓝色毛哔叽裤子。轮机手穿得跟全世界的轮机手一样，戴着一顶很旧的花呢帽子，穿着一条很旧的黑裤子，一件很旧的灰色法兰绒衬衫，浑身脏兮兮的，沾满了油污和尘垢。

船上有三间小客舱，每一间都有两个铺位，门关着的时候，里面很黑，几乎没有地方可站。船长的那间客舱要大很多，里面只放了一张床铺，还有一个舷窗。它通风较好，相对宽敞。那些穿着萨摩亚花裙的原住民乘客挤在船头和船尾，他们挎着用椰子叶做成的篮子，里面装着食物，还有用彩色大手帕包成的小包，里面装着私人物品。

我们大约四点半离开了帕果。有好些本地人来送他们的朋友，远行者和送别者都哭了。我们沿着海岸航行，没有开足马力，大船颠簸得很厉害，但不久，由于顺风，船帆扬了起来，就不那么颠簸了。海上没有大浪，只有涌动的碧波。

厨师在五点半上了晚饭：一碗天知道是用什么做的汤，大蒜味很重的肉丸子、土豆，还有杏子罐头、茶和罐装牛奶。我们之中有一个苏格兰医生和他的妻子，他们打算去阿皮亚的一家医院就职；一个传教士；一个要前往伯恩斯－菲尔普在阿皮亚分店的澳大利亚籍店员——杰拉尔德；还有我自己。晚饭后，我们来到了甲板上。夜幕很快就降临了，船越开越平稳。陆地在天空的映衬下显得更暗了。南十字星非常明亮。过了一会儿，有三四名船员爬上了甲板，坐下来抽烟。其中一个人拿了把班卓琴，另一个人拿了一把尤克里里和一把六角手风琴。他们开始弹琴唱歌，他们一边唱一边用手打着节拍。有两个人站起身，跳起了舞。这是一种奇怪而粗野的舞蹈，里头有一种野蛮原始的东西。他们的舞步很快，手和脚的动作很是迅速，身体也扭得很奇怪。这种舞蹈很色情，甚至是肉欲的，但毫无激情；它是纯动物性的，幼稚的，奇怪却没有神秘感的。简而言之，它是自然的，几乎可以说是孩子气的。

卡纳卡人演奏着、歌唱着、舞动着，在繁星和阴晴不定的天空下穿过这片寂静的海洋，这种感觉无比奇妙。最后他们终于累了，四仰八叉地躺在甲板上睡着了，四周一片沉寂。

船长。他是个胖胖的小个子男人，没有什么棱角，圆圆的脸像一轮满月，脸红红的，刮得干干净净，小小的胖鼻子像颗纽扣一样，牙齿雪白，一头金发剪得短短的，腿又短又肥，胳膊也肥肥的。他的手也很胖，指关节上还能看到小坑。他的蓝眼睛圆圆的，戴着一副金边眼镜。他也不算是毫无魅力的。虽然他说话的时候脏话不离嘴，但也没什么恶意。他是个笑容可掬的乐天派。他是美国人，大概三十岁，一生都在太平洋上度过。他曾在沿加利福尼亚海岸来往的客轮上当过大副，后来又当过船长，但是他把船搞沉了，他的船长证也一起沉到了海底，现在只能沦落到掌管这个脏兮兮的不定期小货船了。但这并没有妨碍他的好心情。他活得轻松自在，喜欢威士忌和萨摩亚女孩，经常绘声绘色地跟人们讲自己和她们在一起的那些风流韵事。

押运员。他是洛杉矶R.& Co.租船公司的职员，身材瘦小，很年轻，来自俄勒冈州波特兰市。他的头剃得光光的，长着一双棕色大眼睛和一张有趣的脸。他像踩着弹簧一样，总是机敏和快乐的，而且喜欢豪饮，他每天早晨起来都会因为前一晚的放纵而无精打采。他说："天哪，我昨天晚上过得可真够糟糕的，以后再也不这样了，我要戒酒了。"但到了中午，他的精神就恢复了，头也不那么疼了，再喝点小酒，便又精神抖擞了。

阿皮亚。它位于岸边的椰树丛中，是一个乱糟糟的小镇，都是些框架房屋，红色屋顶是用波纹铁皮做的。全白的天主教大教堂很是引人注目，让人印象深刻。在它旁边的几座新教小教堂看起来简直就像会议室一样。这里几乎算不上一个让船舶驶入的港口，而是一个由礁石围成的开放锚地。船很少，只有几艘小艇、几艘捕鲸船、一两艘摩托艇，还有几条当地土著的独木舟。

中央旅馆。一幢三层的框架建筑，四周都有走廊。房子旁边有一个小围场，里面养了匹灰色的小马；房子后面是两个院子，其中一个院子里是华裔仆人住的平房，另一个院子里则建了马厩和车棚，用来停放来自岛上其他地区的住客所乘坐的双轮、四轮马车。宾馆最大的房间是一个酒吧，分成了两个部分——一间又长又矮的餐厅和一间小客厅，小客厅里放着一张圆桌和几把柳条椅。二楼的走廊更大一些，俯瞰着大街，摆了几把大椅子。卧室在中央过道的两边，过道的尽头是两个用作盥洗室的小房间。

旅馆的主人。他以前的职业是牙医，来自纽卡斯尔。他是个小个子男人，不胖，但也不瘦，黑色的头发开始渐渐变白，头顶稀疏，留着蓬乱的小胡子，脸很红，一半是因为日晒，一半是因为喝酒，还有一个小小的红鼻子。他穿着白色的薄帆布工作服，打着黑色的领结。他是个容易激动的小矮个儿，常常喝醉酒，喜欢跟你讲岛上的各种丑闻。他已经五十岁了，却大言不惭地说明年二月要到前线去，不过你可以肯定，明年二月他一定会推到三月份再去。他成天坐在吧台后面和顾客聊天，稍微一劝，便会欣然地喝上一杯。他曾在悉尼开过几家旅店。他总是喜欢做买卖，从旅店到马匹，从汽车到露营床，什么东西都倒腾。他在说话的时候显得特别好斗，总是喜欢跟你说他如何如何揍了谁谁的鼻子。他在那些争斗中从没输过。他是这家旅馆有名无实的掌柜，真正的经营者是他的妻子，一个四十五岁的瘦高女人，仪表堂堂，神情坚决。她的五官长得很大，嘴巴经常抿得紧紧的。他很怕老婆，旅馆里流传着一些传言，说他们两口子吵架的时候，她一般都是拳打脚踢、破口大骂，把他制得服服帖帖。大家都知道，如果他哪个晚上喝醉了酒，她就会把他关在小阳台上一整天，在这种时候，他是不敢随便摆脱禁闭的，只好可怜巴巴地跟楼下街上的人说说话。

香蕉叶。它们有种饱经风霜的美，像一个衣衫褴褛的美丽女人。

棕榈树轻浮却优雅。

椰子树一路排到了水边，它们不是并行成排的，而是按某种秩序间隔排列。它们有点儿像跳芭蕾舞的老姑娘，年纪大了，举止却很轻浮，站在那里做作地装出一副优雅的样子。

总督。他之所以在阿皮亚，是因为他的妻子正在这里待产。她是个大块头的邋遢女人，穿着宽大的布帘似的衣服，让人联想起诺丁山门或者西肯辛顿[①]。她行动懒散，声音也懒洋洋的。她长得不美，甚至连标致都算不上，但一张脸还算可爱、率真。他的个子高高的，瘦削的小脸被常年的热带阳光晒黑了。他的嘴巴长得不好看，虽然留着小胡子，但还是掩饰不了这一点。他笑起来的样子很蠢，一咧嘴就露出一排黄牙。他曾经是一名医学生，并为自己的医学知识感到自豪。他喜欢讲一些无聊的笑话，主要是喜欢恶搞别人，喜欢打趣别人。他极其鄙视在阿皮亚的白人。可以想象，他把自己的岛管理得很好，但太过于强调一些无关紧要的细节。他以公立学校学生的标准来衡量一切。他把当地人当作任性的孩子，认为他们喜欢无理取闹，仅仅是具有“人”的属性而已，对待他们必须要严肃，但也不能有恶意。他夸口说他把自己的岛管理得焕然一新。他给人一种古板的感觉。他盼望着有一天他可以退休，好住到沉闷的伦敦街区去，你可以感到他认为那里才是他唯一的真正的家。他这个人极其自负。

你从中央旅店出来向左拐，会经过一些店铺，这些店铺大多是

① 诺丁山门和西肯辛顿都是伦敦的商业区。

欧亚混血儿开的。走过店铺，你便来到这个名为“德国公司”的大楼，这是一家德国大公司的办公室和总部，这家公司几乎垄断了南太平洋的所有贸易。接着你会看到一些舒适的小平房，里面住着许多居民，再远一些的地方，是一个乱糟糟的原住民村庄。如果你从旅馆出来向右拐，你会经过更多店铺、政府大楼、英国人俱乐部，然后你会看到另一个原住民村庄。阿皮亚的郊区是一些店铺和木框架房子，里面住着华人和欧亚混血儿。再往后几步，还有一簇簇的土屋。到处都长着椰子树、杧果树，夹杂着一些开满了簇生花朵的树木。

L。他是伦敦的一名房地产经纪人，最初来萨摩亚是为了疗养。他是个瘦小的男人，长着一张长长的脸，瘦削的下巴，高高的鼻子又大又瘦，一双漂亮的深褐色眼睛。他娶了一个欧亚混血儿，生了一个年幼的儿子，但妻子还和她父母住在一起，他则住在旅店里。他的样子相当狡猾诡诈，给不了别人诚实或谨慎的印象。但他渴望让别人觉得他是一个堂堂正正的好人，所以总是装出一副乐呵呵的样子。他很聪明。他经常喝酒，一个星期总有三四天，在下午三点左右喝得烂醉如泥。他喝多了就喜欢吵架，还总想和别人打架。一旦喝了酒，他就闷闷不乐，睚眦必报，昏昏沉沉地躺在那里，非得起身的话，他就跪在地上，摇摇晃晃地往前挪。

加德纳（Gardner）是一个德裔美国人，他的德语原名是卡特纳（Kärtner），后来自己改了名字。他是个胖胖的、秃顶的大个子男人，总是穿着干净的白色帆布衣服。他长着一张圆圆的脸，刮得干干净净的，眼睛透过一副金边眼镜和善地望着你。他是个 faux bon homme（法语：假好人）。他来这里是要为旧金山的一家批发公司开一间商铺，经营一些货物。印花棉布、机器，一切可以买卖的东西他都经营，用这些东西换取干椰子肉。他酒量很大，虽然已经是五十岁的人了，却总是喜欢和小伙子们通宵达旦地喝酒，不过他从没喝醉过。他开心快活，与人为善，但非常精明；没有什么能妨碍他的生意，良好的人际关系也是他做生意的一部分资本。他和年轻人一起打牌，慢慢地把他们所有的钱都赢走了。

操着阿伯丁口音的 T.A. 斯科特医生。他曾在新西兰行医，战争爆发的时候，作为随军外科医生去了法国。他后来因为负伤而退役，然后被派到这里“做一些轻活”。他身材瘦削，脸尖尖的，红色短发日渐稀疏。他说话时带有苏格兰口音，声音低沉平静。他是个相当一丝不苟，还有些书呆子气的小个子。

夏普。一名轮机手，曾在美国海军服役。他娶了阿皮亚的一个欧亚混血儿，生了两个孩子。他瘦瘦高高，脖子细细的，长着一张小小的脸和一个鹰钩鼻子，有一种鸟儿一样的气质、猛禽一样的神情。他穿着蓝色的工装裤和一件无袖的蓝色运动衫，手臂上纹满了旗帜、裸体女人和姓名首字母。他光着脚，穿着一双原本是白色，现在已经完全变成黑色的沙地鞋，不管在室内还是室外，头上都戴着一顶变了形的黑帽子。

英国人俱乐部。这是一间简朴的木框架房子，面朝大海，一边是台球室，后面有一个小酒吧，另一边是摆着柳条椅的休息室，楼上是一间放着旧报纸和杂志的房间。人们来这里也仅仅是喝喝酒、玩玩牌和打打台球。

C。他为当地的马赛训练马匹。他是澳大利亚人，个子很高，体格健壮，肤色黝黑，你可能会把他误认为欧亚混血儿。他的五官对他的脸来说太大了，但是当他穿着白色的马裤，套上马靴和马刺时，便看起来相当利落、英俊而挺拔。他非常喜欢他的欧亚混血妻子。她相貌平平，面色蜡黄，还镶着几颗金牙。他还为自己的宝宝感到骄傲。那孩子还只会爬，白白的皮肤，乌黑的眼睛。他的房子在他的种植园中间，四周都有游廊，在这里可以看到这片富饶村庄以及远处的阿皮亚和大海，风景非常壮丽。屋里凌乱不堪，家具简陋，地板铺着垫子，有几张摇椅和廉价的木桌。屋里杂乱地放着一堆报纸、画报、枪支、马靴还有尿布。

斯旺。一个瘦小的老人，满脸皱纹，衣衫褴褛，弯腰驼背，看起来像一只白猴子。他有一双浅蓝色的眼睛，眼睑上有一圈红边，总是目光敏锐地观察着别人。他像棵老树一样粗糙，疙疙瘩瘩的。他是瑞典人，四十年前来到岛上，当时他是一艘帆船的大副。从那之后，他做过运奴船的船长、奴隶贩子、铁匠、商人和种植园主。曾有人想杀了他，在一次与所罗门群岛人的战斗中，他负了伤，落下了胸疝。他一度相当富有，但一场飓风摧毁了他所有的店铺，现在他除了赖以为生的十八英亩可可种植园之外一无所有。他有过四个原住民妻子，孩子多得数不过来。他每天都会出现在中央旅店，穿着破旧的蓝色亚麻衣服，喝着兑了水的朗姆酒。

一个商人。他看上去像是在热带生活了一辈子，晒得黑黝黝的，瘦得皮包骨，似乎浑身的肉都随着汗水流掉了。他秃顶，胡子刮得干干净净，对任何人都不多看一眼，只是静静地干自己的事。

另一个商人。他个子很高，衣冠楚楚，头发留得很长，留着伦敦商人最喜欢留的一缕头发。他说话带着伦敦腔，举止矫揉造作，你会觉得他总是摆出一副正要去洗手的样子。他动不动就点头哈腰，似乎嘴里随时会说："夫人，这边请，右边第二个柜台，女士针织品。"他看上去就像十天前刚从斯旺－埃德加公司（英国一家著名的老百货公司，20 世纪 80 年代停业）来到这里一样，但事实上他在阿皮亚已经待了十年了。

格斯。他是一个欧亚混血儿，父亲是丹麦人，母亲是萨摩亚人。他拥有一家挺大的商店，经营干椰子肉、罐头和纺织品，雇了几个白人店员。他胖胖的，为人圆滑，常常面带微笑，让人想起君士坦丁堡的宦官。他很会溜须拍马，老于世故，给人一种油腔滑调的感觉。

撒洛洛加[①]。大帆船大约一点钟从阿皮亚启航，快六点的时候，

① 萨摩亚群岛萨瓦伊岛东端的一个区。原文中毛姆将其写成"Salologa"，疑为笔误。

我们抵达了萨瓦伊附近的海域。暗礁成了一条白色的泡沫线，我们沿着它，来来回回地移动，试图找到一个入口。可是后来天黑了，船长只好掉转船头，把船开回海里，抛锚停泊。收起船帆后，船摇晃得厉害。我们打了一宿扑克。第二天一早，我们找到了入口，驶入了潟湖。水清浅澄澈，可以清楚地看到湖底。天空中没有一片云彩，水面上也没有一丝涟漪。海岸上树木茂密，一派无比宁静的景象。不一会儿，我们放下小艇，在一个小海湾登了陆。那里有一个小村庄。一间茅屋掩映在一棵开着红花的大树和几棵椰子树中，我从未见过这么美的场景。上岸后，一个年轻的女人从茅屋里出来邀请我们进去。我们坐在席子上，吃了几片主人端来的菠萝。这家人有两个老太婆，弯腰驼背，满脸皱纹，满头灰白的短发，另外还有两个年轻一些的女人和一个男人。之后，我们沿着长满了椰子树的草地走了三英里，来到一个叫劳里的商人家。他借给我一匹小马和一辆马车，我便驾车沿着这条路前行，经过村庄、小海湾，经过男孩们正在游泳的池塘，最后来到另一个叫本的商人家。我走进他家，问他能不能请我吃晚饭。他非常瘦，小小的脑袋上长着一头灰白色的头发，戴着眼镜，穿着一身脏兮兮的睡衣。他有一个欧亚混血的妻子和三个非常漂亮、瘦弱的孩子。他刚从一场酩酊大醉中苏醒过来，几乎不知道自己在说什么。他极度紧张，紧张到无法保持平静。他瘦骨嶙峋的双手不停地抽搐，还不时紧张地朝身后瞥上一眼。他是一个英国人，在岛上住了二十多年，做干椰子肉、棉花和罐头食品的生意。他的妻子为我们准备了一顿晚餐，有鸽肉、蔬菜和奶酪，他试图坐下来和我们一起吃，但一口都咽不下去。我们刚一吃完，他便说：“嗯，你们还要继续赶路，我就不留你们了。”他显然是急着赶我们走。我们又回到劳里家。他做的生意跟大家都不一样。他在阿皮亚当了很多年的铁匠，在一个白铁棚里修了一间铁匠铺。他是个小个子男人，五十岁上下，留着一把黑胡子。他给我的印象是既健壮又脆弱。他聋得厉害，你得喊得很大声他才能听见。他说话声音低沉柔和，带有澳大利亚口音。他的妻子是个身材魁梧的女人，很强壮，脾气也很好，看起来很面善，一头浓密的头发打理得颇为精致。他们有四个孩子，是两个聪明漂亮的男孩和两个小女孩。两个男孩在新西兰上学，其余的孩子在店里和种植园里帮忙。他们除了衬衫和马裤之外什么也没穿，光着脚走来走去。显然，他们都很强壮健康，还有一种很吸引人的落落大方。他们是基督复临安息日会教徒，把星期六作为休息日，而不是星期天。他们一家人都是禁酒主义者，而且这个男的从不抽烟，给我的印象是一个勤劳、诚实、团结的家庭。他们非常好客，把一大壶茶，一只烧得很好的鸡，一份用自家种的蔬菜拌的沙拉和一些糖果摆在我面前。他们自己既不喝茶也不喝咖啡，只是让客人享用。他们过于关注自己与别人的不同，我认为这是他们身上唯一的缺点。

我们用小艇给他们运来了一箱箱各式各样的货物，把东西搬上岸后，我们就上了小艇，划回大船上了。大概得划两三英里，桨手们一边划一边唱。他们还大声地打趣着岸边原住民茅屋里的姑娘。

到了晚上，我们同所有船员一起又上了岸，这次我们去了一个酋长家里。主人调制了卡瓦酒给我们喝，还给大家分了菠萝。伴随着班卓琴和尤克里里的琴声，船员们跳起了舞。屋子里的女人们也加了进来。水手中有一个斐济人，黑得像炭一样，顶着一团毛茸茸的头发，他能够把自己拗成各种各样的怪异姿势，引得旁观者连连尖叫欢呼。他们跳得越来越淫荡。最后，我们在沉静的夜色中回到了大船上。

第二天我们便出发前往阿波利马。我们安排了一艘捕鲸船带我们穿过暗礁。这艘捕鲸船和船上的船员们被拖在大船后面，在波涛汹涌的大海中航行。有几个女人跟着桨手们一道来了，显然准备把这次航行搞成一次轻松愉快的旅行。阿波利马是一个小岛，几乎是圆形的，位于萨瓦伊和马诺诺之间。到达暗礁带前，我们上了捕鲸船，向岸边划去。礁石的开口不超过十二英尺宽，两边是巨大的锯齿状岩石。酋长掌舵。我们来到了开口处，一个大浪打来的时候，他向桨手们大声呼喊，他们使出浑身的劲划船，强有力的肌肉紧绷着，终于把我们拖进了潟湖。潟湖又小又浅。

这个岛是一座死火山，潟湖就是火山口。眼前的小岛像一块中间被啃空了的斯第尔顿奶酪，只剩下了外壳，就连外壳也被啃掉了一块（通向大海的开口）。潟湖边有一个村庄，那几乎是岛上仅有的一块平地，过了这里，陆地便陡然升高，上面长满了椰子树、香蕉树和面包果树。我们爬上火山口的边缘，眺望着大海，下面有两只乌龟正趴在海滩上晒太阳。我们下来的时候，酋长喊我们到他家喝卡瓦酒。这时，风刮得很大，捕鲸艇上的人满心疑虑地望着这刮着狂风的灰沉沉的大海。他们不确定我们是否能顶着巨浪把船划出去。但我们还是上了船。酋长，一个白头发的俊美老人，过来帮助我们。和我们一起上岸的女人们也坐到了船桨旁。我们从浅水中划到了开口处，观望着浪头。等了一小会儿，他们试了试，但船撞到岩石上卡住了，看上去下一个浪头拍过来就会把我们吞没。我脱掉了鞋子，以防万不得已的时候游过去。这时，老酋长跳出去，把船推开了。然后，桨手们使出了浑身的力气，大声呼喊着，拼命地划桨，海水拍打着船身，我们浑身都被浸透了，终于划了出去。酋长向我们游过来，老人与巨浪搏击的样子真是一幅壮美的景象。他被拉上船，坐在那里喘着粗气。我们离帆船太远了，他们根本看不见我们。我们慢慢地向帆船划去，划了一个小时，它才终于向我们驶来。它摇晃得很厉害，我们费了老大劲才靠近它。当船和艇接近时，我跳进了帆索，中国厨子抓住我的手腕，把我拽上了船。

卡瓦酒。它是由一个女孩调制而成的，她必须是个处女。一个少年或者另一个女孩把树根在石头上捣碎，然后交给她，她在碗里倒一点儿水，放入粉末状的树根，然后用手搅拌。接着，她用一束椰壳纤维在混合液里扫了一遍，充当筛子，然后把椰子纤维里的液体挤压出来，把纤维递给少年，少年把它甩在空中。这样重复几次，直到过滤掉里面所有的树根粉末。之后再加水，卡瓦酒就做好了。那个处女嘴里念念有词，其余的人则拍起手来。少年递给她一个椰子碗，她把酒倒了满满一碗。酋长喊了一个名字，碗就被端给了最尊贵的客人。他浇了一点儿在地上，说："祝各位健康永驻。"然后自己想喝多少就喝掉多少，把剩下的全泼了出去。他把碗递回去，然后按年龄或地位给下一位客人上酒。

潟湖。水面上架着一座用椰子树首尾相连搭成的桥，下面用一根插入湖底的叉形木桩支撑着。河岸上有一间原住民住的茅屋，四周种着香蕉树和成排的椰子树。穿过灌木丛走了四分之一英里，我们来到一条被树木环绕的浅水河边，当地人就是在那里洗澡的。河水是甘甜的，涨潮时除外。涨潮时，原本流向潟湖的水会倒灌回来，变成咸的。与温度形成鲜明对比的是，水很凉，而且十分清澈。这真是一个可爱的地方。

Wms。爱尔兰人。当他自己还是一个十五岁的小男孩时，便担负起了抚养另一个孩子的责任，那个孩子由一个女孩和当地牧师的儿子所生。年轻人虽然答应支付孩子的抚养费，却没有兑现，Wms只得每周垫付半克朗，直到孩子十四岁。二十年后，他一回到爱尔兰，便把那个男人找了出来，那时他已经结了婚，是几个孩子的父亲了，他把他暴打了一顿，一直打到他求饶。

他在新西兰待了一段时间。一天，他正和一个朋友一起打猎，这位朋友是一名银行职员，并没有持枪执照。突然，他们看见一个警察，那个职员惊慌失措，以为自己会被逮捕。Wms 叫他保持冷静，然后自己拔腿就跑。警察紧追不舍，Wms 跑到奥克兰，便停了下来，警察过来让他出示持枪执照，他立马拿了出来。警察问他为什么要逃跑，他回答道：“嗯，你跟我一样都是爱尔兰人，如果你答应替我保密，我就告诉你：是另一个家伙没有执照。”警察不禁大笑起来，说：“真有你的，走，一起喝一杯吧。”

他是一个粗鲁、淫荡的男人，喜欢跟你聊那些和他同居的女人。他和几个萨摩亚女人一共生了十个孩子，其中一个十五岁的女孩被他送到了新西兰的学校读书，其他孩子他都花钱交给摩门教传教士管教了。他二十六岁时来到岛上，做了一个种植园主，是德国人占领萨瓦伊岛时少数几个定居下来的白人之一，已经在当地人心中有了一定的影响力。他生性自私，但对当地人多少还是有些热爱的。德国人指派他为行政官，他在这个职位上一干就是十六年。有一次，他去拜访德国外交部部长索尔夫，索尔夫对他说："你在德国殖民地做了这么久的行政官，我想你的德语一定讲得很流利吧。""并没有，"他回答道，"我只知道一个词——prosit（德语：干杯），而且自从我来到柏林之后还没听人说过这个词呢。"部长开怀大笑，叫人给他送上了一瓶啤酒。

R。他是个很瘦弱的年轻人，长得像伦敦证券交易所里的职员。他一口烂牙，镶了金牙，嘴巴很小，显得脾气很暴躁。他既粗俗又不识字，说话吞音，不会发 h 的音。他在岛上已经住了几年了，和原住民人一样身上文着文身。我不知道他为什么甘愿承受文身的痛苦，也许是这个地方的美和友好的原住民身上的魅力，激荡了他粗俗的灵魂，让他认为这是一件很浪漫的事。也可能他只不过是觉得这会让那些跟他睡过的女人觉得他更有吸引力。

萨瓦伊岛。雨后，阳光灿烂，你走过灌木丛，感觉身处温室中，四周氤氲着热气，潮湿闷热，叫人喘不过气来，而且你会觉得周围的一切，树木、灌木丛、攀缘植物，都有一股疯狂的力量，在向上生长。

我搭乘马斯塔尔号回到了阿皮亚。这是一只大约三十英尺长的快艇，船主是一个卡纳卡人。十小时的旅程。艇上装满了一袋袋的干椰子肉，散发着椰子的香味。船上没有船舱，我就躺在发动机上方的甲板上，身上盖了块毯子，头枕在疙疙瘩瘩的装着干椰子肉的麻袋上。船上有一个掌舵的船长，他是个相貌俊美、皮肤黝黑的家伙，看上去像罗马帝国末期的皇帝，微微发福，但有一张漂亮而阳刚的脸；还有一个卡纳卡人，他四仰八叉地躺着，裹着麻袋布，睡着了；另外还有一个中国人，他悠然地坐在那儿望着月亮，抽着烟。

月光皎洁，繁星暗淡。除了太平洋上那长长的、诡异的波涛外，海面十分平静。当我们进入阿皮亚港的时候，椰子树在天幕的映衬下显得很是黯淡，教堂泛着淡淡的白光，来往船只上的灯火星星点点，我们像是进入了一个平和寂静的魔幻世界，我想找个词来形容它，却是徒劳。两行诗闪过我的脑海，我不知道自己为何会想起它们："架在天堂和查令十字街之间的雅各天梯啊，愿你光芒万丈。"

苏瓦。海湾美丽开阔，四周是灰色的山峦，神秘地延伸到蓝色的远方。你会觉得那树木繁茂的遥远乡间存在着一种奇特而神秘的生活，似乎还有一些原始、黑暗和残忍。城镇依着海港的边界而建。这里有许多木框架结构的房屋，店铺比阿皮亚的还要多，但仍然有集市的气息，这个地方曾经一定有过集市。原住民们裹着萨摩亚花裙，穿着背心或衬衫走来走去，多半是高大魁梧的男人，皮肤像黑人一样黑，卷曲的头发大都用石灰漂染成白色，剪成各种奇奇怪怪的造型。还有许多印度人，穿着白袍，轻手轻脚地走过。女人们戴着鼻环，脖子上戴着金链子，胳膊上戴着手镯。当你走到乡间，你会经过拥挤的印度人村庄，到处都有人在田间劳作。他们除了腰布之外什么都没穿，身体瘦得可怕。这个村庄地处亚热带，没有多少棕榈树，却有大片的杧果树。这里不像萨摩亚那般明快，比较沉闷，树木显得沉重而阴郁。空气又热又闷，让人感觉很压抑，不停地下着雨。

太平洋大酒店。这是一座两层高的大楼，外面刷了灰泥，四周都有游廊。屋里凉爽空旷。它有一个很大的厅，里面摆了一些舒适的椅子，电扇一直开着。服务员都是印度人，他们沉默寡言，还带着点儿敌意，光着脚，穿着干净的白色制服，戴着头巾四处走动。这里的食物做得很糟糕，但房间还比较舒适、清新而凉爽。没什么人住在那里，只有一个公司代理商和他的家人，一些等船的人，还有一些来苏瓦岛出差或度假的其他岛上的官员们。

牛津大学校队运动员。他刚从牛津大学毕业便来到了这里，已经五年了。他曾经是牛津大学校足球队的运动员，现在是其中一个岛上的地方法官，也是那个岛上唯一的白人。他一有假期，便会来苏瓦岛畅饮一番。他整日喝酒，到中午的时候就已经烂醉。他还不到三十岁，个子不高，身材健壮，看起来仍然像个运动员。他长了一张讨人喜欢的脸，举止轻松愉快，还颇有些魅力。他的头发剪得短，虽然有些乱，但还挺赏心悦目的。他有一双蓝眼睛，还有着虽欠端正却很迷人的五官。你会觉得他是个可爱的心地善良的小伙子，没有一点儿坏心眼。他还是个学生的模样。

校长。一个爱尔兰人，曾去过前线，在那里受了重伤，康复后，被政府派到了斐济。他小时候就在书里读过这个地方，对他来说，这个地方一直都有一种浪漫的魅力。当任命下来的时候，他迫不及待地便接受了，现在他却感到无聊、孤独和理想幻灭。他的学校离苏瓦岛大约七英里，但他一有机会就会开车过来。休假的时候，他会住在太平洋大酒店，一天到晚地喝威士忌和苏打水。他还没满二十八岁，个子不高，有一双笑眯眯的蓝眼睛，笑起来的样子非常阳光。

保险代理商。一个上了年纪的高个子男人，白发苍苍，头发稀疏，但梳理得很细致。他穿着整洁，尽管越来越胖，但腰板还是挺得很直。三十年前，他随一家戏剧公司来到澳大利亚，娶了一个很有钱的女人，从那以后，他从事过许多职业——做过种植园主，在政府部门工作过，也经过商。现在他很是潦倒。他代表他所在的保险公司去了阿皮亚，却把保险费侵吞了。公司为了自身的名誉把亏空填补上了，公司不希望有丑闻，因此放了他一马，他才没被起诉。他大部分时间都在太平洋大酒店的酒吧里度过，不停地喝酒却不显醉意。他曾受过表演训练，因此能摆出一副十足的气派，但是你若想起他当年差点儿锒铛入狱，就会觉得他的样子很好笑。

雷瓦河。这条河很宽，两岸平坦，沿岸是一些原住民村庄和香蕉种植园。远处是灰蒙蒙的群山。有几段河床非常广阔，我不知道它们为什么会有些神秘而又令人生畏。你偶尔会看到一个原住民乘着独木舟在河面上划过。雷瓦有几家制糖厂，还有一家脏兮兮的旅馆。它是一间平房，由一个胖胖的英国人和他的胖妻子经营着。他们的样子酷似泰晤士河畔一家酒店的老板，这个女的则整天躺在阳台的吊床上看小说。

牧师。他是一个七十岁的法国老人，精神矍铄。他穿着一件破旧的短袍，一双黑色的高筒靴，还戴着一顶灰色的遮阳帽。他满脸皱纹，胡子刮得干干净净，灰白的头发又长又直，红红的眼圈里有一对水汪汪的眼睛。他的外表中有一种显得特别古怪的东西。他的话很多，英语说得很流利，但口音很重。他的双手青筋暴露，很粗糙，指甲也残缺不全。他曾是一位校长，在法国教了十七年的书，在澳大利亚也教了十七年，现在又在斐济教了十七年。他懂好几种语言。他可能是阿尔萨斯人。他谈到他的侄子们，他们大多是牧师，都在法国军队里作战，得过不少勋章，他很为他们感到骄傲。他也很为他在斐济的学校和他的学生们感到骄傲，他们几乎都是原住民，他仍然和以前澳大利亚的学生保持着联系。在那个有趣的小旅馆里，听到他和同桌的两个人谈起莎士比亚和弥尔顿，你会觉得挺奇怪的。那两个人坐在那里听着，也听不太懂，入神地张大了嘴巴。他对斐济的一切都充满热情，对原住民的一切都了如指掌。尽管他年事已高，但仍然会让人觉得他精力充沛、不知疲倦。

两个人一起住在斐济，他们厌恶着彼此，不和对方说话，却因为工作而不得不待在一起。每到晚上，这两个人就变得愚蠢不堪，喝得酩酊大醉。一天晚上，来了一个老牧师，他是一个法国人，在岛上住了很多年。他们请他吃晚饭，留他过夜。他跟他们谈起了莎士比亚和华兹华斯。他们惊奇地听着他讲，然后问他为何会来到这里。他跟他们说，其实他生性好色且贪图享乐，甚至后悔当了一名牧师。他觉得自己生来就应该过普通人的生活，但他正因为太热爱一切美好的事物了，所以才把自己同它们隔绝开来。现在他老了，一切也都结束了。他们模模糊糊地从他身上看到了一种自己从未有过的高贵品质。他们看向彼此，其中一个人向另一个人伸出了手。

和那位老牧师的会面，使我想到了这么一个故事梗概，但我一直没把它写出来。

巴务岛。它是一个很小的岛，位于河口和礁石之间，小到半小时你就可以绕着它走一圈，与其他陆地也只隔半英里的水路。这里以前是斐济的首都，和我住在一起的酋长告诉我，那时这里房子挤房子，要想穿过街道得特别小心翼翼才能挤出去。那些在对岸有地的人，得每天白天去地里干活，晚上再回来。孩子们整天在水里玩耍。这些房子是用草盖成的，有的是正方形的，有的是长方形的，没有窗户，门是木头做的。它们大多被塔帕纤维布做的窗帘隔成两个隔间。接待我的酋长是上一任国王的侄子，也是立法院的一名议员，是个身材魁梧的好心老人。他的举止十分庄重。他穿着一条白色的短裤和一件网眼背心。

斐济的“坐舞”。四个女孩坐在地上，穿着白色衣服，脖子上戴着绿色花环，头发上插着鸡蛋花。领唱者开始唱一首奇怪的歌，其他女孩，还有坐在后面的男孩都跟着一起唱，他们摇晃着身体，有节奏地挥动着手和胳膊。这舞既无趣又沉闷。

塔伦号。这是一艘联合汽运公司的班轮，从奥克兰经斐济前往阿皮亚。这艘船已有三十六年的历史，重达一千二百吨，非常脏，老鼠和蟑螂泛滥成灾，但很结实，是一艘很棒的海船。里面有一间非常简陋的浴室，没有吸烟室，还有几间脏兮兮的船舱。我搭乘它从苏瓦岛到奥克兰的时候，船上载满了香蕉，成箱的香蕉密密麻麻地堆放在船尾的甲板上，堆得老高。船上挤满了乘客，有从阿皮亚和苏瓦岛去新西兰的返校儿童、休假的士兵，还有一些在太平洋上往来的看不出做什么营生的人。二等舱是专为原住民而设的，所以各种稀奇古怪的人都在头等舱里。里面最奇怪的是一个又高又瘦，红脸庞，五官很大的男人。他穿着一件黑色长外衣，非常干净。他一个人走来走去，不和任何人说话，不停地抽烟、吐痰。他带了一个笼子，里面关了两只大鹦鹉。他是一个谜一般的人物，叫人猜不出他从哪里来，要到哪里去，从事什么职业，祖先是什么人。他给人的印象仿佛是一位被解了职的牧师。

汤加。基督复临论者。他是个耳聋的小个子老人，在岛上住了三十年了。他独自生活，穷困潦倒，他的邻居几乎都不认识他，他也鄙视他们，认为他们是上帝的弃民。他认为自己是上帝特别眷顾的人。他的一切都出了问题。他的妻子死了，孩子个个都不成器，椰子也没有好收成。他把自己的不幸看作上帝赐给他的十字架，让他背负，象征着对他的特殊恩典，然而很明显，大多数不幸其实都是他自己的过错所致。

帕皮提。当船进入暗礁的通道时，鲨鱼就围了过来，跟着船一起进入潟湖。潟湖非常安静平和，湖水特别清澈。码头边有几艘白色多桅帆船。一群人聚集在一起迎接船的到来，女人们穿着颜色鲜艳的衣服，男人们则穿着白色、卡其色或蓝色的衣服。在阳光明媚的码头上，人群的颜色也是那么鲜亮。一派迷人的欢乐景象。

商店和办公楼依海滩而建，岸边还有一长排枝叶繁茂的老树，其中夹杂着一些猩红色的凤凰木，显得老树的颜色更加鲜明翠绿。那些大楼、邮局，还有大洋洲航运公司的办公楼，不像太平洋上的大多数建筑那样严肃，没有那种公事公办的沉闷感，它们看上去华丽庸俗，但不会令人产生不快。海滩上树木葱郁，颇有法国风情，让人想起都兰某个外省小镇的城墙。帕皮提尽管有英国和美国的商店，还有华人开的店铺，但它整体上呈现着一种微妙的法国风格。

它整洁得迷人，悠闲舒适。你会觉得人们是在那里享受生活的，他们对利益的渴望不像英属岛屿上的人那般明显。路修得很好，和法国的许多路一样，建设得好，维护得也好，道路两旁种了许多树，给道路投下欢悦的阴凉。海边有一棵大杧果树，树荫下有一间砖砌的盥洗室，旁边有一根粗大的竹子，和我在阿拉斯附近看到的那些盥洗室一模一样，当时有几个休息的士兵在那里洗衬衫。这里的集市放在法国任何一个差不多大小的村庄里，都看不出来有什么不一样的地方。然而，整个城镇有一种异国情调，使它有了属于自己的特色。

除了塔希提语，原住民也说英语和法语。原住民的法语说得有些拖沓，他们的口音让你想起那些巴黎的俄国留学生。每个小房子周围都有一座花园，疏于打理，杂草丛生，长着一堆杂乱的树木和俗艳的花朵。

塔希提人大多穿裤子、衬衫，还戴着大草帽。他们看起来比大多数波利尼西亚人要体态轻盈。女人们穿着宽大的长罩衣，不过大部分都是黑色的。

提亚蕾旅店。从城镇尽头的海关大楼大约步行五分钟就到了这家旅店，你一走出旅店大门，便一脚踏进了乡村。旅馆前面是一座开满鲜花的小花园，四周是咖啡灌木的树篱。后面混杂着各种植物，有面包果树、鳄梨树、夹竹桃树，还有芋头。你午餐的时候要是想吃梨，直接从树上摘一个就好。旅店是一个平房，四周都有露台，其中的一部分露台用作了餐厅。旅店里有一间小客厅，铺着打了蜡的镶木地板，摆着钢琴和曲木家具，都盖着天鹅绒盖布。卧室又小又黑。厨房是一个独立的小房子，洛瓦娜夫人整天坐在那里监督中国厨子。她自己做饭做得很好，也很好客。附近的人要是想吃饭，就会到旅馆来吃。洛瓦娜是个欧亚混血儿，很白，五十岁左右，体型庞然。她不仅仅是胖，简直是巨大，大到失了形。她穿着一件粉红色的宽大长罩衣，戴着一顶小草帽。她的五官小巧，下巴却很大。她棕色的眼睛又大又清澈，表情愉快而坦率。她总是面带微笑，有时也会开怀大笑。她对所有的年轻人都会有母亲般的关照，当那个在莫安纳号做乘务长的小伙子喝得烂醉的时候，我看见她扭起庞大的身体，走过去夺下了他手中的酒杯，阻止他继续喝下去，她还让自己的儿子把他安全地送回船上。

提亚蕾花是塔希提岛的国花，它是一种星形的白色小花，开在一种长有深绿色叶子的灌木上，散发着一种特殊的甜味和性感的香气。人们用它来做花环，把它插在发间和耳后，它在原住民妇女的黑发上显得十分光彩夺目。

约翰尼。乍一看，没有人会想到他有原住民的血统。他二十五岁，是一个相当强壮结实的年轻人，长着一头黑色的卷发，但已经有些谢顶，一张肉乎乎的脸刮得干干净净。他容易激动，说话的时候经常打手势。他说话很快，声音里不时地夹杂着一些假声。他的母语是塔希提语，英语和法语都说，虽然说得流利却不太准确，带着一种奇怪的口音。当他脱光衣服，围上一块长方形印花布洗澡的时候，顿时变成一副原住民的样子，而此时，唯有肤色才暴露了他的白人血统。他发自内心地认为自己是个原住民。他喜欢原住民的食物和生活方式，他为自己的原住民血统感到骄傲，没有半点儿欧亚混血儿故作羞惭的样子。

约翰尼的房子。它离帕皮提大约五英里，坐落在一座小山丘上，三面临海，莫雷阿岛就在它的正前方。海岸边长满了椰子树，后面是神秘的群山。这所房子摇摇欲坠，破到不能再破。楼下有一个很大的房间，看上去像谷仓，高出地面，有台阶可以走上去。框架墙破了好几处，后面有几个小棚子，其中一个用作厨房，地上挖了个洞，用来生火做饭。楼上是两间阁楼。每个房间里都只有一张桌子，地上铺着一张地垫，别的什么都没有。那个像谷仓的房间便是起居室。家具包括一张铺着绿色油布的松木桌子、两把躺椅和两三把破旧的曲木椅子。房子用椰子叶稍微装饰了一下，叶子从顶部撕开，被钉在墙上或编在承重梁上。天花板上挂着六盏日本灯笼，一束黄色的木槿花给房间增添了一抹明亮的色彩。

女酋长。她住在离帕皮提大约三十五英里的一栋两层楼的木框架房子里。她是一位酋长的遗孀，当年法国在把帕皮提从保护关系变为从属关系的过程中，惹出了一些麻烦，这位酋长因在动乱中做出了贡献而被授予荣誉军团勋章。客厅里摆满了廉价的法式家具，墙上挂着与此事相关的一些文件，还挂着多位政治名人的签名照片，还有一些大家通常都会挂的婚礼合影，合影里的人物都面目模糊了。几间卧室都被大床给塞满了。她是个高大壮实的老太太，一头灰白的头发，一只眼睛闭着，又时不时地睁开，用一种神秘兮兮的目光盯着你。她戴着眼镜，穿着一件褴褛的黑色长罩衣，舒舒服服地坐在地板上抽土烟。

她跟我说，在离她不远的一所房子里有高更的画，我说我想看看，她叫来一个男孩给我带路。我们沿着大路行驶了几英里，然后拐了弯，开到草地中一条泥泞的小路上，最后来到了一幢破旧不堪、灰沉沉、摇摇欲坠的房子前。除了几张地垫之外，屋里什么家具都没有，一群脏兮兮的孩子挤在走廊里头。一个年轻的男人躺在走廊上抽烟，还有一个年轻的女人悠闲地坐着。房子的主人，一个塌着鼻子、面带微笑的黑皮肤原住民，走过来招呼我们。他请我们进屋，我一进去就看到了高更画在门上的画。原来高更在那所房子里病了一段时间，由现任房主的父母照料，当时的房主只是一个十岁的男孩。他对他们的悉心照料很是满意，好转以后，就想留下一些关于他自己的回忆。在这所平房的两个房间之中，其中一个有三扇门，门的上半部分是玻璃板做的，每扇门上都被画了一幅画。有两幅差不多已经被孩子们抠干净了；有一幅除了角落处有一点模糊的头像以外几乎什么都没有了，而另一幅还能看到一个女人的躯干，她以热情优雅的姿态向后仰着。第三幅保存得还不错，但很明显，再过几年，它就会和另外两幅画一个下场了。房主对画本身并不感兴趣，仅仅是把它们当作对这位死去的客人的纪念，当我跟他说他还可以留下另外两幅画的时候，他也不愿意卖掉第三幅。“但是，”他说，“我得买一扇新门啊。”“多少钱？”我问。“一百法郎。”“好吧，”我说，“我给你两百。”

我想，在他改变主意之前我最好把画带走，于是我们从我来时开的车上找来工具，拧开铰链，把门带走了。当我们回到酋长家的时候，为了便于携带，我们把门的下半截锯掉了，然后把它带回了帕皮提。

我坐着一只敞篷小船去莫雷阿岛，船上挤满了原住民和中国人。船长是一个白皙的、红脸膛儿的原住民，有一双蓝眼睛，又高又壮。他会说一点儿英语，也许他父亲是个英国水手。船一离开环礁带，我就知道我们的这趟旅程会很艰险。海浪很高，拍打着小船，浇得我们浑身湿透。船摇晃着、颠簸着。突然，狂风大作，大雨倾盆。海浪排山倒海。我们的小船冲出海浪，这真是一次激动人心（对我来说也是一次惊恐）的经历。在整个过程中，一个原住民老妇人坐在甲板上，一支接一支地抽着粗大的土烟。一个中国男孩不停地呕吐，吐得一塌糊涂。看到莫雷阿岛越来越近，看清了椰子树，最后进入潟湖，我们终于松了一口气。大雨倾盆而下。我们全身都湿透了。我们上了一艘从岸边开来的捕鲸船，然后蹚水上岸。雨不停地下着，我们沿着一条泥泞的路走了四英里，穿过一条条小溪，一直走到我们要住的房子。我们脱下衣服，裹上了沙滩巾。

那是一间木框架小屋，有一条走廊和两个房间，每个房间里都有一张大床。后面是厨房。它的主人是一个新西兰人，这会儿不在家，他和一个原住民女人一起住在这里。小屋前面有一座小花园，里面种满了提亚蕾花、木槿花和夹竹桃树。花园旁边有一条小溪流过，花园里有一个小池塘，用为浴池。水很清亮，闪闪发光。

走廊的台阶上放着一个盛着水的大锡桶和一个小锡盆，人们可以在进屋之前洗脚。

莫雷阿岛。这里原住民的房子是长方形的，上面盖着一层粗糙的大叶子的茅草，房子是用细竹竿扎成的，扎得很细密，阳光和空气可以透进来。房子没有窗户，但通常有两三扇门。大部分屋子里都有一张铁床，而且几乎都有一台缝纫机。

礼拜堂是同样的构造，但是非常大，每个人都坐在地板上。我参观了一次唱诗班排练，由一个盲人女孩领唱，他们一小时又一小时地唱着长长的赞美诗。在近处听着，他们的声音又大又刺耳，而当你在远处，坐在柔和的夜色中聆听时，他们的歌声又显得十分优美。

叉鱼。我在路上走了一会儿，顺着说笑声的方向，穿过一片比人还高的芦苇沼泽地，不时蹚过齐腰深的泥水，不一会儿，便来到一条湍急的小溪边。这儿大约有十二个男男女女，都只围着沙滩巾，拿着长长的鱼叉，旁边的地上堆着许多大银鱼，每一条都是被鱼叉刺死的，伤口血淋淋的。我等了一会儿，突然有人喊了一声，让大家做好准备，每个人都拿着鱼叉站了起来，突然一个鱼群沿着小溪向大海游去。大家一阵欢呼，又喊又叫，鱼叉碰撞在一起，扎进水里，就逮住了十几条大鱼，人们把它们捞出来扔在地上。鱼儿颤抖着，跳跃着，用尾巴拍打着地面。

环礁带内。水色斑斓，从最深的蓝色变幻到浅绿色。环礁带很宽，珊瑚的颜色很丰富。你可以在礁石上行走，看着一个个巨浪离自己这么近，而在汹涌的大海里面，水却像池塘一样平静，真是令人惊奇。珊瑚丛里潜伏着各种各样奇怪的动物，有色彩鲜艳的海鱼、海螺、海参、海胆，还有一些淡粉红色的软体动物在蠕动着。

网鱼。大网撒下的时候，全村人都会出动。大网的主人们划独木舟出海，其中一两个人跳进水里，女人、男孩和男人们排成长长的一排，抓住绳子的两端，用力往外拉。其他人坐在海滩上看热闹。网慢慢地收拢，一个男孩跳到跟前，抓住一条银鱼，把它放进自己的围腰里，然后把渔网拉到岸上。沙地上挖了个洞，鱼就被倒在里面，供所有参与捕鱼的人平分。

基督教。一位法国海军上将乘坐他的旗舰来到了其中一个岛上，当地的女王设了正式午宴来款待他。她想让他坐在她的右边，但是传教士的妻子坚持说他应该坐在自己右边。作为基督教代表的妻子，她的地位比女王还要高。传教士和她的意见一致。当原住民们抗议时，他们俩都勃然大怒，威胁说，如果他们受到这样的怠慢，就要叫原住民们好看。原住民们吓坏了，只能做出让步。传教士夫妇如愿以偿。

泰蒂亚罗阿岛。我们乘着一艘带汽油发动机的快艇前往泰蒂亚罗阿岛。我们在凌晨一点出发，这样就可以在拂晓时到达，那时的大海应该是最平静的，通过环礁带也不那么困难。在寂静的夜色中，四周一派可爱祥和。空气十分温润。星星倒映在环礁内的水中，没有一丝风。我们在甲板上铺了块地毯，好让自己躺得舒服些。环礁带外是太平洋上无时不在的波涛。破晓的时候，我们还在外海上，但不一会儿，我们就看到了几英里外的一个小岛，上面有一排低矮的椰子树。然后我们进入环礁带，上了一条小船。快艇的主人名叫利维。他说他来自巴黎，但他的法语有很重的口音，总让我想起阿尔及利亚的犹太人。他把船锚抛在礁石上，我们上了小登陆艇，划到了入口处。这根本算不上一个入口，只不过是礁石上的一个小凹口罢了，当海浪拍打过来时，才勉强有足够的水让船蹭过去。就算穿过去了，也不可能划得动，因为珊瑚太厚了。原住民们便会下船，泡在齐腰深的水里，把船拖过一条狭窄曲折的航道，一直拖到岸边。海滩上是白色的沙子，上面有珊瑚的碎片，还有数不清的甲壳类动物的壳，另外还有一棵棵椰子树，你会看到六间小茅屋，它们组成了这个小小的聚居地。其中一间是工头的，两间是放干椰子肉的，一间是给工人住的，另外两间是舒适的草屋，一间用作客厅，另一间用作卧室，供岛主使用。这些茅屋建在一片树林中，里面有许多古老的参天大树，给人带来凉爽的树荫。我们卸下带来的用品和被褥，开始动手把这里搞得舒服点儿。这里有成群的蚊子，比我在任何地方见过的都多，只要一坐下来，就被蚊子包围了。我们在起居室的走廊上搭了一顶蚊帐，里面摆了一张桌子和几把椅子。但是机灵的蚊子还是钻了进来，在一切都安顿下来之前，我们至少在蚊帐内打死了二十只蚊子。屋子旁边有一个小棚子，用作厨房，我带来的那个中国人用几根柴生了一堆火，烧起了饭。

这个岛显然是在较近的时期才从海里升起来的，内陆大部分地方是贫瘠的、结块的，几乎就是个沼泽地，所以你走着走着就会陷下去几英寸。它以前大概是个咸水湖，现在干涸了，其中一块地方仍然有一个小湖，不久以前肯定比现在大得多。除了椰子树，似乎没有什么东西长出来，只有野草和一种类似金雀花的灌木。在其他岛屿上，八哥鸟随处可见，但这里只有两三只，还是最近被人带上来的。岛上的鸟都是巨大的海鸟，黑色的，长着又长又尖的喙，叫声像尖锐的哨音。

海滩上的沙子是银白色的，就像你在书上读到的对南海岛屿的描述那样。当你走在阳光下的时候，它晃得你甚至睁不开眼。到处都能看到死蟹的白色外壳或海鸟的骨骼。到了晚上，整个海滩似乎都在动，起初，你会觉得这种不断的、轻微的运动很奇怪、很离奇，但当你点燃火把的时候，会看到无数贝壳类生物在不断爬动，它们在海滩上慢慢地、悄然地移动着，它们的数量如此之多，以至于整个海滩似乎都成了活物。

环礁带。这是一条宽阔的堤道，你可以沿着它绕着岛走一圈，但是它非常崎岖不平，会把你的脚磨碎。水洼里的鱼游来游去，不时会有一条鳗鱼抬起它凶神恶煞的脑袋。捕龙虾：晚上，你拿着飓风灯沿着礁石走，左右张望着每一个角落和缝隙；鱼被光吓得游开了；你必须小心翼翼，因为到处都是巨大的海胆，它们会在你的脚上戳个严重的伤口。龙虾很多，你走不多远就能看到一只。你踩住它，然后一个原住民走过来，迅速地把它捡起来，扔进他背在肩上的旧煤油罐里。这样在夜里走着走着，很容易就会失去方向感，回来的路上也不容易找到船。有那么几分钟，我还以为我们得在礁石上待到天亮呢。天上没有月亮，但很晴朗，繁星璀璨。

礁石上捕鱼。在入口附近的某个地方，礁石陡然下降，像悬崖一样，你往下看，水深不可测。原住民们在潟湖的珊瑚石间撒网，我们带了许多鱼作鱼饵。看着当地人宰杀它们作饵，真令人毛骨悚然。他们用拳头或珊瑚砸它们的腹部。当我们到达钓鱼的地方时，就把独木舟拴在一块珊瑚岩上，领头的人砸碎了几条鱼，把碎鱼肉扔到水里。饵很快就吸引了许多小鱼，一群瘦瘦小小，像虫子一样活蹦乱跳的小东西，接着又吸引了许多黑色大鱼。几分钟后，几只鲨鱼的鳍露出了水面，我们看到棕色的鲨鱼在周围打转，鬼鬼祟祟的，十分吓人。鱼竿不过就是一根竹竿，上面绑着一根线。黑色大鱼绕着钓饵转了一圈，贪婪地吃了起来，然后我们就一条接一条地把它们拽出了水面。鲨鱼也很贪吃，我们不得不把鱼饵从它们嘴里夺去，因为鱼线太细了，根本拽不住它们。有一次，我钓到一条鲨鱼，它一眨眼就把渔线咬断了。我们抛下几根勾着鱼内脏的渔线，钓到了一条金枪鱼，大概有四十磅重。

捕鲨。傍晚时分，你把一条大鱼的鱼鳔勾在鱼钩上，然后把渔线系在树上。没过多大会儿，你听到扑通一声巨响，跑到海滩上，原来是抓住了一条鲨鱼。你把它拖到海滩上，它挣扎着四处拍打。一个原住民拿起大刀（这种刀是从首个发现这个岛屿的人所带来的弯刀演变而来的）砍它的头，一刀砍到它的大脑。这真是一只丑陋、凶恶的野兽，长着可怕的大嘴。它一死掉，钩子就被挖了出来。然后，中国人割下鱼鳍，在阳光下晾干，卡纳卡人敲掉死鲨长着可怕牙齿的下巴，把剩下的残躯扔回海里。

原住民在睡觉前，通常会把渔线绑在自己的一条腿上，一有动静就能醒来。

鱼。它们的种类多到无法形容。有亮黄色的、黑黄相间的、黑白相间的、条纹的，还有图案奇特的。有一天，原住民去钓鱼，当他们张网捕鱼时，我看到他们捕到的鱼光彩夺目。我突然非常激动，因为这让我想起了《天方夜谭》某个故事中所讲到的捕鱼场景，在网里五颜六色、奇形怪状的鱼儿当中，我有些希望能找到一个有着苏莱曼封印的瓶子，里面封着一个法力无边的精灵。

海的颜色。大海是深蓝色的，在落日的映照下则是酒红色的。但在潟湖中，海水是五彩斑斓的，从浅浅的蓝绿色到最亮、最清澈的绿色；在夕阳的映照下，它一时间又会化成金水。还有五光十色的珊瑚，有棕、白、粉、红、紫色，而且它们的形状也很奇妙。这里就像一座神奇的花园，匆匆游过的鱼就是花间的蝴蝶。奇怪的是，它看上去一点儿都不真实，像是某种夸张想象的产物，如梦似幻。珊瑚中间有一些小水洼，水底是一层白色的沙石，这里的水清澈无比、耀眼夺目。

瓦罗。在太平洋生活的人们都叫它海蜈蚣。它长得像小龙虾，但颜色是浅奶油色。它们成双成对地住在洞里。雌性比雄性更大更强壮，颜色更鲜艳。只有在非常细的沙子里才能找到它们。为了抓它们，我们越过了潟湖，我觉得走了大概有一英里的样子，来到泰蒂亚罗阿群岛当中的一个岛上。原住民们准备了一种奇特的工具，它由椰子叶中央茎部的坚韧纤维构成，大约两英尺长，非常柔韧；纤维上系了一圈钩子，向上一举，像把小伞一样；上面绑了一块鱼肉作鱼饵。我们一边走，一边朝海滩的浅水里看，想找到瓦罗栖息的标志性小圆洞，然后把钩子放进去。原住民念了句咒语，让瓦罗从洞里出来，然后用手指拨弄着水，往往什么动静都没有，但有时纤维会被拉下去，我们就知道有一只瓦罗咬住了鱼饵，被鱼钩钩住了。我们小心翼翼地把它拉了起来，看到这只小东西爬出水面，紧紧地抓住纤维，真是令人兴奋。领头的人用椰子树叶麻利地做了一个小筐，它被摘下来，放了进去。然而，这是一个慢活儿，我们花了三个小时，只逮住了八只。

潟湖之夜。日落时分，大海变成了明亮的紫色。天空万里无云，火红的太阳迅速沉入海中，但并没有作家们所写的那样迅速，然后金星出现了，开始闪耀。夜幕降临，空气清新而安静，此时海滩似乎突然爆发了一种热烈而疯狂的生机。无数带壳的动物开始在水边爬行，水里的每一个生物似乎都在活动。鱼儿跳跃，发出了神秘的溅水声，鲨鱼残暴又悄无声息地快速游过，吓坏了所有活物。小鱼不断地跃入空中，有时会有一条彩色大鱼在水面上方闪着短暂的光芒。但最令人印象深刻的，却是紧迫、无情的生活带给人的感觉。在这可爱的夜晚的宁静中，有一种神秘的东西，隐隐约约使人惊恐不安。

夜晚出奇的寂静。南十字座和老人星以及群星闪着耀眼的光芒。没有一丝风，但空气中有一种奇妙的芳香。天空映着椰子树的剪影，它们似乎在倾听着什么。不时有海鸟发出一声哀鸣。

1917

这一年，我被派往俄罗斯执行一项秘密任务，于是我记下了下面这些笔记。

俄罗斯。我之所以对俄罗斯感兴趣，原因与我同时代的大多数人差不多。最明显的一个原因便是俄罗斯小说。托尔斯泰（Tolstoi）和屠格涅夫（Turgenev），但主要还是陀思妥耶夫斯基（Dostoievsky），他们传递了一种不同于其他国家小说所传递的情感。在他们的对比之下，西欧最伟大的小说也显得有些矫揉造作。他们的新奇使我偏了心，无法再用同样的眼光去看待萨克雷（Thackeray）、狄更斯（Dickens）和特罗洛普（Trollope），因为这些人总在宣扬传统道德；甚至连法国伟大作家巴尔扎克（Balzac）、司汤达（Stendhal）和福楼拜（Flaubert），相比之下也显得拘于形式，有些冷淡。这些英国和法国小说家描绘的生活，是我所熟知的，我和我同时代的人一样，都已经厌倦了。他们描述了一个被整顿和束缚了的社会。它的思想已经被写过太多次，都写烂了。它的情感，即使是放纵，也是在一定限度内的。这是一种贴合中产阶级文明的小说，这些人吃得好、穿得好、住得好，而且它的读者心里非常清楚，他们所读到的一切都是虚构的。

荒诞的90年代把那些聪明人从冷漠中唤醒，使他们焦躁不安、心怀不满，却没有给他们带来任何满足。旧的偶像被打碎了，取而代之的却是纸糊的，一捅就破。90年代的人们大谈艺术和文学，但他们的作品就像玩具兔子，你给它们上了发条，它们就会蹦来蹦去，然后突然咔嗒一声停了下来，不再动弹。

现代诗人。只要他们能多点儿情感，即使他们没那么聪明，我也心满意足了。他们的低吟浅唱，并非因为巨大的痛苦，而是良好教育带来的清醒、愉悦。

特工。他的个子甚至还达不到中等，但看起来非常壮实。他走起路来悄无声息、健步如飞，他的步态很奇怪，有点儿像大猩猩，胳膊垂在身体两侧，距离躯干有点儿远。他给你的印象近乎一只猿类动物，随时都可以跳跃起来。他看上去力气很大，令人有些不安。他又短又粗的脖子上长着一个方方的大脑袋。他把胡子刮得干干净净，一双小眼睛显得十分精明狡猾，他的脸出奇的扁平，仿佛被一拳打平了似的。他有一个又大又肉乎的扁鼻子，一张大嘴里面小小的牙齿都变了色。他那浓密的浅色头发油亮地贴着头皮。他从不大笑，但经常小声笑，他的眼睛里闪烁着幽默的光，看起来有些凶狠。他穿着体面的美式成衣，乍一看，你还以为他是个曾在美国中西部某个繁荣的城市里，靠着小本生意发家致富的中产阶级移民。他英语说得很流利，但不准确。你跟他在一起待久了，便免不了被他的决心所打动。他有着强壮的体魄，与之对应的是他坚毅的性格。他冷酷、明智、谨慎，为达目的不择手段。说到底，他身上有一些可怕的东西。他那想象力丰富的脑子里充满了各种各样的想法，既微妙又大胆。他的工作错综复杂，他则把自己当作一个艺术家，从中取乐。当他跟你讲他设想的一个计划或者他的某次成功脱险经历时，他的蓝色小眼睛就会闪闪发光，脸上露出魔鬼般的笑容。他对人的生命有一种英雄式的漠视，会令你觉得，为了这个事业，他会毫不犹豫地牺牲他的朋友或儿子的生命。没有人能怀疑他的勇气，艰难险阻对他来说算不了什么，他都可以轻松面对，不仅如此，他还能以同样的心态去面对困苦和无聊。他是个勤俭节约的人，可以长时间不寝不食。他从不爱惜自己，也从不会想到去爱惜别人。他的精力充沛得惊人。他虽然冷酷无情，但看上去脾气很好；他能够随意杀死一个人，却丝毫不表现出对那个人的敌意。如果忽略掉他对上等雪茄的极度渴望，他似乎只有一种激情，那就是爱国主义。他有很强的纪律性，无条件地服从领导指示，也要求下属无条件地服从自己。

我的工作使我与捷克人有密切的接触，在这里我看到了一种令我惊叹的爱国主义情感。这是一种专一的激情，它可以让一个人全身心地沉浸其中，而不会给其他感情留下任何空间。许多人为爱国事业牺牲了自己的一切，他们并不是三三两两的狂热分子，而是成千上万的公民。他们为了国家独立而献出了他们所拥有的一切，包括他们的安宁、家园、财富和生命，我对他们感到敬畏而不仅仅是钦佩。他们像百货公司一样井井有条，像普鲁士军团一样纪律严明。我所遇到的大部分爱国者（唉！在我自己的同胞当中实在太常见了）虽然希望为自己的国家服务，但自己必须也要有利可图（在国家危难之际，他们还在讨论着找工作、耍阴谋、谋私利和互相嫉妒），但捷克人是完全无私的。他们就像母亲对孩子一样，不求报酬。当别人得到冒险机会的时候，他们会欣然接受乏味的苦差事；当别人被委以重任时，他们会欣然接受卑微的职位。同所有有政治头脑的人一样，他们也有不同的政党和方针，但他们都服从于共同的利益。在俄罗斯成立的伟大的捷克组织中，所有人，从富有的银行家到普通工匠，在整个战争期间都把他们收入的十分之一捐献了出来，这难道不是一件神奇的事情吗？甚至连战俘们，天知道那几个可怜的小铜板对他们来说有多珍贵，也会捐出自己省下的几千卢布。

90年代的文学吸引着理智，那是一条奔流不息的河流，净化着从水中流过的一切。当今文学吸引的却是情感，那是一口逐渐脏臭腐烂的水井。90年代的人们喜欢把喜怒哀乐都摆在脸上，像所罗门橱窗里的珍稀兰花，当今的人却把喜怒哀乐放在污水盆里。用宝石一样炫目的火焰把它烧掉可能有些荒唐，但把它做成面包酱又显得有些乏味。

我读《安娜·卡列尼娜》的时候还是个小孩，读的是华尔特·司各特出版的蓝封皮译本。很久以后我才开始自己的写作生涯，我对它的记忆已经模糊了，多年之后，当我重读这本书的时候，我是从专业的角度来看它的小说艺术的，此时在我看来，它有着强大的力量感和奇异感，但读起来有些生硬干涩。后来我又读了法语版的《父与子》，我对俄罗斯的东西不太了解，无法理解它的价值，里面奇奇怪怪的人名，独具匠心的人物，为我们打开了一扇新的窗户，但它只是一本一般的小说，和同时代的法国小说相似，对我而言，没有什么重大的意义。后来，当我确实开始对俄罗斯感兴趣时，我读了屠格涅夫的其他书，但是它们让我有些心灰意冷。里面的理想主义太感性了，不合我的口味，而且在翻译版中，我无法看到俄罗斯人所珍视的写作手法和风格之美，我觉得它们没法打动我。直到我读到陀思妥耶夫斯基（我读的是德文译本的《罪与罚》），我才感受到一种令人迷惘又扣人心弦的情感，这些书里才有真正对我来说很有意义的东西。我贪婪地一本接一本地读着这位俄罗斯最伟大作家的伟大小说。最后我读了契诃夫和高尔基的作品。我对高尔基不太感兴趣，他的题材奇特而遥远，但他的才华显得很平庸：当他毫不矫揉造作地记录最底层人民的生活时，倒还值得一读，但我对彼得格勒贫民窟的兴趣很快就丧失殆尽了。而当他开始思考或进行哲学探索时，我发现他非常浅薄。他的才华源于他的出身，他是以无产阶级的身份来描写无产阶级的，而不像大多数研究这个问题的作家那样，以资产阶级的身份来描写无产阶级。对于契诃夫，我则在他身上发现了一种我非常喜欢的精神。这才是一位真正有个性的作家，他没有陀思妥耶夫斯基那样令人惊叹、鼓舞、恐惧和困惑的狂野力量，但是你可以和他建立起亲密的关系。我觉得他和其他人不一样，只有从他身上我才能了解到俄国的秘密。他涉猎甚广，对生活的认识也很直接。他曾被拿来与盖伊·德·莫泊桑（Guy de Maupassant）相提并论，但只有那些两本书都没读过的人，才会这么认为。盖伊·德·莫泊桑是个聪明的故事讲述者，但充其量只能说得上效果还不错（当然，这是每个作家都应该接受的评判标准之一），他的作品缺少与生活的真正联系。当你读他那些较广为人知的故事时，你会感兴趣，但它们都是虚构的，经不起仔细推敲。里面的人物都是舞台形象，他们的悲剧在于他们的行为像木偶一样，而不像现实生活里的人那样真实。他们的人生观是枯燥而庸俗的，这是他们原型的出身所决定的。盖伊·德·莫泊桑在骨子里像一个衣食无忧的推销员，他的眼泪和笑声带着一种乡土旅馆的商业气息。他是郝麦先生之子。但是读契诃夫，你似乎不是在读故事，它们没有明显的奇思妙想，要不是从来没有人写过这种故事的话，你会觉得任何人都能写得出来。作家有了一种情感，他能把它用语言表达出来，你也能接受它，你便成了他的合作者。你不能使用“生活片段”这种如此陈腐的说法去描述契诃夫所讲述的故事，因为片段是割裂下来的一小部分，而当你读契诃夫的故事时，你绝不会有这种感觉，它就像透过指缝看到的风景，虽然你只看到了它的一部分，但你知道它是绵延不绝的。

我对莫泊桑的描述实在不公平。《泰利埃公馆》就是最好的证明。

俄罗斯作家风靡一时，人们仅因为某些作家用俄语写作就对他们的优点大加赞扬，于是乎，库普林（Kuprin）、科罗连科（Korolenko）和索洛古勃（Sologub）等人便受到了人们的关注，但他们其实配不上这种关注。索洛古勃在我看来毫无价值，但他把情色与神秘主义结合了起来，很显然，这肯定会吸引到某个阶层的读者。话说回来，我倒不会像某些人一样，他们一副看不上阿兹巴切夫（Artzibachev）的样子。《沙宁》，在我看来，是一本有价值的书，字里行间透着阳光，这在俄国小说中甚是罕见。小说中的人物并没有生活在我们已经习惯了的寒冷的毛毛雨中，他们的天空是蔚蓝的，夏日宜人的微风吹过桦树，飒飒作响。

每一个刚开始研究俄国文学的人都一定会惊讶于其贫瘠。就连最热情的批评家也表示，他们对19世纪以前的作品所感兴趣的不过是其历史价值，而俄罗斯文学的真正起点是普希金（Pushkin），然后是果戈理（Gogol）、莱蒙托夫（Lermontov）、屠格涅夫（Turgenev）、托尔斯泰（Tolstoi）、陀思妥耶夫斯基，然后是契诃夫，这就是全部。研究者会提到许多名字，但并不重视他们，而外行者只需要随便读一读其他作家的作品，就会意识到忽视那些人并没有多大损失。我曾试想过，如果英国文学始于拜伦、雪莱（Shelley）（把托马斯·摩尔放在雪莱的位置上也可以）和沃尔特·司各特（Stott），接着是狄更斯、萨克雷和乔治·艾略特（George Eliot），最后以乔治·梅瑞狄斯（Meredith）收尾，这会是一番什么场景？那么首当其冲的一个影响就是，这些作家在人们心目中的分量会变得更重。

正因为俄国的文学极其贫瘠，人们才把它了解得如此透彻。每一个读书的俄罗斯人都读尽了所有的文学作品，而且他们会反反复复地读，所以那些书对于他们而言都已经烂熟于心了，正如钦定英译本的《圣经》之于我们一样。而且由于俄罗斯的文学大部分都是小说，因此比起其他国家而言，小说在知识分子心目中的地位要高得多。

《钦差大臣》在俄罗斯享有盛誉。它本身就构成了俄罗斯古典戏剧的全部。每个中小学生都会读它，就像我们小时候都会读《哈姆雷特》一样；每到节假日，《钦差大臣》就会公演，就像在法国，每逢盛典和节假日，《熙德》就会在法兰西喜剧院里上演一样。对俄国人来说，这出微不足道的小戏，就像莎士比亚和伊丽莎白时代，康格里夫和威切利、戈德史密斯等剧作家的作品以及《造谣学校》等剧作一样举足轻重。剧中的角色已经成为用来描述人们性格特征的标签，里面上百句台词已经变成了格言警句。其实它也只是一个非常微不足道的闹剧，谈不上比科策布的《德国小市民》好还是差，它的灵感可能就来自这部剧。它和《屈身求爱》差不多水平。它们都不太注重故事情节，剧中的人物只是从搞笑的角度而不是从角色创作的角度刻画的。不管你多么青睐它，你都无法相信其中角色的真实性。然而，果戈理很有头脑，他没有在剧中安插任何聪明或正派的人物，从而没有破坏画面。他的剧中聚集了一群恶棍和傻瓜，保持了某种艺术上的完整性，如果安插进一个老实或者能干的人，就会打破这种完整性。康格里夫也有同样的智慧，他创作的时候也十分小心谨慎，不会在他笔下的一群浪子中安插一个道德高尚的人。果戈理和他同时代的人高度重视这出欢乐的小闹剧，这并不奇怪，但令人想不通的是，那些熟悉西欧文学的评论家竟然也会如此。那些向世界介绍俄罗斯的翻译人员当中，大部分人对其他国家所知甚少，他们会因为某些特征不是英国特色便将其赞扬为俄罗斯特色，而且他们也不知道这些特色只是出自俄罗斯的自然条件，在所有与俄罗斯自然条件相似的国家都能找到这样的特色。要想真正了解一个外邦国家，你不仅要在那个国家和自己的祖国生活过，至少还要在一个其他国家生活过。阿诺德·本涅特（Arnold Bennett）就一直相信，早餐不吃面包卷不喝咖啡是法国的特色。

我的天赋并不出众，但我有某种性格上的力量，能在一定程度上弥补我的不足。我很有经验常识。大多数人什么也看不见，但我能极其清楚地看到眼前的一切。那些最伟大的作家们连砖墙都能看得穿，我的目光还没有那么犀利。许多年来，大家一直说我是一个愤世嫉俗的人，我只是一直都实话实说而已。我不希望有谁把我看成别的什么样子；另一方面，我也认为没有必要接受别人的装腔作势。

那些研究异国外邦的研究者，不能指望自己对其人民有多深的了解，而且由于语言和文化的差异，即使过了许多年，他也无法与他们亲密起来。即使是英国人和美国人，虽然他们之间的语言差异非常小，但也不可能存在真正意义上的彼此了解。也许只有当人们的早年经历和教育背景相似时，才最容易相互了解。真正塑造一个人的是他在人生最初的二十年里对世界的印象。英国人和俄国人之间的鸿沟又宽又深，语言方面的障碍使他们只能一直保持着这种隔阂。即使你语言掌握得很好，也还不足以让人忘了你是个外国人，他们与你的相处永远不会像他们自己之间那样。只有通过阅读，人们才能最大限度地去洞察另一个民族的人，对于这种用途，读二流作家的作品要比一流作家更有效。伟大的作家精于创造，才华次之的作家则精于复制。比起陀思妥耶夫斯基，契诃夫会告诉你更多关于俄国人的事情。通过比较你认识的人和你读过的人，你可能会形成一种印象，这种印象即使与事实不符，也是独立、合理和连贯的。

我对学习一门语言有自己的看法。我认为只要能流利地阅读和谈论日常生活中的琐事就够了，再学下去也是浪费时间。若要真正地熟悉一门外语需要付出巨大的努力，而这些努力得不偿失。

近年来，文人墨客流行谈论上帝，他们绘声绘色地去描写万能的上帝，来平衡词句或让段落充满感情。而现在萧伯纳（G. B. Shaw）和威尔斯（H. G. Wells）也来凑热闹，虽然只是踩点儿赶上，但他们已经加快了脚步，想要走在这场运动的前头。当你不再像以前那样活跃的时候，成为思想的领潮人一定很辛苦，如果他们两个人都显得有点儿上气不接下气，那也不奇怪。

我希望某个有思想的人可以写一篇文章，来解释一下在英国文人当中宗教信仰为什么会复苏，甚至在战前就已经出现了苗头。奇怪的是，他们并未影响到大众，教堂里头仍然空空荡荡，更没能对那些智商和教育程度更高的人群造成多大影响。法律界、科学界以及商人都对宗教信仰持怀疑态度，这场思潮是纯文学方面的。这当然与法国一场类似的运动有关，法国那场运动的根源在很大程度上是政治性的，1870 年普法战争的战败奠定了它的基础；战后成长起来的一代缺乏活力，于是自然而然地倾向于从宗教信仰中寻找寄托。法兰西第三共和国反天主教，共和国的反对者们便站在了天主教一边，许多人把宗教信仰和爱国主义、法兰西的伟大等同了起来。最终，科学没能替那些不明智的人实现愿望，科学从未假装能够回答他们的问题，于是，许多人便投进了教会的怀抱。

法国的每一场文学运动，在英国都会有效仿者。在我们国家，一直以来都有着这样一些文人，他们仅仅靠着认真阅读法国的文学评论便获得了“独创性”的名声。英国跟法国一样，也有许多人对科学不甚满意。各个大学仍旧信仰着宗教，他们向年轻人灌输着“信仰上帝是件好事”的思想。不难看出为什么宗教主要是在文人当中表现出了死灰复燃的现象：首先，那些心存宗教本能的人，在之前会受圣职，而现在教职人员不再是受欢迎的职业选择了，便把全部时间都花在了写作上；其次，作家们在不断地求变，他们这类人善变无常，而捍卫一种垂死的信仰不仅可以给他们提供别致、生动的新主题，而且也符合他们浪漫热情的本性。正如我们所知，我们对浪漫的渴望在过去的二十年里一直在稳定升温，我们都在贝斯沃特大街上寻找着鲁里坦尼亚王国[①]。后来战争爆发了，它所带来的痛苦、恐惧和困惑让许多人投进了宗教的怀抱。看到别人失去生命（其实他们并不怎么在意那些人），许多人便会依靠对那个无所不能、大慈大悲和无所不知的造物主的信仰来寻求慰藉。有一次，在海上，我以为我大难临头、快要死了，口中不自觉地念起了那些祈祷的话，这些话是儿时信仰在记忆中的残留碎片，我费了老大劲才把它们压抑了下去，才得以从容地面对即将发生的事情。在那一刻，我差点儿就要信仰上帝了，还好我凭借过人的辨别力，看出了这种想法的荒唐，才没有屈服于心中的恐惧感。我试图在《人性的枷锁》一书中写下我为何舍弃了童年时那种非常热烈的信仰，但是想要准确地描述这些事情是很困难的，我对写出来的结果也从未满意过。虽然我的思维方式是非常具象的，头脑对于抽象事物表现得很不活跃，但我对形而上学非常有热情，而看到哲学家们像杂技演员走钢丝般地面对那些难以理解的事物时，也会从中获得强烈的乐趣。我读过许多哲学著作，虽然赞同绝对事物存在论这种理论具有理智性，不知如何去否定它，但是在这些理论中，我找不到任何东西，可以使我摆脱对“宗教”这个词的本能怀疑。有些作家试图将玄学家说的绝对事物与基督教的上帝统一在一个概念里，我对这些人没有多少耐心。而且就算我对自己的想法有任何怀疑，战争也会

① 鲁里坦尼亚王国（Ruritania）是英国作家霍普（Hope）在小说《曾达的囚徒》中虚构的一个中欧王国的名字，那里有阴谋，也有浪漫。因此在英语中，“Ruritania”便是“Romantic（浪漫）”的代名词。

把它们打消的。

当你在观察俄罗斯生活或读俄罗斯小说时，一定会注意到，俄罗斯人的生活很大程度上被一种强烈的罪恶感占据着。这是一种奇怪的特质，我曾试图去寻找其中的原因。当然，我们虽然在教堂里说自己是可耻的罪人，但其实并不认为自己有罪，我们很清楚我们根本不是什么罪人。我们有我们的缺点，我们都做过令自己后悔的事情，但是我们很清楚，自己的行为并没有到需要捶胸顿足和咬牙切齿的地步。我们大多数人都相当正派，命运赋予我们什么样的机遇，我们就尽自己最大的努力去生活。如果我们相信有末日审判的话，我们就会觉得上帝既然如此智慧，如此通情达理，我们这些凡人都能轻易宽恕自己的左邻右舍，上帝也一定犯不着为我们的一些小缺点而追究。我们也并非自满，总的来说，我们足够谦卑，我们只不过是在忙着手边的工作，并不怎么为自己的灵魂而烦恼。俄罗斯人似乎有所不同。他们比我们更喜欢内省，他们的罪恶感是很强烈的。他们实在被这一重担压得喘不过气来，他们因为一点儿罪过便会悲哀痛悔、抽泣痛哭，而换作我们这些没那么敏感的人，根本不会因此而良心不安。德米特里·卡拉马佐夫认为自己是一个大罪人，陀思妥耶夫斯基在他身上看到的是一个暴戾、狂热，灵魂被撒旦牢牢控制着的人。但是，如果冷静点儿判断，德米特里只是犯了一些小小的过错。他喜欢打牌，喝起酒来总会贪杯，失了仪态，喝醉的时候会大吵大闹；他性欲强烈，无法掌控自己的急躁脾气；他容易冲动，但他邪恶的程度也就仅限于此了。瓦尔蒙先生，还有尚未被爱情变成一个“幸福的伪君子”的乔治·黑尔爵士，对他的这些小过失也都只是有些善意的蔑视罢了。事实上，俄国人并不是什么大罪人。他们懒惰，意志薄弱；他们话太多；他们无法很好地控制自我，所以表现出来的激情无比热烈，实际上他们的激情未必有这么大的强度。但总的来说，他们是善良的，性格也不错；他们不怀恨记仇；他们为人慷慨、宽宏大量，能够宽容他人的短处；他们可能不像西班牙人或法国人那样热衷于性事；他们善于交际；他们脾气火爆，但也很容易平静下来。如果他们深怀罪恶感，那显然不是由于他们做了或者没做什么事情（事实上，他们总是一上来就责备自己），而是由于他们的某些生理性癖好。参加俄罗斯酒会的时候，很多人都会注意到，他们喝酒的时候有多么悲伤。他们喝醉了就痛哭流涕。他们经常喝醉，整个国家都饱受着宿醉之苦。

近来特别流行通过文学培养吃苦精神，而我对此感到恐惧。我一点儿都不赞同陀思妥耶夫斯基对它的态度。在我的一生中，我目睹过许多人的苦难，我自己也遭受过不少苦难。当我还是一名医学生的时候，曾有机会在圣托马斯医院的病房里看到苦难对各种病人的影响。在战争期间我也有过同样的经历，目睹过精神痛苦对人们的影响。我也审视了自己的内心，我从未见过苦难能改善人的品格。“苦难使人变得优秀高尚”的说法真是荒谬。苦难首当其冲的一个影响就是使人变得狭隘。他们变得以自我为中心，他们的身体，他们的当前环境，在他们心里都变得无比重要，这在他人看来无法理解。他们变得暴躁易怒，对一些鸡毛蒜皮的琐事斤斤计较。我曾遭受过贫穷、单恋、失望、幻灭、怀才不遇、不受赏识、缺乏自由之苦，我知道它们使我变得善妒、刻薄、急躁、自私、不公，反之富足、成功、幸福则使我变成一个更好的人。健康的人能够发挥他所有的才能，他自己内心感到幸福，也努力为他人创造幸福；他充沛的生命力使他能够利用和完善大自然赋予他的天赋；他成熟的智力使他的思想变得复杂，从而更加充实；他的想象力使他能够掌控时空；他的感官经过良好的熏陶和教育，能够更好地发现世界的美。他越来越完整。但是苦难会压抑活力，使道德的线条变得更加粗糙，而不是愈发精细；它不会使人进步，反而会使人变坏。有时候苦难的确能教会我们忍耐，而忍耐也的确能够陶冶情操。但是忍耐不是一种美德，它只不过是为了达到目的而使用的一种手段，仅此而已。对于那些想做大事的人来说，忍耐是必不可少的，但是在琐事中表现出来的忍耐跟那些琐事一样，并不怎么值得尊敬。就像滑铁卢桥本身没什么大不了，它仅仅是连接泰晤士河两岸的一条通道，它之所以重要，是因为向桥两头延伸出去的伦敦城。你不会仰慕一个有无限耐心收集邮票的人，这一品质并不能改变集邮是一项不重要的追求这个事实。

有人说苦难会让人变得听天由命，而听天由命被看作人生难题的一种解决办法。但是，听天由命是向充满敌意的命运投降。听天由命就是接受命运的毒箭，并称之为善。它亲吻着惩罚自己的棍棒。听天由命是被征服者的德行。一个勇敢的人不会听天由命，他会不断地与环境做斗争，哪怕他知道自己与敌人并非势均力敌，他也会继续斗争下去。失败或许是难免的，但如果你接受了它，那就是加倍的失败了。普罗米修斯被缚在岩石上，却有着不可征服的勇气。对于有士气的人来说，听天由命就是怯懦。它有时会屈从于既没必要也不应该屈从的一些事情。这是奴隶们的最后一次尝试，好将自己的畏缩怯懦变成沾沾自喜的理由。尽管一个人被各种枷锁束缚着，无法冲破，但他仍然需要保持着反抗精神：尽管他遭受着饥寒交迫、贫病交加，而且还没什么朋友，尽管他知道这一路都是高山险阻，长夜漫漫没有黎明，但他仍然不能承认饥寒交迫和贫病交加是好事；尽管他没有力量去继续这场无望的战斗，他也仍然需要把那最后一丝自由的火花留在心里，好把痛苦的坏处宣泄出口。

俄罗斯人比我们强的地方在于，他们远远没有我们那么容易受到专权的控制。他们从来不会因为迎合别人的希望而去做自己不想做的事情。他们之所以能泰然自若地忍受几个世纪以来的压迫（他们的确是泰然自若地忍受着这种压迫的，整个民族都能长期忍受他们也认为无法忍受的暴政，真是难以想象），是因为尽管他们在政治上受到胁迫，但个人生活仍是自由的。俄国人的人身自由比英国人大得多。他们不受任何规则的约束，他们可以随时吃自己喜欢的东西，穿自己喜欢的衣服，而不用考虑社会习俗（艺术家会戴圆顶礼帽，戴硬领，律师则漫不经心地戴顶墨西哥大宽边帽）。在他们看来，自己的习惯是如此自然，于是，每个人便都认为十分自然了。虽然他们经常夸夸其谈，但从来不想表现得不像自己，他们只是喜欢夸海口而已；他们不会对自己不认同的立场感到震惊；他们可以接受任何事物，对于别人的怪癖，也非常包容。

俄罗斯小说中的人物类型贫乏得惊人。你不仅会在同一作者的不同作品中，也会在其他人的作品中遇到同样的人，只不过是冠以了不同的姓名。阿廖沙和斯塔夫罗金便是两个突出的典型人物。他们似乎萦绕在所有俄罗斯作家的脑海中，我们可以认为他们代表了俄罗斯人性格当中的两个方面，每个俄罗斯人在自己身上或多或少都能看到这两个人的影子。也许正是因为这两个不可调和的自我同时存在于他们身上，俄国人的内心才会如此混乱，如此矛盾。

人类之所以会表现出无穷无尽的多样性，是因为人类的幽默感，如果说俄国小说里的人物类型有限，那也许是因为他们特别缺乏幽默感。在俄罗斯小说中，你读不到风趣诙谐、尖锐犀利的风格，也读不到新颖的段子或轻松的笑话。俄罗斯小说中的讽刺显得既粗俗又十分刻意。当一个俄国人大笑的时候，他一定是在嘲笑别人，而不是与别人一起开怀大笑，因此，能够让他去幽上一默的对象都是那些歇斯底里女人的胡思乱想、乡下人不合时宜的服装、醉汉的滑稽行为。你无法和他一起大笑，因为他笑得有些粗鲁。陀思妥耶夫斯基的幽默十分上不了台面，给人的感觉就像酒吧里某个游手好闲的家伙，把水壶绑在狗尾巴上一样。

没有任何一本俄罗斯小说，能让我想出里面有哪个人物会出入画廊。

俄罗斯人向世界传达的信息似乎很简单：爱情中蕴藏着宇宙的奥秘。他们将意志力放在了爱情的对立面，认为那是一股充满敌意和邪恶的力量，俄罗斯小说家们不厌其烦地向人们讲述着意志力会给受其奴役的人们带来的灾难。他们对它着迷，就像女人对唐璜着迷一样，但是仔细思量它的可怕力量，他们就会感到恐惧。然而他们又怜悯它、追逐它，就像《天堂猎犬》中的基督追逐着那些仓皇逃离的人们一样。他们不认为它的目的是单一的，而认为它是自我分裂的，并且确信在意志的深处有爱的火花，正是这些星星之火在吞噬着意志的胸膛；若是它缴械投降，哀求着要去他们敞开的怀抱，他们就会高兴得像天使唱诗班在唱赞歌一样；如果它最终拒绝投入他们伸出的双臂，他们就会像善良的基督徒一样，把它扔到外面的黑暗世界中，对它咬牙切齿。

但是，在意志力和爱情之间进行这种对比时，俄罗斯人只不过是把想象中的一个浪漫幻象摆在了另一个浪漫幻象面前而已。它们都只是表象，如果我们觉得它们不只是表象的话，那大概是因为它们给了我们一种强烈的现实感。但它们自始至终都只是感觉而已。爱，只要是积极主动的，就具有意志力的品质，因此把它作为意志力的对立面来解释宇宙的奥秘，是站不住脚的。但正是爱消极的一面、它的自我克制、它的谦卑契合着俄罗斯人的秉性，并吸引着他们，让他们揭开了谜团，找到了让其遭受折磨的根源。这显然与理智无关，理智在这里让步于情感，当他们说“爱情当中蕴藏着宇宙的奥秘”时，他们便承认自己已经放弃了对宇宙奥秘的探索。奇怪的是，俄罗斯人如此专注于人类命运和世界意义的问题，却很少有能力进行形而上学的讨论。爱的至高无上被大肆宣传，获得了很好的口碑。形形色色的作家都被它吸引住了，它有意或无意地影响着他们的态度。它来得正是时候，此时整个世界都对科学失望了。法国曾是西方世界大多数知识运动的发源地，此时既自惭形秽，又精疲力竭。自然主义学派已经变得枯燥而呆板；叔本华和尼采已不再那么令人耳目一新。有一大批受过教育的人对形而上学的问题产生了兴趣，但他们既没有接受过形而上学的教育，也没有耐心去研究形而上学的著作；神秘主义大行其道；当他们得知爱能解决他们所有的疑问时，便非常愿意接受这个说法。他们觉得自己懂得爱，因为爱是一个含义丰富的词，每个人都可以根据自己的经历给它定义。这种熟悉的感觉，在某种程度上把一切令他们感到困惑的东西都变得明朗起来了，一想到这一点，他们便萌生出一种情感，而且非常愿意把这种情感当作一种解释。他们从来没有想过这其实是在张冠李戴，这两者之间其实并没有什么联系。对一些人来说，这种观点与他们从未放弃过的某种信仰一致；而对另一些人来说，他们曾忘却了某种信仰，但内心深处并没有将其放弃，现在他们又重新把这种信仰建立了起来。我们不能忘记，爱是花言巧语的人喜欢的主题。

我读了 X 写的一部关于陀思妥耶夫斯基的作品，它可能是某个牧师的更年期老处女女儿写的。在读这本书的时候，我们没有理由不对陀思妥耶夫斯基保持着清醒的头脑。我们没有必要带着修女领圣餐时的狂喜去读一本小说。过分吹捧不仅会使别人感到厌烦，对自己也毫无益处。我认为，比起像醉汉对杜松子酒那样俯首称臣，理智地看待自己所仰慕的对象，更为妥当。我原以为，如果一个作家能迷惑住读者的大脑，他便会愿意让别人去抓住他们的心。阿鲁埃·德·伏尔泰先生（M. Arouet de Voltaire）在已逝者中的地位肯定比穆迪（Moody）先生，甚至桑基（Sankey）先生还要显赫。

我希望有人能分析一下陀思妥耶夫斯基的写作技巧。我认为，他的读者虽然没有察觉到，但他对他们的影响很大程度上要归功于他独特的写作手法。人们说起他的时候，口气就像他作为一个小说家挺微不足道的，但事实并非如此，他的的确确是一个非常优秀的小说家，将某些写作策略运用得极有技巧。有一个技巧他最喜欢用，也一直在用，那就是把他故事中的主要人物聚集在一起，让他们去讨论某种令人无法理解的荒诞行为。他就像加博里奥一步一步地解开某个犯罪谜团一样，一步一步地引导你去理解这种行为。那些大段大段的对话引人入胜、令人激动。他还有一种巧妙的手段让人更加激动：他笔下人物的激动程度与他们的话语内容完全不匹配；他把他们描述为激动得发抖，要么脸色发青，要么脸色苍白得可怕，惊恐万状，这样一来，就使得那些普通的对话具有了不寻常的意义。过不了多久，读者就会被这些夸张的反应弄得心神不宁，自己的神经也紧张了起来，一旦发生了什么事，读者就会大吃一惊，而这些事情若放在平常，他们的内心是不会有一丝波澜的。一个意想不到的人走进来，宣布了一条消息。陀思妥耶夫斯基是一个非常优秀的小说家，他安排起巧合来毫不犹豫，他笔下的人物总会在戏剧性的时刻找到自己的关键位置。这是欧仁·苏（Joseph Marie Eugène Sue）式的写作手法。我这么说并不是说它不好，只要你有才华，所有的写作方法都是好的。拉辛（Racine）可以在亚历山大诗体的严格限制下尽情展现人类各种各样的激情，陀思妥耶夫斯基则用传奇剧的素材创作出了经久不衰的艺术作品。但他是一个难以效仿的大师，那些幻想自己能成为英国陀思妥耶夫斯基的斯文作家们可能会发现，他们只不过是成功变成了欧仁·苏的影子而已。

陀思妥耶夫斯基有时纯粹是在机械地使用这种写作手法，于是，他笔下的角色会毫无理由地激动起来，一个场景会以晴天霹雳收尾，这也只不过是像用个球在铁皮上滚来滚去故意折腾出来的动静而已。此时他笔下的人物就像波伦亚画派的人物一样扭曲，只是摆出一些毫无意义的姿势而已。

我认为陀思妥耶夫斯基的人物刻画没有什么微妙的地方。他笔下的人物都是一个类型。那些最伟大的小说家们至少可以展示出每个角色内心的多样性，但他笔下的人物总是一成不变，他们都很类似 17 世纪时流行的人物设定：意志坚强的铁人总是坚硬如刚，举止轻浮的女人总是水性杨花，高尚的人总是光明磊落；他们只是激情、品质和缺陷的化身，然后以非常生动的形象展示了出来，但他们并不能算实实在在的人。西欧世界天真地把他们当作俄罗斯人的样子，但我所遇到的俄罗斯人与其他国家的人并没有太大不同。铁人也有他的弱点，举止轻浮的女人也有好的一面，圣人也有犯错的时候。从小说家那里，读者可以得到极大的乐趣，因为你在某个角色身上既能看到他的英雄主义，也能看到他的脆弱可怜，你能看到人性的无限矛盾和混乱，而这是你在陀思妥耶夫斯基的小说中无法获得的。陀思妥耶夫斯基从未刻画过任何一个像于连·索雷尔那样纠结复杂的人物。

我们都知道，哲学上“绝对”这一深不可测的概念当中包含着所有的痛苦和快乐、所有的变化与时空，人类如此复杂，是“绝对”的一个绝佳象征。但陀思妥耶夫斯基笔下的人物就像某个道德剧中的角色一样，因为他们会做一些让你无法理解的事情，所以会让你觉得他们很复杂，但稍一接触之后，你会发现，他们事实上非常简单，他们的行为真的就是按照标准来的。

陀思妥耶夫斯基让我想起了埃尔·格列柯（El Greco），如果说这两个艺术家中，埃尔·格列柯看上去更伟大的话，也许只是因为他所处的时代和环境更有利于他才华的充分施展罢了。他们同样都有着得天独厚的才华，他们同样都有化无形为有形的能力，他们同样都有着强烈的情感表达，有着同样的激情。他们都让人觉得他们窥探过灵魂不为人知的角落，他们在一些特别的国家走过，那里的人呼吸的不是普通的空气。这两个人都被一种强烈的欲望折磨着，那就是想要说出某个巨大的秘密，他们凭借五官之外的感官识破了这个秘密，却努力想通过五官感受来公之于世，最终只是徒劳。他们都试图记住某个梦境，这个梦对他们来说意义非凡，但它总是徘徊在他们意识的边缘，无法捕获，这叫他们十分痛苦。对于陀思妥耶夫斯基而言，他那张巨大的画布上画满了夸张人物，他们也用奇怪而优美的姿态来表达自我，这些姿态当中似乎蕴含着一种叫你永远无法参透的意义。这是一种艺术，而他们都是这种伟大艺术的大师。对这门艺术略知一二的列奥纳多·达·芬奇十分郑重地说，这是肖像画家最了不起的天赋。

《复活》这本书之所以能够出名，靠的都是作者的名气。这本书的道德目的遮蔽了它的艺术性，与其说它是一部小说，倒不如说它是一本宣传册。监狱里的情景，还有罪犯们被发配到西伯利亚的这一路行程的描写，都仿佛是死搬硬套、硬着头皮写的，让人很是感到可惜。但是托尔斯泰天赋异禀，还是体现出了他的才华。自然风光是用一种愉快的笔触来描写的，既写实又富有诗意，他能传递给人们乡村夜晚的幽香、正午的炎热和黎明的神秘，这在俄国文学中是绝无仅有的。他刻画人物的能力非凡，尽管在聂赫留朵夫身上，他或许并没有精准地刻画出他想要的那种性格，但是通过他的肉欲和神秘、他的无能、他的多愁善感、他的糊涂、他的胆怯和固执，托尔斯泰创造了一种人物类型。在聂赫留朵夫身上，大多数俄罗斯人都能看到自己的影子。不过从技术层面来看，这本书最值得称赞的或许是里面形形色色的次要角色，有的人物只出现过一页，只描写了三四行，形象却呈现得非常清晰，人物性格非常鲜明，任何作家看了都会啧啧称奇。在莎士比亚的戏剧中，大多数小角色都根本没有什么个性：他们只不过是一些人名，每个人有那么几句台词而已，而演员们通常在这上面把握得很准，他们会告诉你，自己需要付出巨大的努力才能把这些木偶般的人物演出个性。托尔斯泰却给了每个人物独有的生命和性格，就连那些勾画得最粗略简要的人物，书评家都能看得到他的过去，也能揣测出他的未来。

我这段时间一直在读屠格涅夫。我想，很难再找到一个作家能以如此有限的才华获得如此高的声誉了。俄罗斯文学在世界上享有盛誉，俄罗斯作家也因此受到了高估，屠格涅夫最是如此。他是奥克塔夫·弗耶（Octave Feuillet）或谢尔比列（Cherbuliez）学派的作家，他最大的优点也是他们身上最大的优点，都有一种久经世故的多愁善感和一种知足的乐观主义。他的身材和出身似乎使他在巴黎文学界相当引人注目，如果能知道这个圈子里的人对他的看法，应该会很有趣。他认识福楼拜、莫泊桑、巩固尔兄弟（the Goncourts）、于斯曼（Huysmans）以及玛蒂尔德公主（Princesse Mathilde）家的那些常客。他的书读起来令人十分安心。你永远不会在好奇心的驱使下提前翻看最后一页，你会毫无遗憾地一页一页从头读到尾。读他的书就像泛舟在河面上，平静而稳定，没有丝毫惊险和刺激。有人说他的作品中有一些主题是俄罗斯政权禁止涉及的，所以他只在作品中做了一些暗示［但是他写作的时候是在巴黎，距离俄罗斯足够远、足够安全，完全可以不用这么畏畏缩缩，被大胆的赫尔岑（Herzen）或巴枯宁（Bakunin）远远地甩在后面]，似乎每当他写到某个主人公在种地，俄罗斯读者们都会把这看作革命运动的暗示，然后就激动不已。但是，这当然与他的书是否有价值毫不相干，政治形势并不能使一本拙劣的书成为一本好书，正如主妇和家庭的需要不能使一口锅子成为一件艺术品一样。屠格涅夫的优点主要在于他对大自然的热爱，他不应该受到指责，因为他是按照他那一代人的方式来描述自然的，他们那一代人通过对各种声音、气味和景象的分类来描述自然，而不是通过自然赋予他的情感来描述，更何况，他描述得还相当优雅迷人。他对亚历山大二世统治时期一个贵族家庭的乡土生活的描写，读来令人非常愉悦。而时代的变迁，又赋予了它一种风趣的优雅和历史的价值。他的人物刻画都是模式化的，人物类型也很少。在他的每一本书里都有一位年轻的姑娘，每一个都严肃、端庄、精力充沛，也都有一位索然乏味的母亲，一位夸夸其谈、软弱无能的男主人公，次要角色都写得很模糊、苍白。在他所有的书中，唯一一个在你看完最后一页后仍然感觉鲜活的人物，就是那个名叫乌瓦·伊万诺维奇·斯塔霍夫的大块头，他是小说《前夜》中的一个角色，总是打着响指，非常不善言辞。但最让屠格涅夫的读者感到惊奇的是，他的故事都写得极其琐碎。《贵族之家》讲述的是一个不幸的已婚男人爱上了一个女孩，一听说自己的妻子死了，便向那个女孩求了婚。结果他的妻子后来又出现了，这对恋人便分开了。《前夜》讲述的是一个女孩爱上了一个保加利亚男孩的故事。他生了病，他们结了婚，他后来却得了肺结核，然后死掉了。在前一个故事中，如果男主人公能做到最基本的一点，写信给他的律师确认他的妻子是不是真的死了；在第二个故事中，如果男主人公去拿护照的时候穿了件厚大衣，这两个故事就不会发生了。如果将屠格涅夫和安东尼·特罗洛普（Anthony Trollope）做个比较的话，你会很受启发：除了写作风格之外，在各方面都是那个英国作家占上风。他对世界有更深的了解，写作内容更加多样，也更加幽默；他的视野更广，他笔下的人物类型也更加丰富多彩。安东尼·特罗洛普曾写过这样一个场景：普劳迪主教跪在他死去的妻子的床边，祈求上帝让自己不要因为她的死而心存感激，而屠格涅夫从未描写过一幅让人脑海中如此挥之不去的场景。

上面这种判断真是差劲。的确，屠格涅夫既没有陀思妥耶夫斯基那种痛苦的激情，也没有托尔斯泰那种广阔的人性，但他还有其他品质，他有他的魅力、优雅和温柔。他优雅而与众不同（这两者都是令人羡慕的品质），他非常理性，并且对乡村有一种非常亲切的感情。即使是读别人对他作品的译本，你也能看出他写得多么优美。他写得恰到好处，从不虚伪，从不乏味。他既不是传道者，也不是先知，他满足于做一个小说家，纯粹而简单。将来某一代人很可能会得出这样的结论：他是这三个人当中最伟大的一个。

陀思妥耶夫斯基墓。它被整齐的铁栏杆包围着，地上平整地铺满了沙砾。在其中一个角落，摆着一个巨大的圆形盒子，盒子的正面是玻璃的，里面装着一个巨大的花圈，花圈是用假花做成的，里面是古板的白玫瑰和铃兰，比真花要大很多，上面系了一个大大的蝴蝶结，还有一条长长的印着金字的丝质飘带。我希望他的墓也能像周围的坟墓一样被人遗忘，被落叶覆盖。它过于整洁，显得有些俗不可耐。他的半身像放在一块花岗岩石碑前，石碑没有什么形状，上面刻着一些毫无意义的符号，而且好像快要倒下去一样，给人一种很不舒服的感觉。

这是一张因为激情而扭曲了的脸。脑袋大得惊人，令人不禁觉得它是一个世界，大得足以容纳他创作出的所有角色。他的耳朵又大又招风，耳垂厚厚的，一看就是肉欲主义者的耳垂。他的嘴也长得很色情，凶巴巴地噘着，又像个伤心的孩子。他的脸颊瘦削，太阳穴深深地陷了下去，八字胡和络腮胡又长又乱，脏兮兮的；长长的头发非常稀疏；额头上有一颗大痣，脸颊上也有一颗。那张脸上有一种痛苦、可怕的东西，让你想要转身离开，却又被牢牢吸引。他的样貌比他所有的作品都可怕，他的样子就像一个下过地狱的人，在那里他看到的不是无望的痛苦，而是卑鄙和浮夸。

涅瓦大街。邦德大道有着中世纪城市那种狭窄曲折的感觉，它总是让人想起那个每逢节日就会有贵妇光临的小镇，最后一位克利夫兰公爵夫人就是在邦德大街掌掴她的仆人的。和平大街有着法兰西第二帝国的炫目辉煌，它宽阔、雄伟、冷峻、庄严，又非常欢快，仿佛科拉·珀尔（Cora Pearl）和霍顿斯·施耐德（Hortense Schneider）的身影仍在对着收集的宝石灿烂地微笑。第五大道也很热闹，但有一种与和平大街不同的欢乐。它神采奕奕，有一种年轻人般缺乏想象力却青春洋溢的光彩。虽然每条街道都有自己的特点，但也只能从属于它所在的那座城市，这些伟大的街道有一个共同点：它们都文明繁华，代表着一个站稳了脚跟的自信的社会。但是没有哪条大街比涅瓦大街更有个性。它肮脏、污秽、破败不堪，它又宽又直，它两边的房子低矮、单调，油漆已失去光泽，建筑也再普通不过。这条街有些杂乱，尽管我们知道它是按照计划建造的，却好似没有完工。它让你想起美国西部小镇上的某条街道，在经济繁荣的时候匆忙开始修建，经济逐渐萧条之后，便被打回原形，破败不堪了。商店橱窗里摆满了不入流的商品，它们看起来像是来自维也纳或柏林郊区某个破产公司的库存。大街上人头攒动，川流不息，也许涅瓦大街的特别之处正是这些熙熙攘攘的人群。它不像其他街道那样，行人主要由一类人组成，在涅瓦大街上，各个阶层的人都有。若在街上闲逛，便可看到各式各样的人：士兵、水手、学生、工人和资产阶级，还有农民，他们你一言我一语说个不停，急切地把卖最新一期报纸的小贩团团围住。这群人看起来性情随和，温厚而有耐心。在我的想象当中，他们不会像巴黎的群众那样脾气暴躁，动不动就面露凶相、大动干戈；我相信他们也不会像法国大革命中的群众那样行为恶劣。他们给人的印象就是一群平和的人，想要找点乐子，找点刺激，把生活中的事件看作一种用来调侃的谈资而已。现如今，肉铺和杂货店的门口总排着长长的队伍，戴着头巾的妇女、男孩和女孩、灰白胡须的老头和面色苍白的年轻人，都会一小时又一小时地耐心等待着。

我认为这些人最令人惊讶的是他们外貌的多样性，这些人的长相不像其他国家人群常见的那样千篇一律，他们像是将灵魂深处的激情都明明白白写在了脸上，那一张张的面孔并不是面具，而是一个索引：沿着涅瓦大街一路走下去，你可以看到那些俄罗斯伟大小说中的所有角色，这样，你便可以把一个接一个的名字与那些路人对应起来。那个厚嘴唇、宽脸盘的商人，蓄着浓密的胡须，好色、大嗓门、粗俗不堪；那个面色苍白的梦想家，脸颊憔悴、肤色蜡黄；还有人群中的那个面无表情的妇女，她的脸就像一架乐器，由着任性的双手去弹拨，从她女性的娇柔中，你可以看出其中暗含的残酷。欲望就像某种古老道德的化身，同它在一起的还有美德、愤怒、温顺和暴食。俄罗斯人总是在说，世界对他们的了解和他们对自己的了解一样都很少。他们以神秘自居，这其实有些虚荣。我不知道该如何解释这么多人都声称无法解释的事情，但我问自己，他们之所以神秘，是不是源于他们的简单，而非复杂呢？他们完全屈从于感情，这种原始的表现真是奇怪。比如说对于英国人而言，他们有一个坚实的性格基础，虽然情感可以改变他们的性格，但反过来性格又会对情感产生影响；但是，对于俄国人而言，每一种情绪似乎都能完全控制住个体，左右他们的行为。他们就像风鸣琴一样，百风奏百曲，这乐器就因此而显得复杂得难以想象。

我常看到涅瓦大街上一个奇怪的、可怕的家伙在沉思，在俯瞰人群。他看上去几乎不像人。那是一个畸形的侏儒，诡异地坐在一根粗杆子顶上的小座上，杆子高得足以把他举过路人的头顶。一位健壮的农民在下面扶着这根杆子，收着善心人的施舍。那个侏儒就像一只巨大的鸟坐在栖木上一样，他的头上有一种像鸟一样的东西，从而使得这种效果更加明显，但奇怪的是，他的脑袋形状还挺匀称的，一看就是个年轻人。他长着大大的鹰钩鼻，嘴唇厚厚的。他的眼睛很大，双眼靠得很近，目不转睛地盯着前面。他的太阳穴凹陷，脸颊苍白瘦削。他五官的奇异之美格外引人注目，因为在俄罗斯，人们的五官通常是模糊而扁平的。这个脑袋就像某个罗马帝国元首的雕塑画一样。这个家伙一动也不动，像猛禽一样聚精会神地望着人群，却又好像什么也没看，他的样子显得有些阴险，那片凶狠残忍的厚嘴唇弯成了冷笑的样子。这个家伙的高冷中有一种可怕的东西，既轻蔑又冷漠，既恶毒又宽容。人群就像身处“讽刺精神”的注视下一样，来来往往的人在农民的盒子里投入铜板、奖券和纸币。

亚历山大·涅夫斯基修道院。到达涅瓦大街的尽头，四周变得更加脏乱破旧。这些房屋看起来就像城郊的房屋一样脏乱不堪，让人不禁去想里面是不是有什么肮脏的秘密。走着走着，就突然没了路，好像道路还没铺完一样，这就来到了修道院的大门口。走进大门，两边各有一片墓地，再穿过一条狭窄的沟渠，便来到了这个世界上最令人意想不到的地方。这是一个很大的四方形院落，草长得又嫩又绿，令人仿佛身处乡间田野。庭院的一边是个小礼拜堂，还有一座大教堂，四周围绕着修道院的一些低矮的白色建筑。这些建筑精巧而奇特，尽管装潢非常简单，却给人一种华丽的感觉，像是17世纪的荷兰淑女，一袭黑衣，却显得庄重而华贵。这些建筑有些古板，却一点儿也不矜持。桦树上的白嘴鸦呱呱叫着，把我的记忆带回坎特伯雷城郊，因为那里也有白嘴鸦总在呱呱乱叫，这种声音总能激起我的忧伤。我想起了我的童年，因为腼腆，那时周围虽然有一群男孩，但我还是感到十分孤单、不快乐，但那时的我又是十分富足的，因为我对未来有着模糊的梦想。此时此刻，在我的头顶盘旋着的，是与彼时坎特伯雷城郊同样的乌云。我想家了。我站在这个东正教堂的台阶上，望着那长长的一排修道院建筑，还有那掉光了叶子的桦树，但我看到的是长长的坎特伯雷大教堂中殿，它的飞檐，还有它的中央塔楼，在我饱含深情的眼中，它比欧洲任何一座塔楼都要壮观和赏心悦目。

随着革命而来的是一场废除小费的运动。餐馆和酒店的服务员从此就不再收取小费了，而是在客人的账单中收取一定比例的服务费。他们认为小费是对他们男子气概的侮辱。人们出于习惯会继续给他们小费，但无一例外都遭到了拒绝。我就有过一次让我感到很奇怪的经历。我不知因为什么事情很是麻烦了一下旅馆里的擦鞋童，所以给了他五个卢布。他拒绝了，尽管我硬要给他，他还是一分钱都不肯收。这若是发生在哪家餐馆里的服务员身上，可能还不会叫我吃惊，因为他的同伴可能会看见这一幕，但当时我们就在我的房间里，就算他拿了我给他的小费，也不会有人看到啊。我们不得不承认，这些服务员的观念真的改变了。这些人在几个世纪的残酷压迫下，终于以某种模糊的方式体会到了一种崭新的人类尊严。谁要是去诋毁他们，那就太愚蠢了，因为他们只不过是受到了那些蛊惑人心者的影响罢了。他们从这种拒绝小费的行为中看到了开始一种全新生活的希望。我问那个经常接待我的服务员，这种变化对他是否有利。“不，”他说，“以前我们收小费的时候，赚的还多一些。”“那么你想回到过去吗？”“不，”他笑着说，“现在这样就挺好的啊。”这种精神是值得称颂的。但不幸的是，很多时候，这些人会变得越来越不文明，服务态度也越来越恶劣，越来越无礼。我们只能艰难地得出这样的结论：人类天生缺少教化，没有谁会喜欢为自己的同类服务，只有在得到报酬的时候才会变得和蔼友善。

萨文科夫。他在革命前是位恐怖分子的头领，他策划并执行了对普列韦和塞尔吉乌斯大公的暗杀。在警方的追捕下，他持英国护照过了两年颠沛流离的生活，最终在一家旅馆被抓获。他被带进餐厅的时候，士兵们正在写报告书。士兵跟他说他想要些什么东西都可以，他要了苏打水和香烟，他们给他拿了苏打水，负责逮捕他的那位长官从自己的烟盒里抽出一支香烟朝他扔了过去。萨文科夫勃然大怒，他拿起香烟，扔到了警官的脸上。他跟我讲起他当时说的话的时候笑了笑，他当时是这么说的：“您忘了，先生，我和您一样都是个绅士。”这证明了我的理论是对的，那就是，人们在情绪激动的时候，会用戏剧性的方式来表达自己。这就是为什么最好的作家写作时往往都是不忠实于生活的。

我问他被捕时的感觉，是不是非常胆战心惊。“不，”他说，“毕竟，该来的迟早是要来的，奇怪的是，当这一幕真的到来时，我倒有些如释重负。你知道，我一直过着非常艰苦的生活，我真的累坏了。我想我当时的第一反应就是：现在我终于可以松口气了。”

他被判了死刑，等待行刑期间被监禁在塞瓦斯托波尔。我曾听过一个故事，说他以雄辩的口才说服狱卒加入革命队伍，然后放走了他。我问他这是不是真的，他哈哈大笑，真实的故事并没有那么浪漫。主管狱卒的那个中尉已经是一个革命者了，他是在别人的诱骗下才放走萨文科夫的。逃跑的过程很简单，中尉大摇大摆地走到牢房里，命令狱卒把萨文科夫带出来，叫萨文科夫跟着自己，然后就大步走了出去。哨兵们看见走过去的是一位长官，就什么话都没说。他们很快就到了街上，他们一路走到港口，上了一条提前准备好的小船，然后渡过黑海。他们遇到了几次可怕的暴风雨，但仍然在四天之内就到达了罗马尼亚海岸。萨文科夫从那里去了法国，后来住在巴黎和里维埃拉，一直到革命成功以后，他才得以重返俄罗斯。

我说策划并执行那些暗杀一定需要极大的勇气。他耸了耸肩：“并不是，相信我，这门生意和其他生意一样，你干着干着就习惯了。”

彼得格勒。傍晚时分，这里非常美丽。这里的运河各有各的特色，虽然你可能会想起威尼斯或阿姆斯特丹，但这也只是更加凸显了它们的与众不同。这里的色彩淡雅柔和，有着彩色粉笔般的质感，还有一种通过绘画难以展现的温柔感。你可以从中找到康坦·德·拉图尔素描画中梦幻般的蓝色、凋谢的玫瑰色、玫瑰花心般的淡绿和浅黄。它们给人的感受，就跟那些敏感的心灵从 18 世纪法国音乐的忧郁欢乐中所获得的情感是一样的。这个画面静谧、简单而纯真，对于那些想象力丰富、激情澎湃的俄罗斯人来说，这个赏心悦目的画面还真是有些不太搭调。

我的第一位俄语老师是个敖德萨人，他小小的个子，浑身都是毛。他差不多都能算个侏儒了。那时我住在卡普里，我的住所位于一片橄榄树丛中，他常常在下午过来，每天都会给我上一堂课。他算不上一个好老师，非常腼腆，而且有些心不在焉。他穿着褪了色的黑色衣服，戴着一顶形状奇特的大帽子。他出汗出得很厉害。有一天他没有来，第二天也没来，第三天还没有来，到了第四天，我就出去找他了。我知道他很穷，所以当初没细想就冒冒失失地给他预付了学费。我一路走到镇上的一条狭窄的白色小巷里，经过打听，找到了某栋房子顶层的一个房间。那是屋顶下的一间小阁楼，热得像火炉一样，里面只有一张小床、一把椅子和一张桌子。我看到我的这位俄语老师赤身裸体地坐在椅子上，喝得酩酊大醉，面前的桌子上放着一大瓶酒。我进去以后，他对我说：“我写了一首诗。”然后二话不说，就配合夸张的手势背起了诗，完全没意识到自己还赤裸着一尊毛茸茸的身体。这首诗很长，我一个字也没听懂。

每个民族都会为自己塑造一个本民族崇拜的人物典范，虽然很少有人能够达到这个典范的标准，但是他们之所以将其塑造成这个样子，一定是考虑到了他们当时所处的环境因素的。这是小说家们所追求的一种理想形象，他们赋予了他血和肉。那些被他们赋予到这个虚构形象身上的各种特点，正是那个国家在特定时期隐隐约约的渴望，而过不了多久，那些着迷于这些虚构人物的淳朴人们便会把他们当作自己的榜样，并真的会去采取行动，据此改造自我。于是，你在现实生活中还真能看到小说中描述的那些人物类型。作家们能够创造一些性格特点，然后这些特点又会被人们吸收到自己身上，这还真是奇怪。人们都说，巴尔扎克笔下的那些人物，与其说符合他所描述的那个时代的人物特征，倒不如说更符合他下一代人的特征。另外，无论是谁，只要在这世上走过一遭，便一定会碰到一些以拉迪亚德·吉卜林笔下的人物为榜样的人。我要说的是，他们表现出的品位真是糟糕。如今最能吸引英国人注意力的类型，似乎是那些身强力壮却非常寡言少语的男人。这种人物类型是什么时候开始闯入英国小说里的，我们就不得而知了。或许《简·爱》中的罗切斯特就是第一位这样的人物，从那以后，这样的人物便一直深受女作家们的青睐。他之所以被女作家们，被所有的女人爱慕，是有原因的。她们在他身上感受到了一种能够保护自己的力量，这种力量是她们所渴求的，而这种力量又是她们所能掌控的，所以大大满足了她们与生俱来的支配欲。由于这种人物类型在小说里和舞台上比在生活中更为常见，如果不让他详尽地表达自我，就很难去描写，所以虽然沉默是他的人物设定当中的一部分，但并不是他最明显的特征。事实上，这类人物往往也会啰唆，不过他原则上还是不爱讲话的，他话少，词汇量也不大，在跟别人说话的时候会经常用到很多术语，而那些人根本不可能听懂，作家们想以此来体现出他是一个能干的人。他在一般人面前会很腼腆，他的言行举止也不太令人满意，但奇怪的是，尽管他在与同胞相处时显得有些笨拙，但与那些原住民打交道时却如鱼得水，显得非常有天赋。尽管他不谙待客之道，但当他遇到那些狡猾的东方人时，却不相上下。他对待他们仁慈而坚定，就像一个好父亲对待自己的孩子一样。他为人正直、公正、诚实。他并不特别喜欢读书，但所研究的那些文学作品都是充满智慧的，《圣经》、莎士比亚、马可·奥勒留（Marcus Aurelius）和小说《威弗利》。他不健谈，但说话的时候会直奔主题。他的智商很高，思维却有些局限性。他知道二加二等于四，却从来没有想过有时也可能会莫名地等于五。他对艺术没什么耐心，对待哲学的态度也很幼稚。他对那些“重要的事情”从未产生过任何质疑，实际上，他之所以如此强壮，其中有一个原因，正是他从未意识到问题可能不止有一个方面。他的性格比他的才智更优秀。他具有所有男子汉的优点，此外平添了几分女性的柔情。但我们也不能认为他没有任何缺点，作者也在暗示他的举止不总是好的，有时甚至有些粗鲁。如果有哪个灰色双眸的英国姑娘赢得了他忠实的心，将他那百炼钢化为了绕指柔，那这胜利该是多么伟大啊！他的脾气虽然控制得很好，但也常常令人震惊，当他想要控制自己的脾气时，凹陷的太阳穴就会青筋暴跳。他的品行会变化不定，有时很纯洁，有时恰恰相反，他在人生的某个阶段曾经十分放荡不羁。他很严厉，在必要的时候或许也很无情，心地却十分善良。他的外貌与性格相符。他身材高大，皮肤黝黑，肌肉发达，身手敏捷，玉树临风。他有一双鹰一样的眼睛，头发卷曲，还有些灰白（尤其是双鬓的头发），下巴方正，嘴巴却没什么英气。他是人中豪杰。就是这些身强力壮、沉默寡言的人肩负起了所有白种人的重担，他们是我们国家的伟大缔造者，是我们帝国的开拓者，是我们力量的依靠和支柱。他们在人迹罕至的边远地区不停地劳碌着；他们守卫着帝国的边疆：在印度之门、在帝国最荒凉之地、在非洲最黑暗的热带森林都有他们的身影。一想到他们，没有人会不感到骄傲。在任何一个杳远的地方都有他们的身影，实际上，这正是他们能够经久不衰的原因。

阿廖沙·卡拉马佐夫是小说世界里最令人愉快的一个人物角色，他使这个世界变得丰富多彩。在小说里面，人们见到他时总会感到十分快乐，在小说之外也是一样，他也会让他的读者感到十分快乐。他给人的感觉就像英国六月的早晨，空气中花香四溢，鸟儿在欢唱，从海上吹来带着咸味的微风，海风清新地拂过高地。你会觉得活着真是美好。当你有阿廖沙相伴的时候，你也会觉得活着甚是美好。他拥有世界上最珍贵的品质，这是一种最美丽、最善良的品质，一种与生俱来的、纯真质朴的善良，与他相比，所有天资聪颖的人都会显得微不足道。阿廖沙并不是很聪明，他不太会做事，有时看到世界如此混乱，你会觉得要想解决问题必须要坚决果断才行，这时你也会对他失去耐心。他不是一个雷厉风行的人，事实上，他根本不像一个人，他几乎像神一样不食人间烟火。他的那些美好品质都是被动的而不是主动的，他温顺、耐心、隐忍，他从不评判别人，他也许不理解他们，但对他们有着无限的爱。我想，这就是充满他灵魂的一种强烈情感，一种无私的、热切的爱。在这种爱的面前，性爱变得可怕；与这种爱相比，母亲对孩子的爱会也显得十分俗气。陀思妥耶夫斯基是一个残忍的人，这一次，他却挺善良的，在他的笔下，阿廖沙的肉体和灵魂一样美丽。他快乐得像从未经历过人间痛苦的天使。他走到哪里，哪里就阳光灿烂。他笑起来十分甜美，微微一笑就抵得过别人的聪明才智。他有一种奇妙的天赋，他知道如何抚慰那一颗颗不安的心。他的存在对那些痛苦的人来说，就像在你额头滚烫时，你爱的人伸出的那双柔软冰凉的手，轻轻一碰，你便得到了极大的抚慰。

芭蕾舞。我从舞者转瞬即逝的优美姿态中看到了生命的象征。她们付出了无休止的努力才获得了这般优美的舞姿，但是，由于重力的作用，她的凌空一跃瞬间即逝，这样一个可爱的舞姿值得刻成不朽的浮雕，因为这么优美灵动的舞姿在摆出来的那一刻就已经逝去了，留下来的只有一种细腻的情感记忆。而生命，若是活得多彩，活得广博，只有到了它的美丽终点时，才会成为一件艺术品，趋于完美，而后化为虚无。

萨文科夫正坐在一家小酒馆里喝着茶，一个农民走到他跟前说："我到哪儿能找到上帝呢？"这人已喝得烂醉。萨文科夫严肃地看着他，眼睛里却带着微笑。“在你的心里，兄弟。”他回答说。农夫一时不知道该说什么，脑子里一片混乱。“那我这一生该怎么过呢？”他问。萨文科夫没有直接回答，而是问了他另一个问题。“你多大了？”农夫似乎有些不解，耸了耸肩。“四十。”他说，口气不太确定。萨文科夫说：“你这个年纪是可以相信自己的直觉的。你又身强力壮，没病没灾的，去干一些你会干的活吧，至于其他，就看你自己的意愿了。我就知道这么多了。”农夫定定地站着，一双温柔和善的眼睛盯着萨文科夫，他摸了摸胡子，然后深深地鞠了一躬，慢慢地走开了。

萨文科夫。他看上去四五十岁的样子，中等个头，身形纤瘦，秃头。他的五官很普通，眼睛又小又犀利，双眼挤在一起。你可以想象，他的眼睛有时看起来会非常凶。他衣冠楚楚，戴着一个立领，系着一条素色领带，上面别着别针，穿着一件双排扣礼服大衣，脚蹬一双漆皮鞋。他看上去很富有，有着律师一样的派头。他的外表看起来很平和。他给我的印象是一位很有教养的男士，虽然平庸，但也不是什么过人之处都没有。他沉默寡言，矜持而谦虚。直到他开口说话，我才看出他的不同凡响。他说俄语，法语也说得流利而地道准确，只是偶尔在阴阳性的用法上出错。他语速很慢，像是在一边讲话一边思考自己说过的话，但很明显，他能找到准确的词语来表达自己的想法，这种能力真是令人钦佩。他的声音柔和悦耳，发音非常清晰。我从来没有见过有谁在说话的时候这么迷人。当话题需要严肃的时候，他就非常庄重；需要幽默的时候，他就非常风趣。他说的话都很有道理，不受他的感染是不可能的。他很会说服人，但是他说的每句话都经过了深思熟虑，言行举止都很克制，令人印象深刻，这也表明了他的意志非常坚定，也让人理解了他为何会这么冷酷无情。我从未遇到过像他这样让我充满信任感的人。

他给我讲了一两件奇闻轶事。

俄国军队在 7 月 18 日的战役中一败涂地，克伦斯基和他一起看着俄军四处溃逃，然后邀请他一起乘坐自己的车子去兜风。萨文科夫，当时的军政大臣，以为他想跟自己商量一下如何补救这场灾难，就上了车，他们出发了。但是克伦斯基一言不发，只是坐在那里，吓得魂不守舍，跟个懦夫一样。等克伦斯基终于张嘴的时候，却只是冒出一句某个二流诗人的陈词滥调。萨文科夫简直不敢相信自己的耳朵。这首无病呻吟的破诗跟他们国家的悲剧之间有什么关系吗？他得出结论："这个没受过教育的人就这副德行，竟然会用这么个破诗来安慰自己。"在塔尔诺波沦陷时又上演了相似的一幕，萨文科夫看见俄军四散逃窜，急忙跑过去通报科尔尼洛夫。科尔尼洛夫没有流露出丝毫感情，他毫不犹豫地下令："格杀勿论。"从萨文科夫讲这个故事时候的口吻就能看出，他很高兴找到了一个和自己一样有胆识、有魄力的人。

另一件轶事。他和克伦斯基一起从前线回来，抵达彼得格勒，一到车站就有人给克伦斯基总理呈上了一封电报。他瞟了一眼，就递给了萨文科夫，说："你能否处理一下？"这是一个女人在为自己的儿子求情。她的儿子是一名士兵，因为擅离职守而被判处枪决。这件事与萨文科夫没有半点儿关系，他既没判决权，也没赦免权，克伦斯基却把电报递给了他，这是因为他不想承担这个可怕的责任。萨文科夫最后说:“奇怪的是，克伦斯基再也没有提起过这件事，他不敢问我最后是怎么处理的。”

他说克伦斯基是个假把式，只会说不会做，还说他特别虚荣，容不得谁跟他有不同意见，所以周围聚集了一群马屁精。他还说克伦斯基唠叨得有些变态，经常跟他手下的那些部长们高谈阔论，跟副官们一起坐车时也会大作演讲。他受过的教育不多，想象力也十分有限，常常一副疲乏困倦、神经兮兮的样子。“如果他有点儿想象力的话，”萨文科夫说，“他就会跟他的女人们一起入主东宫了。”

克伦斯基。他看起来很不健康。大家都知道他是个病秧子，他谈到自己时，总是大惊小怪地说自己快要死了。他长了一张相当大的脸，脸色是一种奇怪的黄色，当他紧张的时候，就变得铁青。他的五官还不错，眼睛又大又活泼，但给人的总体印象仍然是相貌平平。他穿着一件奇怪的衣服，是卡其布的，但既不像军装，也不是普通百姓的便装，实在不好归类，还有些脏兮兮的。他走进房间，后面跟着他的副官，他匆匆跟我握了下手，握得很是坚定、仓促和机械。他看上去似乎非常焦躁不安。他坐下来，滔滔不绝地说个不停，手里拿着一个烟盒，不停地摆弄着，开了又关，关了又开，转了又转。他说话的时候语速很快，一直是强调的语气，他紧张的样子也让我非常紧张。他似乎没有什么幽默感，却像孩子一样，喜欢嬉闹和捣乱。他的一位副官看上去是一个很喜欢跟女人打情骂俏的青年，女人们老给他打电话，电话就放在克伦斯基的办公桌上。克伦斯基的乐趣之一就是替这个副官接电话，装成自己是那位年轻人，然后跟电话另一头那个陌生女人拼命调情。有人给他上了茶，还给了他一杯白兰地，他正要喝的时候，副官过来劝他，因为酒精对身体不好。他像个被宠坏的孩子一样，试图用甜言蜜语哄骗这个年轻人让他喝上一杯，真是有趣。他整天乐呵呵的，经常哈哈大笑。我搞不清楚到底是什么特质使他能在这么短的时间内就升到如此显赫的地位。从他的言谈中可以看出，他不是知识广博的人，甚至连基础教育也没好好接受过。他的个性没什么吸引力，我也看不出他有多么聪明或者多么强壮。但是我实在无法相信，他的升迁仅仅是由于机缘巧合，他能保住自己的位置仅仅是因为没有人能取代他。随着谈话的进行，我的内心有一种悲哀的感觉油然升起。我为他感到难过，我突然意识到，他的力量也许在于他能够激发别人对他的一种保护欲，他身上有一种很有感染力的东西，使你想要去帮助他。他具有查尔斯·弗罗曼（Charles Frohman）身上的非凡品质，能激发出别人为他做事的欲望。我不可能去怀疑他的诚实，我觉得他是真真切切地想要尽力做到最好，他有一种非常纯粹的热情，倒不是想要为他的国家服务，而是想要为他的同胞们服务。他的感情用事，在俄罗斯倒是一种优势，在这里，若能浅显地表达一下感情便能获得巨大的收效，但让谦逊的英国人这样做，他们会感到相当尴尬。我真希望他的声音不要动不动就颤抖。听到他如此坦率地表达如此高尚的感情，真叫人有些尴尬，但这就是英国人和俄国人的差异，正因为如此，两国之间永远保持陌生。他给我的最后一个印象是，他已经疲惫不堪了，他似乎被权力的重担压垮了。我非常理解他为何无法果断行动，因为他很害怕做错事，他不会急于去做对的事，所以便什么也不做，直到有人逼他去做。而到了那个时候，他最关心的，是小心谨慎地去规避那些可能会落到他头上的责任。

高更（Gauguin）。克里斯蒂安尼亚美术馆里的一幅静物画，画上是一些水果，有杧果、香蕉、柿子，它们的颜色非常奇怪，语言几乎无法表达它们传达的是一种多么令人不安的情绪。画中有暗淡的绿色，像一只精致的中国玉碗，虽不透明，却有一种熠熠的光泽，暗示着神秘生命的悸动；有像腐烂的生肉一样可怕的紫色，却散发着一种炽热的感官欲望，让人想起黑利阿迦巴鲁斯统治下的罗马帝国；还有红色，娇艳得像冬青树的浆果（让人想起英格兰的圣诞节，想起雪，想起孩子们的欢声笑语），然而，有某种魔力使它们变得柔和起来，变成了像鸽子胸脯般的柔嫩颜色；还有深沉的黄色，在一种奇怪的激情下渐渐淡去，变成了一种似春天般芬芳、似山间小溪般澄澈的绿色。谁知道到底是什么扭曲的幻想才造就了这些果实？它们似乎采摘自赫斯帕里得斯的波利尼西亚花园。它们看上去非常奇异，仿佛生长在地球的某段黑暗历史时期里，在那时万物都还没有定型。它们非常奢华，洋溢着浓郁的热带气息。它们似乎有一种阴郁的热情，像被施了魔法，尝上一口便可能会开启一扇大门，通过这扇大门，我们能找到只有上帝才通晓的灵魂秘密，我们能走到幻想世界当中被施了魔法的宫殿。它们充满了未知的危险，你也不知道吃上一口之后到底会变成野兽还是神仙。

1919

他们跟他说，有个人这么评价他：“他很聪明，他深藏不露。”他满面笑容，觉得这是一种恭维。

她一头扎进一片陈词滥调的海洋里，使出英吉利海峡游泳者强有力的蛙泳动作，自信满满地朝着大家都能一眼看见的白色悬崖游去。

一对夫妻。她以一种自私的、狂热的爱崇拜着他，他们的生活就是一场战斗，他在拼命保护自己的灵魂，而她在拼命占有他的灵魂。后来他被诊断出肺结核，他们俩都知道在这场战斗中是她胜出了，因为从此以后，他再也逃不出她的手心了。最后他自杀了。

杰米和他的妻子。这俩人都很无聊古板，成天都在看小说，其他什么事都不做。他们过着极其单调的生活，但精神生活非常充实。他们所有的经历都是虚构的。他们生过一个孩子，但是夭折了。杰米不想让妻子再生一个，因为这会扰乱他们俩的生活。葬礼结束后，他们俩都长叹了一口气，一屁股坐了下来，读起了他们刚从图书馆借来的新小说。

阿诺德。三十年来，他养成了一种装腔作势的习惯，这种习惯最终成了他的第二天性。后来，他对此无比厌烦，他开始审视自己的内心，寻找真正的自我，却怎么也找不到了。除了装出来的姿态之外，什么也没留下。他去了法国，希望战死在那里，但战争结束后，他安然无恙地回来了，摆在他面前的只有无穷无尽的空虚。

芝加哥。猪被赶到围栏里，它们尖叫着，仿佛知道前面等着它们的是什么。它们被人抓住一条后腿甩到了传送带上，被运到一个身穿蓝色工装的工人那里，他的衣服上溅满了鲜血，手里拿着一把长刀站在那里。这个年轻人长得还挺和善的。他把猪头拽了过来，对着自己，一刀刺进了它的颈静脉，顿时血如泉涌，然后传送带把这头猪继续往后面运。接着再运来下一头。一头接一头猪就这样机械、规律地移动着，让人想起了自动扶梯上的台阶。令我印象最为深刻的是那个面相和善的年轻人，他在杀猪时，竟然表现得如此冷静和冷漠。这很像讽刺画《死亡之舞》中的可怕场景。无论是诗人、政治家，还是商人，他们都在这个世上挣扎着、尖叫着，无论他们曾有过怎样的理想和激情，无论他们曾付出过多少努力，都同样被无情的命运催促着前行，没有谁能逃脱得了。

他们的工作节奏非常紧凑，一头头猪被机器从一个人手上传到下一个人手上，它们首先会进入一台机器进行去毛，然后，有个人负责把残留的毛刮干净，另一个人负责把肠子剪掉，第三个人负责把后腿切下来。他们没有片刻停歇，我很想知道如果有谁失手漏掉了他的规定任务，会出现什么情况？那里还有一个白胡子老头，他举起一把巨大的砍刀，机械地剁下猪的后腿。他从容而有规律地挥动着那把砍刀，看上去出奇地神秘。他们告诉我，这个老先生做这种一成不变的动作已经有三十年了。

沃巴什大道。多层建筑，有白的，有红的，有黑的，但都是脏兮兮的，它们的消防通道就像长在巨大蘑菇上的一条条奇形怪状的寄生虫。沿着道牙停着长龙一样的汽车。高架桥上的列车发出一阵阵沉闷的轰鸣声；一列列有轨电车载满了乘客，慌张不安地疾驰而过；街上还充斥着刺耳的汽车喇叭声，以及警察指挥交通时发出的尖锐而强硬的哨声。没有人在闲逛。每个人都在匆匆赶路。街上有穿着白色制服的清洁工，还有穿着脏兮兮的棕色或蓝色工作服的工匠。他们来自不同的种族，有斯拉夫人、日耳曼人，还有笑容灿烂满脸红彤彤的爱尔兰人，以及不苟言笑拉长着脸极其不自在的中西部人，仿佛感觉自己是入侵者似的。

H.B. 在乡下住了下来。他的邻居是一个非常安静、古板拘谨的小老太太。与她相熟之后，他才发现她是某个著名谋杀案的女主角，这桩谋杀案在五十年前曾轰动世界。她已经接受过审判，被判了无罪，但是证据是如此确凿，以至于虽然她被判了无罪，大家还是认为她实际上是犯了罪的。她发现他已经知道了她的身份，有点儿恼火，对他说：“我猜你一定很想知道我到底有没有做过那些事。

我的确做了，而且，如果这一切能重新来过，我依然会那么做。”

一个意大利人，为贫困所迫，来到纽约，在街头找了份工作。他对留在意大利的妻子恋恋不舍。他听到谣言说他的侄子把她给睡了。他勃然大怒。他没有钱回意大利，就给他的侄子写了信，让他来纽约，说这里的薪水不错。他的侄子过来了，抵达的当天晚上，他便把他杀了。他被捕了。他的妻子被传唤到纽约出庭，为了救他，她承认那个侄子曾是她的情人，但这并不是事实。这个人被判处了有期徒刑，没过多久就假释了。他的妻子一直在等着他。他知道她并没有对他不忠，但她的证词坏了他的名声，就好像她真的背着他跟别人偷情了一样。这激起了他的怨愤，他感到非常丢脸。他用各种暴力手段对待她，最后，他绝望了，他不知道除了暴力自己还能怎样，他的妻子还爱着他，便叫他杀了自己。他把刀刺进了她的心脏，终于抬得起头了。

周游美国的时候，我常常问自己，我在火车特等包厢或在旅馆的休息室里见到的都是些什么人，他们躺在摇椅上，旁边放着个痰盂，透过巨大的平板玻璃窗朝街上瞅着。我很想知道他们过着什么样的生活，有着什么样的想法，他们对现实生活持什么样的看法。他们穿着不大合身的成衣和花哨的衬衫，打着浮夸的领带，身材着实魁梧，虽然没有留胡子，但还得再刮一刮才行；他们的后脑壳上戴着一顶软毡帽，嘴里叼着一支雪茄，对我来说，他们就像中国人一样陌生，但比中国人更加令人琢磨不透。我常常试着想要跟他们说点儿什么，但是我找不到能跟他们聊聊的共同语言。他们让我充满了羞怯。现在我读过了《大街》一书，便对他们不再感到陌生了。我可以将他们对号入座。我也了解了他们在家时的行为举止以及他们喜欢谈论的话题。我对人性的认识也丰富了起来。但是《大街》的作者不仅仅细致准确地描述了某个中西部小镇的居民特点，不知有意还是无意，他还描述了一个非常奇怪的情况，那就是阶级区分意识在美国社会正在觉醒，而在欧洲，阶级区分意识早已成为人们生活当中非常重要的一个部分。由于战争，此时的欧洲，人们已经逐渐淡化了阶级区分意识，在这里却渐渐兴起，欧美两地在阶级区分意识上的此起彼伏真是有趣。《大街》的故事非常简单，它讲述了一位贵族小姐和一位算不上绅士的男人之间的婚姻。他人挺不错的，但她非常痛苦，因为他的行为非常粗俗，而她也由于这场婚姻而不得不混迹于一些粗人中间。在英国，如果哪个女人遇到了这种情况，她一定会立刻意识到他们两人的社会地位差异，在考虑要不要嫁给他的时候一定会迟疑。她的朋友们会对她说："嗯，亲爱的，他当然是个好小伙，可他不是个绅士，你跟他在一起是不会幸福的。"这个故事用了大量笔墨描写乡村社会的各个阶层：商人看不起农场主，农场主看不起雇工。阶级意识在英国的乡村达到了极致，不过，在英国乡村，每个人都知道自己的地位，并且会毫无怨言地接受它。每一种文明，在它逐渐变得复杂和稳定的过程中，都会产生一些细微的阶级差异，坦率地承认这些差异有助于心灵的放松。在《大街》所描述的社会里，每个人嘴上都承认别人和自己一样好，但他们心里一刻也不曾这么认为过。银行家不会请牙医去家里做客，牙医也不会和裁缝店的帮工在一起厮混。嘴上说的平等只能带来一种表面上的亲密，但这只会使地位较低的人更加明白，他们之间并没有内在的亲密。因此，从长远来看，他们之间的敌意，有可能会引发更加强烈的阶级仇恨。

1921

哈登·钱伯斯。今天早上有人告诉我哈登·钱伯斯死了，我说："可怜的家伙，真是遗憾。"但我立刻意识到，我这么说只是在遵照一种愚蠢的惯例。对于哈登·钱伯斯自己而言，他这一生过得相当成功。他过得很开心。他这辈子已经结束了，除非他那快活的心灵能找到新的哲思，否则，对于他这种脾气的人来说，就没有什么可期待的了。他死于一个幸福的时刻。如果人们能记住他，那一定不是因为他演的戏剧，而是因为他的那句话——"the long arm of coincidence（无巧不成书）"。只要英语这种语言还在，他这句话就不会消失。他是个小个子男人，在他整洁的衣服下裹着一尊干瘪的身体，就像一片枯叶。他就像枯叶一样，常常会飘到那些他常去的地方，在那里逗留，却不及安定下来，就又漫无目的地飘走了。他似乎没有什么物质上的依恋。他来了又走，没有任何企图，仿佛他是一个完全无关紧要的人物，听从于命运的安排。乍一看，他像个年轻人，但很快你就能看出他实际上已经老了，相当老了；他的眼睛在休息时是耷拉着的，只有通过意志力才能显得有神一点儿；他的脸异乎寻常地光滑，仿佛是用雪花膏按摩和滋养出来的；他看起来像一个被埋了很久又被挖出来的人。这使你觉得他比实际年龄大得多。他从不告诉我他的年龄。他最要紧的事情就是要保持青春，他对生活中的其他事情从来都没有看重过。他的风流是出了名的，这一点比戏剧带给他的任何东西都重要。他有一件风流韵事是最出名的，他一直到死都为这件事带来的名气而高兴。他喜欢假装自己一直在跟哪个女人相好，会含沙射影地暗示一下，通过说话留一半、扬扬眉毛、眨眨眼、耸耸肩、挥挥手来告诉你，他仍然在追求他的情色事业。他从俱乐部里出来，身穿对他来说有些太年轻了的衣服，打扮得很是光鲜，表面上像是去赴一场约会，但你会隐约感觉他事实上是要去索霍区某个餐馆的后屋里吃饭而已，在那里他不会被任何认识的人看到。自从他写了剧本以后，我想他一定算得上一个文人了，但是很少有哪个文人不关心文学的。我不知道他是否曾读过书——当然他从来都没有提起过哪本书。他唯一感兴趣的艺术形式似乎是音乐。他并不十分在意他的剧本，但当他最好的剧本《眼泪的暴政》被当作奥斯卡·王尔德的作品时，他十分恼火。就我个人而言，我无法想象竟然有这么多人会把它搞错。如果一个人稍微有些幽默感的话，就不可能会搞错。奥斯卡·王尔德的对话简洁而尖锐，他的幽默很有修养，彬彬有礼，而《眼泪的暴政》中的对话松松垮垮，恰当但不精彩，没有发人深省的警句。这种幽默就像酒吧一样俗套，而不似沙龙般高雅。它的趣味在于它的应时应景，而不在于任何语言的独创性。它具有哈登·钱伯斯特有的特点。他是一个喜欢交际的家伙，当我想要为他总结出一个典型印象时，脑子里出现的画面就是，一个衣冠楚楚的小个子男人泡在酒吧里，遇到谁都能和人家攀谈起来，他跟别人聊着女人、马，或者聊着科文加登上演的歌剧，但他又给人一种感觉——他似乎在等待着某个随时会从门口走进来的人。

1922

对于那些看人只看一面的老套小说家来说，写作要容易多了。总的来说，他们笔下的英雄都是彻头彻尾的好人，他们笔下的坏人则都是彻头彻尾的坏人。但是我们来看下X。她不只撒谎，她撒谎成性。她会编造一些毫无根据的恶毒故事，而且讲得非常有说服力，细节详尽，让你几乎觉得连她自己都相信了这些故事。她贪得无厌，为了得到她想要的东西，她会毫不犹豫地去做所有卑鄙的事情。她是个势利小人，就算别人想避开她，她都会厚颜无耻地去接近他们。她是一个野心家，但由于头脑简单，二流的货色便能让她满足，她的猎物是那些大人物的秘书而不是大人物本身。她很记仇，嫉妒心很重。她喜欢吵架，像个恶霸一样。她虚荣、粗俗、喜欢炫耀。她真是坏透了。

她聪明。她有魅力。她品味高雅。她慷慨大方，花自己的钱就像花别人的钱一样，花得一分不剩。她热情好客，乐于为客人带来快乐。她很容易因为一个爱情故事而感动不已，她会尽她所能去减轻那些对她来说无足轻重的人的痛苦。有人生病时，她会表现得像一个令人钦佩、很有责任心的护士一样。她说起话来让人非常愉快。她最大的优点是富有同情心。她会真诚地同情你，真诚地倾听你的烦恼，尽她所能地去减轻你的烦恼，或同你一起去承受它们。她会关心你所关心的一切，为你的成功而高兴，为你的失败而痛心。她真是善良极了。

她可恨又可爱，贪婪又大方，残忍又善良，恶毒又慷慨，自私又无私。小说家究竟是如何把这些不相容的特质结合起来，使一个人物形象如此和谐而可信的呢?

在这方面，读一读巴尔扎克的《邦斯舅舅》会受益匪浅。邦斯是个贪吃的家伙。为了满足他那不光彩的食欲，他总是到了饭点就去找别人，而别人很明显是讨厌他去自己家里的，他宁可忍受主人的冷嘲热讽和仆人的耻笑，也要在人家家里混到酒足饭饱。当他不得不在家里自己花钱吃饭时，就会变得蔫蔫儿的。他这种恶习着实令人讨厌，他这个人物角色也只能激起人们的厌恶。但巴尔扎克需要你对他的同情，并且能巧妙地让你同情他。首先，他把那些被邦斯蹭吃蹭喝的人写得十分卑鄙下流；然后，他又详述了主人公作为一位收藏家的完美品位，以及他对美的热爱。为了能买到一幅画、一件家具或一件瓷器，他不仅可以放弃奢侈品，就连生活必需品也可以舍弃。巴尔扎克一次又一次地强调他的善良、好心、单纯和对朋友的仗义，直到你一点点地忘记他为了吃别人的一顿美餐便表现得卑微谄媚，你只会对他感到同情，而对于那些被他揩油的人，你倒是会相当憎恶，尽管他们也忍受着邦斯的折腾，但是在巴尔扎克的笔下，他们毫无优点。

我认识A太太很多年了。她是个美国人，嫁给了战前在彼得堡任职的外交官。前几天我在巴黎遇见了她。她告诉我她因一次奇怪的经历而心烦意乱。她遇见了一位俄国朋友，她们在革命前就互相熟识，那时这位朋友很富有，还经常参加她举办的聚会。而此时看到这个朋友衣衫褴褛，A太太十分震惊。她拿出一万法郎让朋友去买几件新衣服，这也许还能帮她找到一个卖衣服的差事，或者类似的工作。一个星期后，A太太又见到了她，还是穿着同样的旧衣服，戴着同样的旧帽子，穿着同样的旧鞋子。她问她为什么没有给自己买一套新衣服。这个俄国女人面露愧色地告诉她，她的每个朋友都很贫穷，都穿得很破旧，倘若只有自己衣着光鲜，她会很难接受，所以她邀请朋友们去银塔餐馆吃了一顿丰盛的晚餐，然后她们去了一家又一家夜总会，直到花完了最后一分钱。她们早上八点回到家，身无分文，疲惫不堪，但很开心。A太太回到丽池饭店，把这件事告诉了她的丈夫，他因为她浪费钱而生气。“你不能为这样的人做任何事”，他说，“她们无药可救”。“他当然是对的”，当她告诉我这个故事时，她如是说，“我当时也很生气，但你知道，不知怎的，我不禁有点儿羡慕她们”。我的朋友悲伤地看着我，叹了口气接着说：“我觉得她身上有一种我从未拥有、也永远不会拥有的气概。”

查理·卓别林。他外表和蔼可亲，身材匀称，令人羡慕，手和脚小巧好看。他五官端正，鼻子相当大，嘴巴灵巧，眼睛也很好看。他乌黑的头发中夹杂着几缕白色，飘逸而丰盈。他的动作异常优美。他有些腼腆。他的口音中仍有他年轻时伦敦腔的痕迹。他精神抖擞。在一群令他感到自在的人中间，他会尽情地胡闹。他的创造力是丰富的，他的活力永不衰竭，他极具模仿天赋：尽管对法语或者西班牙语一窍不通，他也能模仿那些说这些语言的人，模仿得惟妙惟肖，十分有趣。他表演两个兰贝斯贫民窟的女人之间的即兴对话，那场景既怪诞又感人。就像所有的幽默一样，它们依赖于密切的观察，而它们的真实性，及其真实里暗含的意味，都是悲剧性的，因为它们让人联想到那些人物贫穷而凄惨的生活。随后，他会模仿二十年前音乐厅里的各种表演者，或者模仿沃尔沃斯路上一家小酒馆里的马车夫义演会上的业余演员。但这仅仅是列举：我没有去描述他举手投足间令人难以置信的魅力。查理·卓别林会轻而易举地让你笑上几个小时，他是个喜剧天才。他给人带来的乐趣是简单的、甜蜜的、自然的。然而，你总有一种感觉，在这一切的背后是一种深沉的忧郁。他是一个情绪化的人，不需要他开玩笑似地说："哎呀，我昨晚心情很糟，我自己都不知道该怎么办了。"你就可以感受到，他的幽默中充满了悲伤。他给你的印象不是一个快乐的人。我觉得他对贫民窟有一种怀旧之情。他享有的名望，他的财富，把他禁锢在一种只会让他感到约束的生活方式中。我想，当他回顾他那贫穷困苦却自由自在的青年时代时，会有一种永远无法满足的对自由的渴望。对他来说，只有伦敦南部的街道才是嬉闹、欢乐和肆意冒险的场所。在他看来，它们充满了真实感。那些保养得很好的大街，两旁都是整洁的房屋，住着有钱人，却永远无法带来那种真实感。我能想象到，他走进自己的房子，心里疑惑着自己究竟在这个陌生人的房子里干什么。我想，唯一能让他有家的感觉的地方，就是肯宁顿路上那个房子的二楼了。一天晚上，我和他一起在洛杉矶散步。走着走着，我们就来到了这个城市最贫穷的地区。那里都是肮脏的廉租房和破旧俗气的商店，出售着穷人日复一日购买的各种商品。他顿时容光焕发，声音里透出轻松愉快的感情。他叫道："我说，这才是真正的生活，是不是？其余的都是假象。"

沙捞越。地平线上有一排小小的白云，这是天空中唯一的云，透着一种奇特的快乐感。它们看起来像一排穿着白裙的芭蕾舞女演员，在舞台后面紧张而快乐地等待着幕布升起。

天空是灰色的，在灰色的背景下悬挂着黑色的、奇形怪状的云彩，而灼热的太阳，穿透这片灰色，在云尖镶上了一道银边。

日落。突然，雨停了，山头散乱的乌云就像提坦们在攻击神圣的阿波罗一般，愤怒地攻击着太阳，太阳被击败，却依然恢宏壮丽，把乌云照耀得金光灿烂。乌云似乎怔住了，停了下来，神灵死前的最后一搏，将它们笼罩在绚丽的金光中，然后，突然间天就黑了。

这条河又宽又黄又浑。沙质海岸的后面生长着木麻黄，当微风吹动它们像花边一样的叶子时，沙沙的声音就像人在说话。当地人称它们为“会说话的树”，他们说如果你在午夜时分站在树下，会听到有个陌生人的声音跟你说大地的秘密。

一座绿色的山丘。丛林从山脚一直覆盖到山顶，这是一种醉人的青翠，它的繁茂是如此的蓊郁，似乎要令人窒息。这是一首绿色的交响乐，像是一位作曲家用色彩而不是声音创作而成的，他试图用一种狂野的方式表达一些非常微妙的东西。山上的绿从海蓝宝石的浅绿到碧玉的深绿应有尽有。这些翡翠绿像小号一样在欢鸣，一株灰白的鼠尾草像笛声一样悠扬。

正午的烈日下，黄色的河流呈现出死一般的苍白。一个当地人正划着独木舟逆流而上，他的独木舟非常小，几乎没有露出水面。河岸上，到处都是建在桩子上的马来人房屋。

傍晚时分，一群白鹭飞下了河，低低地飞着，然后四散开来。它们就像一串白色音符，发出潺潺的声音，甜美、纯净、灵动，一只看不见的手拨动着一把看不见的竖琴，弹出优美的琴音。

S。一个十八岁的男孩，刚开始出来社交。他是一个相当俊美的年轻人，蓝色的眼睛，栗色的卷发，浓密得一直盖到脖子。他正要蓄起唇须。他的笑容很迷人。他天真烂漫。他有年轻人的热情和骑兵军官的风度。

红树林。沿着海岸和河口生长着红树林和聂帕榈。聂帕榈是一种长叶子的矮生棕榈，就像你在老画中看到的在棕榈主日用的棕榈一样。它们生长在水边，使土壤变得肥沃，当它们制造出一片新的沃土之后，就会死去，被丛林所取代。他们是先驱者，为商人和在他们之后到来的形形色色的人们开垦着这片土地。

沙捞越河。河口很宽。两边都是红树林和聂帕榈，被河水冲刷着，茂密的绿色丛林后面，在更远的地方，蓝色的天空映衬出山峦蜿蜒的轮廓。你完全没有压抑和阴郁的感觉，所感受到的只有开阔和自由。绿色植物在阳光下闪闪发光，天空欢快明媚。你似乎踏入了一片友好富饶的乐土。

蔚蓝的天空，不像意大利的天空那样由于酷热而变得苍白，也不像意大利的天空那样暴戾，而是像普鲁士蓝混着牛奶白一样的颜色。白云像海上的小帆船，在阳光下闪闪发光，悠闲地驶过。

一间房屋。墙壁是用未上漆的木头砌成的，上面挂着凹版印刷的学院照片、迪雅克盾牌、帕兰刀，还有一顶硕大的草帽，帽子上对称地装饰着鲜艳的颜色。长长的藤椅。几件文莱铜器。花瓶里插着兰花。桌子上盖着一块脏兮兮的粗棉布。粗糙的木架上放着廉价版的小说和几本年代久远的游记，皮质的封面十分破旧。在一个角落里有一个装满瓶子的架子。地板上铺着藤席。

这房间通向一条回廊。它离河只有几英尺远，你可以听到对岸集市上敲锣打鼓庆祝中国节日的声音。

叽克切克。这是一种棕色的小蜥蜴，因自己的叫声而得名。你简直不敢相信这么小的喉咙竟能发出这么大的声音。你在夜里听到它，就像一种奇怪的人声，突然打破了寂静，听上去有一种嘲弄的意味。你可能会认为，这是在嘲笑那些白人，他们来来去去，没有留下任何痕迹，所有事情都还是原来的样子。

清晨的色彩绚丽而温柔，不过随着时间的流逝，它们变得疲惫而苍白。留下的只是不同程度的炎热。它就像中国的小调，单调的音调加剧了紧张感。你的耳朵在等待一个永远不会到来的和弦。

囚犯们正在服劳役，你可以看到他们在一个锡克人的看守下，在路上干活，干得并不太辛苦，而那些以前逃跑过的人戴着的镣铐，似乎也没有给他们带来多大不便。

丛林。一条小路的影子都看不到，地上铺着厚厚的腐烂的树叶。树密密麻麻的，有的长着巨大的叶子，有的长着合欢树一样的羽毛状树叶，有椰子树，有长着又细又长的白色茎叶的槟榔树，有竹子，有野生西米树，它们的叶子就像一簇簇鸵鸟的羽毛。间或还有一棵棵枯树的骨架，白苍苍光秃秃地，在四周绿色的映衬下，格外显眼。还零星长着几棵森林之王，高大的树木，枝繁叶茂，高耸入云。

林中还有寄生植物，树枝上长着大片大片的绿叶，开花的攀缘植物像新娘的面纱一样覆盖着树木。有时，它们会在高大的树干上缠绕一层华丽的外壳，并把长长的花藤从一根树枝甩到另一根树枝上。

清晨，这片绿意令人心旷神怡。这里没有什么阴郁或压抑的东西，但这勃勃生机中透着一种奇怪的亢奋，就像一群侍女在酒神的身后嬉笑打闹般大胆放纵。

沿河而上。头顶上高高地飞过一对鸽子，一只翠鸟快速掠过水面，一抹彩色一闪而过，像一颗宝石，像中国瓷器般光彩夺目。两只猴子并排坐在一根树杈上，垂着尾巴，另一只猴子在枝丫间跳来跳去。蝉鸣不断，那叫声似有一种怒气，就像一条小溪奔流过岩石河床一样持续而单调。然后，突然间，一只鸟高声歌唱，蝉鸣便戛然而止，这只鸟唱出的旋律和英国的画眉一样。

晚上，青蛙呱呱、呱呱、呱呱地叫着，吵吵嚷嚷；偶尔会有一只夜间活动的小鸟插进来，唱上几句小调，打断了蛙鸣。萤火虫让灌木丛看起来像一棵棵被小蜡烛点亮的圣诞树。它们轻轻地闪耀着，像是平静的灵魂放出的光辉。

河慢慢地变窄了，就像泰晤士河某个植物繁茂的河段。

杜鹃。它只有三个音符，缺了一个，不然就可以构成一段和弦了，人们竖起耳朵，焦急地等待着第四个音符的出现。

涌潮。我们看见它从很远的地方冒了出来，大浪接二连三地涌来，但看上去并不十分吓人。它很快就靠近了，发出一声怒吼，就像暴风雨中的大海一样。我意识到这浪比我想象的要大得多。我不喜欢它们的样子，我系紧了腰带，这样就算我要游泳，裤子也不会滑下来。不一会儿，潮水就涌了过来。好大的浪，有八英尺高，十英尺高，十二英尺高，我们立刻明白没有船能渡过去。第一个浪头向我们拍了过来，把我们都打湿了，灌了半船水。船夫们开始大叫。他们是内陆监狱的囚犯，还穿着囚服。他们失去了对船的控制，水的力量把船转了弯，我们被浪尖抬起来，落到了船的一侧。另一个大浪向我们袭来，我们的船开始下沉。我和杰拉尔德还有R之前还躺在遮篷下面，现在赶忙爬了出来，突然船支撑不住我们了，开始下沉，我们发现自己掉进了水里。我们周围的海水汹涌澎湃。我的第一反应是向岸边游去，但R向杰拉尔德和我大喊，要我们紧紧抓住船。我们坚持了两三分钟。我原以为大浪会随着潮水的上涌而过去，我们几分钟后就会回到平静的水面。可我忘了我们是被潮水卷着一起往前走的。大浪不停地拍打着我们。我们紧紧抓住船舷和藤条遮篷的框架底部。然后又有一个更大的浪打来，船就翻了过来，浪打在我们身上，除了一个滑溜溜的船底，什么可以抓的东西也没有，我们只能把手放在上面。我们一看可以抓到船的龙骨，便拼命地抓住了它。船继续翻转着，像一个轮子，然后我们又重新抓住了船舷，觉得稍微安全了些，接着船又转了一下，把我们逼到水里去了，又得再重复一遍刚刚的过程。

这种情况不知持续了多久。我想，这是因为我们都紧抓着船舷的一侧不放，我试着让一些船员绕到另一边去。我觉得，如果我们一半人待在一边，一半人到另一边，我们就可以保持船底朝下，这样会更容易抓紧。但我无法让他们明白我的意思。大浪把我们卷了过来，船舷每次从我手里滑出去，我就被拍到了水里，结果还是得抓住龙骨才能浮上来。

不一会儿，我开始上气不接下气，我觉得自己已经筋疲力尽了。我知道我撑不了多久了。我原以为最好的办法是拼命游到岸上去，可是杰拉尔德求我一定要撑住。河岸现在看上去不过四五十码远。我们还在汹涌澎湃的潮水中被大浪卷着前进。船来来回回地翻转，我们都像笼子里的松鼠一样围着它爬来爬去。我灌了一肚子水。我觉得我快完蛋了。杰拉尔德在我旁边，帮了我两三把。他也只能帮我这么多了，因为船翻过来的时候，大家同样无能为力。然后，不知道为什么，有三四分钟的时间，船的龙骨一直往下沉，这个时候我们才能够撑住，休息一会儿。我以为危险已经过去了。能够呼吸真是一件珍贵的事情。可是突然，船又转了一个圈，同样的事情又发生了。短暂的休息帮助了我，我又坚持了一会儿。接着我又上气不接下气，觉得自己像老鼠一样虚弱。我一点儿力气也没有了，我不知道是否还有足够的力气游向岸边。杰拉尔德这时几乎和我一样精疲力竭。我告诉他我唯一的活路就是设法上岸。我想我们当时所在的河段更深了，因为海浪似乎没有那么汹涌了。在杰拉尔德的另一边是两名船员，不知怎的，他们明白我们两个坚持不住了。他们向我们示意，现在我们可以冒险游向岸边了。我已经累瘫了。当一张薄垫从我们身边漂过时，他们抓住了它，那是我们之前曾躺过的一个床垫，他们把它做成一个卷，当作救生带。我看不出它会有多大用处，但我一只手抓住了它，另一只手向岸边划去。这两个人是跟我和杰拉尔德一起来的。其中一个人游在我的身边。我不太清楚我们怎么上了岸。杰拉尔德突然大叫起来，说他能碰到河底了。我放下腿，但什么也感觉不到。我又游了几下，然后又试了一次，我的脚陷进了厚厚的泥里。我很感激能触碰到它那动物般的柔软。我继续挣扎着往前游，终于到了河岸上，黑色的泥浆一直没到我们的膝盖。

我们借助从泥里伸出来的枯树根爬了上去，当我们爬到河堤顶时，看到了一小片草地。我们坐了下来，在那里躺了一会儿，四肢伸开，精疲力竭。我们太累了，浑身动弹不得，从头到脚都裹着黑泥。过了一会儿，我们脱下衣服，我用湿淋淋的衬衫给自己做了一块腰布。后来杰拉尔德心脏病发作了。我以为他会死。我只能让他静静地躺着，告诉他一切都会过去的。我不知道我们在那里躺了多久，我想大概有一个小时，我也不知道我们在水里待了多久。最后R划着独木舟过来把我们接走了。

当我们到达对岸迪雅克人的长屋时，虽然我们从头到脚都沾着泥，虽然我们平时习惯了每天游三四次泳，我们也无法让自己再下河了，就在一个水桶里草草地洗了洗。我们谁也没说什么，但都觉得自己再也不想和那条河有任何瓜葛了。

回过头来想想，我惊奇地发现我从来没有害怕过。我想大概是因为和大浪的搏斗太激烈了，以至于都没来得及产生任何情感，甚至当我觉得自己已经没有了力气，过不了多久应该就会放弃的时候，我都没有意识到我有恐惧的感觉，甚至也没有因为可能会淹死而感到痛苦。我太累了，我觉得当时死可能是一种解脱。那天晚上，我围着一条干莎笼，坐在迪雅克人的屋子里，向外可以看到一轮黄色的月亮挂在天上，这给了我一种强烈的愉悦感。我不禁想，此刻我也完全有可能已经是一具尸体了，随着潮水浮沉。第二天早上，当我们再次出发沿着河流往下行驶时，我发现明媚的天空、阳光和绿树又给我增添了一份快乐。空气也格外清新。

迪雅克人的房子。它很长，建在桩子上，有一个茅草屋顶。爬上一棵被粗糙地刻成台阶的树干，就到门口了。外面有一个凉台，凉台的地板是用竹子和藤条搭成的。在一间长长的公共起居室里，有一个平台，还有几个房间，每个房间里都住着一户人家。公共起居室的两边放着一些大罐子，那就是迪雅克人的财产。我们进来的时候，干净的席子已经铺开，好让我们坐在上面。鸡到处飞。一只猴子被拴在一根柱子上。狗儿四处游荡。主人在平台上给我们铺好了床。公鸡一整夜都在叫个不停，随着黎明的到来，它们更是叫得厉害。接着，房屋里又渐渐响起人们的喧闹声。男人们开始在稻田里干活，女人们则到河边打水。太阳才刚刚升起，长屋里就已经就像蜂巢一样忙碌了。

迪雅克人都长得挺矮小的，但很匀称，棕色的皮肤，大大的眼睛炯炯有神，像科普特人马赛克画上的眼睛一样扁平，鼻子也是扁平的。他们的脸上随时都挂着甜美的微笑，他们的举止总是令人感到愉快。女人们个子都很小，很害羞，她们毫无表情的脸上有一种神圣的气质，她们的样貌很漂亮，年轻的时候身材娇小。但是她们老得很快，她们的头发变白，皮肤松弛地挂在骨头上，皱巴干枯，干瘪的乳房下垂着。有一个很老很老的女人，她双目失明，像一尊雕塑一样坐在一个角落里，腰背挺直，谁也不理睬。忙碌的生活与她没什么关系，她仍然沉浸在过去的回忆里。煮饭的事情归女人做。这里的劳动分工十分绝对，男人永远不会想到去插手任何自古以来就被认为是女人分内的事情。妇女们只在腰上围了一条从腰及膝的布。她们的胳膊上缠着银丝，看起来像一个巨大的手表发条，许多人的腰上也缠着银丝。她们在脖子上系了围巾，做成一个兜椅，把孩子背在背上。男人们戴着银手镯、耳环和戒指，穿着很正式，显得英俊而潇洒。许多人都披着长长的头发，这使他们外表略有一些女性化，显得有点儿奇怪。尽管他们总是面带微笑，举止彬彬有礼，但你仍然能从他们身上感觉到一种潜在的野性。

长屋下面，猪到处拱着垃圾找吃的，发出窸窸窣窣的声响，鸡鸭不停咯咯嘎嘎地叫。从房子到河边有一条道路，是用粗糙的木板铺成的，这样人就不会踩在泥里。但是当退潮的时候，你就得踩着又黑又黏又滑，深至膝盖的淤泥走上河岸。

回到古晋后，我写信给之前一直留我在他家过夜的行政长官，问他能否想办法为那两个曾救我一命的囚犯减刑。他回信说，他已经把其中的一个释放了，但另一个他恐怕帮不上忙了，因为在回塞棉港的路上，他顺路去了一趟自己的村子，杀死了他的岳母。

东边的一条河。两岸的丛林密密地伸展开来，在满月的照耀下，比黑夜还要黑。万籁俱寂，这寂静中有一种不祥的东西。当你想到浓密的树叶所掩盖的那些黑暗而残暴的东西时，你不禁打了个寒战。它似乎在期待着什么。而在那清朗的天空中，月亮从容地游走着：它像是哪位乡绅的夫人，胖胖的，穿着她最好的衣服，沿着村里教堂的过道向前走着。接着，东方，在一团参差不齐的云团下面，出现了一抹淡淡的红色。平静的河面上，一只舢板静静地滑行着，在水面的映衬下，你可以看到渔夫站在舢板上的模糊身影。河岸上，一盏孤独的灯在荒野丛林中友好地闪着光，你猜得到那是一间小茅屋，紧靠着水边，被茂盛的棕榈树、某种名字古怪的树和蔓生植物围得严严实实的。此刻东方的那抹红色有些浓艳。参差不齐的云团被撕裂、扭曲。太阳正在气势汹汹地升起，仿佛是在拼命地与未知、黑暗和无情的力量搏斗着。当你抬头望去，天已经亮了；而当你回头看时，月亮还在平静地照耀着，夜晚依然流连忘返。

L。他四十出头，中等身材，很瘦，很黑，略微秃顶，黑发，大大的眼睛往外凸着。他长得不像英国人，倒像地中海东部的人。他说话永远都是一个调子。他在边远分驻所住得太久了，所以在人前很害羞，有些沉默寡言。他有一个他不怎么关心的原住民妻子和四个混血孩子，他把孩子们放在新加坡接受教育，希望他们将来能成为沙捞越政府办公室的职员。他从来都不想回英国，在那里他会觉得自己像个外来者一样。他像当地人一样讲迪亚克语和马来语；他出生在这个国家，他对当地人思维方式的了解比对英国人的了解还要多。他在某次回英国休假的时候和一个女孩订了婚，但一想到他的原住民家庭，他就心烦意乱，因此取消了婚约。他宁可在边远分驻所待着，也不愿留在古晋。他不苟言笑，是一个病态、忧郁的人。他非常认真，总是害怕做错事。他说话没有幽默感，谈吐冗长而无趣。生活就是一条死胡同。

古晋市集。集市由狭窄的街道组成，街上有像博洛尼亚地区一样的拱廊，每栋房子都是一个商店，在这里你可以看到成群的中国人在过着中国小镇的忙碌生活，他们干着活、吃着饭、聊着天。河岸上是原住民的小屋，在这里，马来人还在按远古的方式生活。当你漫步在人群中，当你驻足观望时，你会在这样一派忙忙碌碌的生活场景中得到一种奇特的、激动人心的感觉。你悟出这是一种快乐而又平常的活动。出生与死亡，爱情与饥饿，这些都是人类的事务。从熙熙攘攘的人群中走过一个白人，他是这里的管辖者。他从来都不是自己周围生活中的一部分。只要中国人保持和平，缴纳税款，他就不会干涉他们。他只是一个苍白的陌生人，像来自另一个星球的人一样穿越在这现实生活当中。他只是个警察。他是永远的流亡者。他对这个地方没有兴趣。他只是在等着领养老金，而且他知道自己到了领养老金的年岁，可能就不适应除这里以外的任何地方了。在俱乐部里，他们经常讨论退休后住在哪里。他们厌倦了自己，厌倦了彼此。他们期待着摆脱束缚的自由生活，但未来又让他们感到沮丧。

种植园主。他在剑桥大学读的书，拿到学位后决定当一名种植园主。他已经毕业十年了。他还是个单身汉。他被经济萧条搞得倾家荡产。他在经济繁荣的时期赚了两千美元，然后把这笔钱投资到橡胶生意上了，可是，现在他投资的那些橡胶林又变回了丛林。他是个小个子男人，五官不规则，有着一双柔和的黑眼睛，声音很温柔，非常害羞，很有模仿天赋，热爱音乐。他各种乐器都能马马虎虎地演奏一些。他收集马来银器。他有点儿可怜。他一个人住在一间乱糟糟的平房里。墙上有数不清的裸体女人的照片，各种姿态都有。粗糙的书架上摆着一些现代小说。

T 太太是个金发碧眼的女人。由于天气炎热，她没有把头发烫卷，但这是相当漂亮的头发，颜色非常浅，是淡淡的黄色。她有一双蓝色的眼睛，颜色很淡，虽然还不到二十六岁，但已经略显疲累。正面看上去，她那没有血色的样子还有些漂亮，但是她的下巴很小，很不明显，从侧面看上去，她像只绵羊。她的皮肤曾经白净鲜嫩，但现在就像热带阳光下的枯草，开始失去光泽了。她穿着蓝色或粉色的棉布连衣裙，领口敞开，袖子很短。她最常戴的饰品是一串白色的珊瑚珠子，头上戴着一顶菲律宾草帽。

N 太太，皮肤白皙，体态丰盈，四十岁。她是一个身材高大、皮肤黝黑的女人，长着一双明亮的眼睛，性格大大咧咧，待人十分友好。你会觉得她可能曾在歌舞团里做过演员，事实上，她来自一个与东方打交道已有百年历史的家庭。她很胖，让她沮丧的是，她越来越胖，但她无法抗拒食物，她总是津津有味地吃着奶油、土豆和面包。

新加坡：鸦片幻梦。我看见一条两旁都立着高大、碧绿的白杨树的路，就是那种在法国常见的路。这条白色笔直的路在我眼前延伸出去，一直到无限远的地方，仍然继续向前延伸，比我想象的要远得多。我似乎在沿着这条路急速前行，白杨树飞快地从我身边掠过，比坐特快列车时电线杆飞过的速度还快得多。它们一直在我身边掠过，一直在我的前面，那长长的一排排白杨树啊。然后，突然间，再也没有白杨树了，取而代之的是阔叶乔木、栗子树和梧桐树，它们之间间隔得很开，我不再全速前进，而是从容不迫地往前走着。不久，我来到一片开阔地带，低头俯瞰，下面是灰色平静的大海。一艘艘渔船不时驶进港口。远处，海湾的另一边，有一座整洁的花岗岩房子，花园里有一根旗杆。那一定是海岸警卫队的房子。

他在马来联邦的一个州居住了二十年。他几乎过着帝王般的生活。他很古怪，很凶残。他独裁、暴力、野蛮。他有一个马来人妻子，她以及其他女人给他生了许多孩子。最后，他退休了，在切尔滕纳姆娶了一个女人，定居了下来，从那以后，他唯一的愿望就是她的愿望：进入最好的社交圈。

D 夫妇邀请我共进晚餐，去见见他们的朋友，也是一对夫妻，他们在新加坡要待上几天。这名男子是英国北婆罗洲某个地方的行政长官。D 太太告诉我，他曾是个可怕的酒鬼，每天晚上都要带一瓶威士忌去床上睡觉，天亮之前喝完。他变得太招人烦了，州长就让他回家休假，并告诉他，如果他回来时还没有清醒过来，就会解雇他。他当时还是个单身汉，州长劝他在英国找个好姑娘结婚，她会让他规规矩矩过日子的。假期结束时，他结了婚，从此改过自新，再没碰过一滴酒。

他们来赴晚宴。他又高又胖，脸上光溜溜的，谢了顶，有点儿木讷，有点儿傲慢。她个子小小的，肤色黑黑的，既不年轻也不漂亮，但很机灵，看得出来十分能干。她非常淑女。她是你在坦布里奇威尔斯、切尔滕纳姆或巴斯随处都能碰上一堆的那种女人，她们天生就是老处女，仿佛从未年轻过，也永远不会变老。他们结婚五年了，看上去很幸福，我觉得她嫁给他只是为了把自己嫁出去。

我后来再也没有见过他们，他们也不知道自己那天来吃晚饭的目的是什么。从他们身上，我获得了一些灵感，写出了一个故事，叫作《宴会之前》[①]。

爪哇。车站有一群垂头丧气的人，三男两女，戴着手铐，由爪哇士兵看守着。这些囚犯是当地的基督徒。他们原本有八个人，去了一个村子，想要让村民们改信基督教。他们向所有的人宣讲“和平与善良”的教义，村子的首领与他们争辩了起来。争论愈演愈烈，没过多久，传教者的头儿打了他一拳。战斗开始了。妇女们也加入进来，村子的首领被杀死了。这变成了一场大混战，全村七人被杀，传教者死了三个。

礼拜四岛。布朗夫妇经营着这家旅馆。她是一个身材矮胖的女人，穿着一件网眼衬衫，深色的头发烫着大波浪。她喜欢开玩

① “Before the Party”，1922 年发表。

笑。她有一双敏锐而狡黠的眼睛，鼻子红得离奇。她可能曾经很漂亮。像她的丈夫一样，她也满脑子都是怎么发大财的离奇计划。他是一个中等身材的男人，大约四十岁，稀疏的长发在头上飘动。他的肢体和姿态都放松得奇怪，像是安了弹簧。他从事过许多职业，最开始做理发师，然后做职业赛跑运动员，还做过赌注经纪人、训练师，以及矿工、烟草商，最后又做回了理发师。他在自己的运动员生涯中赚了很多钱，对这段经历他直言不讳。这似乎是一项不太正当的运动，他讲了自己用假名参加赛跑的事，还讲了自己在赌注经纪人的贿赂下故意输掉了比赛的事，等等。他粗心大意地经营着酒店，只对邻近岛屿上的一处矿产感兴趣，他希望能在那里淘到黄金。他从不喝酒。他和前妻育有一个女儿，名叫奎妮，在餐馆当服务员。她觉得自己的身份尊贵，做不了这种低等工作，客人的吩咐在她看来像是含沙射影的侮辱。要是哪位客人和她开玩笑的话，她就拿菜单打他的头，说："你快滚吧。"女仆是个三十岁的老姑娘，身材干瘪，脸色蜡黄，五官分明。她总是在刘海上裹着卷发垫纸走来走去。她当过酒吧女招待，认为做家务有失身份。她很喜欢讲岛上各种人的闲话。

C。他有一艘二十吨载量的双桅船和几只小艇，原本是用来采捞珍珠的，由于经济萧条，这个行业变得没什么利润了。他身高六英尺，体格健壮结实，圆圆的脸上长着一双透着真诚的蓝色眼睛。他的举止有些拘谨，但他心地善良，体贴入微。他的头发剪得很短，只在前额留有一小缕卷发。他大约三十五到四十岁的样子。在驾着双桅船航行时，他总是穿着破破烂烂的粗布裤子和背心，但当他上了岸，无论天气多热，都会换上黄靴子，灰裤子，白色外套，花衬衫（不系扣子），硬挺的衣领，还有一个黑色针织领带，他把那个领带弄得看起来像是一个便捷的小发明，系在他的衣领扣上。一旦他微微摇晃着身体走起来的时候，你一眼就能看出他是个船老大。

丁顿号。这是一艘五十五英尺长的双桅船。船员由C和四个托雷斯海峡岛民组成，他们都是黑色的皮肤，都有着清爽的卷发和健美的身材。他们穿着打补丁的脏裤子和背心，戴着破旧的毡帽。汤姆·奥比是个花白头发的壮老头儿；其他几个人都很年轻：亨利是个花花公子，相当英俊，潇洒，爱吹牛；尤坦，除了一条印花布裙之外什么也没穿，在船舱里用一堆树枝烧火做饭，这里也是船员们睡觉的地方。客舱在船尾，主桅正好穿过船舱。它太低了，人在里面都没办法站直。天花板被吊灯的烟熏黑了。里面的空间可以容纳两个人纵向睡，再有一个人横在舱口睡。舷墙和货舱之间塞了两只救生艇。

我们本来打算早上九点钟出发，可是C来晚了，他到的时候又发现忘了带备用的三角帆，于是又派了两名船员到他家去取。我们终于拔锚起航，随潮水而下。虽然有一阵凛冽的风，但是阳光灿烂，天空湛蓝。我们在主帆和三角帆的带动下疾驰前进，真是令人兴奋。我们预计当天晚上到达莫比亚哥岛。航程大约是四十五英里。我们航行在礼拜四岛和威尔士亲王岛之间，在甲板室吃了午饭，有冷牛肉、泡菜、煮土豆和一块松糕。我们还喝了茶。当我们驶离陆地的庇护时，发现季风猛烈地吹着，海面波涛汹涌。C 固定好前帆，绑牢了水桶。狂风不时地袭击我们，当海浪袭来时，海水涌上甲板。浪头上泛起白色的泡沫，海浪非常大，坐在这么一艘小船上，人就好像贴在浪尖上一样。我们经过了许多小岛，每经过一个小岛，我都在想，如果船翻了，我能不能游过去。几个小时后，我们到达了渡岛，C 说他将在那里靠岸，第二天再前往莫比亚哥。绕着这个岛航行的时候，小岛把风挡住了，这让我们舒服多了。我们找到了一处锚地，在那里看到了十来个采珠人，他们是被恶劣的天气逼到这里来的。他们大都是日本人，只有一个是澳大利亚人，还带着一群黑人船员。我们抛了锚之后就派了一艘救生艇把他接了过来。我们给了他一杯茶，邀请他回来吃晚饭，打桥牌。我们上岸洗了个澡。晚餐是我们在路上钓到的一条皇帝鱼，还有冷盘肉和苹果派。我们用锡制杯子喝了茶、威士忌还有苏打水，然后在甲板里借着一盏飓风灯的亮光打起了桥牌。T（那个澳大利亚人）告诉我们，再往北，天气会更糟，他说他的船险些就要翻了。他打算等暴风雨平息下来之后再说，毕竟现在水太脏了，不适合采珍珠。他和我差不多高，虽然还很年轻，但已经满脸皱纹了。他又瘦又白，一副饱经风霜的面庞，带着假牙，长着一双蓝眼睛，穿了一条深色裤子和一件背心。大约九点钟，我们都困了，他便回去了。夜空晴朗，月亮几近满月，我们所在的那个避风点，没有一丝微风。我们用船帆搭起了一个帐篷，把床垫放在甲板上躺了下来。

第二天早晨，我们趁着退潮早早地扬帆起航，但没走多远就撞上了沙洲。潮水退了，我们就在那里一直待它折返回来，好让我们漂走。我们经过一座座岛屿，不久就到了外海。莫比亚哥岛，一个凹凸不平、模糊不清的庞然大物，远远地立在那里。风比前一天更大了，海水涨得更高了。我们在浑浊的海水中穿过一座座岛屿，到处都是礁石。一个船员站在船头的三角帆桁上，负责瞭望。每次海浪袭来，我们都要四处躲避，免得被浇透。不久，传来一阵沉闷的刮擦声，我们知道这是撞上礁石了。我们磕磕绊绊地开了过去，又回到了深水中。负责瞭望的那个人打着手势指挥C掌舵。他非常着急。我们又撞上了另一个暗礁，又磕磕绊绊地开了过去。然后我们向外驶去，以免再碰上暗礁。

莫比亚哥被两重环礁带所包围，我们要在这两重环礁带之间找到出口，这样就可以绕着岛，到达有锚地的地方。后来我们到达了外礁的尽头，一直航行到离内礁只有几码远的地方，然后调转方向——双桅船几乎是原地大转弯——又回到了外礁。风刮得很大，我们把所有的帆都扬了起来。船掉头的时候，船帆噼里啪啦地直抖，这样反复了五六次，我们渐渐靠近了岛的尽头。三角帆被撕成碎片，拍打在桅杆上发出响亮的撞击声。我们浑身都湿透了。最后，我们终于驶进了莫比亚哥和我们要抛锚的小岛之间的一条航道。潮水逆风而上，使大海变得愈发汹涌。我被吓坏了。这艘双桅船像着了魔一样翻滚着，每次一倾侧下去就又猛地正了过来。我看到一个巨浪向我们冲来，冲垮了甲板，我以为下一个巨浪会在船身变正之前冲过来，但我们的船像人一样身手敏捷，避开了巨浪，欢欣鼓舞地继续前进。然后外岛给了我们保护，挡住了风，我们奋勇地驶向了锚地。

我们上了一只救生艇，上了岸。在那里，一个小海湾海滩边缘，有一块椰子树环抱的凹地，C在这里有一间小木屋。一只死猫的骨架躺在门口。在被浇成落汤鸡之后，此刻我们能换上干衣服，喝杯茶，真是太舒服了。我们在岛上四处闲逛。岛上居民的小屋漂亮地掩映在椰子树丛中。那天晚上，风刮得很厉害，吹过椰树林，哗哗作响，吹得我难以入眠。第二天，船员们花了一上午的时间把海滩上的大石头装进了救生艇，以增加压载物。下午他们去了村子里，直到晚上才回来。汤姆·奥比走进小屋，说天气很糟糕，所以C决定再等一天。椰子树被风吹得七扭八歪，我们望向大海，看见远处一阵黑沉沉的狂风冲向小岛，化作绵绵细雨。云在天空中飞掠而过。我们打起了牌。尽管海上波涛汹涌，村民们还是驾着小艇出海了。傍晚时分，他们带着四只海牛回来了。岛上的所有人都聚集在一起看鱼被切成小块，切完后，每个人都拎着大块的红肉离开了。它尝起来像牛排，但没有想象的那么嫩。

校长。他五六十岁的样子，又高又瘦，满脸皱纹；他顶着一头浓密的灰白头发，唇上有一撮灰白髭须，下巴上的灰白胡子已经一个星期没有刮了。他一口黄色的残牙，牙齿坏得很厉害。他说话含糊不清，一方面是因为牙齿漏风，另一方面是因为他有浓密的唇须，所以听他说话很费力。他穿着卡其布褂子，一条黑白相间的破裤子，一双旧网球鞋，戴着一顶已经变形的旧毡帽。他十分邋遢，一副脏兮兮的样子。他在莫比亚哥住了十五年，住在椰子树林中一间临海的破旧平房里。它是用木板搭成的，上面盖着波纹铁皮屋顶。藤椅一副快要散架的样子。墙上贴着许多照片和彩色广告画。一个小书架上放着他的书，都是些廉价版的通俗小说和杂志。他的妻子有原住民的血统。她是一个黝黑的女人，十分干瘪，一头灰色的卷发，有些弯腰驼背。她穿着一条破旧的白裙子和一件不太干净的白衫。我走进他们家时，十几个不到十五岁的原住民姑娘正坐在地板上学做针线活，都长得十分丰满和伶俐。

传教士。他是一个非常瘦的男人，一头灰白头发，长着一双蓝色的眼睛。他总是穿着灰色裤子和一件背心，当他想打扮打扮的时候，就会戴上牧师领，背心外面罩一件黑色前襟，再套上一件白色外套。他的图书馆里都是些廉价版的小说和神学书籍。他有一艘双桅船，他经常驾着它往返于各个小岛之间，因为他的教区由八个小岛组成。他很少待在家里。他的妻子留着短鬈发，如果她不戴眼镜，再穿上漂亮衣服的话，她会是个美女。她厨艺很差，不怎么收拾屋子，房间邋里邋遢的。她在陌生人面前很害羞。

回廊前种的是木麻黄树，从树间可以看到大海和远处的岛屿。太阳落山以后许久，海面上还倒映着一片血红，木麻黄树的剪影映入眼帘。它们像锦缎一样，显得优雅而不真实。这幅画面使你想起一幅日本版画。最后，阵阵微风把它们吹得左右摇摆，树间露出了一颗白色的星星，刚跳入眼帘便倏地不见了。

木麻黄树就像一层梦幻面纱，把你和眼前的景色隔开，让你的心头萦绕起一种愉快的思绪。

第二天早晨，我们动身去迪里瓦伦斯岛。C 想要去那里送货。风没有前一天刮得紧了。低矮的云仍然在天空中飞快地飘过，与它们背后的那片几乎一动不动的乌云形成了鲜明对比。阳光灿烂。我光着脚，穿着衬衫和帆布裤子坐在甲板上看书。有那么一会儿，风刮得很顺，C 把主帆和前帆都扬了起来。迪里瓦伦斯岛是一个低洼的岛屿，起初人们只能看到地平线上模模糊糊的一团影子，然后才看清了树梢。为了找到抛锚的地方，我们不得不绕道航行。环礁带没有开口，我们只好在离岛一英里多的地方抛锚。海面波涛汹涌，我们划了一个多小时才靠岸，其间一直用一个空水果罐往外舀水。

回到船上，我们甩出去一条鲨鱼线，上面有一块儒艮肉作鱼饵，突然间，水里一阵挣扎和骚动。我们赶忙收线，看到一条鲨鱼。C 拿起他的左轮手枪，我们把鲨鱼拖到水面，靠近船舷。C 开了枪，水里一片血色。它继续挣扎着，C 又朝它开了六枪。然后，我们用一根绳子绕过它的头和背鳍，再套上一个套索，套在滑轮上。我们把它拉过船舷，它重重地落在了甲板上。它还没有完全死去，不时地用尾巴抽打着甲板。尤坦拿起一把战斧，猛击它的头骨，然后用一把长刀切开了它的腹部。它的胃里有几块海龟的骨头。我们切下了它巨大的肝脏，又割下一块鲨鱼肉，挂在鱼钩上做鱼饵，把渔线扔到海里。几分钟后，另一条鲨鱼上钩了。没多久，我们就逮到了三条十四到十八英尺长的大鲨鱼。甲板上油腻腻、血淋淋的。第二天一早，我们把鲨鱼抛回海里，向马老奇驶去。C 想从鲨鱼的肝脏中熬点儿油出来用在主桅和桅杆上，两名船员一整天都用煤油罐盛着大块的鱼肝，架在木棍上生火烹煮。真是臭气熏天。

迪里瓦伦斯岛和马老奇岛之间有一些浅滩，所以我们不能走直线，只能先向西行驶五十英里。风刮得正紧，双桅船摇晃得厉害，船舷一会儿向下倾斜，一会儿又猛地一下直了起来。这样持续了好几个小时。然后海水越来越浑浊，表明我们已经到达浅滩。我们每隔一刻钟测量一次水深，并观察海水里是否有旋涡。渐渐地，涌潮没那么大了，我们剧烈摇晃的次数也少了。我们已经离陆地非常远了，身旁没有其他船只经过。在那片苍茫的水域里，我们显得非常渺小。下午渐渐过去，测深结果显示水深有八英寻，我们驶过浅滩，转而向北航行。风平了，浪静了，此时此刻这种平稳航行的感觉真是惬意，我们还看到两次在海面上晒太阳的海龟。风变得越来越轻。地平线上有厚厚的白云，但它们一动不动，就像画中的云似的。太阳落山了，光线逐渐从天空中消失。夜幕降临，星星一个接一个地出现了。晚饭后我们坐在甲板上抽烟。空气温和怡人。月亮慢慢升起，从云层中挤出一条路来。能这样在黑夜里航行是如此美妙。我断断续续地睡了一会儿，每次醒来都心旷神怡。大约凌晨两点的时候，C 降下主帆，我们只留下前帆继续航行。

黎明时分我又醒了。甲板上凉凉的，但不觉得冷。还看不到陆地的影子。太阳升了起来，暖洋洋的，使人心情大好。在如此晴朗的早晨抽烟真是相当惬意。一两个小时后，我们看到了陆地。它又平又低。我们继续航行，直到海岸线的轮廓变得清晰，那个地方树木繁茂，透过望远镜我们看到了几个小渔村。我们沿着海岸前行，去寻找马老奇。我们不知道它在哪里，我们觉得自己像是古时候的探险家。我们测量了水深，试图根据我们所在的海岸线的形状来判断河的位置。我们知道在河的入口处会有一盏灯，所以就一直留意着。我们摸索着向前航行了好几个小时，终于看到水面上漂浮着杂草，现在水变得更加浑浊了，C 说那一定意味着我们离河不远了。我们继续航行，然后隐约在海岸线上看到了一个开口，过了一会儿，看到一条细细的白色带子，像旗杆一样，那就是灯光了。我们看见远处有个浮标，就向它驶去。潮水正向里涌，虽然风很轻，我们还是开始快速行进。面前有一个河口，我们顺着潮水而上，平稳驶入。

我们看到了镇上的红色屋顶，停泊着的双桅船，还有一个码头。我们降下船帆，抛锚停泊。我们终于到了。

马老奇有着一副整洁的荷兰式外观。它不像英国殖民地的其他城镇那样肮脏混乱。小城前面是木框架结构、波纹铁皮屋顶的政府办公楼，还有一两个大货棚和一间检查员的房子。我们所在位置的垂直方向是小镇的一条街道，中国商人就住在那里。逗留期间，我们在其中一家店里吃了饭。在吃了一个星期的儒艮肉、咸牛肉、淡水鱼和水果罐头之后，能吃到咖喱真是一种享受。

在几乎干涸的泥泞小溪里，有成百上千条泥鱼，有两三英寸长的小东西，也有八英寸、十英寸长的胖家伙。它们趴着，用又大又圆的眼睛恶狠狠地看着你，然后猛冲过去，躲进了洞里。看到它们扑腾着鱼鳍在泥地上掠过，真是不可思议。你会觉得它们是地球在远古时候的缩影，那时生活在地球上的都是这种体型巨大的生物。他们身上有种神秘而可怕的东西。它们给你一种恶心的感觉，仿佛它们让泥浆神奇地成了活物一般。

都宝（阿鲁群岛）。这是一个相当脏的小镇，有两条街，开着一些中国和日本商店。当地的马来村落建在水边的桩子上。海港里停着一些采珠船。西里伯斯贸易公司的员工们有一间又大又乱的木框架房子，但他们大部分时间都待在公司的大帆船上，只有当邮船送来邮件时，才回都宝。

卡登。他的父亲是一个靠家里汇款维持生计的英国人，母亲是个波利尼西亚人。他是个身材高大的家伙，又高又胖，眼睛炯炯有神，牙齿雪白，秃头，但耳朵周围和脖子后面都长着鬈发。他说起话来总是一副很着急的样子，说爆破音的时候唾沫星子到处乱飞。他很热情，总是聒噪地大笑，他满嘴都是澳大利亚脏话，污秽下流。

坦纳尔。水边的一个小镇，房子都建在桩子上，里面密集地住着中国人、阿拉伯人和马来人。从客栈的回廊上，透过高大的木麻黄树，你可以看到海水和对面的小岛，还能看到一两栋房子。开花灌木此时花团锦簇。巨大的蝴蝶，色彩鲜艳，在灌木丛中飞来飞去。一群脑袋或红或黄的绿色鹦鹉，在蔚蓝的天空掠过，闪过一道亮丽的色彩，好似水中泛起的多彩涟漪。傍晚时分，鸟儿突然高声歌唱，它们的曲调狂野而奇特。你能听到从远处传来的鼓声，似乎还有木管的演奏声。日落时分，对面的小岛笼罩着一层火红的余晖。

凯伊群岛。穿过一连串地势低洼、树木繁茂的小岛，就像穿过一座迷宫一样。太阳升起，大海平静而蔚蓝。它是如此可爱，如此宁静，如此孤独，使你充满敬畏。你感觉自己像是第一个闯入那片寂静之海的人，你屏住呼吸，期待着，但不知道自己到底在期待什么。

班达。两座地势较高、树木繁茂的岛屿之间有一个狭窄的水湾，沿着它便能来到班达。城镇的对面是一座火山，山上草木丛生。海港里的水又深又清澈，水边有许多仓库和建在桩子上的茅草屋。

班达的街道两旁都是平房，但这个地方死气沉沉，空荡荡、静悄悄的。在街上能看到的人寥寥无几，他们走来走去，悄无声息，仿佛害怕走出回声来。没有人高声说话。孩子们玩耍起来也不吵闹。你不时闻到一股肉豆蔻的香味。商店出售的东西大同小异，几乎都是罐头食品、莎笼、棉布，商店里也什么动静都没有，有几家商店连服务员都没有，好像不指望有人来买东西似的。看不到有人来买东西，也看不到有谁在卖东西。

这里没几个中国人，因为他们不会在没有买卖可做的地方定居。但是有很多阿拉伯人，有的戴着漂亮的开罗软呢帽，穿着整洁的帆布西装，有的戴着白色的帽子，穿着纱笼。他们肤色较深，长着一双闪亮的大眼睛，有着闪米特人的样貌。这里有很多马来和巴布亚的混血儿，当然还有许多马来人。偶尔还会看到一个皮肤晒成深古铜色的荷兰男子，或者一个穿着宽松的浅色披风的壮实荷兰女人。

老式的荷兰平房是用茅草盖的，屋顶又高又尖，屋檐突出来，由多立克或科林斯式的石柱支撑着，石柱上覆盖着一层石膏，构成一个宽阔的回廊。回廊里摆着圆桌和硬邦邦的荷兰椅子，挂着吊灯。地板用瓷砖或白色大理石铺成。房间都很暗，家具是荷兰式的，墙上挂着拙劣的油画。客厅贯穿整个房子，两边都是卧室。平房后面是一个带围墙的花园。围墙壁的白灰已有些剥脱，潮湿的地方都变绿了。花园疏于打理，杂草丛生。这里有玫瑰和果树、攀缘植物、开花灌木、香蕉树，还有一两棵棕榈树、肉豆蔻树和面包树。最后面是仆人的房间。

四处走动的时候，会不时看到一堵倒塌了的白色围墙，里面是一些建筑物废墟。这里曾经是一个葡萄牙修道院。沿着海岸，越过葡萄牙人的堡垒，便是荷兰官员整洁的新房子。

有两座葡萄牙人的堡垒。一座离海稍远，被一条护城河环绕着，护城河里生长着茂密的树木和灌木，但是堡垒只剩下了一些巨大的灰色石头墙，正方形的院落里长满了热带植物。堡垒对面是一片开阔的空地，一直延伸到大海，那里生长着高大的树木，有木麻黄树、金银花树和野生无花果树。它们是葡萄牙人种下的，我想他们当时一定曾在这些树下休憩，度过了凉爽的夜晚。

更高的山上，是另一座堡垒，它居高临下，灰沉沉、光秃秃的，周围是一条深深的护城河。它保存得很好。唯一的一扇门离地面大约十二英尺，只有通过梯子才能到达。在正方形的围墙里还有一座堡垒，中央有一口井。堡垒里有一些很大的房间，门窗是文艺复兴晚期的风格，比例匀称，但装饰很少，大概是驻防军官们住的地方。

森林。高大的金盏花树把肉豆蔻树遮住了。脚下没有杂乱的灌木，只有一些腐烂的树叶。耳边是像鸡那么大的鸽子响亮的咕咕声，还有鹦鹉的尖叫。偶尔会看到一些简陋的茅舍，里面住着衣衫褴褛的马来人。这里又潮湿又闷热。

人们说以前这里的商人非常富有，喜欢互相攀比，挥霍无度。他们都有马车，这样就可以在晚上沿着海边和广场慢慢地驾车兜风。船太多了，有时港口都被挤满，新来的船只不得不在外面等着，直到有船只离开，它们才有机会进去。他们过去常常会从荷兰运来大理石作压舱物，还会运来大块的冰，因为他们是驾着空船过来的，要把岛上珍贵的香料运回去。

热带地区的下午。你试图去睡一会儿，但最终放弃了，昏沉而困倦地走出来，来到回廊上。天气炎热，没有一丝风，令人窒息。你的大脑焦躁不安地转动，但思绪毫无目的。时间过得单调乏味。这样的日子看不到尽头。你想洗个澡凉快凉快，但没什么效果。坐在回廊上太热了，你又一次倒在床上。蚊帐下的空气似乎是纹丝不动的，你读不成书，脑子转不了，也休息不了。

凉爽的夜晚。空气柔软而清新。你有一种极致的幸福感。你的想象中闪过一幅又一幅画面，却无半点儿疲累，心情无比愉悦。你有一种精神脱离了肉体般的自由感。

望加锡港。夕阳西下，一片辉煌，先是黄色，然后是红色和紫色。远处，椰子树在摇曳，光彩照人。你试着去想如何描述那令人眼花缭乱的景象。它的壮丽让你放松，让你感到膝盖有些绵软，与此同时，它让你的心充满了豪情，如果你能唱歌的话，你会放声歌唱。要唱《纽伦堡的名歌手》吗？不，要唱格里高利圣咏。这是一种没有悲伤，只有满足的死亡。这是东方城市给你带来的最美好的事物。海港里有进进出出的船只，有客船、异国风情的双桅船（它们仍有最初进入那些遥远海域的大帆船的影子）和捕鱼小船。日出日落，朝夕往复。

1923

T。他是一名地下掩蔽部军官，靠着曾管理过一个团的本事，战后到锡兰当了一个俱乐部的秘书。他是个矮胖的男人，上身很长，腿很短，不太相称。他穿着一条松垮垮的裤子和一件宽大的土布大衣，都磨损得很严重，看起来有些滑稽。他给人的印象是曾当过骑兵，实际上是 K.O.Y.L.I.[①] 出来的。他黑黑的头发很稀薄，紧紧地贴在头皮上，倒长着一把浓密飘逸的八字胡。他桥牌打得很好，非常以此为傲，喜欢批评每一个和他一起打牌的人。他很喜欢谈论他认识的那些有爵位的人，以及他所熟识的将军和元帅。

“土匪”。他是一个五十多岁的人，看起来又老又虚弱。他秃顶，头发和胡子都白了。他长着一个又红又大的鼻子。当他坐着的时候，看起来像是一个驼背的小个子男人，可他站起来的时候，你会惊讶地发现他长得比常人要高。他是一个优秀的渔夫，总是不停

---

① King’s Own Yorkshire Light Infantry 的简称，即国王私人约克郡轻步兵团。

地谈论他的捕鱼事业。他口袋里常常装着一些带翅膀的昆虫。他对蝴蝶很感兴趣，正着手出版一本关于锡兰蝴蝶的书。他好酒贪杯，而且很乐意谈论他参加的那些饮酒聚会。我不知道为什么他被称为“土匪”。

丛林。在太阳落山前的某个时刻，丛林中的树木似乎从浩瀚的森林中脱离出来，成了独立的个体，那时你就只见树木不见森林了。在这神奇的时刻，它们似乎获得了一种新的生命，所以你几乎可以想象，它们拥有了灵魂，随着夕阳西下移动着自己的位置。你觉得在某个不确定的时刻，一件非同寻常的事情会发生在它们身上，它们会奇妙地变幻模样。夜幕降临，那一刻已经过去，丛林再一次把它们拽了回来，树木再次融入森林，成为其中的一部分，一动不动，悄无声息。

种植园主的房子。这座两层楼高的平房坐落在一个小山头上，四周环绕着一座花园，花园里种着一些粗劣的牧草、明黄色的美人蕉、芙蓉树和开花灌木。平房后面是一棵开着红花的大树。从阳台上可以看到一个狭长的长满橡胶树的小山。后屋是一间正式的小客厅，但起居室是一个宽敞的开放式回廊，放着一些田园式的家具，有加长了腿的大椅子、藤椅、一两张桌子，还有一些架子，架子上放着几本又破旧又乏味的廉价小说。卧室在楼上，陈设非常简陋，只有一张铁床、一个上了漆的五斗柜、一个盥洗盆架，上面放着风格不搭的破旧陶器。吃饭用的玻璃杯很粗糙，盘子很破旧，餐具也是最便宜的。这顿饭很丰盛，有汤、鱼、烤肉和甜点，但味道都不怎么样，上菜时也马虎邋遢，令人食欲全无。

仰光。他们是一对父子，都是一家中国公司的货船船长。这位父亲把他那修长、聪明、英俊的儿子视若珍宝，发现他爱上一个缅甸女孩时，父亲被吓坏了。他们不仅仅是相爱这么简单，简直是如痴如狂。他被她迷得神魂颠倒。他入乡随俗，开始抽鸦片，最终丢了饭碗。这位父亲觉得女孩对男孩施了魔法，下定决心要把儿子挽救回来。有一天，人们发现那个女孩淹死了。没有人知道她是怎么死的，但每个人都觉得是这位父亲下的毒手。男孩伤心欲绝。他真是肝肠寸断，他原先对父亲炽热的爱变成了不共戴天的恨。

月光下的曼德勒。白色的大门被镀上了一层银色，天空的剪影映照着上面的建筑，看上去令人陶醉。曼德勒的护城河是世界上最不起眼的美景之一。它没有基拉韦厄火山的庄严崇高，也没有科摩湖的壮观如画，它没有南太平洋岛屿海岸线的醉人魅力，也没有伯罗奔尼撒半岛部分地区的富丽堂皇，但它的美让你抓得住，享受得到，让你能够拥有。它的美，不会使你神魂颠倒，却能给你带来源源不断的快乐。其他美景需要一种专门的心境去享受和欣赏，而这幅景色有一种适合所有季节和所有心情的美。它就像赫里克的诗，当你对《地狱》或《失乐园》不感兴趣时，可以愉快地读上一读。

F。他是一个又高又胖的男人，头顶是稀疏的灰白头发，红红的面庞，又圆又光滑，所以他有时看起来几乎像个小男孩。他留着牙刷似的灰色小胡子。他的牙齿烂得很严重，唯一能看到的一颗，是他嘴巴正中间的一颗黄色长牙，松松垮垮地垂着，看起来好像一拽就会掉似的。他满脸是汗，油光发亮。穿便服时，他经常会穿卡其布西装配一件开领的网球衫，不打领带。他在战争中受过重伤，有一条瘸腿，走路时明显一瘸一拐的。他对生活唯一的兴趣是马，整天把马挂在嘴边，别的什么也不说。他自己养了几匹小马，经常赌马，却只是个笑柄，因为他从来没有赢过一场比赛。他成天乐呵呵的，但总让人觉得，他精通赛马场上的所有阴谋诡计，在使一些招数时毫不犹豫。

E。他把自己描述成一个农村人，他可能因此遭受了许多屈辱，所以才坚持说他为此感到自豪。他的父亲是一艘跑中国航线的茶船上的大副，最终定居在毛淡棉，娶了一个缅甸人。1885 年，E 作为翻译来到曼德勒，从那以后一直留在这儿，先是在政府部门做事，后来自己做生意，销售玉器、琥珀和丝绸。当我去看他时，他把我带进了一个兼作客厅和商店的房间。里面摆满了廉价的欧洲家具：铺了软垫的椅子和沙发，两三张桌子，到处可见的陈列柜，里面放着一些二流的玉石和琥珀。那里没有风扇，又热又闷，到处都是蚊子。他去梳妆打扮，让我等了很长时间。终于他走了进来。他是个又高又瘦的男人，白头发，泛着土黄的黑皮肤，扁鼻子。他声音很大很刺耳，说起话来滔滔不绝，他似乎很喜欢自己的声音。他以一种正式的、精心设计的言辞说话，用的都是些通常只在书报上才能看到的词。他总是选择长词而不是短词来表达意思。他对那些陈词滥调情有独钟。无论他什么时候提到任何人，无论多么频繁，他总是会用这个人的全称。于是，他用这种说话方式跟我谈起了莱迪史密斯战役中的英雄乔治·怀特将军阁下和维多利亚十字勋章获得者哈里·普伦德加斯特将军阁下。

G。他有六英尺高，身材苗条，不太英俊，但也算挺迷人。他的一张瘦脸被太阳晒得黝黑，双颊凹陷，蓝色的眼睛里带着微笑。他的胡子刮得很干净，只留了牙刷似的唇须。他的头发剪得很短，还没有发白。他的关节很灵活，举手投足轻松而优雅。他没有刻意打扮，却很得体，衣服松松垮垮地挂在身上，但裁剪得很好。他是一名骑兵，你可以想象，穿着制服的他一定是个引人注目的人物。他说话的语调很独特，慢吞吞的，相当幽默。他喜欢冷嘲热讽。他是个业余的相马师，也是个优秀的运动员，轻描淡写地描述着他参加过的所有不寻常的运动会。

T。他又瘦又高，面色蜡黄，胡子刮得干净，戴着一副眼镜。这给他平添了一种奇怪的学生气质，你会认为他是一名爬格子的记者，而不是钻丛林的好手。他的态度害羞又谦卑。他一个人住得太久了，所以话很少。他穿着卡其布短裤、长筒袜和卡其布衬衫。他的职业是矿工，在缅甸北部发现了一座玉石矿，希望在那里发家致富。他会在雨季来到曼德勒，剩下的时间，都在自己的矿井里度过。除了他之外，方圆七英里之内没有第二个白人。

1929

婆罗洲。H穿着卡其布衬衫和卡其布短裤。脚上穿着一双棕色鞋子和一双到膝盖下的长筒袜。他中等身材，胖胖的，红红的脸上闪着汗珠，长着一个红色的鹰钩鼻。他有一双蓝眼睛，前额上的金发向后梳着。他嘴里几乎全是套话，尤其是和喝酒的人在一起的时候，这是他用来表现自己是个好人的一种方式。当他和你单独在一起的时候，他说话更自然，很有绅士的样子。他养了两只猫和一条狗。他来自一个牧师家庭。

A。他是威尔士人，带着明显的威尔士口音，身材瘦削，邋遢，胡子刮得很干净，耳朵招风，五官不规则。他的样子看起来既不好看，也不健康。他有一种冷嘲热讽式的幽默感，还喜欢假惺惺地奉承别人，当他看到别人被他的花言巧语骗了的时候，会觉得很好笑。他穿得很不得体，一副衣衫不整的样子。他钢琴弹得好，喜欢古典音乐。每当他发脾气时，就通过弹钢琴来安抚自己的情绪。你会感觉他是一个出身卑微的乡下男孩，凭借着自己在学校和考试中发挥出的聪明才智才得以担任公职。他的房间里放着许多学校发的奖状，就那么随意地捆扎着。他喜欢法语，收藏了一些现代法国小说，但他法语说得并不好。

苏丹。根据安排，十点钟的时候苏丹会在他的会见室接见我们，我们走过去的时候，看到他和随从正好从他住的地方出来，他的住处在会见室楼上的一侧，我们停步等候了片刻，让他先进去。陪同他的是两名中年男子和一个随从，其中一名男子为苏丹撑着一把伞，这三个人全都显得邋邋遢遢的。会见室是一个又长又矮的房间，一头摆着一张漆着艳丽色彩的宝座。宝座前面有一张桌子，桌子周围摆着六把餐厅椅，从这一块儿地方开始，沿着大厅两边各摆着一排椅子。有人把我们介绍给了苏丹和两位摄政王。苏丹是一个十三岁的小男孩，长着一张像马一样的长脸，象牙色的皮肤有些苍白，嘴巴大大的，他微笑的时候会露出长长的牙齿和牙龈，他还有一双非常敏锐而犀利的眼睛。他穿着黄色丝绸材质的外套、裤子和纱笼，头上戴着一顶黑色的土耳其毡帽，上面装饰着镶满了人造钻石的金线织棉贴花，脖子上挂着许多金线、金链和一块很大的金质勋章。两位摄政王是他的近亲，他们头上裹着蓝灰色图案的头巾，穿着深色裤子、长袍和纱笼。其中一个斜视得很明显，戴着一副蓝色玻璃眼镜。苏丹的弟弟，一个脸色苍白的八岁小男孩，被一个侍从带了进来，整个会见过程中一直坐在侍从的腿上。苏丹时不时地瞟一眼那个斜眼的摄政王，看看自己该做什么，但他似乎很自信，丝毫不害羞。他坐在桌子一头的扶手椅上，两位摄政王坐在他的一边，我们和英国特派专员坐在另一边。他身后站着一群衣衫破烂的侍官。其中一个手里拿着国剑，另一个拿着长矛，第三个拿着坐垫，第四个拿着敲槟榔用的工具。侍官给大家散了大卷烟，有普通蜡烛那么大，它是用尼帕棕榈叶包着婆罗洲粗烟草制成的，不过这种烟抽起来倒是轻松惬意。其余议员坐在大厅两边的椅子上，似乎在专心听着圆桌上的谈话。在苏丹身后的宝座旁边，燃烧着两根巨大的蜡烛，插在巨大的黄铜烛台上，这些烛台象征着苏丹对我们纯洁友好的感情。那个小男孩，苏丹的弟弟，目不转睛地盯着我们看。摄政王代表苏丹向我们致以亲切的问候，然后特派员代表我发表了一段很长的讲话，告诉他们我的职务和我的情况。在这之后，他们进行了一段断断续续的谈话，双方都在努力找话说。然后，在摄政王最后的致辞和特派员优雅的回应之后，我们便告辞了。

特派员官邸后面的小山上长满了各种各样的树木，虽然无人照料，但由于自然的偶然性，这种随意的组合显得十分巧妙，像是经过了精心设计一般。它看起来像中国古画上的一座被丛林覆盖着的小山。

我们参观了儿茶工厂。它建在山脚的河边。各种各样的棚屋搭在粗糙的原木桩上，上面覆盖着波纹铁皮屋顶。工厂后面种着香蕉、木瓜和各种各样的树。它给人一种粗糙凑合的感觉，让人觉得好像是因为突然要用才杂乱无章地临时搭建起来的一样。这里既邋遢又脏乱，不像英国或美国的工厂那样整洁。儿茶是一种红树树皮制成的鞣制材料，当你在工厂里走动时，会闻到一股淡淡的硝味。

树皮先用一个复杂的机器打碎，然后倒进几个巨大的桶中，用水清洗之后煮沸，直到提取出鞣酸，最终制成的儿茶是一种红棕色的半流质液体，看起来有些像糖浆。最后把液体晾干，做成又大又硬的块状物。经理和他的两个助手各自住在山上自己的平房里，他们有一个小俱乐部，傍晚时分就会到那里去。俱乐部是一个长长的房间，一边放的是台球桌，剩下的地方是一个小吧台、一张桥牌桌，还有一张堆满了报纸的桌子，都是些像《每日画报》和《每日镜报》《皇家杂志》和《河岸》这样的杂志。俱乐部由一个男孩照看，他负责端端饮料，在端饮料的间隙充当台球记分员。小俱乐部里脏兮兮的。经理是个胖子，戴着一副角质框架的眼镜，戴着假牙，胡子刮得很干净，长着一张晒成古铜色的方脸。他在这里已经住了二十五年了，据说在当地人当中影响力很大。他说话的时候喜欢夹杂一些蹩脚的法语。据说他为人善良可靠。这三个人就是工厂的全部职员了，他们非常合不来，他们吵架吵得很凶。机械师是个年近三十的人，说话带着浓重的苏格兰口音，所以英国人不容易听懂他说的话。他中等身材，穿着寒酸的灰色粗斜纹布外套和破旧的网球衫。他有一张漂亮迷人的脸，五官虽扁平，却不会让人感到不舒服，他的那双蓝眼睛总是一副睡眼惺忪的样子，让你觉得他喝多了酒，但若你用上了想象力，便会在他的眼睛里看到一种高深莫测的悲戚。你会觉得它们似乎很困惑，好像它们看到了一些令他无法理解的东方事物一样，你可能会暗暗地想，这个朴实、单纯、简单、未受过教育的苏格兰人察觉到了一些奇怪的东西，给了他很大的冲击，让他的心理失衡了，从此开始了随波逐流的生活。据说他十分嗜酒，喝醉的时候变得暴力，令人讨厌。第三个人个子虽小，但骨架很大，一头淡茶色的头发，大鼻子，沉默寡言。

纳闽岛。你在一个小码头登陆，来到一条临海的大街上。街上都是些中国人和犹太人开的商店，很有特色：一家商店做两三种生意，你会看到门的一边，在敞开的窗户下摆着一张牙医椅或者剃头用的东西；在门的另一边，你会看到一个钟表匠正在台上修理钟表，店里的其他地方则在售卖罐头食品。有三四家商店是巴格达来的犹太商人开的。其中一家是个普通的杂货店，凡是那些小商贩的货包里有的东西，这里都有出售。一个犹太女人躺在长椅上，美得令人难以置信，她半躺半坐着，懒懒散散的，除了一件褪了色的粉红色睡衣之外，什么也没穿。她的玉足赤裸着。她有一张可爱的鹅蛋脸，如象牙般白皙，一头乌黑的头发，一双羚羊似的大眼睛，可爱动人。她可能是从《天方夜谭》里哪个故事中走出来的。她身上有一种性感的慵懒和一种叫你无法呼吸的魅惑。她的丈夫是一个身材高大、消瘦、蓄着胡须的犹太人，戴着一副眼镜，他这样的人在伦敦东区很常见，他们敏锐，狡猾，善于逢迎。

马来联邦。海上黎明。天快亮的时候，我碰巧醒了，就上了甲板。霹雳州的山一片灰色，上面的云也灰沉沉的，太阳升起，把云染成了粉红色和金色，看起来像丁加奴人的莎笼。

禾雀。一群白色的禾雀乱糟糟地飞着，就像毫无来由和秩序地在头脑中掠过的杂乱遐想。

特派专员参赞。他是个小个子男人，五十岁到五十二岁之间的样子，头发灰白，灰色的眉毛非常浓密。他的侧面很好看，你可以想象他年轻的时候长得一定很帅。他的蓝眼睛现在显出倦意，薄薄的嘴唇让他看起来很暴躁。他说话的样子就像嘴里没有牙齿一样，很难听懂他在咕哝什么。大家都说他很腼腆，但你会觉得他只是对社交习惯一无所知而已。要让他把一个人介绍给另一个人的话，他会显得非常窘迫。除非有人先行离开，否则他没有办法鼓起足够的勇气离开聚会。他认真努力，但很愚蠢。他是那种总是害怕做错事，被愚蠢的偏见和繁文缛节束缚的官员。虽然他已经在这里三十年了，但还不怎么会讲马来语，他对这个国家、对任何事都提不起兴趣，只是拼命工作，因此他的上司就没有理由批评他，他准备一到拿退休金的年龄就立马走人。他满脑子都是鸡毛蒜皮的小事，根本无暇顾及大的宏观问题。他只关心俱乐部和他辖区内人员来往的基本事务。

种植园主。绝大部分的种植园主似乎分属两个阶层。他们中的大多数人都是中产阶级以下的普通粗人，说英语时要么带着蹩脚的口音，要么是苏格兰口音。他们思想粗俗，只关心橡胶、橡胶的价格和俱乐部里的活动。他们的妻子要么非常文雅，渴望成为淑女，要么大大咧咧、吵吵闹闹、热情过度。还有另一个阶层的种植园主，他们曾就读于公立学校，也许还上过大学。他之所以成为一名种植园主，是因为他在英国没有谋生的手段，而种植橡胶显然是唯一一种可以让一个人不经过培训或者没有经验就能挣到钱的职业。他常常急于让你知道他的出身是个绅士，但除了他去英国度假时过着略微不同的生活外，他的谈吐和兴趣与其他种植园主没什么两样。所有的种植园主对政府官员似乎都有同样的感觉，里面夹杂着敬畏、嫉妒、蔑视和怒气。他们在背后嘲笑他们，但又把参加特派专员的花园聚会或晚餐看作生活中的一件大事。要在这些种植园主中找到一个有文化、有学识或有名望的人，你得走上个十万八千里才行。

马来联邦。麦克当时住在客栈里，是从他居住的荷兰婆罗洲赶过来的，希望把属于荷兰裔马来人的橡胶地卖给邓洛普公司。但只要有人想买的东西，他都准备经销，他花了大量时间试图让某个年轻的欧亚混血儿购买一辆汽车，又想方设法勾起新加坡的几个犹太人对黑金刚石的兴趣，他声称自己能够获得在婆罗洲的采矿权。在过去的三十五年里，他去过马来半岛的各个地方，从事过许多职业。他最初是传教士，后来成为政府官员，在霹雳州做勘测工作，后来又先后当过种植园主和矿工，还为许多欧洲公司做过代理。他似乎一事无成，现在已年近花甲。他又高又壮，走起路来一副土里土气的样子，就像靴底沾满了泥巴似的。他长着一张深红色的脸和一双蓝色的眼睛，眼眶红红的。他的样子会让人觉得有些卑鄙狡猾。他讲起自己在马来联邦的故事时，讲的大多都是那些用各种各样的方式伤害过他的人，他给你的印象是，他是这个充满流氓的世界里唯一的实在人。他给我讲过的唯一一个有点儿价值的故事是：一个女人嫁给了一个男人，发现村里有三四个欧亚混血儿是他的孩子，就和村长密谋把他们淹死在河里了。这个故事里面可能没有一句真话，但他讲起来带着一种讥讽的感觉，让这故事令人印象深刻。

O。他是俱乐部的秘书，一个驼背的小个子男人，大约五十岁，做了多年的种植园主。他对世界和文学的见识比当地大多数人都多，谈起种植园主妻子对流亡之苦的抱怨时，他总是带着强烈的鄙视，非常不以为然。他说，所有的种植园主本来都属于中产阶级的下层，他们的妻子自然不会有一栋到处都是仆人的房子，也不会有一辆汽车，她们只能在家里的柜台后面招呼客人。

G. R.。他是政府工程师。他个子很小，衣冠楚楚，五官端正，头发灰白。他的举止非常严谨，军人和绅士气质十足。他在怀特岛上有一处住所，打算明年退休后住在那里。他想找点儿事做，打算养鸡，他希望以此来打发时间，赚的钱也抵掉他十分之一的开销。他是一个典型的退役军官，无比尊重军人阶级的一切偏见。可以想象得到，当他最终在文特纳定居下来时，会和那些退役的士兵相处得多么融洽。

P。他是一个又高又壮的爱尔兰人，长着一个双下巴。他有一张爱尔兰人典型的红脸，鬈发，蓝眼，说话带着爱尔兰土腔。他在这个州待了三十五年了，起初是个普通警察，现在是警察局长。他最近又结婚了，娶的是贝尔法斯特一个漂亮的酒吧女侍，年龄比他的女儿还小。他每天心情愉快地四处转悠。他带我们参观了监狱。在这里，我们看到了很多囚犯，他们的刑期很长，腿上戴着镣铐，干着各种各样的活。一些人在准备米饭，另一些人在做木工活。在两间小牢房里，我们看到两个被判死刑的人，他们盘腿坐在床上，身上只穿着一条囚服纱笼，那是一条脏兮兮的白色棉布，是囚犯们自己做的，上面打了一个监狱的标记。他们什么也没做，茫然地发呆。狱卒告诉我们，在他们被处决前的最后三天里，每天会得到五美元，他们可以用来买任何食物、饮料或香烟。在行刑的那天早晨，他们被带到院子对面，在那里洗个澡，然后被带进一个房间里吃早餐，接着被带着爬上一段狭窄的楼梯，走到行刑室里。他们头上戴上白罩，脸冲着墙壁。天花板的铁环上拴着一根绳子，绳子另一端套在他们的脖子上，然后抽掉他们脚下活板上的螺栓。向我们展示行刑过程的是一位粗俗的伦敦人，满口黄牙，牙都烂掉了，他娶的是一位日本妻子。我问他是否觉得行刑很可怕，他笑着说，反正行刑是不会让他失眠的。他告诉我，有一个男人第二天就要被绞死了，被问到是否还有什么想要的东西时，男人说：“是的，我想要一个女人。”警察局长咯咯地笑了。“还真是个汉子，”他说，“我当然不会介意，但你知道，那是不可能的。我要是那么做了，整个社区的人都会向我扔臭鸡蛋的。”

囚犯们每天洗两次澡，看他们洗澡挺有趣的。他们分批来到一个大水箱前，每个人都会分到一个水桶，一声令下，他们就从头到脚把自己冲四遍，然后搓身子，又一声令下，他们再把自己冲四遍。接着他们匆忙穿上干莎笼，给下一批囚犯腾地方。

在夜色的衬托下，槟榔树显得纤细而优雅。他们具有三段论式的憔悴之美。

L.K.。他被称为“粉扑珀西”。他在牛津大学贝列尔学院上过学，比种植园主和政府官员（他在生活中得和他们打交道）受过的教育都要好，涉猎更广。他开始是一名军校见习军官，现在已成为校长。他桥牌打得很好，舞也跳得好。别人抱怨他自负，社区里有些人强烈反对他。他的穿着打扮风度翩翩，非常健谈，说话的时候有些牛津式的风趣。他很会说俚语，同时又很有修养。他有一套自己的词汇。他长得很帅，很有知识分子的风范，他看起来像个年轻的大学教师，也像个夜总会的职业舞者。

C。他具有学者气质，是一个勤奋的人，严谨、可敬而乏味。他的妻子举止轻浮。他很有能力，在新加坡担任着重要职位。在他们附近住着一对夫妻，丈夫健壮、热情，妻子很拘谨，和 C 一样可敬但乏味。他们两个都是中年人。有一天，发生了一件令每一个人都很惊讶的事，那个女人和 C 一起私奔了。被抛弃的两个人提起了离婚诉讼，后来又各自结了婚。C 被开除了，和那个同他私奔的女人一起生活在英格兰，贫困潦倒。新加坡那边的两位倒是很称心，唯一让他们不爽的是，C 和那个女人过得非常幸福。

我走着走着，突然想到了一条经常梦到的宽阔大路，一条蜿蜒在群山之间的路，就像我现在走的这条路一样。它通向一座城市，不知道为什么，我渴望到达这座城市。男人和女人都在匆匆赶路，我常常醒来发现自己已起身走出了半个屋子，渴望成为他们中的一员。我站在山顶，四周是城垛环绕的城墙，整个城市一览无余，宽阔的白色道路蜿蜒通向城门。空气清新甜美，天空湛蓝。他们一个劲儿地走着，男人、女人和孩子，彼此不说话，因为他们专注于自己的目标，所以脸上闪耀着期待的光芒。他们既不左顾也不右盼。他们行色匆匆，眼神热切而明亮。我不知道他们在等待什么。我只知道他们受到某种迫切希望的驱使，不断向前。这座城市使人想起埃尔·格列柯笔下的那些城市，它们耸立在石头山悬崖的边缘，是灵魂之城，只有在一道闪电划破夜空的时候，人们才能颤抖着瞥见一下。但那些城市的街道都十分狭窄、曲折，周围还笼罩着乌云。而我睡梦中的城市，阳光明媚，街道宽阔笔直。我模模糊糊地觉得自己认识这座神秘之城里的人，了解他们的举止，知道他们能慰藉那些饱受折磨的心灵，我却不知道在这座城里的到底是些什么人，也不知道为什么所有行人都在那么热情地追寻着它。我只知道赶紧进城对我来说很重要，而当我最终溜进它的大门时，幸福一定正在那里等我。

诗句。

我不能忍受将永远失去你，

或者我们的生活将永无交集，

但我知道，在你飘忽不定的心里，
对我并没有一丝温柔和爱意。
我看见许多人都曾获得你的吻，
但他们对此并不在意，
但当我试图打破束缚我的枷锁，
你却用纤细柔软的手臂缠绕我的颈脖，
让我离去不得。
当你假装爱我，我谦卑地感谢着你。
我用金子换来你那勉强的嘴唇。
而现在，我原以为天长地久的爱已然死去。
啊，你的微笑能使天空金黄一片，
你的无心之言能使夏日阴云密布，
那你那神奇的力量哪里去了？
爱的辛酸，不在于生离死别，而在于厌倦。
我的激情像一条河流，已被猛烈的阳光晒干。
我望着自己空虚的心，惊惶地退缩。
我的心如旷野，沉默的狂风在它的上空肆虐。
夜鸟在国王的坟墓里筑巢。
我的目光悲伤地落在你身上，懊悔着。
我的痛苦，我的狂喜，我的酸楚和我的幸福。

1930

尼科西亚的客栈。这里的食物是典型的英国食品，你可以在贝斯沃特的任意一家私人旅馆里吃到。有汤、鱼、烤肉和甜点，甜点可以是乳脂蛋糕，也可以是蛋糕布丁，每到星期天，还会有一份美味的酿馅鸡蛋。客栈里有两间装有热水锅炉的浴室，靠柴火烧水。房间里放着漆成白色的小铁床和廉价家具。地板上有几条小地毯，像鞍褥一样。客厅里有几把铺着印花棉布的大椅子和几张桌子，桌子上铺着马耳他抽绣。灯很亮，但位置不好，不方便阅读。到了晚上，客人们就在这里玩红心大战，赌得很小。客厅里充斥着玩闹嬉笑声。客栈老板是一个又矮又胖的希腊人，英语说得不太好，餐厅里有个矮小的希腊男孩给他打下手，小男孩长着一对漂亮的眼睛，还镶着一颗金牙。

房客们。一个军人，以前曾是重骑兵，很有绅士风度，非常有礼貌。他患有结核病，经常待在里维埃拉的客栈里或在近东地区闲游。他又高又瘦，五官鲜明，稀疏的头发贴在头皮上。一个上了年纪的，满头白发的胖女人，在餐厅那头和其他客人闲聊，她极其欢快，举止轻佻，就是那种所谓的“有男人缘的女人”。她动不动就大笑，显得有些放荡。一个埃及商人和他的胖太太。他长了一张红红的脸，头发灰白，发型像个士兵一样，他可能原先就是当兵的。一位戴着金边眼镜的老人，正在欧洲各地调查社会福利。他经常为一些小报写写文章，此时正在为一本关于工人阶级社会状况的书搜集素材。除了这个之外，他什么都不谈。他总要讲一大堆老故事，但是别人不愿意听，每次他讲的时候大家都会阻止他。客栈里还住着两位身体纤弱的女士，她们经常待在自己的卧室里。她们每次餐前都要喝鸡尾酒，这让其他女宾感到非常奇怪。一个矮胖的老人，留着尖尖的白胡子，戴着一副眼镜，他在日本生活了四十二年。地震使他的生意受到很大的影响，赚不到钱了，所以就把生意解散了。他回到英国与女儿定居，并在哈罗买了一所房子，打算与女儿女婿住在一起，度过自己的余生。自从他女儿六个月大被送回欧洲后，他基本就没有见过她，当他定居下来和女儿住到一起时，他发现他们之间就像陌生人一样。他们之间起了矛盾，于是，他把房子留给了女儿，自己来到了近东地区。他非常怀念日本，想要回去，但他觉得自己再也无法负担得起以往在那边的生活质量了。他常去这里的俱乐部，看看报纸，打打台球。晚上在客栈里，他要么玩玩单人纸牌游戏，要么听听别人谈话。他很少参与进来，显然感到有些不自在，但听到别人来来回回地互相揶揄，他也会咯咯地笑起来。他只是在等死而已。对他们来说，互相打趣是家常便饭。住宿的价格是每天十先令。

纽约。她是一位富婆的秘书，住在一家小旅馆里，旅馆里还住着一位英国诗人的父亲。她对这位诗人怀有强烈的爱慕之情，为了诗人的缘故，她和他的父亲成了朋友。这位父亲贫穷又酗酒，名声很不好。他爱自己的儿子，并为他感到骄傲。后来这位诗人来到纽约，和她的雇主住到了一起。她确信他不知道自己的父亲生活得有多么穷困潦倒，一旦他知道了，绝对会做些什么来改善父亲的困窘状态的。但日子一天天过去，他完全没有想要看望自己父亲的迹象。最后，有一天当她替这位诗人写回信时，她告诉诗人自己认识他的父亲，实际上他们住在同一家旅馆，他的父亲非常想见到他。“哦？”他说，然后继续念着回信内容。她惊呆了。她觉得有必要把这件事情告诉老人。老人咯咯地笑了起来。“他为我感到羞耻呢。”他说。“他真是个差劲的诗人。”她气愤地说。“不，”他回答，“他是个差劲的人，但他仍然是一位伟大的诗人。”

一个作家必须要不断地观察人，我总觉得这是一件非常乏味的事情，这是我的一个缺点，因为这需要极大的耐心。当然，有些人有着一些非常明显的特征，就像一幅已经完成的画作一样，极其精准地向你展示他们身上可供观察的特征，他们是“角色”，是引人注目和鲜明如画的人物形象，他们常常以展示自己的独特之处为乐，好像他们是在自娱自乐，想让你分享他们的乐趣一样。但是这种人少之又少。他们从普通人群中脱颖而出，他们的与众不同既有优势也有劣势。他们身上的生动之处往往缺乏真实感。研究普通人则完全是另一回事，普通人实在难以把握。这里确实有这么一个人，他有着自己独特的性格，他是独立的个体，有成百上千种特点，但他给人展现出来的整体印象是模糊和混乱的。既然他都认不清自己，又怎么能把自己的情况展示给你呢？不管他多健谈，都不可能讲得明白。他身上也许有一些东西能让你感到如获至宝，但也会有一些东西连他自己都不知道有多么宝贵，于是他的这些特点便被深深地隐藏了起来。如果你想像雕刻家把一块石头刻成雕像一样，从这些拥挤的人影中塑造出一个人物的话，你就需要有相当多的时间和耐心，还需要有中国人的才智和其他种种禀赋。你必须准备好，愿意去听上几个小时的零散二手信息，以便最终能捕捉到有用的话，可能是对方暗示给你的，也可能是对方不经意间说出来的。若要真正了解芸芸众生的话，你必须因为他们是他们而对他们感兴趣，而不是为了你自己的目的，这样你才会在乎他们说过的话，因为那些话出自他们之口。

人物外貌。小说家所面临的困难之一就是如何描写人物的外貌。最自然的方式当然是按照中规中矩的分类去描述，包括身高、肤色、脸型、鼻子的大小和眼睛的颜色等。这可能是一次性全部描述出来的，也可能是在需要的时候提及的，而在适当的时刻，重复地突出某些外貌特点可能会引起读者的注意，加深他们对人物的印象。这些外貌特点可以在介绍人物角色时给出，也可以在角色已经激起了读者的兴趣时给出。无论是哪一种情况，我认为读者都没有得到任何清晰的印象。老一辈的小说家在列举人物的外貌细节时都非常精确，然而，如果读者能有机会亲眼看到作者如此精心描写的那个人，我相信读者是不会认出他来的。我认为，我们很少能在读了那些话之后，在脑海中勾勒出任何确切的形象。只有当那些插画家把自己想象中的形象强加给我们时，我们才能清晰而准确地知道小说中重要人物的形象，比如菲兹画笔下的匹克威克先生和坦涅尔画的爱丽丝。对人物外貌特征的描述的确很枯燥，许多作家试图用印象主义的方法来使他们的描述生动活泼一些。他们完全忽略了事实，妄图只通过几句灵动闪光的话语就能描述出一个人的外貌特征，并期望你能从一两句隽语中获得灵感。比如，他们希望只通过描写这个人物给某个活跃的旁观者留下的印象，便在你的脑海中勾勒出一个人的形象。读这些描述时，你可能常常会感到一种愉悦，而这是你无法从冷静的外貌特征列举中得到的，但我认为它的作用也就仅限于此了。我觉得他们的生动性往往掩盖了一个事实，那就是作者本人对他所塑造的角色，其实并没有非常清晰的画面，他们只是在逃避困难而已。有些作家似乎并没有意识到身体特征的重要性，他们似乎从未料到外貌特征对性格的影响是如此之大。一个身高五英尺七英寸的人和一个身高六英尺二英寸的人对这个世界的感觉是截然不同的。

1933

蒙塞拉。它就像一首诗，晦涩难懂，诗人给自己的诗句强加了一些奇怪的和声，并与自己的诗句较量着，努力想使它美得无与伦比，让它获得一种无法用语言表达的思想力量。

萨拉戈萨。礼拜堂的圣坛上点着昏暗的蜡烛，圣坛的台阶上跪着两三个女人和一个男人。祭坛上有一个“十字架上的耶稣”雕像，彩色的，几乎和真人一样大。他低低的眉毛、浓密的黑发、短而散乱的黑胡子，使他看上去就像一位阿斯图里亚斯的农民。在教堂一个黑暗的角落，一个女人跪在地上，离其他人远远的。她的双手不像大多数人祷告时那样十指交叉相握，而是手掌朝着圣坛摊开，手臂稍稍张开，仿佛在托着一个看不见的盘子，盘子里放着一颗痛苦的心，作为贡品献给耶稣。她长着一张长长的脸，光滑没有皱纹，大眼睛盯着祭坛上的神像。她的姿态中有一种无限的悲怆，那是一种乞求者的悲怆，一种茫然无助的悲怆，一种在纷乱的痛苦中寻求帮助的悲怆。她不明白自己为什么要忍受这种痛苦。我认为她的祈祷不是为了她自己，而是为了另一个人。是为了她病危将死的孩子，为了她的丈夫，还是为了她的哪位被监禁或流放的情人？她一动不动，眼睛一眨也不眨地紧盯着垂死的耶稣的面庞。这雕像只不过是个粗糙的符号，象征着主的真身，但她热切祈求着的，并不是真主，而是这尊冷酷逼真的雕像，她只是在讲给这个人工雕像听而已。她的眼睛里充满了对上帝意志的绝对服从和顺从，但同时又充满了一种完全的、强烈的信心，相信只要她能打动木头躯体里的那颗心，木制雕像就会给她带来安慰和救助。她的脸上闪耀着虔诚信仰的光辉。

牟利罗的画用来装饰宗教建筑极好，除此之外便没什么可称道的了（除了说他的画不像巴尔德斯·莱亚尔的那么差劲）。他的画从任何其他角度来看都是微不足道的。他有着非常高超的构图天赋，他画笔下的颜色柔和而漂亮。他的画作散漫、感伤、优雅而肤浅。然而，当你在宗教建筑里看到这些画的时候，在昏暗灯光的照射下，它们被装裱进华美的画框，教堂华贵的气氛补足了画作的色彩，你无法否认它们是有价值的。被它所吸引的是那些过度紧张、病态的虔诚心灵，这是西班牙人暴力、残忍和野蛮的另一面。一般的西班牙人总是容易热泪盈眶，喜爱孩童，对漂亮姑娘有着肤浅的爱慕，并且有着近乎迷信的慈善精神。

《塞莱斯蒂娜》。人们曾经饶有兴趣地去读这本书，如今它却很难让人兴奋起来了。它的重要性是历史性的，它貌似是流浪汉小说和西班牙戏剧的先驱。它的某些特点一直以来都被许多后来的作家反复强调。但是，文学史家对它的赞美有些夸张，把它称为一部伟大的杰作是非常荒唐的。书中错综复杂的情节毫无意义。书中的对话因为十分自然而受到人们的赞扬，毫无疑问，它是用一种简单浅白的语言写成的，但是每个人都用同样的方式表达自己，动不动就要说几句至理名言，这是西班牙文学的通病，甚至连塞万提斯也未能免俗。书中的幽默全都是同一种模式，低俗又荒唐。比如，它会通过某个老鸨的口说出那些道德箴言，她就是这部悲喜剧中的主要人物，也是最活跃的人物。但这极少能激起读者的笑容，哪怕是微笑，只有那些笑点很低的读者才笑得出来。里面有些场景描写得很欢快，栩栩如生。你会赞赏这种场景，但它永远没有办法让你有身临其境的代入感。尽管故事讲述的是一个年轻的骑士和一个出身高贵的少女之间的爱情，尽管他们之间海枯石烂的感情惹出了许多事端，但是从第一页到最后一页都没有一处能激起读者内心的悸动。这是一个没有爱情的爱情故事。当然，不幸的是，卡利斯托是一个傻瓜，而梅利比娅是一个笨蛋，只不过是一个饱读诗书的笨蛋，当她因情人之死而伤心欲绝，准备从塔顶一跃而下时，她还能停下来，学着普鲁塔克，发表了对物是人非的一系列感慨，在论证的时候竟还能不忘引经据典。

这本书之所以出名，完全是因为占尽了巧妙的时机，跟内容本身倒没什么关系。

塞维利亚。傍晚时分，你身处乡间，天空是金色的，牟利罗笔下的圣徒周身就环绕着这样温暖的金光，地平线上小朵小朵的白云，就像围绕在无上荣耀的圣母周围的小天使。

斗牛场里的人群。天气炎热，上千个各种颜色的纸扇上下扇动，看起来像是一群蝴蝶突然扑棱起了翅膀。

巴尔德斯·莱亚尔。他的画都没有固定的流派，创意也没有任何意义。它给你的印象就像一张模糊的照片。画中的人物都像没有骨头一样。巴尔德斯·莱亚尔没有构图的能力，他的画缺乏层次感，巨大的画布似乎是被随意地填满了一样。他使用的颜色也单调而传统。必须承认，他有一定的想象力，但那是反宗教改革运动时期的那种笨拙和夸张的想象力。

安达卢西亚。月亮低低地斜靠在天上，像一个白脸的小丑懒洋洋地靠在马戏团的墙上。

车子疾驰而过时，一轮收获月（临近秋分时节的满月）在林中时隐时现，像一个胖胖的妇人在玩捉迷藏，动作怪诞，却相当吸引人。

汽笛声和排气管的轰鸣声划破了夜晚的宁静，就像日本的群山，锯齿状的山峰顶着晴朗的天空。

M. P.。他“把自己的面包扔在水面上”①（表示行善），满怀信心地希望能获得四倍的回报。以防天意弄人，他还是小心地在面包

---

①“throw bread on the waters”，英语成语，表示“行善”。

上系了一根绳子，以便必要时可以把面包拉回来。

在每一种艺术的发展过程中，从天真质朴的魅力到成熟老练的优雅之间都有一段距离，而完美就产生在这段时期里。但枯燥乏味也产生于这一时期。因为在那一时期，艺术家已经对传递自己思想的技巧运用得非常娴熟了，如果想避免现实主义的单调乏味，那他们的个性就必须与众不同。

我们可以对比一下拉斐尔的作品，他早期的作品中有种春天般的愉悦，梵蒂冈时期的作品恢宏壮丽，而当他的风格与朱利奥·罗马诺（Giulio Romano）一致时，他的画作就显得十分空洞了。

事物一旦完美，接下来必会衰退，令人隐隐担忧。

艺术家天生具有一种超然和自由的特质，这种特质是神秘家通过压抑欲望获得的。

艺术家就像追求上帝的玄学家一样，精神是超然于现实世界之上的。

剧烈的活动会使做事的人感觉麻木，忘了罪恶感，只有当行为受到挫折时，一个人才有机会感到良心不安。

文艺复兴时期的艺术能让你一次就感受到它的全部魅力。它和平、健康、宁静，它比其他任何艺术风格都更接近完美。它非常有启发性，但它启发的不是人们的想象力，而是身心的幸福感。它就像阳光明媚的春日早晨一样，给你一种肉体上的满足感。

科尔多瓦。波特罗广场。这是一个狭长的地方，两边都有白色的小房子，尽头是一条河。河上游有一个喷泉，喷泉的基座上立着一座奔马的雕像。周围的居民会带着陶罐来这里打水。水流在一段空竹管中流出。驴和马直接在水池里饮水。站在河边抬眼望去，左边就是波特罗客栈了。从正面看，这是一栋朴素的房子，它是一栋白色的两层小楼，有一扇大门，晚上会关上。到了里面，你会看到一个很大的院子，地面铺得很粗糙，凹凸不平。里面还有几间马厩，每一间都只够容纳一匹马，马夫或小马童就睡在马的旁边。现在这里只有两三匹马。其中一个马厩里住着个卖花小贩，他一边叫卖，一边走了进来。一条宽阔的拱廊从院子通向大街，几个女子正在廊中熨烫衣服。客栈里有两个小厨房供房客共用。若要上楼，则需要走过一段粗糙的石阶。房屋四周探出一个木制阳台，还带着摇摇晃晃的栏杆，这个阳台可以通向各个房间。塞万提斯曾在这里住过。

拉曼查。橡树，它们沿着平缓起伏的乡野绵延数英里。它们并不高，也不华丽，但是看上去非常结实，树干虬曲盘错，疙疙瘩瘩，给人一种非常努力的印象。他们以顽强的体魄和精力抵抗着时间和风雨的侵袭。

走过这片橡树之后，放眼所及，接连数英里都是重复不变的犁沟。

有时，你会经过一个用木犁犁地的农民，他用的犁就像罗马时代用的一样，由两头骡子拉着。有时，你会经过一个骑驴的农夫，或者经过一个骑马的农夫，他的儿子坐在他身后。寒风吹得人很冷，他们蜷缩在棕色的毯子里。有时，你会经过一个牧羊人，他紧裹着衣服，看守着一群正啃着稀疏牧草的绵羊，又或者，他看守的是一群更散漫更活跃的山羊。这些牧羊人都是瘦骨嶙峋的老人，胡子刮得干干净净，长着一双小而锐利的浅色眼睛，他们那质朴的脸十分瘦削，布满了皱纹，透着精明。他们似乎被严寒的冬日和酷热的夏日熬干了。他们的动作很慢，话也很少。

村庄里，房屋是用石头和黏土建造的，颜色和贫瘠的土地一样，看起来就像临时的庇护所，很快就会坍塌，回归地面的尘土里。

埃纳雷斯堡。它有一个带拱廊的大广场，还有一条带拱廊的街道，以及一些外观不起眼的双层小楼。这是一个空荡荡的、死气沉沉的小镇。沿街闲逛的人寥寥无几，只有一辆骡子拉着的大篷车和一个骑在马背上的小贩，马背两边驮着两个大筐。大学，里面有着漂亮的天井。这里的建筑风格比较平板，不太起眼。其他街道狭窄、灰暗、寂静。

《宫娥》。你注意到的首先是这幅画的欢快，然后才意识到这种感觉来自日常的暖光，这种光线奇迹般地笼罩着画上的人物。在委拉斯凯兹的所有画中，这一幅最能展现他开朗、平静的性格。这幅画拥有安达卢西亚人最珍视和最具特色的欢快感。

委拉斯凯兹画中的矮人和小丑都描绘出了一种莎士比亚风格，

这是一种不加掩饰的逗乐，很欢快，一点儿都不会让人对他们的畸形或痛苦感到恐惧或同情。他性格开朗，知道上帝创造这些丑陋不堪、发育不全的生物就是为了娱乐那些王子王孙，因此，他也能带着一种幽默感去看待他们。

委拉斯凯兹从未在他的肖像画中透露过自己对模特的看法，他只忠实于他们的真实外貌。他画作的魅力在于加入了一种色彩鲜艳的冷酷感。我想没有人能否认他的高超技艺：画中公主们的服装着实令人赞叹，但是，人们在歆羡的同时，心里不禁会有微微的不安，于是会问自己，他出神入化的技巧是否真的那么宝贵？他很容易让人联想到一些作家，这种作家说话非常严肃，但往往没多大意义。我们没有理由贬低广度而推崇深度，但我们很难抑制这样做的冲动。委拉斯凯兹也许很肤浅，但他的肤浅是建立在宏大的基础之上的。他把那些人物画在画布上，画得多么漂亮啊！他是有史以来最伟大的宫廷画家。

伦敦。理发师。他十六岁就开始做这份工作了。那时，他已经发育得很好了，长得高高大大，所以当他说自己十八岁时也不会被人怀疑。他长着一头浓密的金黄色卷发，正是这头漂亮的头发鼓舞着他去干这一行。他喜欢读诗，当时，理发师每周工作六天，每逢星期天，他就会外出，对哪个诗人感兴趣，便去与哪个诗人有关的地方朝拜。他在读《失乐园》时拜访了查尔方特·圣贾尔斯；他还拜访过济慈的出生地和柯尔律治曾住过的房子；他去了斯托克波杰斯，在教堂的墓地里徘徊，正是在这里，格雷有了灵感，写出了

《墓园挽歌》。他对诗歌有一种纯洁而天真的热情。他所有的余钱都用来买书了。他在一家ABC饼屋吃午餐，一边吃着黄油烤饼，喝着牛奶，一边翻阅着一本珍贵的书。他第一次邂逅后来成为他妻子的姑娘，也是在一家ABC饼屋里。她在多佛街的一家服装店工作。后来他们生了个儿子。他追求她的时候，她因为他博览群书而对他很是欣赏，但是当他们结婚之后，看到他读书读个不停，她就不耐烦了。他下班回来，两个人吃过晚饭之后，她想让他带着自己出去散散步或者看看电影。战争爆发时，他们已经结婚七八年了。他应征入伍，受一个经常来找他刮胡子的人的影响，他和装甲部队一起被派往了俄罗斯。整个战争期间他都没有回过家，战争结束时他在罗马尼亚。最后他又回来重操旧业。他还很年轻，才三十三岁。一想到下半生都要帮人理发和刮胡子，他就感到很沮丧，但不知道除此之外自己还能做些什么，他只对刮胡子和理发在行。他的妻子觉得，他应该为退伍后还能找到一份好工作而感恩。他和她的关系不如他离开之前那么好了。她认为他反复无常，异想天开。看到她对自己的生活很满意的样子，他很不耐烦。他明白，为了养活她和孩子，自己必须拼命赚钱，他永远也不能逃避。那个孩子现在十岁了。他开始讨厌自己的顾客。我问他是否还会读书，他摇摇头。“有什么用呢？”他说，“这对我没有任何帮助。”“它能使你释放自己。”我回答。“也许会。但我总得回到现实。”他只剩下一个愿望了，那就是自己没有得到的自由，一定要让儿子得到。他被击垮了，失去了任何希望，但是，他怀恨在心，恶狠狠地盼望着儿子能够替自己报仇，去报自己幻想破灭之恨。他的儿子长大后，也进入了美发行业，不过是为女士理发，因为报酬更高一些。

秘诀。年轻人都很认真。这个年轻人有一张好斗但相当迷人的脸。他有一头浓密的棕发，从前额向后梳得笔直，他在头发上抹了不少油，想让它显得时髦而有光泽。他喜欢文学，问我怎样写讽刺短诗。既然他是空军部队的一员，我便很自然地回答："你只需要绕着一句陈词滥调兜上那么几圈，然后从字里行间俯冲下来就成。"他皱起眉头，把我的回答在脑海里翻来覆去地想了又想。他认真地听我说话，这是对我的一种恭维，而我只想要他的一个微笑来表示敬意就满足了。

有一位女士的儿子是个文学爱好者，他问我，如果他想成为一名作家，我会建议他接受什么样的训练。而我估计问话人并不会太在意我的回答，就说："每年给他一百五十英镑，给五年，然后告诉他哪儿凉快去哪儿。"从那以后我一直在想这件事，在我看来这是一个再好不过的建议。有了这笔钱，这个年轻人不会挨饿，但他也享受不到什么舒适的生活，舒适是作家最大的敌人。有了这笔钱，他可以周游世界，可以看到生活的各个方面，比起在更富裕的环境中生活，他可能会遇到更加丰富多彩的生活。仅有这笔不算太多的钱，他常常会变得身无分文，不得不尝试各种各样的职业，从事许多有意思的工作来维持生计。虽然许多非常优秀的作家都过着拮据的生活，但他们的书写得很好，他们之所以写得好，是因为他们克服了环境的限制，而不是说这样的环境造就了他们的作品。

许多一生中的大多数时光在巴斯度过的老姑娘都写过小说，但是简·奥斯汀只出了那么一位。一个作家最好尽可能多地经历人生的沧桑。他不需要把每件事都做到极致，但每件事都应该去做一点。如果让我定的话，我会让他把补锅匠、裁缝、士兵、水手挨个都干个遍；我会让他情场失意，饥肠辘辘，酩酊大醉；我会让他在旧金山和地痞们打扑克，在纽马克特和赛马贩子打赌，在巴黎和公爵夫人调情，在波恩和哲学家辩论，在塞维利亚和斗牛士一起骑在牛背上，在南太平洋和卡纳卡人一起畅游。世上所有人都值得作家去结识，每一件事对他来说都是好事。啊，天赋异禀，二十出头，面前有五年的大好时光，每年还有一百五十磅的收入，想想真是美好。

这两个人都已经死了。他们是兄弟。一个是画家，另一个是医生。画家确信自己是个天才，他傲慢、易怒、虚荣，看不起他的哥哥，认为哥哥是一个庸俗的、多愁善感的人。但是他几乎什么钱都没挣到，要不是哥哥给他钱，他早就饿死了。奇怪的是，尽管他的态度和外表都很粗野，但他画的画很漂亮，相当漂亮。他时不时地办个展览，总是能卖出去两三幅油画。但从来没有多过这个数。最后，医生终于意识到，他的兄弟根本不是天才，只不过是个二流画家。在做了那么多牺牲之后，他很难接受这个事实。他对自己的这一发现守口如瓶。然后他死了，把所有遗产都留给了他的兄弟。画家在医生的房子里发现了他二十五年来卖给不知名买主的所有画。起初他不明白，思来想去，他终于想出了一个解释：这个狡猾的家伙想做一笔好投资呢。

对于英国观众来说，极端的爱情总是有些荒唐。爱得过于极端就会把自己置于一种可笑的境地。

人到中年。我想我比大多数人更清楚自己的年龄。我的青春悄无声息地从身边溜走，我总是背负着一种正在老去的沉重感觉。因为这些年我见识和游历过世界上的许多地方，因为我的书读得很多，而且总是在思考超越我年龄的事情，所以我似乎总是显得比我同时代的人要老。直到 1914 年战争爆发，我才隐约感觉自己已不再是个年轻人。那时我惊奇地发现一个四十岁的人已经算是一个老家伙了。我安慰自己说，只是对于军事需要而言，我显得老了点儿而已，但不久之后，我又经历了一件事情，使我坐实了“老家伙”的称号。我和一个相识很久的夫人还有她的侄女（一个十七岁的女孩）一起吃午饭。午饭后我们乘出租车出去。那个夫人上了车，然后她的侄女也上了车。但她侄女坐在了折叠加座上，把后排她姑妈旁边的空座位留给了我。这是年轻人对不再年轻的绅士的礼数（与女性特权形成了鲜明的对照）。我意识到，她这是在“尊老”呢。

对年轻人来说你不再是同龄人，认识到这一点真让人不开心。你们不是同一代人。对他们来说，你的时代已经过去了。他们可以尊敬你，他们可以钦佩你，但是你和他们之间是有鸿沟的，他们最终总会发现与同龄人为伴比与你为伴更开心。

但是中年也有中年的好处。青年被舆论的枷锁束缚着手脚，中年则可以享受自由。我记得我毕业离校的时候，对自己说：“从今以后，我想什么时候起床就什么时候起床，想什么时候睡觉就什么时候睡觉。”那当然是夸大其词了，我很快就发现，文明人的生活都是受束缚的，只允许一种适度的自由。每当你有一个目标，你就必须牺牲一些自由来实现它。但是当你到了中年的时候，就会发现，为了实现任何你追求的目标，牺牲多少自由都是值得的。当我还是个孩子的时候，因为生性腼腆而吃了很多苦头，到了中年，总算从腼腆的状态中解脱了出来。我的体力从来都不太好，走路时间长就会疲惫不堪，但我还是走了，因为我羞于承认自己的软弱。我现在没有了这样的感觉，便少了很多不适。我一直讨厌冷水，但多年来，我都会洗冷水澡，还会在冰冷的海水里游泳，因为我想和其他人一样。我过去常常从高得让我紧张的地方跳水。我常常因为打球比别人差而感到羞愧。当我什么都不懂的时候，我羞于承认自己的无知。直到很久以后，我才发现说“我不知道”是件多么容易的事情。我发现人到中年时，没有人会指望我能走上二十英里的路，或打一场杆数差点为零的高尔夫球，或从三十英尺高的地方跳水。这些事情都是好的一面，使生活变得愉快美好。不过就算他们还指望我那么做，我也不在乎了。年轻人都急着想要和同伴一样，这就是年轻人不快乐的原因；人到中年学会了跟自己和解，这就是中年变得容易让人接受的原因。

人们无法从生活中获得完全的满足，便通过想象来补偿自己。个体不断地有各种各样的需求，迫使他放弃了许多本能的需求。但是，对个体而言，做到真正的放弃几乎是不可能的，在对荣誉、权力和爱情的渴望面前，他退缩了，用幻想来欺骗自己。他从现实转逃至一个人造的天堂，在那里他可以满足自己的欲望，没有任何阻碍。于是，他用虚荣心为这种心理过程赋予了一种特殊的价值。在他看来，发挥想象力是人类最崇高的活动。然而，想象其实就是失败，因为发挥想象就是承认自己在与现实的对决中失败了。

小说家的素材。小说家们总是面临着这样的风险：随着他对世界的了解不断深入（正是这个世界给了他们创作的主题），他对自己内心想法的把握也越来越全面（这使得他们的思想有了非常好的连贯性），他对写作技艺的运用越来越娴熟，他可能就不再对那些构成写作素材的包罗万象的人生经历感兴趣了。随着年岁渐长，他的智慧或满足感也逐渐丰满，此时，他不再过多地关注与普通人有关的事情了，于是，他便迷失了方向。小说家必须保持一种孩子般的信念，去关注常理认为不重要的事情。他必须永远都不要完全长大。就算有些事已经与他的年龄无关，他也必须始终保持兴趣。一个五十岁的人需要有一种特殊的思维方式，才能非常认真地对待小伙子和小姑娘的火热情感。一个人如果觉得人类事务琐碎，那他就不可能再当一个小说家了。你常常可以在作家身上看出他们的气馁，他们意识到自己陷入了这种困境，你也可以看到他们是如何处理的：他们有时会在不同的主题中寻找意义；有时会抛开现实生活，转而去写科幻；有时，他们与自己的过去渊源过深，无法在现实的网罗中挣脱，就只好通过尖牙利齿的讽刺来处理旧日的素材。因此乔治·艾略特和 H. G. 威尔斯便不再写被诱惑的少女和多情的小职员了；托马斯·哈代从《无名的裘德》转向了《列王》；福楼拜也从乡下人的感情故事转向了《布瓦尔与佩舒舍》这样的残酷故事。

艺术作品。当我在音乐会上看那些听众或在画廊里看那些人群时，我会自问，他们对这些艺术品究竟有什么反应？很明显，他们常常感触颇深，但我看不出这样的感触对他们有什么影响，如果没有效果，那它的价值就微乎其微了。对他们来说，艺术只是一种消遣或一种庇护所。他们认为活着就应当去工作，艺术则可以给他们喘息的机会，或者当他们对现实失望时，艺术可以给他们以安慰。艺术是劳动者在劳作中停下来时喝的那杯啤酒，也是妓女们从生活之苦中抽身片刻，想要喝上一口的杜松子酒。“为艺术而艺术”，跟“为喝酒而喝酒”没什么两样。半吊子在欣赏艺术作品时，会把自己产生的毫无新意的情感视若珍宝，这种人比酒鬼强不到哪里去。他抱着悲观主义的态度。生活是一场苦苦挣扎，或许一生都会心力交瘁，但他在艺术中可以寻得片刻休息或者忘却烦恼。悲观主义者拒绝现实，艺术家接受现实。一件艺术作品所引起的情感，只有在它对人物产生了影响并使其采取了行动的时候，才算有价值。不管是谁，如果能受到这样的影响，那他自己本身就是艺术家。艺术家对艺术作品的反应是直接而理性的，因为在他身上，情感被转化为与他的目的相关的思想，而对他来说，思想只是另一种形式的行动。但我并不是说只有画家、诗人和音乐家才能对艺术作品做出有益的反应，那样的话，艺术的价值将大打折扣。在我说的艺术家中，还包括了另一类人，他们所从事的是最微妙、最被忽视和最重要的艺术，那就是人生的艺术。

我的第一本书出版于1897年，取得了一定的成功。埃德蒙·戈斯对它赞赏有加。在那之后，我又出版了其他几本书，成了一名受欢迎的剧作家。我写了《人性的枷锁》和《月亮与六便士》。我过去每年都会和戈斯见一两次面，一直持续了二十年。每次见到他，他总是油腔滑调地对我说："哦，亲爱的毛姆，我非常喜欢你写的《兰贝斯的丽莎》。你把它写完就封笔了，真是太明智了。"

垂死的诗人。他病得很重，照顾他的朋友觉得他应该给他的妻子发个电报。她算是个画家，到伦敦的一家小画廊举办个人画展去了。当朋友告诉他已经通知了她时，他很生气。"你为什么不让我安静地死去呢？"他大叫。有人给他送了一篮桃子。他说："她到这儿来的第一件事就是把篮子里最好的桃子拿出来吃掉。她一边吃，一边还会大谈自己在伦敦取得的成功。"

朋友去车站接她，把她带到了公寓。

"哦，弗朗西斯科，弗朗西斯科！"她喊道，大步走进房间。他的名字叫弗朗西斯，但她总是叫他弗朗西斯科。"多么糟糕！哦，好漂亮的桃子。谁寄给你的？"她挑了一个，啃着那多汁的果肉。"我的个人画展，有头有脸的人都来了。真是太成功了。大家都很欣赏我的画。大家都围着我。他们都说我很有天赋。"

她说个不停。最后，朋友告诉她很晚了，得让她的丈夫睡觉了。

"我累死了，"她大声地说，"这一趟跑的。我坐了一晚上，一眼都没合，真是可怕。"

她走到床边去吻病人。他把脸背了过去。

他是个船务员。他从十四岁就开始工作，在同一家公司工作了二十二年。他二十八岁时结了婚，妻子在一两年后生了一场病，落下了终身残疾。他对妻子不离不弃，十分忠诚。他开始偷保险公司的印花，倒不是因为他想要钱（虽然这的确能给妻子弄到一些好吃的），而是因为他一想到自己并不是雇主们所认为的那种体面、可靠的职员，就觉得有趣。后来他的偷窃行为被人发现，他知道自己会被解雇，也许会被送进监狱，这样就没有人照顾他的妻子了，于是，他就杀了她。她死后，他在她头下放了个枕头，在她身上盖了一床羽绒被。然后，他带着她的宠物狗去了兽医那里，想给它实行安乐死，因为他自己不忍心杀死它。然后，他到警察局自首了。

T。他个子高高的，清瘦但不干巴，走起路来有些驼背。我想他大概在四十五岁到五十岁之间，因为他卷曲的头发虽然浓密，却已花白，而且他那刮得干干净净的脸上布满了皱纹，气色不太好。他戴着一副金边眼镜。他很低调。他说话声音很低，除非有人主动跟他说话，否则他很少开口，虽然他从来没有说过一句聪明话，但他也从来没有说过一句蠢话。他在美国最重要的公司之一供职，很受人信赖，最吸引人的地方正是他的可靠感。显然，他不是一个很聪明的人，但他确实是一个很诚实的人。他的生活很节制。他有一个深爱着的妻子和两个令他引以为傲的孩子。你可以放心地打赌说，他一生中从未做过任何让他有理由后悔的事。他对自己供职的公司很满意，对自己在公司里的地位也很满意，这是个体面而不引人注目的职位，他对自己住的房子、工作的城市和每天上班所乘坐的火车服务也很满意。他是一个非常能干的员工。他是一台巨大机器上的铆钉，并且乐于成为这样的一颗铆钉。巨大的操作杆，巨大的旋转齿轮，巨大的汽缸，这些东西从来都没有让他动心，他从未想过自己除了做一颗铆钉以外，还能做什么。他与众不同，而他之所以不凡，就是因为他平凡得如此极致。

一个家庭聚会上。邮件刚刚送到。女主人给了她一封信，她认出是情人的笔迹。她打开信，读了起来。突然，她发觉自己的丈夫正站在身后，从她背后看着那封信。她把信读完，然后把它递给了女主人。

“他看起来很爱你，”她说，“但如果我是你，我就不会让他给自己写这样的信。”

如果你的钱比别人多一些，你就知道他们肯定会来揩你的油，但让人恼火的是，他们竟然把你当成傻瓜，觉得你根本不知道他们在打什么主意。如果他们侥幸得手，那也只不过是你让他们得手的罢了。

埃内斯特·P。他是一个年轻的法国人，家境很好，很有才华，他的家人希望他能有一番杰出的事业。他打算进入外交部门工作。二十岁时，他疯狂地爱上了一个比他大八岁的女孩，但她嫁给了一个更适合她的人。这给了他很大的打击。使他全家惊愕的是，他放弃了学业，而他原本必须要靠努力学习才能通过外交部门的考试，他后来跑到巴黎的贫民窟去做社工了。他变得十分笃信宗教（他的家人都不信神），沉浸在神秘主义文学中。当时摩洛哥有一些动乱，他加入一次危险的远征，在远征中被杀了。这一切对他爱过的女人、他的母亲和他的朋友们产生了毁灭性的打击。他们深感不安。他们觉得自己中间曾经生活过一位圣人，他的温柔、善良、虔诚和灵魂的高贵使他们感到自惭形秽，并且害怕。

我想，仅凭这些事实，便可以写出一个动人的故事，我感兴趣的是这个可怜的孩子的生死，会对那些曾经和他接触过的人造成什么样的影响。但我觉得太难处理了，所以就没有写。

人们有时会因为你对他们做过的好事而原谅你，但很少会因为自己曾对你造成的伤害而原谅你。

作家必须既幽默又严肃。

在船尾划出的水沫里，粼光闪闪，就像躺在海底的死人在讥讽地眨眼。

日落。密布的乌云搭成一道拱门，太阳古怪地落在拱门后面，拱门下面的天空，一片淡绿和金黄，像是通向神秘魔法世界的入口。这使你想到了华多的画作——《舟发西苔岛》。它给人以充满希望和未知的欢乐。接着，太阳沉入地平线以下，拱门也坍塌了。现在，乌云在骇人的余晖映衬下显得黯淡无光，就像一座大城市的废墟，宫殿、寺庙和巨大建筑的废墟。前面几分钟的希望和信心就像加沙的石柱一样分崩离析，绝望感笼罩着我的内心。

廉价惊悚小说。这种小说的作者不怎么受人们的尊敬，但他们于人类实在有功。他们知道这个世界对他们的轻视，当他们提到自己的作品时，也会耸耸肩，面带微笑地自我贬损一番。他们急于向你保证自己不是容易上当受骗的蠢货，好消除你对他们的鄙夷。当你表扬他们时，他们会表现得十分不自信。他们不敢相信你是认真的，然而他们的确值得称赞。有时，你没有心思去读那些所谓的好文学；有时，你的大脑会疲惫，会焦躁；有时，经典文学会让你感到无聊；有时，你会感到烦恼忧伤；有时，你会乘火车旅行；有时，你会生病……在这些时候，有什么能比一本好的惊悚小说更让人舒服呢？你沉浸在谋杀、抢劫、背叛、敲诈、监禁、九死一生等故事中；你出没在鸦片烟馆、盗贼的厨房、艺术家的工作室和豪华的酒店里；你与伪造者、小偷、骗子、枪手、侦探、女冒险家、卧底、罪犯、受迫害的女主角和被诬告的英雄为伍。惊悚小说优秀与否，和其他艺术形式的标准是不一样的。虽然故事写得非常不切实际，但这阻碍不了你在读书过程中的享受，如果故事创作得不够离奇，那反而才是缺点。在这种小说中，优雅的文风十分不合时宜，也不需要什么幽默感。如果你本不想笑，嘴角却忍不住上扬，那就完蛋了，你必须带着一种高度紧张的严肃态度去读惊悚小说。你的手紧张地一页一页翻着。时间过得飞快。你打败了时间。然后你就忘恩负义地把书扔到一边，冷笑一声，一副瞧不起作者的模样。真粗鲁。

他的职业是哲学家，我便去请教他一些我一直无法理解的事情。我问他“二加二等于四”的说法是否有什么意义。我看不出“四”除了是“二加二”的同义词之外还有什么意思。如果你在《罗格同义词词典》中查“粗暴”一词，你会发现它有大约五十个同义词；它们有不同的引申意义，由于它们的音节数量、字母组合或是发音的差异，在一个特定的句子里，有些词可能比其他词更适用，但他们所指的含义其实都是相同的。当然，它们的含义也只是大致相同，因为没有哪些同义词可以是完全相同的含义。而“四”不仅是“二加二”的同义词，也是“三加一”和“一加一加一加一”的同义词。我的这位哲学家说，他认为“二加二等于四”的说法有明确的含义，但他似乎不能确切地说出到底是什么含义。当我问他，数学说到底是否只是一部极其复杂的《罗格同义词词典》时，他改变了话题。

1936

圣洛朗监狱。监狱长是个矮胖的男人，一双大眼睛炯炯有神，穿着一身干净的白色制服，束腰短上衣上挂着法国荣誉军团的十字勋章。他讲话的时候伴有超级多的手势，说话带着浓重的南法地区口音。他成天乐呵呵的，粗俗且无知，但为人还算善良宽厚。他是靠着政治影响得到这份工作的。他的年薪是六万法郎，可能还有很多额外津贴。他很喜欢这份工作，因为他开销很少，这样便可以攒下不少钱。他期待着十年后退休，然后在里维埃拉为自己盖一栋房子。

他的妻子胖嘟嘟的，长得相当漂亮，但有些不修边幅，她母亲在塞特开了一家烟草公司。她和她的丈夫是青梅竹马。她总是穿着同一件蓝底白点的连衣裙，这件裙子使她的蓝眼睛显得更有光彩。她天真烂漫，喜欢卖弄风情，但她爱着自己胖胖的丈夫，并为他感到骄傲。

监狱的看守长是一个高个子的巴黎人，头发是浅金色而不是深棕的。他为人诚恳，有些腼腆，非常彬彬有礼。他对刑罚学很感兴趣，读了很多书。他有这样一种想法——唤醒罪犯本性中善良的一面，对改造他们有巨大的效果。他希望他们能改过自新。

圣·让的一个老看守员。他长了一头短而浓密的白发，还有一大把白胡子，布满皱纹的脸晒得很黑。他反对死刑，认为任何人都没有权力去剥夺他人的生命。他讲了一件事，说一名医生跟一个马上要被砍头的人约定好，让他在被砍头之后如果还有知觉就眨三次眼睛，他说后来他看到那个人的眼睛眨了两下。

当一个人被判死刑时，这一判决必须得到巴黎部长的确认。星期天不执行死刑。如果同时有两个或两个以上的人被送上断头台，那么首先被处死的罪犯是罪行最轻的，这样他就不会恐惧地看着同伴死去了。囚犯不知道自己会被处死，直到狱卒进来说“要鼓起勇气”之类的话，他才意识到，自己要被处死了。当有人要被执行死刑的时候，其他的犯人都很沮丧，很紧张，他们都阴沉着脸，一言不发地干着自己手里的活。

刽子手把头砍下来之后，揪着耳朵把头拎起来，展示给旁观的人看，口中说着：“我现在代表的是法兰西人民的正义。”断头台的旁边是一个大柳条筐，上面盖着黑布，尸体就放在筐里。刀以闪电般的速度落下，血喷涌而出，溅了刽子手一身。每次行刑后，都要给他发一套新衣服。

监狱长的房子。这是一座白色的木框架大房子，里面配的都是政府统一的家具，每个房间中间都有一盏枝形吊灯，客厅里有几把又硬又不舒服的椅子。房子面朝大海，有一个被用作客厅的大阳台。花园里种着九重葛、巴豆、肉桂、番木瓜和凤凰木，看上去像是某个退休商人的郊区花园，乱糟糟的。

处罚室。它们又长又窄，里面有一张木板床、一张凳子和一张固定在墙上的小桌子。房间里面很热，沉重的门上开了个小口，通过这个小口可以有些微光线照进来。被判处关禁闭的罪犯被锁进这些处罚室，只有早晚各一个小时的时间可以出来放风。走廊尽头的牢房漆黑一片，因为只有过道入口的门上才能透些光进来。

大多数犯人都住在放着五六十张床的监舍里，不过还有一些小牢房，有的位于监舍楼上的二楼，有的则位于一个单独的院子里，那些守规矩的犯人如果提出申请，便可以住进去。然而，有时他们不喜欢一个人待着，便会要求回到集体监舍。每一间小牢房里都有一张吊床和一张小桌子，罪犯可以把他自己的零碎东西放在桌子上，一把刮胡刀、一把剃刀、一把梳子和一两张照片。墙上钉着他们从画报上剪下来的一些图画。

囚犯。他们穿着粉色和白色相间的条纹睡衣，戴着圆草帽，脚上穿着木底和皮面的鞋子，但没有穿袜子。他们的头发剪得很短，很糟糕。他们的食物包括灰面包（每天两大片）、骨头和肉汤、土豆和卷心菜、牛肉，如果他们表现良好，还会有一份奶酪和一杯葡萄酒。他们拿出蓝色小袋子装的粗烟草卷烟来抽。他们坐在房子的走廊或门廊上，边聊天边抽烟，或者四处闲逛，有的独自一人，有的由狱卒看守，干起活也十分散漫。尽管食物充足，他们还是很瘦弱，经常发烧，还会患钩虫病，他们的眼神都直愣愣的。他们看起来不太正常。朗姆酒对他们来说太奢侈了。他们都有刀。

没有狱卒敢在晚上锁好门后进入监舍，否则他就别想活着出来。

监狱的大门整天敞开着，他们可以自由进出。

监狱的下层看守都是些守规矩的罪犯，这也算个正式职位了。他们不跟囚犯们住在一起，他们戴的是毡帽而不是草帽。他们非常不受其他囚犯的待见，经常有人被杀。

刽子手。他也是个囚犯，他训练了两条杂种狗来保护自己，晚上它们就在院子里巡视。他有一栋自己的小房子，就在监狱长家附近。其他犯人都不和他讲话，他的饭菜由助手从监狱厨房里端过来。他闲暇的时候就在公园里散散步、钓钓鱼，然后把鱼卖给监狱长的老婆。

断头台在监狱内的一个小房间里，但是监狱外面有一扇门可以通进去。为了确保它的性能良好，刽子手会用香蕉树干进行演练，因为它的粗细跟人的脖子一样。从一个囚犯被绑起来到他的头掉下来，只需要三十秒。刽子手每执行一次死刑可以得到一百法郎。

前一个刽子手不见了，他们以为他逃走了。三周后，人们发现他被吊在一棵树上，身上还有刀伤，人们之所以发现他，只是因为他们看到一群秃鹫（它们被称为胡兀鹫）簇拥在一棵树周围。他之前就知道囚犯们要杀他，于是申请把自己调到卡宴或者调回法国。结果他们还是抓住了他，把他捅死后拖进了丛林。

这些被流放的惯犯，被送到圣·让，并不完全是为了让他们服刑，而是为了维护国内的社会治安。他们捕捉蝴蝶和甲虫，把它们做成标本装在盒子里卖掉，或者把水牛角制成装饰品。在流放营地的某处有个报亭，就像某个法国小火车站的报亭一样，里面整整齐齐地摆放着待出租的书籍和一个月前的旧报纸。上面用法语写着“谢绝赊账”。另一处有一个小剧院，里面有一个舞台，舞台的背景是流放犯人们草草画的。

大海里到处都是鲨鱼，他们笑着说鲨鱼是最好的看守。

今天我花了一天的时间去调查那些谋杀犯的作案动机，想要搞清楚到底是什么原因使得他们犯下罪行，被判了终身监禁。我惊奇地发现，虽然表面上看起来他们是因为爱、嫉妒、仇恨、报复或者一时的激情而杀了人，但是当我进一步询问时，才发现隐藏在表面下的根本原因是金钱。除了一起谋杀案之外，在我所调查的所有案件中，钱都是幕后黑手。唯一的例外是一个年轻的小伙子，他是个牧羊人，强奸了一个小女孩，当她大声叫喊时，他害怕别人听到，就把她掐死了。他现在才十八岁。

马提尼克岛。1902年，培雷火山爆发，吞没了圣皮埃尔镇。四万人丧生。在此前不久曾发生过一些火山活动，圣皮埃尔镇北部也发生过一次火山喷发，死了不少人。然后没过几天，毫无预兆，一团大火像燃烧的旋涡一样席卷了圣皮埃尔镇，摧毁了港口的船只。一股熔岩和灰烬随着火苗落下，还伴着浓稠的毒气，使那些逃过前面几劫的人窒息而死。所有能跑的人都从城里逃出来了，全家人一起往外跑，奇怪的是，毒气向他们袭来的时候分布得并不均匀，前面的一群人躲过去了，后面一群人也幸免于难，中间的一群人却被毒气笼罩，丢掉了性命。

我问我的朋友们，这场灾难对那些获救的人有什么影响。我想知道这场可怕的灾难和奇迹般的逃脱是否对他们产生了精神或道德上的影响，是否改变了他们后来的生活，他们的信仰是否得到了加强或削弱，他们是变善良了还是变坏了。每个人都给了我同样的答案：这对他们没有任何影响。他们中的大多数人都因火山喷发而破产，他们的一切都付之一炬了，但当他们从震惊中恢复过来后，还是尽最大的努力去继续生活，就像什么都没发生过一样。他们对信仰的虔诚没有增减，他们既没变善良也没变邪恶。我想，这大概是因为人类有一种韧性，一种健忘的力量，或者也许仅仅是一种迟钝，这样人类才得以从自诞生以来所遭受的无数恐慌中幸存下来。

西印度群岛。一个女孩来这里做家庭教师，负责照看某个定居在岛上的英国人家的孩子，没过多久，一个种植园主向她求婚。从表面上看，这对她来说是一个很好的对象：他很富有，是个好人，人缘很好。他的肤色有点儿深，因此不属于白种人的阶层，但是从他的外表、习惯和态度来看，他和任何一个白人一样“白”。姑娘对他的爱和他对姑娘的爱一样深，但是她的雇主劝她不要着急，劝她回英国住六个月，以确定自己的想法。过了六个月之后她回来了，两个人结了婚，但商量好不要孩子。种植园主是一个好丈夫，一个充满激情的爱人，一个令人愉快的伴侣，她非常幸福。后来他得了伤寒。他病得很重，女孩在他那年迈的黑人奶妈的帮助下照顾他。她有一种奇怪的感觉，他好像变了，但是她无法解释他的变化，他似乎是在精神上而不是身体上垮掉了。她知道在有色人种中盛行迷信，而他似乎也迷上了这种迷信。有一天，他拒绝去看英国医生。“只有老奶妈能治好我的病。”他不耐烦地说。当她规劝时，他粗暴地叫她闭嘴。“你根本不知道你自己在说什么。”那天晚上，他们把她赶出了房间，奶妈和三个老汉一起走了进去，他们都是黑人，其中一人腋下夹着一只白色的公鸡。她站在门外，听到奇怪的咒语，然后是一阵扑腾声，可能是鸡拍打翅膀的声音，她意识到他们正在宰杀那只白色的公鸡。当这些黑人走出房间，她又可以进去时，她看到病人的前额、脸颊、下巴、胸部、手上和脚上都沾满了血。那时她才明白，尽管她的丈夫有着蜜色的皮肤和红色的鬈发，但他骨子里还是个黑人。两三天后，她发现自己怀孕了。

1937

真诚客观的文学判断是很难做到的。一个人不受评论家或者大众评价的影响，而形成自己对某个作品的看法几乎是不可能的。对于公认的伟大作品来说，其之所以伟大，在一定程度上是源自公众的意见，这就使得客观的评价更加困难了。试图用首个读者的眼光去读一首诗，就像试图拨开景致外所笼罩的氛围去看风景一样困难。

亨利·詹姆斯十分欣赏法国人，但是他的许多作品令法国人不屑一顾，他们认为亨利·詹姆斯的作品不过是文学垃圾。他自己不参与生活，只是从窗口观察他人的生活，而且常常只满足于听朋友们讲他们透过窗口所看到的东西。但是，如果你没有亲自经历过生活，又怎么可能了解生活呢？除非你自己曾经作为主角体验过生活这部悲喜剧，否则你一定会忘记生活中的各种细节。总之，亨利·詹姆斯的优势既不是他的艺术技巧也不是他的严肃性，而是他的个性，而他的个性非常奇怪、迷人，还有些荒唐。

是否有人认为他可以通过读一本故事背景是汽车制造厂，主角是汽车制造商的小说来获得有关汽车的有用知识呢？你又是否认为人的灵魂还没有汽车发动机复杂呢？

爱伦·坡以为自己动动脑筋便可以获得故事的新奇性和独创性。他错了。不断地改变自己是获得新生的唯一途径，而保持原创性的唯一途径是增加、扩大并深化你自己的个性。

“求你今日赐给我们日用的饮食”，虔诚的祷告。我却觉得，向一个善良而无所不能的主乞讨生活必需品，是对他的侮辱。当我们礼貌地对待邻居时，我们并不是在给予他恩惠，这是他应该享受的权利。

事实不仅比小说更离奇，而且也更有说服力。知道某件事真的发生过，会使人更加感同身受，也更加动人心弦；承认事件是虚构的，便缺乏这种效果了。正是为了触动这种共鸣，一些作家会尽其所能地让你觉得他们是在陈述事实。

有些书既优秀又无聊。我一下就想到的有梭罗的《瓦尔登湖》，艾默生的《散文集》，乔治·艾略特的《亚当·贝德》和兰多的《假想对话录》。这些作品都创作于同一时期，这是偶然吗？

作家应该有杰出的修养和广阔的见识，但是当他把这些都放进他的作品时，他可能就犯错了。你若是把自己对进化论、贝多芬的奏鸣曲或者卡尔·马克思的《资本论》的观点全写进小说里，那真是一种幼稚的表现。

羞怯：自卑和自负的混合体。

幼年时，他很少得到关爱，所以后来被人爱时他便会感到不知所措。当有人跟他说他的鼻子很好看、眼睛很神秘的时候，他会非常害羞和尴尬。当有人恭维他的时候，他不知道说些什么才好，若是有人表示出对他的爱慕之情则会使他觉得自己像个傻瓜。

三十年后。一张布满皱纹、憔悴蜡黄的脸。一个无聊的话篓子。愚蠢地谈论着她的孩子和她的房子。全是鸡毛蒜皮。她不时地露出一副扬扬得意的神色，似乎在告诉他，她可记得他曾经对自己多么如痴如狂。他一想到那些往事，就羞愧懊恼不已。比如，他曾在她家的那条街上走来走去，只为能见她一面；他曾苦苦等待邮递员敲门，期待着能收到她的来信；他曾为了能坐在她旁边，硬撑着熬过一部无聊的音乐喜剧，还要装作很有趣很开心的样子。为了她，他曾假装喜欢那些男女演员，假装爱听那些最无聊的花边消息，最糟糕的是，因为她喜欢这些事情，所以他不仅仅是假装感兴趣而已，他真的对这些感兴趣了。无论她说的话多么愚蠢，他都会听得入迷。为了她，他竟低声下气地去求别人帮忙，若是为了自己，他是绝对羞于开口的。

悔恨。他曾不顾一切地爱过那个女人，曾嫉妒过另一个同样爱她的男人。他原本是一个诚实正直的人，他曾为自己的正直而自豪。但是，由于嫉妒，他对情敌耍了一个卑鄙的手段，把他挤出了局。他娶了那个女人。但是，渐渐地，他所做的那件残忍的、不光彩的事在他心头萦绕，挥之不去。他深受折磨。他开始憎恨起那个曾让他做出这件事的女人了。

两个男子坐在沃辛一家旅馆的客厅里，他们正在讨论一桩各大报纸上争相报道的谋杀案。一个坐在他们旁边的男人，听到他们的谈话，询问是否可以加入讨论。他坐了下来，点了酒。他说了自己关于他们所谈的那起谋杀案的看法。“你们要关注的是他的作案动机，”他说，“一旦找到了作案动机，找到凶手只是时间问题。”然后，他毫无预兆地说：“实话跟你们说，我就杀过人。”他告诉他们，他杀人只是为了好玩，并向他们描述了自己当时的激动心情。因为他根本没有作案动机，所以他知道自己永远也不会被发现。“我杀的是一个我这辈子从未见过的人。”他说。他喝完酒，站起身来，向他们点点头，从弹簧门走了出去。身后那两个人目瞪口呆。

1938

印度。C少校。他高大魁梧，留着一头棕色短发。很难猜出他的年龄，他可能还不到三十五岁，也可能已经五十岁了。他的脸刮得很干净，脸很大，但五官很小，鼻子又短又扁。他的表情平和且快乐。他语速很慢，但讲话很流利，声音很大。他脸上常常挂着微笑，还会经常大笑。他的举止令人舒心。他很有礼貌，做事时尽力讨大家喜欢。很难说他到底是聪明还是笨。他肯定读书不多。他有些童子军脾气，叫人觉得不安。要是瑜伽士走进他的房间，坐在了他的椅子上，他就会高兴得像个孩子一样。他跟我说过好几次，说他享有许多特权，而这是其他住在阿什罗摩的人所没有的。他的做派像那种因为校长喜欢自己而爱吹牛的小学生。

他在阿什拉玛已经住了两年了，他被特许建造了一座自己的小木屋，后面还带一个厨房。他有自己的厨师。他不吃肉，不吃鱼，也不吃鸡蛋，但他储藏了很多从马德拉斯运来的罐头食品，他的厨师就用这些罐头配上咖喱和凝乳给他做饭。他除了茶之外什么都不喝。

在他的一个房间里有一张简陋的木板床、一张桌子、两把椅子，其中一把是个扶手椅，还有一个小书架，里面大概有五十来本书，包括吠檀多一些著作的译本，比如《奥义书》等，还有一些瑜伽士写的书，以及一些关于瑜伽士的书。墙上挂了几幅小画：一幅达·芬奇的基督，几幅丑陋的毗湿奴像，一些廉价的彩色版画和一张瑜伽士的照片。墙壁漆成了绿色。地板上有一个藤垫。

他穿着一件中式外套和一条白色棉布裤子，光着脚。

他对瑜伽士崇拜无比，还说他把瑜伽士视为自基督以来世界上最伟大的精神领袖。

他对自己的过去闭口不谈。他说他在英国没有亲近的人，在过去的几年里，他去了很多地方旅行，但是现在，他已经达到了自己的目标，不会再旅行了。他说他已经找到了平静（他说了一次又一次），只要瑜伽士一出现，只要自己一看到他，便会有一种精神上的平静，这是无比珍贵的。我问他一天里都做些什么。他说，他一天都在阅读、锻炼（他有一辆自行车，每天固定骑上八英里）和冥想。他每天花很长时间和瑜伽士一起在大厅里打坐，但是他一周也跟他说不了几句话。不过他正值壮年，精力旺盛，我问他，他的自然能量能否得到足够的发泄。他说他很幸运，因为他是少数几个真正渴望并喜欢冥想的人之一，他一直都在打坐冥想。他补充说，冥想是一项十分耗费体力的运动，经过几个小时的冥想，一个人的身体便会疲惫不堪，不得不躺下来休息。但我实在无法弄明白他所说的“冥想”到底是什么意思，我不懂他所谓的“冥想”是不是在积极地思考某个问题。当我把耶稣会教徒对一个特定主题的思考，比如“耶稣受难”，摆出来问他的时候，他说根本不是这样的。他说人要努力通过与“宇宙自我”的交流来实现他的“内在自我”，把

“能够思考的我”从自我中分离出来，他说，那就是无限的。当他这样做了，并真正看到或感受到了自己的“神性”就是“无限神性”中的一部分，他就会顿悟。他决定留在那里，直到自己实现顿悟或者瑜伽士死去。

很难说清楚他到底是个什么样的人。他的确非常开心。我本想从他的外貌和言谈中发现一些关于他的真相，但直到我离开，我依然困惑不解。

海得拉巴。我乘汽车从毕达到海德拉巴，在路上看到一大群人，就是印度常见的那种人群，女的穿着鲜亮的纱丽，男的裹着腰布，驾着公牛车，赶着母牛——我还以为这是个小集市呢，但帮我扛行李的人说有一位治病术士住在这里，这些人都是从周围村庄过来找他看病的，还有一些怀不上孩子的女人来找他治疗不孕。我问我能否去见见他。司机告诉我，他是海得拉巴的一名富有的承包商，他受到感召，要过一种苦行僧的生活，便把自己的财产交给家人，在这里定居下来。他住在一棵菩提树下，照管着路边供奉湿婆的小神龛。我们穿过人群。那里得有三四百人。病人躺在地上，里面有一些抱着生病孩子的妇女。当我们靠近神龛时，治疗术士走上前来恭敬地向我们鞠了一躬。他戴着一条脏兮兮的白色头巾，穿着一件没有领子的衬衫，衣摆两端垂在脏兮兮的腰布上方。他的耳朵上戴着一对银耳环。他的胡子刮得很干净，只留了一小撮灰白的胡子。他个子矮小，精神抖擞，行动敏捷，忙忙碌碌，兴高采烈。他看上去不像圣人，倒是像集市上一个头脑清醒、积极活跃的店主。

如果不是因为他放弃了自己的房子和财产，分文不取地为他人提供服务的话，你可能会认为他是一个骗子。他以人们带给他的大米和水果为生，还把自己不需要的东西都送了出去。他坚持要给我们一些椰子。他这样给人治病：在他的神龛里向神祈祷，然后行按手礼。当我要离开时，他让我给他一个祝福，我感到非常尴尬。我告诉他我不是做这件事的合适人选，但他坚持要我做，所以，在所有人的注视下，我只好按他的意思做了，但是我感到自己非常虚伪，也非常愚蠢。

苏菲派信徒。他住在海德拉巴穷人区的一座小房子里。这儿简直就是个贫民窟。那里有一条走廊，我们在那儿等着向导的回话，想知道圣人是否愿意接见我们。进屋前，我们脱下鞋子，被领进一个小房间，在我目光所及的这一块区域，房间被蚊帐隔成了两半，我猜想，我们看不见的地方应该是他的卧室。我们坐的地方有一大半都被一个高座或平台一样的东西占去了，它离地大约十八英寸高，上面铺着廉价的地毯，毯子上摆了一块藤席，圣人就坐在上面。他很老，很瘦，长着一把乱糟糟的白胡子。他戴着一顶毡帽，穿了一件白色棉布外套和一条白裤子。他光着脚，双颊凹陷、颧骨突出，瘦削的面庞衬得眼睛非常大。他有一双美丽而修长的手，但没什么肉，他的手势很丰富，优雅而富有表现力。虽然年事已高，身体虚弱，但他看上去精力充沛，十分健谈。他乐呵呵的，脸上的表情可爱又亲切。他没说过什么了不起的话。我对苏菲派一无所知，所以当我听到他跟印度教一样地去宣讲“自我”和“至高自我”的时候，我极为惊讶。他给我的印象是一个非常可爱、温柔、善良、仁慈且宽容的老人。

一位神职人员。阿可巴·海达里爵士派车去接他，他准时走进了房间。他身着盛装，穿着一件上等料子做的猩红色大氅。他是个中年人，身材高大，仪表堂堂，举止文雅。他不会说英语，由阿可巴爵士充当翻译。他说话十分流利，声音也相当洪亮。他说的那些话，我以前听别人说过二十遍了。这就是印度思想家最糟糕的地方，他们用同样的话把同一件事情说来说去，如果其间确有真理（他们很确信），而且这些真理是统一而不可分割的整体，那么他们自然可以像鹦鹉学舌一样不停地重复，你就不应该因此焦躁。但尽管如此，不可否认的是，没完没了地听同样的话实在令人心烦。你希望他们至少能想到一些其他的隐喻、明喻和例子，而不是老说《奥义书》里的东西。当你再次听到关于蛇和绳子的故事时，你的心一下就沉了下去。它都快被说滥了。

我问他我怎样才能学会冥想的本领。他让我走进一个黑暗的房间，盘腿坐在地板上，眼睛盯着烛火，把所有的想法都清空，让大脑完全变成一片空白。他说，如果我每天能花上一刻钟去这样做，我很快就会有一些非凡的体验。“这样坚持九个月，”他说，“然后回来，我再教你另一个训练。”

那天晚上我照他的话做了。我在开始之前记了时间。我将这种状态保持了很长时间，我想一定远远超过了他规定的一刻钟。我看了看表，才过了三分钟。这段时间就像永恒一样漫长。

一两周前，有人跟我讲了一件事，建议我写成一篇故事，从那以后，我就一直在思考这件事。我不知道该怎么写。事件如下：两个年轻人在山上的茶园里干活，那儿的邮件必须去很远的地方取，所以他们隔很长一段时间才能收到信。其中一个年轻人，我们就叫他A吧，每次都会收到很多信，十封或十二封，有时甚至更多，但是另一个年轻人，B，从来都没有收到过信。他常常羡慕地看着A，当A拿起一摞信开始读的时候，他也渴望自己能有一封信，哪怕只有一封。有一天，当他们在等邮件时，他对A说："你看，你总是有一包信，而我从来没有收到过。如果你给我一封信的话，我就给你五英镑。""好吧。"A说。邮件来了，他把自己的信递给B，对他说："你挑一封你喜欢的吧。"B给了他一张五英镑的钞票，看了看那一摞信件，挑了一封，把其余的还给了他。晚饭后，他们正在喝威士忌和苏打水，A漫不经心地问："对了，信里写的什么？""我不打算告诉你。"B说。A吃惊地说："嗯，是谁寄来的？""那是我的事。"B回答。他们吵了一会儿，但B坚持自己的权利，拒绝透露关于他买的那封信的任何信息。A开始发愁，一连好几个星期，他竭尽所能，想要说服B让自己看那封信，B一直拒绝。最后，A既焦虑，又好奇，觉得自己实在忍受不了了，他走到B那里，对他说："给你，这是你的五英镑，把我的信还给我吧。""绝对不行，"B说，"这是我买的，我付了钱，这就是我的信，我不会把它给你的。"

故事讲完了。我想，如果我属于现代小说家的流派，我就应该把这件事原封不动地写出来，然后停笔。但这不是我的性格。我想要一个结构完整的故事，我不知道怎么把它有条理地写出来，除非能给它一个没有一丝质疑余地的结局。但是，即使你允许自己把读者搞得摸不着头脑，你也不想自己同样摸不着头脑。

我与太子和太子妃，也就是贝拉尔亲王和王妃共进午餐。席间，太子跟我聊起我的旅行。“我想你一定去过孟买了吧？”他问道。“是的，”我回答，“我在那里登陆的。”“你去游艇俱乐部了吗？”“是的。”我说。“你接下来要去加尔各答吗？”“是的。”“我想你会去孟加拉俱乐部吧？”“我希望如此。”我回答。“你知道它们之间的区别吗？”太子问道。“不知道呢。”我一脸天真地说。“在加尔各答的孟加拉俱乐部里，他们不允许养狗，也不让印第安人进来，但是在孟买的游艇俱乐部里，他们不介意养狗，只是不允许印第安人进来。”当时我怎么也想不出该怎么回应，直到现在我也没想出来。

宗教大师。他穿着僧人的橘色长袍，但不是橘黄，而是透着些许粉红色，戴着同色的头巾，披着条斗篷。这打扮看起来太热了。他穿着白色的袜子和非常整洁的棕色鞋子，看起来很像舞鞋。他身材高大，微微发福，一张肉乎乎的大脸，金框眼镜后面一双漂亮的眼睛炯炯有神，嘴巴大大的，肉感十足。他说话的声音十分洪亮，当他演讲时，声音往往有些刺耳。他脸上经常挂着微笑。他的举止有一种油滑的仁慈感。他给你的印象是极其自满的一个人。他喜欢被奉承，喜欢谈论自己。有一次，我问他是否会因为放弃尘世间的快乐而后悔。“我为什么要后悔？”他回答说，“这些快乐我在前世都已经经历过了。”

托钵僧。仪式在一个穆斯林公墓举行，几个世纪前，教团的一位圣徒就葬在这里。教团的头领身材十分魁梧，长着一个鹰钩鼻，表情机智而威严。他穿着一件用上等料子做成的棕色阿拉伯斗篷，头上裹着一顶整洁的白色头巾。他坐的地方前面有一个小火盆，里面有烧着的木炭，他不断地往里面添香，他前面还摆着一些德尔维希们表演时用的各式器具。

他们在他对面坐成一排，离他大约四五码远。各个年龄段的人都有，其中一个可能还不到十四岁，一些最重要的人物（从印度人的角度来看），是那些留着大胡子和灰白头发的老人家。这群人都留着长发，衣着五颜六色、鼓鼓囊囊、破破烂烂的，戴着耳环和项链，看起来非常狂野。

仪式从一个祈祷开始，教团头领吟诵着祈祷文，其他人不时也喊着应和。其中一个人走上前，拿起一根大约两英尺长的竹签，把它放在香上熏了熏，让头领摸了摸，然后把竹签戳进自己的脸颊，一直往里推，直到从另一边脸颊穿出来，竹签至少有两英寸长。他绕场一圈，向人们展示自己，然后小心翼翼地把竹签取了出来。他轻轻揉了揉竹签穿进穿出的地方，那里不仅没有血迹，连伤口也没有。另一个人走上前来，拿起另一根竹签，从气管后面穿过自己的脖子，然后把它拔了出来。然后，一个人拿起一把短而钝的匕首，做了一些夸张的手势，大喊几声之后，把自己的眼睛挖了出来。他绕场一周，眼珠耷拉在脸颊上，这副模样着实令人作呕，接着他又把眼珠安了回去，轻轻地揉了揉，看上去完好如初。一个人用竹签刺穿了自己腹部的皮肤，还有一个人刺穿了自己的舌头。他们似乎一点儿都不疼。表演持续了大约半个小时，最后又做了一次很长的祷告。有一两个人流了血，不过就一两滴，很快就止住了。

术士。他个子小小的，脸圆圆的，眼睛也圆圆的，戴着一副眼镜，讲起话来滔滔不绝。他参加过大战，曾以少校军衔出征。他游历过很多地方。他是一个基督徒，也研究帕尔切尔苏斯和埃利法斯·莱维。他分得清白魔法和黑魔法。他蔑视奇迹，却声称自己能悬浮在空中。他辩称，若是仅仅为了满足好奇心而展示自己的能力，那么自己的能量就会削减。他的能量纯粹是精神上的。他声称自己能把病人治好，不过他说他的妻子（她和他一起来的我家）比他力量更强大。她是个印度人，穿着纱丽，不是很年轻了，沉默而警惕。他们离开时，她跟我说我偶尔能看到她，当她凌空出现时，一般都是穿着深蓝色的纱丽。

也许是我们内在的“自我”导致了我们所有的罪恶，但它也是我们的音乐、绘画和诗歌的源头。所以，那又怎样呢？

阿可巴爵士的秘书艾哈迈德·阿里给我讲了下面这个故事：他说，有人把一个被蝎子咬伤的女人带到他面前，跟他说，如果他把十六这个数字写在地上，然后用一只鞋子把它擦掉，这个女人就会痊愈。他不相信，但还是照着做了，结果什么也没有发生。她走了，然后有人指出他写的不是十六，而是十三。从那以后，他就写十六了，治愈了几个人。

一个瑜伽士想过河，但是他没有钱付给船夫，所以只好在水面上踩水过河。另一位瑜伽士听说这件事之后说，这个奇迹也就只值坐渡轮过河所需的那点儿钱。

一个瑜伽士想要乘火车去某个地方，但是没有钱，他问站长能否免费乘车，站长拒绝了，于是瑜伽士就在月台上坐了下来。到了火车发车的时候，它发动不了。据说是发动机出了毛病，所以他们请了机械师过来，机械师竭尽所能，但火车还是发动不了。最后站长跟官员们说了瑜伽士的情况，他被请上了火车，火车立马就开动了。

术士和艾哈迈德·阿里一致认为铁路线上有一个站长可以治疗蛇咬伤，他们说，如果有人被咬了，他有权免费给站长拍一封电报，站长就会拍电报回来，治好病人。

我举办了一个小型晚宴。请了六个人，是几位哲学家、专家和学者。聊着聊着，话题就转到了瑜伽士通过戒律和禁欲所能获得的力量上了，他们告诉我，有一个瑜伽士把自己埋在了一口枯井的井底，叫人们六个月之后再打开。如果他头顶温暖，那说明他还活着，应该让他苏醒过来；如果他头顶冰冷，说明已经死了，就可以把他火化掉。他们照做了，发现他还活着。他很快就苏醒了，现在已经过去十六年了，他还活得生龙活虎。这几个人要么见过他，要么认识见过他的人。他们认为这件事肯定是真的。

孔雀。我们开车穿过丛林。这片丛林不是特别密实，没过多久，我们就透过树木看到了一只开屏的孔雀，它的尾巴美丽极了。它迈步走着，骄傲而华贵，走路的样子透着一种独特的从容感，如此优雅，如此大方，让我想起考文特花园舞台上的尼金斯基，他走起路来就是这般的优雅、大方和从容。我从没见过比那只孔雀独自穿过丛林更动人心弦的景象。我的同伴叫司机停车，抓起了枪。

“我来打它一枪试试。”

我的心悬了起来，一动不动。他开了一枪，我希望他没打中，但他并没有失手。司机跳下车，把那只死鸟捡了回来，它刚才还那么欢快鲜活。这景象真是残忍。

那天晚上我们吃了孔雀胸肉。肉是白色的，鲜嫩多汁。在印度的时候，每晚吃的都是瘦骨嶙峋的鸡，能像今天这样变变口味，真是不错。

贝拿勒斯。没有什么比在日落前的傍晚泛舟恒河更令人印象深刻了。清真寺的两座尖塔耸立在这座城市上方浅白的天空下，看着这幅场景，实在令人兴奋不已。一种奇妙的平和感落在你的周身。万籁俱寂。

第二天早晨，在太阳升起之前，你驱车穿过这座城市，商店还没开门，有人裹着毯子睡在人行道上。三两一群的人走向河边，手里拿着铜碗，照例要去圣水里洗澡。你上了一艘游艇，由三个船工驾驶，慢慢地沿着河边的台阶向前划。一大早，还有些冷。台阶上的人分布得很不均匀，其中有一个台阶上不知道为什么挤满了人。台阶上和水边都是成群结队的人，真是不同寻常。沐浴者的浸洗仪式各不相同。对一些男孩来说，这是玩耍嬉戏的大好机会，他们潜入水中，钻出水面，然后又潜入水中。对有些人来说，这是一项必须尽快搞完的仪式，你可以看到他们机械地做出虔诚的动作，在祈祷的时候喃喃自语。其他人则十分肃穆地对待这项仪式，他们向冉冉升起的太阳鞠躬，双臂伸开举过头顶，虔诚地祈祷着。沐浴结束的时候，有的人便和朋友们聊起了天，看来，这项每天的例行之事给了他们一个绝佳的机会，让他们去聊聊新闻和八卦。还有一些人盘着腿坐在那里冥想。有些人坐着一动不动，着实令人惊叹：他们坐在熙熙攘攘的人群中，仿佛坐在一座孤寂的庙里。我看见一位老人，他的眼睛周围用白灰画了两个大圈，前额上画了一块长方形的图案，脸颊上画了一块正方形的图案，看上去就像戴了副面具。许多沐浴者洗完了澡，仔细地擦洗他们的铜碗，他们要用这个铜碗把圣水装回家。

这种场景令人感动、令人兴奋。熙熙攘攘、嘈杂来往的人群有一种沸腾般的活力。相比之下，那些静坐的人们愈发显得沉默、静止和超脱了。

太阳升得更高了，笼罩着这景色的灰色光线变成了金色，给它涂上了一层五彩缤纷的色彩。

他是个结实的小个子男人，走起路来神气活现。他有一颗圆圆的光头，还有一双明亮的蓝眼睛，眼睛周围布满了皱纹，脸上带着愉快的表情。他是政府的工程师，负责修建道路、水坝和桥梁。他的平房就在河的对面。客厅里摆着几把舒服的扶手椅，中间摆着一张雕花的印第安桌子，墙上挂着精美的木雕，雕刻的是神话里面的场景，还挂着他捕杀的动物头颅和镶框的照片。在游廊和河流之间有一片细长的小花园，里面长着一棵树，这棵树的美让我印象深刻。它的叶子并不密，所以你可以很清楚地看到它的枝干，它们在天空的映衬下呈现出精美的图案。它很可爱，但是工程师显然没有注意到它的美，他一定觉得我这么说很好笑。

我们谈论射击，他提到他曾经打死过一只猴子。“我永远不会再开枪打猴子了。”他说，“我当时正在修路，所有的劳工都罢工了，总共有六百来人。因为工头病了，他们担心他会死掉，他们已经下定决心要离开不干了。我尽了最大努力想要他们留下来，最后他们说，如果能杀一只猴子，他们就可以留下来，因为这样他们就可以取猴子心脏里的血液，用它治好工头。嗯，我不能让工程停下来，所以我拿起枪，沿路往前走。通常周围会有很多猴子在那里玩耍，黑脸的猴子，过了一会儿我就看到了一只。我瞄准它射击，但只打伤了它。它跑向我寻求保护，一直在叫唤，呼喊得像个孩子。”

“后来工头好了吗？”我问。

“嗯，他真的好了。不管怎样，我到底是把路修好了。”

范·H。他大约六十岁，是个大个子，肚子大大的，长着一张肥厚的大脸和一个大鼻子，胡子和头发都已花白。他的眼睛是蓝色的。他很健谈，遣词用句十分准确，但带着点儿口音。他嗓门很大，举止欢快。他年轻的时候肯定长得不好看，现在，他衣衫褴褛，不修边幅，又那么胖，虽然从他的大个头来看，他还算“举足轻重”，但他既不尊贵，也不引人注目或让人印象深刻。他在东方已经有三十多年了。他最先去的是爪哇。他是一位了不起的语言学家，一位梵文学者。他广泛涉猎东方宗教和希腊哲学方面的著作，所以他的兴趣自然是在赫拉克利特上，书架上放着所有现存的与赫拉克利特有关的文学作品。他的公寓里摆满了书。墙上挂着许多藏族的小旗子，屋里到处都摆着藏族的铜饰。他在西藏生活了很长时间。他贪吃，还喜欢喝啤酒。在利德比特的影响下，他成了一名见神论者，去了印度，在阿迪亚尔做了几年图书管理员，但后来和贝赞特夫人发生了争吵。当我问他对圣雄甘地的存在与否有何看法时，他说，他认为关于圣雄甘地存在和不存在的证据大约各占一半。虽然他早已失去了对神智论的信仰，但他仍然对利德比特怀有极大的崇拜之情，并相信自己拥有超自然的力量。我认为现在佛教才是他真正的信仰。

他年轻时，在爪哇雇了一个仆人。这个仆人和他一起旅行了九个月，然后给他讲了自己的身世：他是个爪哇苏丹的后裔，已经结婚了，有一个孩子。他的妻子和孩子都死了，他伤心欲绝，隐居丛林，过着苦行僧的生活。后来他加入了一群烧炭工，和他们一起住了几个月。有一天，他们对他说，这不应该是王储后代的生活，并说服他去拜见一个陌生人。那是个茶园主，是个爪哇人，大约四十岁，人们普遍认为他就是某个著名的叛逃者本人（而不是他的转世），他在战败后便消失不见了（那那·萨希布就是这样），一百多年过去了，他却尚在人世。这个人叫他到巴达维亚去，在那里他会找到一个白人，他要在那里给他做九个月的仆人。他还告诉他这个白人哪天能到。事实上，一切都和茶园主事先告诉他的完全一样，这激起了范·H的兴趣，于是他便去拜访茶园主。他看到的是一个相貌平平的人，此人深受百姓的尊敬，却对自己的情况只字不提，大家都认为他是那个古代的英雄，对此，他既不承认也不否认。当范·H问他，到底是什么让他指示那个仆人来巴达维亚服侍自己的时候，他的回答是："有一种知识来自头脑，也有一种知识来自内心。我看了看自己的内心，看到了什么就说什么。"

一个年轻的军官乘半岛暨东方轮船公司的轮船回家，在路上，有人看见他在甲板上阅读有关泰姬陵的书籍。人家问他为什么，他说："嗯，我在阿格拉待了四年，可从来没有去那里看过，但我知道当我回到家的时候，每个人都会问我关于那里的事情，所以我想在我回家之前，最好把关于它的一切都记下来。"

泰姬陵。尽管我对它有过很多期待，尽管我见过它的所有照片，但当我第一次从大门口的平台上真正看到它的时候，我被它的美丽征服了。我意识到这是艺术真正动人心弦的地方，并试图趁它在我脑海里仍然鲜活的时候，发自内心地把它好好审视一番。我此时才理解，当人们说某某事物美得令人窒息的时候，他们并不是在做一个无聊的比喻。我真的感到呼吸急促。我心里有一种奇怪的、愉快的感觉，好像我的心在膨胀。我感到惊奇和喜悦，我觉得，我还有一种解脱的感觉。但是我此前正好在读数论派哲学，这个学派认为艺术是一种暂时的解脱，所以也许我此时只是忆起了这个说法，并把它当成了自己的真实感受而已。

我无法为同一件美丽的东西陶醉两次。第二天同一时间，我又去了泰姬陵，这一次感受到美的只是我的思想，而不是眼睛了。不过，在另一方面，我有了别的收获。日落时分，我漫步走进大殿，殿内只有我一人。当我从房间的一端抬眼望去，看着大殿里被分隔出来的一间间幽室时，有一种怪异、神秘的感觉，这大殿是如此空虚和寂静，我有些害怕。我只能用这句根本说不通的话来表达我的感觉——我仿佛听到了神祇无声的脚步。

孙达拉姆。描述一个印度人无比困难，也许是因为你对他的前世和生活环境知之甚少；也可能是因为你认识的印度人太少了，所以你无法比较自己对他们每个人的印象；也可能是因为他们的性格像流水一样多变，可以说没有什么明显的特质；当然，也有可能是因为他们只向你展示了他们想要展示的一面，或者只向你展示了他们认为你会喜欢、会感兴趣的一面。孙达拉姆是一个马德拉斯人，他身材魁梧，体格壮硕，身高在欧洲人中属于中等，肤色不算太深。他裹着腰布，穿着一件白衬衫，戴着一顶甘地式的帽子。他的鼻子粗短，嘴巴大大的，嘴唇很厚，脸上总是挂着悦人的微笑。他喜欢谈论他认识的所有大人物，但他的虚荣心似乎也就仅限于此了。他非常善良。他是个清教徒，他告诉我，他这辈子从未进过剧院或者电影院。他有诗人般的情操，风景、河流、鲜花、白天和夜晚的天空对他来说都是快乐的源泉。他没有逻辑头脑，对讨论问题一点儿都不感兴趣。他接受了来自印度传统文化的信仰，是直接从他的古鲁那里继承来的，他很喜欢滔滔不绝地谈论这些信仰，但并不在意它们的合理性。如果他的各种想法之间互相矛盾，他也不介意。他的立场都来自他的感觉和直觉，他对自己的直觉有着绝对的信任。他严格遵守正统印度教关于食物、沐浴、冥想等方面的所有戒律。他主要以牛奶、水果和坚果为食。他告诉我，有一次，他忙着钻研一部重要的典籍，连着六个月都只靠牛奶度日，并且这么长时间一句话都没讲。他谈到克己，谈到绝对，谈到存在于我们所有人心中的上帝（上帝就是一切，我们都是上帝）的时候，都无比虔诚。他信手一拈，就有很多现成的隐喻，这些隐喻在印度已经存在好几个世纪了，他用起来也得心应手，显然，对他来说，和别人讲道理时仅仅用这些隐喻就足够了。关于恒河的一个优美意象对他而言，跟三段论一样力量强大。看得出来，他对妻子很忠诚，也很爱孩子，并为他们感到自豪。他的孩子们都彬彬有礼。他每天早上五点起床，做冥想。他认为这个时刻最吉利。我看过他和一些大学生在一起，他对他们非常好，但不像传教士对他们的皈依者那样，带着一丝令人生厌的甜腻之情，他的情感十分自然，也很有人情味。

帝国缔造者。他是一位将军，满头白发，长着牙刷状的白胡子，高高的个子，壮实但并不肥胖。他长着一张红红的脸，一双蓝眼睛和一颗蛋形的脑袋。他会在每天早晨六点出去骑马，他的房间里有一个划船机，这样他回来洗澡前就可以做些运动。暑气稍有消减，他就会去网球场，他打球的时候非常生猛，打得很好（他自夸说，就算跟那些只有自己一半年龄的小伙子们打球，他也不会占下风，他更喜欢单打，因为这样得到的锻炼会更多），他会一直打到天黑看不见球的时候，才会回到自己的房间，在他的划船机上划上一刻钟再去洗澡。“在这个国家，你必须保持健康，”他总是这么说，并抱怨道，“我没法得到足够的锻炼。”他在印度已经待了三十年了。“印度唯一厉害的地方就是射击。我的意思是说，你可以像相信英国人一样相信他们，他们是一流的运动员，如芥末般热情。我的意思是，除了肤色，他们是不折不扣的白人。你要知道，我并没有在夸张。我说的是事实。”

阿什沃思。他告诉我，当他在大学学习哲学，老师告诉他一切都是一体的时候，他实在无法理解。一个人怎么能说那张桌子就是他，他就是那张桌子？这似乎没有任何意义。后来有一天他终于明白了。他去看了迈索尔的大瀑布，坐了很长一段路的公共汽车穿过丛林。他之前从来没有见过大树，当他穿过一条绿油油的隧道，树木高耸在他的头顶上时，他的内心十分激动。然后他来到了瀑布下，站在一个又大又圆的潭边，看着面前的一大片水从像天那么高的地方飞流直下（因为那时刚过雨季）。一种不寻常的情感在他心中油然而生，他觉得自己就是水，他像水一样往下掉，水就是他自己，他意识到自己和水就是一体的。他三十八岁，他的个子对于德干高原的印度人而言是相当高的，比我还高大概一两英寸。他有一头自然卷曲的黑色鬈发，已经开始变白，但他的脸依然很年轻，额头上几乎没有皱纹，眼睛下面也没有细纹。他的眼睛很大，眼波流动，鼻子很短，但形状很好看，略显丰满，嘴很大，厚嘴唇，耳朵很小，贴着脑袋，耳垂却又长又厚，就像乔达摩头像上的耳垂一样，当然也没有那么夸张。他的脸刮得很干净，但是他的胡子很厚，甚至在刮完胡子之后，他那蜂蜜色的深色皮肤上仍有一抹黑色。他长得并不好看，但诚恳坦率的表情让他看上去特别迷人。他的牙齿很漂亮，很白，很整齐。他的手比大多数印度人的都要大。

他裹着廉价的棉质腰布，穿着一件棉质衬衫，戴着一顶甘地帽，围着每一个有地位的印度人都会围的围巾，光脚穿着一双皮凉鞋。虽然他从未去过英国，但他的英语说得很流利，他的声音洪亮悦耳。他的真诚和善良显而易见，但我不确定他是否聪明。他脑子里的一切东西都是他自己想出来的，而他并不知道自己苦思冥想出的那些东西其实都平庸得可怜。当他满怀深情地说出极其陈腐的陈词滥调时，真叫人浑身难受。不过，他偶尔也会想到一个不错的、独创性的想法。

他曾因在自己的报纸上发表一系列煽动性文章而被捕，并被判一年监禁。他被关在一间单独的牢房里，这样就不会因为谈话而带坏其他犯人，但是，尽管没人强迫他，他还是主动要求去干活，和其他人一起在工作间里做毯子。入狱这件事情对他打击很大。他告诉我，他经常一哭就是好几个小时，有时会急不可耐地想要出去，便用拳头捶牢房门上的铁栏，试图把它砸开，有时他还会尖叫，直到累倒在垫子上睡着。四个月后，由于监狱里食物的粗劣，他病得很重，于是被送进了医院，他便在那里度过了剩下的几个月。就是在那时，他决定放弃自己的财产。但是他的审判已经花费了很多钱，在他服刑期间，他的报纸收益也很差，所以当他被释放时，他发现自己已经负债累累。他花了好几年时间才还清债务。然后他把员工叫到一起，把自己的报纸、机器等所有东西都给了他们，条件是他们每个月要付给他母亲三十卢比，作为她以及他妻子、妹妹和两个孩子的生活费。

我想知道他的家人是如何看待他的决定的。他不太在意他们的感受。“他们不喜欢，”他说，“但我没办法。一个人若是想做他自己认为正确的事，总会给别人带来痛苦或不便。”他出生的时候，占星师就说，他要么会成为一个非常富有、成功的人，成为人中龙凤，要么会成为一个乞丐。多年来，他的抱负一直是发大财，扬名立万，但是，当他决定放弃自己所拥有的一切时，他的母亲想起了占星家所说的话，因而虽然很伤心，但并不感到惊讶。我问他，他的儿子长大后，若是责备他生下自己，却没给自己应有的地位和良好的教育，让他在长大成人后只学到了点儿基础知识，只能当个工人，到那个时候，他会怎么回答？他平静地笑了笑。“我想他可能会责备我，”他说，“但他会有一个容身之所，会有食物果腹，这都是我给他的。我不明白为什么仅仅因为你生了一个儿子，就必须为了让他过得更好而荒废你自己的生命。你和他一样有生活的权利。”

他给我讲了一件事，我很感兴趣。就在他把自己所有的东西都处理掉之后的第二天，他去看一个朋友，这个朋友住在离班加罗尔几英里远的地方。他去的时候是步行，在回来的路上，他觉得累了，就跳上了一辆路过的公共汽车，但他突然想起他的口袋里一分钱都没有，只好让司机停下来下了车。我问他后来都住在哪里。

“如果有人留宿，我就睡在阳台上，如果没有，我就睡在树下。”

“那吃的呢？”

“如果有人给我食物，我就吃，如果没有，我就不吃。”他回答得很简单。

我认识他的方式相当奇特。当时我是第二次去孟买，他从班加罗尔给我写信，说他想来看我，因为他确信我有一些重要的话要对他说。我回信说我是一个非常普通的人，只是一个写小说的，别的什么也不是，不值得他花两天来看我。尽管如此，他还是来了。我问他哪里来的钱买火车票，他说他去了车站之后就在那里等着，过了一会儿，他和一个等火车的人攀谈起来，他跟那个人说他要来看我，但是没有钱买票，那个人就给他买了张票。我提出要给他钱让他买回程的票，但他不愿从我这里拿钱。

“我总有办法回去的。”他笑着说。

我们长谈了两天。这两天我一直感觉很糟糕，我知道他期待我讲一些崇高的教义，或者起码能跟他说一个重要的信息。但我没有什么可以讲给他的。他只能失望了，也许我本应该做得更好些，给他讲些冠冕堂皇的套话，但我无法强迫自己那么做。

果阿。你驱车穿过椰林，椰林中到处都是房屋的废墟。渔船行驶在潟湖里，三角帆在灿烂的阳光下闪闪发光。教堂高大、洁白，正面装饰着蜂蜜色的石柱。教堂内部又大又宽敞，空荡荡的，有一个葡萄牙巴洛克风格的讲坛，上面雕刻着精美绝伦的图案，还有相同风格的祭坛画。侧祭坛的一个讲道台上，一个牧师（是个本地人）正在做弥撒，旁边有一个黑脸侍祭在给他帮忙。没有人来做礼拜。在圣方济各教会，你会看到一个钉在十字架上的耶稣受难木质雕像，向导告诉你，在这座城市被毁的六个月前，它曾流过眼泪。他们正在教堂里举行仪式，有人在弹奏管风琴，管风琴台上有一个由当地人组成的小唱诗班，他们唱得很刺耳，他们的嗓音让天主教的圣歌染上了一丝神秘的印度异教特征。在这荒无人烟的地方，看到这些空荡荡的大教堂，日复一日地，没有一个人听牧师们做弥撒，这场景给我留下了奇怪的印象。

牧师。他到旅馆来看我。他是一个高大的印度人，既不瘦也不胖，五官端正，略显扁平，一双乌黑的大眼睛炯炯有神。他穿着长袍。起初他很紧张，双手不停地动来动去，我尽力让他放松下来，不一会儿他的手就安定下来了。他的英语说得很好。他告诉我，他属于婆罗门家庭，祖先是婆罗门，是受到圣方济各·沙勿略的一位追随者的感化而皈依的。他三十出头，体格健壮，风度翩翩。他的声音浑厚悦耳。他在罗马待了六年，在欧洲逗留期间游历了许多地方。他想再回欧洲，但他的母亲老了，希望他能留在果阿直到她去世。他在一所学校教书、传道。他花了很多时间来感化首陀罗，想要改变他们的宗教信仰。他说，现在想要在高等种姓的印度人身上做任何事情都白费力气。我试图让他谈谈宗教。他告诉我，他认为基督教足够宏大，可以容纳其他信仰，但遗憾的是，罗马并不允许印度教会按照本土的倾向发展。我感觉，他接受基督教教义是把它作为一种纪律，却没有热情，我不知道，如果有人能够弄清自己信仰的真相，会不会发现自己对它多少持有一些怀疑态度。我觉得，即使他背后是有四百年历史的天主教，他内心深处仍然是一个吠陀派。我不知道，对他来说，基督徒的上帝是否与《奥义书》中的婆罗门有所融合，就算这种想法没有出现在他的脑海中，至少在某种模糊的潜意识深处他是否这样想过？他告诉我，即使在基督徒中，种姓制度仍然达到了严格的程度，他们不会与自己种姓以外的人结婚。一个婆罗门血统跟一个苏陀罗血统的基督徒结婚是前所未闻的。他很得意地告诉我，他的血管里没有一滴白人的血，他的家族始终保持着血统的绝对纯正。“我们是基督徒，”他对我说，“但首先我们是印度人。”他对印度教的态度是宽容和同情的。

特拉凡哥尔的回水河汊。它们都是狭窄的运河，或多或少算是人工修建的，也就是说，天然的水域被挖出的沟渠连接起来，形成了一条从特拉凡哥尔到柯钦的水道。两边都种着椰子树，水边矗立着泥顶的茅草屋，每座茅草屋四周都环绕着一个小院子，里面种着香蕉、木瓜，间或还有一棵波罗蜜。孩子们在玩耍；女人们有的在闲坐，有的在舂米；男人和孩子们慢慢地划着破旧的船，有时载着椰子、树叶或喂牛的饲料；岸边有人在钓鱼。我看见一个人背着弓箭，身上还挂着一小串他射到的鱼。大家都在河里洗澡。这里绿意盎然，凉爽而安静。你会对田园生活产生一种非常奇特的印象，觉得它宁静而原始，却没那么艰苦。不时有一艘大驳船经过，两个人撑着篙，从一个小镇驶向另一个小镇。时不时会看到一个不起眼的小寺庙或小礼拜堂，因为这里的大部分人都是基督教徒。

河里长满了水葫芦。这些植物开着淡紫色的小花，不是扎根在土壤里，而是扎根在水里，它们在水面上漂浮着，当你的船驶过，它们就会被推开，显出一条干净的水道；但船刚开过去，它们就随着溪流和微风漂了回来，你经过的痕迹就荡然无存了。我们这些人在世界上亦是如此，我们曾引起一些小小的轰动，但终会无影无踪。

邦首席部长。有人告诉我，他是个既精明又不择手段的政治家。大家都认为他既聪明又狡诈。他身材魁梧，体格健壮，跟我差不多高，长着一双机警的大眼睛，宽眉毛，鹰钩鼻，丰满的嘴唇和圆圆的小下巴。他有一头浓密的毛茸茸的短发。他围着一条白色的腰布，穿着一件白色的束腰外衣，领口紧紧地围在脖子上，还围着一条白色的围巾。他光脚穿凉鞋，一会儿把鞋子蹬掉，一会儿又穿起来。他待人和蔼可亲，这是他多年来作为一名政治家强迫自己热情对待每一个人的结果。他的英语讲得很好，很流利，用词也很丰富，能把自己要说的话讲得既清楚又有逻辑。他嗓音洪亮，举止随和。他不大同意我说的许多话，果断地纠正了我，但他彬彬有礼，理所当然地认为我足够聪明，不会把别人的反对意见当成一种冒犯。他当然很忙，要管理一个邦的所有事务，但是他似乎有足够的空闲时间来和我聊印度的玄学和宗教，聊了差不多有一个小时，好像没有什么比这让他更感兴趣了。他似乎不仅通晓印度文学，而且通晓英国文学，但没有看出他对欧洲其他国家的文学或思想有什么了解。

当我说印度的宗教是他们所有哲学的基础时，他纠正了我的说法。“不，”他说，“不是这样的。印度没有你所说的那种宗教；印度有的是各种哲学体系，而神学，印度教神学，是其中一种。”

我问他，受过教育、有教养的印度教徒是否仍然积极地相信因果报应和轮回。他回答得斩钉截铁：“我自己对此是完全相信的。我确信在此生之前，我已经经历了无数次轮回，我不知道自己还要转世多少次才能解脱。因果报应和轮回是我所知唯一能够解释人类不平等和世间邪恶的东西。如果我不相信它们，我会觉得这个世界毫无意义。”

我问他，相信因果报应与轮回的印度人是否比欧洲人更害怕死亡。他花了点儿时间想了想怎么回答，在思考的时候，他又谈了些别的事情（我知道他说话时经常这样），所以我还以为他不会回答了呢。然后他说：“印度人不像日本人那样，从小就被教导生命是没有价值的，日本人认为有许多情况需要自己毫不犹豫地牺牲生命。印度人并不因为死亡会结束生命而害怕死亡，印度人之所以害怕死亡，是因为他们不确定自己将投胎成什么。他不能保证自己是会转世成婆罗门、天使，甚至是神灵，还是会转世成首陀罗、一条狗或者一条虫。当他想到死亡时，他害怕的其实是来世。”

印度七弦琴演奏者。他四十岁，身材魁梧，胡子刮得干干净净，脑袋的前半部分也刮得干干净净，后面的头发很长，扎成一个发髻。他围着一条腰布，穿着一件无领衬衫。他坐在地板上弹奏，乐器装饰精美，刻着浅浅的浮雕，尾部刻的是一条龙。他演奏了几个小时，不时地唱上几嗓子，唱的曲子有的是几百年的老歌，但也有一些没那么老，是上个世纪的音乐，当时的统治者还是特拉凡哥尔大君（他自己也是一位颇有成就的音乐家），那时的人们对艺术有着极大的热情。这是一种繁复华丽的音乐，需要你全神贯注地听，如果我对现代音乐毫不了解，那么我可能根本就听不懂。它是慢节奏的，当你的耳朵习惯了之后，就能听出它的多样性与和谐感。近年来，作曲家们深受现代音乐、欧洲音乐的影响，在这些东方音乐中，依稀能听到风笛声或军乐队的威武之音，这感觉怪怪的。

印度人的房子。房子的主人是个法官，房子是他从祖辈那里继承来的。他已经过世了，他的遗孀接待了我，那是个矮胖的女人，穿着白色的衣服，白色的鬈发垂在背上，光着脚。你从一堵白墙上的门洞走进去，会发现自己进入了一个凉亭，天花板雕着花纹，是杰克木的。上面刻着荷叶，中心是一个起舞的湿婆浅浮雕像。接着你走进一个到处是尘埃的小院子，院子里种着变叶木和山扁豆。然后你走到了房子里。房子前面是一个飞檐的回廊，上面是敞开的木板屋顶，连接得很漂亮，天花板上刻着棕色的雕饰，跟凉亭上的一样。回廊两端各有一个拱起的部分，下面是主人通常用来收纳衣服的地方，也能充当座位。他可以在这里接待客人。后面是两扇门，门上都装着华丽的锁和铰链，都是用带雕饰的铜做的，它们通向两个昏暗的小房间，每个房间里都有一张床，主人就睡在其中一张床上。一侧有一个封起来的缝隙，通向一个谷仓。你从一旁的小边门穿过去，便进入了另一个院子，院子后面是女眷的住所，旁边是厨房和一些小房间。我被领进一个房间，里面摆着一些破旧的老式欧洲家具。

到了晚上，第一个院子年久失修、尘埃满地的模样便看不出来了，在月光和星星的照耀下显得凉爽而寂静，变得十分浪漫。我真想在那儿听那位七弦琴手演奏，铜灯的灯芯在椰子油中漂浮，烟气氤氲，照亮了他那专注而严肃的面庞。

瑜伽士。他大约是印度人的平均身高，深蜜色的皮肤，一头短短的白发，一把短短的白胡子。他不肥壮，但挺丰满的。虽然他只围了一条白色的腰布，但看上去整洁干净，甚至可以说是“衣冠楚楚”。他走路慢吞吞的，拄了个拐杖，有点儿跛。他的嘴挺大，嘴唇厚厚的，他的眼睛既不像大多数印度人那样大，也不像他们那样亮，眼白布满了血丝。他看起来既简朴又庄重。他乐呵呵的，面带微笑，彬彬有礼。他给我的感觉没有多少学究气，更像是一个和蔼可亲的老农。我躺在一张简陋的木板床上，他走进屋里，后面跟着两三个门徒，说了几句亲切的问候语后就坐了下来。我当时身体不太好，之前才晕倒过，他就坐在我的身旁。就是因为有人告诉他，我身体不太好，不能到客厅去（他平时都是在那里打坐的），他才到这个小房间来的（我之前是被抬到这里的）。

几分钟后，他不再看我了，只斜着眼睛盯着我的肩膀上方。他的身体一动也不动，但一只脚不时地在地板上轻轻敲着。他这样待了大约一刻钟，后来他们告诉我，他一直在聚精会神地为我冥想。然后他突然停下来，问我是否想对他说点儿什么，或者问他什么问题。我感到既虚弱又难受，就跟他如实说了这种感觉，于是他笑着说："沉默也是交谈。"他又把头微微转开，继续集中注意力冥想，仍然像是在盯着我的肩膀上方一样。他这样持续了一刻钟，没有人说一句话，房间里的其他人都目不转睛地盯着他，然后他起身，鞠了一躬，笑着跟我道别，拄着拐杖慢慢一瘸一拐地出了房间，他的门徒紧随其后。

我不知道是休息的结果，还是瑜伽士冥想的结果，但我感觉好多了，过了一会儿，我去了大厅，他白天就在那里打坐，晚上在那里睡觉。这是个长长的、空荡荡的房间，我感觉有五十英尺长，宽度大约是它的一半。房间四面都有窗户，但屋顶的飞檐使房间内的光线有些昏暗。瑜伽士坐在一个铺着虎皮的矮台上，面前是一个小火盆，里面焚着香。香的气味很好闻。一个弟子不时地走上前来，再点燃一根。信徒们坐在地板上。有些人在阅读，其他人在冥想。没过多久，两个陌生人提着一篮水果走了进来，跪倒在瑜伽士面前，献上他们的贡品。他微微点了点头，表示接受了，示意一个门徒把它拿走。他对这两个陌生人说了几句客套话，然后又微微点了点头，示意他们可以退下了。他们又跪倒在地，退下和其他信徒坐在一起。然后瑜伽士陷入冥想，在场的所有人似乎都打了个寒战，我踮着脚尖走出了大厅。

后来我听说我的晕倒引起了许多荒诞的谣言。这件事不仅传到了印度各地，甚至传到了美国。有些人认为，我是因为一想到要去见这位圣人，内心就涌起敬畏之情，才会晕倒。另一些人说，在我见到他之前，他的力量就已经在我身上起作用了，让我有那么几分钟的灵魂出窍，进入了无极。当被问及此事时，我只是笑了笑，耸了耸肩。事实上，那不是我第一次晕倒，也不是我最后一次晕倒。医生告诉我，这是由于腹腔神经丛受到刺激，导致膈肌压迫到了心脏，那天，这种压力持续的时间过久，才导致了我的晕厥。在这种情况下，你会有几分钟感到不舒服，然后就什么也不知道了，直到恢复意识——如果能恢复意识的话。

马都拉。夜晚的庙宇。印度总是很嘈杂。印度人整天扯着嗓子说话，但在庙里，他们说话的声音比以往任何时候都大。这吵闹声真是绝了。人们在祷告，在背诵祷文，他们互相呼唤，大声辩论，吵得面红耳赤。他们没有表现出一点儿崇敬神灵的样子，周围却有一种强烈的压倒一切的神圣感，使你的脊背发凉。说来奇怪，那里的神似乎离我们很近，而且还是活生生的。

人群很密集，男人、女人、孩子挤在一起。男人们光着上身，他们的额头上抹着厚厚的一层牛粪燃烧后剩下的白灰，手臂和胸部通常也会抹。许多人在白天处理日常事务时穿着欧洲服装，但在这里，他们抛开了西方服装、西方文明和西方的思维方式。寺庙里都是些对西方一无所知的印度人。你会看到他们向一个又一个神龛行大礼，有时全身平趴在地上，脸朝下，摆出五体投地的匍匐状姿势。

你穿过长长的大厅，屋顶由雕花柱子支撑着，每根柱子的底下都坐着一个托钵僧。有的年事已高，蓄着胡须，有的非常瘦弱，有的年轻健壮、浑身是毛。每个人的面前都摆着一个化缘用的钵或一张小垫子，会不时有虔诚的信徒在里面投上一枚铜钱。有些人穿着红衣，有些人几乎赤身裸体。当你经过时，有些人茫然地看着你，有些人在读书，或默读，或大声朗读，根本没有注意到熙熙攘攘的人群。内殿外面的地板上坐着一群僧人，他们脑袋前半部分的头发都剃光了，后面的头发扎了个发髻，他们长得相当肥壮，光溜溜的棕色胸膛和肉滚滚的手臂上用白灰画满了条纹。一个有学识的大师走了进来，他还是一个很有名气的圣徒。他戴着红色的头巾，胳膊上戴着手镯，围了一条彩色的腰布，留着一把灰色的胡须，看上去很有派头，身后跟着两三个弟子，在神龛前念了一段祷文，然后，弟子在前面开道，他大踏步走进了大殿里最神圣的地方（有名望的人都是这么走路的）。

寺庙的天花板上悬挂着光秃秃的电灯泡，刺眼的光线投射到神像上，但在光线照不到的地方，黑暗显得更加神秘了。尽管这里有那么多嘈杂的人群，但也许正是因为如此，才让你觉得这里神秘而可怕。

当我要离开印度时，人们问我，我看到的所有景色中，哪一个给我留下了最深刻的印象。我的回答正如他们所愿。但最让我感动的，其实不是泰姬陵，不是贝拿勒斯河边的石梯，不是马都拉的庙宇，也不是特拉凡哥尔的群山，而是那里的农民。他们非常憔悴，衣不蔽体，只有一块破布围在腰间，破布的颜色如太阳炙烤着的龟裂的田地一样。农民在寒冷的黎明瑟瑟发抖，在炽热的正午挥汗如雨，夕阳西下，在干旱的田地上洒下一片红光，饥寒交迫的农民却依然没有停止辛苦的劳作，无论是北方、南方、东方，还是西方，所有的农民都在印度这片广袤的土地上辛苦耕种。三千年来，从雅利安人第一次来到这个国家开始，印度农民祖祖辈辈、世世代代都在为了微薄的收入而辛苦劳作，这是他们得以维持生计的唯一希望。这是印度让我印象最深刻的景象。

1939

朗斯。公用饭桌。一张长桌旁坐着许多年轻男子，他们都穿着体面的深色衣服，但给你的印象是，他们有段时间没洗澡了。他们里面有学校老师、保险职员、售货员等。大多数人在吃饭时还看着晚报。他们贪婪地吃着食物，吃着一块又一块面包，喝着廉价葡萄酒。他们很少讲话。突然一个男子走了进来。“是朱尔啊！”他们喊道，似乎醒了过来。朱尔给大家带来了欢乐。他三十来岁，瘦瘦的，长着一张尖尖的红脸，一副滑稽的模样。你完全可以把他当成马戏团里的小丑。他的乐趣就是把面包屑乱扔一气，要是打到了人，被打的人就会大喊：“天上掉下来的子弹啊。”

他们和服务员处得很好，彼此间不用尊称，“你”来“你”去的。有一个小女孩是店主的女儿，坐在一条长凳上编织毛线，他们都善意地揶揄她。你会觉得，他们期待着有一天能和她调情。

矿工村。一排排两层的红砖小房子，红瓦屋顶，大窗户。每栋房子后面都有一小块菜园，矿工在里面种菜种花。一栋房子有四个房间，前面有一个客厅，但几乎从未使用过，窗户上挂着厚厚的花边窗帘，后面是厨房，楼上是两间卧室。客厅里有一张铺着桌布的圆桌，三四把直背椅，墙上挂着全家福的放大照片、一把枪和一些电影明星的照片。一家人大部分时间都在厨房里相聚。厨房里面还有一个火炉、一个收音机、一张铺着油布的桌子，地板上也铺着油布。屋里横拉着一根绳子，上面晾着洗好的衣服。厨房里充满了饭菜的香味。收音机从早到晚都在播放着，有狄多·罗西的曲子、《兰贝斯大道》，还有各种舞曲。到了洗衣日，炉子上就架起了一只大锅。

有客来时，他们会拿出朗姆酒来招待。他们聊起了钱和生活开销，谁嫁给了谁，谁谁在做什么。

矿工早晨从楼上下来吃早餐，喝咖啡和朗姆酒。他走到水池边洗手洗脸。他已经穿戴整齐，只有靴子和外套没穿，这要等妻子递给他。

L的姐姐。一个又高又瘦的黑发女人，长着漂亮的五官，一双眼睛长得尤其美。但她缺了两三颗牙。她三十二岁，看上去却像五十岁一样，面容憔悴，皮肤干燥，满脸皱纹。她穿着一条黑色的裙子和衬衫，围着一条蓝色的围裙。她的四个孩子都脏兮兮的，穿得很破，都是母亲用旧衣服改成的衣服。一个小女孩耳朵疼，头上围着一条围巾。L的姐夫。他三十五岁了，但看上去要老得多。他有一张瘦削的、不对称的、饱经风霜的脸，但看起来和蔼可亲，脾气很好，只是有点儿固执。他很少说话，说起话来慢吞吞的，声音很好听。他对方言比对法语更熟悉。他的手又大又脏，看起来很有力量。他灰色的眼睛里透着一种柔和的、可怜兮兮的神色，睫毛上洗也洗不掉的煤尘，使他的这种神情看上去更加明显。

工头。他是一个快乐的家伙，嗓门很大，有着佛兰德人的快乐脾性。他喜欢那些能给他带来慰藉的东西，比如咖啡、朗姆酒和葡萄酒。他的妻子是个身材高大的胖女人，灰白的头发乱蓬蓬的，脸红红的，一副高兴的神情。她很喜欢吃东西，圣诞节他们大吃了一顿。她会告诉你她买鸡肉花了多少钱，然后跟你细细地描述每一道菜。他们坐在那里聊着天，听着收音机，唱着歌，一直到凌晨四点。

他们有两个儿子。他们不想让大儿子当矿工，所以让他去做了木匠，但第一个星期，他的右手就被圆锯锯断了，现在他（戴着眼镜）就在矿上做些杂活。小儿子没再折腾，直接下井做了矿工。

男孩们过去从十二岁开始干活，但现在要到十四岁才开始，他们每天三班倒，每班八小时，负责把煤里的石头拣出来。煤用一个移动的平盘传递着，当平盘经过时，一群孩子肩并肩地迅速把石头拣出来。他们的帽子紧紧地扣在头上，身穿蓝色工作服，脸和衣服一样黑乎乎的，眼白闪闪发光，看上去很古怪。

一个人要到三十岁才能掌握充分的知识，成为一名熟练的矿工；到四十五岁时，他就过了体力的巅峰时期，不得不从事较轻的工作，赚的钱也会变少；到五十五岁时，他可以拿到养老金，他自己有三千法郎，他妻子也有这么多，但他基本上只能再活一两年的时间，来花这笔养老金。他说到自己会在五十五岁到六十岁之间死掉的时候非常平静，好像这是自然规律一样。

他每月象征性地交八到十法郎的房租，每月要买四百公斤煤。他每周工作五天，每天的工资是六十法郎，外加百分之二十五的津贴，但如果他拒绝加班，就拿不到津贴。

医疗服务是免费的，但他抱怨医生对自己不够重视，如果医生很忙，会等到第二天才过来给人看病，而且医疗用品也不充足。

矿工们都十分友好、善良、乐于助人。他们知道自己的工作依赖于他人的工作，因此他们之间存在着一种天然的友好关系。他们中的一些人住在离矿井一个小时路程或更远的地方，他们骑自行车上班。他们依恋着自己丑陋的小村庄，即使能在矿区附近找到一所房子，他们也不会离开自己的村子。

除了一些熟练的矿工负责挖煤、修通道和挖隧道外，还有一些不熟练的工人负责管理电力，推着煤车把煤从装煤点运到升降机处，然后把煤车推到升降机里。他们需要先把煤车脱钩分开，然后沿着弯曲的轨道用手推入升降机。一名工人每一班要把一千二百辆煤车推入升降机。这是件很辛苦的工作，他每天能挣到二十法郎。在上次罢工之前，他一天的工资只有十四法郎。

升降机摇晃得厉害。它以极快的速度上下移动，发出可怕的嘎嘎声。当它到达底部时，工人还要把空煤车再推出去。

安吉丽克酒吧。一个很小的方形房间，最里面放着一个小吧台，架子上放着许多酒瓶。房间里有两三张方桌，靠墙有一张长凳，门口有几把椅子，房间的中央摆着一张圆桌。几名矿工正围坐在那里，和他们坐在一起的还有一名正在休假的士兵，他身强力壮，穿着制服。有个人正在用一团毛线变戏法，这个孩子气的戏法让他们兴奋不已，一边看戏法一边点了好几轮酒。他们都很友好热情。另一张桌子上有四个人在打牌。他们很少说话，说话的时候也主要是在谈论工作和物价。

店主一家住在酒吧后面的一个房间里。一个生病的波兰人卧床不起，有六个人围在他旁边，房间里空气十分污浊。

波兰人和法国人的外貌差异很大。他们的脑袋方方的，身体十分结实，即使透过身上沾的黑色煤尘，也依然能看出他们皮肤的白皙。虽然他们和法国人处得很好，但还是只喜欢与自己圈子里的人往来。他们吃得非常少，比法国人还少，好省下钱来寄回家让家里人买农场。他们一般只在公共节日和婚礼上喝酒，那时他们会倾其所有举办盛大的宴会，然后在接下来的几个月里节衣缩食来弥补这些开销。他们的法语说得结结巴巴的，口音很重。

洗澡是件大事。矿工们在大铜盆里洗澡，这个盆平时是用来清洗全家人的衣物的，把水在铜盆里烧热后，矿工就坐在里面洗澡。有些年轻的矿工以能下井工作为荣，他们就不洗澡，到处向人炫耀。当他们还是单身的时候，通常寄宿在寡妇或者家里没有太多小孩的人家，他们自己占一个房间，或者占一张床铺。他们会到朗斯嫖妓，要么坐公共汽车去，要么骑自行车去。

坑道比普通人的身高略高。坑道很长，被光秃秃的灯泡冷冷地照亮，寒风从里面穿堂而过。沿着坑道一路走着，却没有一个人影，这感觉很奇怪。这些地方拐来拐去的，从一个坑道出来就又到了另一个坑道，你很纳闷那些人是怎么认得路的，但是工头告诉我他闭着眼都能找到路。

走着走着，你会突然遇到一小群正在干活的工人，这感觉非常神奇。你爬过坑道壁上的一个洞，沿着一条狭窄的通道费力前行，有时还得匍匐前进，直到走到坑道的尽头，在这里他们要么继续往前开凿，要么就地采煤。钻机太重了，需要两个人才能抬起来，它发出的噪音，简直让人感觉身处地狱。

光线昏暗，矿工们光着上身，头上戴着安全帽来保护头部，看上去简直不像人。

他们白班上到一半的时候，会休息半个小时吃午饭。他们坐在煤渣上，吃着装在罐子里的食物，里面是一大块面包，抹了黄油或者夹了一根香肠，他们喝着装在金属瓶子里的淡咖啡。

一日三餐。早上喝黑咖啡，吃面包配黄油。中午，如果是在家吃，就有汤，有牛排或小牛肉，从菜汤里能捞出蔬菜，还有土豆。他们喝的啤酒通常是自家酿的，几乎不含酒精的，口味怪怪的，你得慢慢适应。晚饭，还是咖啡和抹了黄油的面包，如果丰盛一点儿，还会有一片火腿。

没有哪所房子看起来能住得舒适，他们似乎也不在意住得是否舒服。他们对自己的工资很满意，只希望能维持现状。工作、食物、睡眠、广播，这就是他们的生活。

经理提醒我说，参观者往往会觉得这里的工作很辛苦，但实际上并没有那么苦。那些矿工都已经习惯了这种生活，即使他们也觉得工作不容易，但起码是可以忍受的。他是个年轻人，个子不高，胡子刮得干干净净，衣冠楚楚的。他的妻子长得还不错，鼻子挺长的，穿着一件红衣服，他们有两个孩子。他对采矿的生意充满热情，看起来很聪明，富有同情心，博览群书。他的岳父是亚眠的首席检察官，跟他们住在一起。他是个矮个子的老头，留着把花白的胡子，他说起话来滔滔不绝，会跟你讲一些人们在过去一百年里翻来覆去讲了无数遍的东西，对此还深信不疑，仿佛这是他经过深思熟虑后得出的想法。他是一个非常诚实、可敬、狭隘、无聊的人。

里维埃拉谋杀案。杰克·M得了肺炎，卧床不起，这时他收到了一封电报，说他的母亲阿尔伯特·M被谋杀了，她当时住在圣拉斐尔的一家旅店里。由于他下不了床，他的妻子就代替他飞了过去。当然，她很震惊，但同时又不禁感到幸运和解脱。她的婆婆把她的生活搞得难以忍受。玛丽喜欢参加聚会和舞会，在衣服上花了很多钱，婆婆因此经常没事找事，对她吹毛求疵。她不赞成玛丽管理家务和抚养孩子的方式。更糟糕的是，杰克还非常崇拜他的母亲。在他眼里，她不会做错事。要不是阿尔伯特太太每年都去圣拉斐尔过冬的话，玛丽根本无法忍受这种压力。

她乘飞机到了戛纳，去见一位英国律师（杰克·M之前给他拍过电报）。在他们开车去圣拉斐尔的路上，他对她讲了谋杀案的一些细节。

“你总有一天会知道的。当地报纸上到处都是关于这个案子的报道。”

阿尔伯特太太被人发现死在了床上，她是被人勒死的，她的钱和珍珠也被人偷走了。她被发现的时候一丝不挂。

“你知道，里维埃拉有时会让这些从英国和美国来的孤独的中年妇女昏了头。”

阿尔伯特太太在圣拉斐尔颇有名气。她经常到酒吧和咖啡馆，和那些最不正经的家伙一起跳舞。她是个出手阔绰的老太婆，随时会请大家喝酒，尽管大家都嘲笑她，但还是挺喜欢她的。她会带其中某个烂仔回旅馆，每星期两三次，他在第二天早上总能得到一千法郎。显然是她的某个情人杀了她。

玛丽听了这个故事，既惊愕又高兴。现在她终于可以报复那个折磨她多年的女人了。如果能告诉杰克，这个被他尊敬的母亲只不过是一个老荡妇的话，那将是一个绝妙的报复方式。

“他们知道是谁干的吗？”她问道。

“还不清楚，可能是十几个人当中的任何一个。她的私生活挺乱的。”

“这对我丈夫来说会是个很大的打击。”

“需要让他知道吗？他们很乐意把这件事情的真相掩盖起来，

把它定性为一起入室盗窃和谋杀的案子。一桩恶性的丑闻对圣拉斐尔这样的过冬胜地没有任何好处。”

“为什么要隐瞒呢？”

“嗯，这是在为你们和你婆婆着想。我敢说，她在英国过得一定相当枯燥。你会因为她想在死前找点儿乐子而责怪她吗？”

玛丽沉默了很长时间，然后说了一些连她自己都吃惊的话。

“我恨这个老女人。我都想亲手杀了她，有时我很想知道为什么没有那么做。不过现在该知道的我都知道了，自打嫁给我丈夫以来，这是我第一次在心底对她有一点点喜欢了。”

垂死的帕斯基耶。他在尼斯的一条小街上开了家小咖啡馆，后面有个密不透风的小房间，用来给人们跳舞。咖啡馆楼上的房子有一部分他自住，一部分出租，需要从侧门走进去。他就住在那里，但他会把其他房间租出去一个小时或一个晚上，租给那些在咖啡馆里勾搭到女人的男人。现在帕斯基耶已经病得很重了，所以咖啡馆就由他的儿子爱德蒙和儿媳妇来打理。爱德蒙娶了一个经常光顾这家咖啡馆的女人为妻，帕斯基耶那时觉得他们的婚事有辱门楣，勃然大怒，把他们赶出了家门，但他不是那种为了名声可以不要钱财的人，由于爱德蒙对他很有用，所以他很快就把他们接了回来。我去的那天晚上，咖啡馆里挤满了人，有一个船队都在里面，他们在处理陆务。我问爱德蒙他父亲怎么样了，他告诉我医生已经放弃他了，他最多活不过一两天了。他请我进去看他。我在屋里走了一圈，负责带客的珍妮把我带到他的面前。一个巨大的四帷柱床上，躺着一个穿着睡衣的小老头，脸色蜡黄浮肿，双手也是水肿的。

“Je suis foutu（法语：我完蛋了）。”他对我说。

“胡说，”我说，装出一副人们在病人面前通常会表现出来的欢快模样，“你会好起来的。”

“我不怕死。楼下怎么样？人坐满了吗？”

“人挤人呢。”

他精神了起来。

“就算我的房间再多一倍，今晚我也能让它住满。”他按了按铃。“我只能躺在这里，不能亲自打理生意，真是糟糕。”女佣走了进来。“去敲敲门，”他对她说，“叫他们快点儿，其他人都在等着呢。我的天哪，他们到这儿来做的事，不需要做一整夜吧。”女佣出去之后，他说：“我想起我可怜的妻子，我很高兴她已经死了，如果她知道爱德蒙娶了一个荡妇，一定会受不了这种耻辱的。你要知道，我们给了他最好的教育。你知道等我死了之后他们要做什么吗？他们打算把这些妓女清理出去，按月把房间出租给职员和店员。他们那样做是赚不到钱的。他为什么不能娶一个中产阶级的小姐，或者娶一个体面商人的女儿？她们这样的人知道生意就是生意。躺在这里，我知道自己一手经营起来的事业，一旦我死了，就会完蛋。”两颗沉重的泪珠顺着他的面颊滚落下来。“为什么？”他抽泣着，“因为那个荡妇想要受人尊敬。人们会因为尊重你就给你钱吗？”

他两三天后就死了。他的灵车里装满了鲜花，许多经常光顾这家咖啡馆的姑娘都去参加了葬礼。“这说明她们心地善良。”爱德蒙的妻子后来对我说。

浪漫传说。约克公爵（乔治三世其中的一个弟弟）乘游艇来到摩纳哥，在那里染了重病。他请求执政的王储接待他，王储答应了，但拒绝接待公爵游艇上带来的那个情妇。她就在罗克布伦租了一所房子，每天到外面的岬角看看那面旗帜是否还在宫殿上空飘扬。有一天，她看到下了半旗，知道自己的爱人死了。于是，她便纵身跳入了海中。

有一天，在格罗夫纳广场吃过晚饭后，我听到一位不太年轻的作家抱怨当今英国文人不再受到尊重了。他把现在的英国文人的地位与18世纪的同行做了比较，觉得现在文人的地位实在太低。18世纪时，文人们都在咖啡馆里当评论家，他们的赞助人都很慷慨大方，使他们不必为了钱而出卖自己的才华。我很奇怪，他怎么就没想到，如果他和我此刻一起在那个咖啡馆的话，我们应该只能爬后面的楼梯上去，如果他们给我们吃饭的话，也只会让我们在值班房里喝上一大杯啤酒，再给我们切上一片冷肉。

他的名字叫保罗，比利时人，他杀害了自己的妻子，他被判处了死刑。他难以接受这个判决，他非常歇斯底里，他难以入眠，感到十分害怕，有些可怜兮兮的。有人叫艾伦去看他，看看能否给他些安慰，如果不能的话，至少能帮助他接受自己的命运。艾伦每天都去看他。有一天，他告诉我，他想读一本监狱图书馆里没有的书，问我能否买给他。我当然答应了，问他那是本什么书。他的回答使我大吃一惊，我无法理解，一个人在被绞死之前为什么会如此渴望读那本书：斯特恩的《感伤旅行》。

旅馆客房。其中一个房间里住着一个男人，他把旅馆的卧室看作自由的象征。他想起了自己在这些房间里的奇遇，想到自己在这里愉快的沉思。他的心情如此平静和快乐，他觉得这种时刻是永远无法被超越的，所以就服用了过量的安眠药。另一个房间里有一个女人，她在一家又一家旅馆辗转了好几年。对她来说，这是一种痛苦。她没有家。如果她没有住在旅馆里，那就是因为她把朋友们弄得很不好意思，不得不请她到家里住上一两个星期。他们出于同情把她带出旅馆，又如释重负地看着她从自己家里离开。她觉得自己再也无法忍受这种不幸的生活了，所以她也服用了过量的安眠药。对于旅馆员工和媒体来说，这个谜团是无法解开的。他们怀疑这是一桩风流债。他们寻找两人之间的联系，但一无所获。

他是一名成功的律师，当他自杀时，他的家人和朋友都感到十分震惊。他是一个活泼开朗、精力充沛的人，是大家认为最不可能自杀的一个人。他热爱生活。他出身低微，但由于在战争中立过战功，被授予了男爵爵位。他非常喜欢他唯一的儿子，他的儿子将继承他的爵位，跟随他做事，进入议会，赢得声誉。没有人能猜到他为什么自杀。他把自己的自杀安排得看上去像是一场意外，所以要不是他有个小小的疏忽，这件事可能真的会被当作一场意外。的确，他的妻子给他带来了一定程度的焦虑。她正处于更年期，这影响了她的大脑，虽然还没有疯到要被送进疯人院的地步，但肯定是有些神志不清的。她患有严重的抑郁症。他们没有告诉她，她的丈夫自杀了，只说他死于一场车祸。她比他们预期的承受能力要好。她的医生把这个消息告诉了她。“谢天谢地，我跟他说过了，”她说，“如果我没说的话，在接下来的日子里，我的内心就不会有片刻安宁了。”医生想知道她是什么意思。没过多大会儿，她告诉他：她已经向丈夫坦白了，他所宠爱的那个儿子，那个他把所有希望都寄托于一身的儿子，并不是他亲生的。

伯蒙齐。一个水管工去一个退休商人的房子里修理管道。商人住在肯宁顿的一所半独立式别墅里。水管工是一个英俊的年轻人，商人的女儿爱上了他。他们晚上在路上约会。但是他觉得，在她的内心深处，是非常清楚他们两人之间的差距的，他的脑子里就产生了这样的想法：她把他当作仆人来对待。他下定决心要报复她。他把她的肚子搞大了，她父母把她赶了出去。水管工拒绝和她结婚，但她还是和他住在一起。孩子出生后，她去了一家饼干厂打工。这个婴儿被寄养了出去。在工厂里，一个工人爱上了她，向她求婚。她知道水管工并不在乎自己，所以离开了他。水管工勃然大怒，他跑去和那个男人讲，自己跟她已经有了一个孩子。那个男人便拒绝再和她有任何瓜葛。

伯蒙齐。一个在战争中因毒气而负伤的男人和他的妻子住在一栋三层小楼底层的两个房间里，靠抚恤金生活。他们都加入了一个埋葬俱乐部。他病了很长时间，最后意识到自己快死了，就征得妻子的同意，用他们的最后一笔钱为他举行宴会。他们邀请了所有的朋友，准备了一顿丰盛的香槟晚餐。第二天晚上他就去世了。埋葬俱乐部提供的钱花光了，朋友们想要凑钱给他举行一场盛大的葬礼，他的遗孀不同意他们这么做，于是大家都到贫民窟公墓给他送葬。当天晚些时候，俱乐部的一个人去看望他的遗孀，并向她求婚。她吃了一惊，不过想了一会儿，还是同意了，但是她觉得在一年的服丧期结束之前就嫁给他是不合适的，所以她建议在这之前，他可以先搬来和她住在一起。

伯蒙齐。一个男人。他是个退伍军人，和一个在工厂工作的女孩疯狂相爱。但他之前很不幸地娶了一个爱唠叨、爱吃醋的妻子，于是这对情人就私奔了，在斯特普尼住了下来。那个女孩读报纸的时候惊恐地发现男人杀了他的妻子。他必然会被抓住的，但在逃亡期间，他们陷进了狂热的激情里。她慢慢开始明白，为了避免被捕，他打算自杀，也一定会杀了她。她很害怕，想要逃离，但是她太爱他了，舍不得离开。她离开得太晚了。警察来了，他开枪打死了她，然后自杀了。

伯蒙齐。丹已经失业好几个月了。他感到十分痛苦，没脸见人，他的哥哥伯特尚有工作，经常欺负他。他当着丹的面说他还得靠自己养活。为了拿丹出气，他让丹给自己打杂。丹痛苦极了，他想死的心都有了，多亏了母亲的极力开导，他才鼓起勇气去等待事情的转机。这位母亲，贝利太太，是一位白厅政府办公室的清洁工。她早上六点出门，晚上六点才回来。一天，伯特回到家之后要出门，而丹还没有去洗衣店把他的另一件衬衫拿回来，于是他就对丹破口大骂。他们打了起来，丹的力量比较弱，还有些营养不良，结果挨了一顿打。贝利太太走了进来，制止了打斗。她把伯特骂得狗血淋头。伯特说自己受够了这一切，他要结婚了。他们吓坏了。丹一分钱都不挣，如果再没有了伯特每周拿回家的钱，贝利太太根本无法养活自己、丹和两个年幼的孩子。这意味着他们得挨饿。他们跟伯特说，他不能结婚，至少在丹找到工作之前不能那么做，他说他必须要结婚，他的女朋友怀孕了。他夺门而出。他们哭作一团。贝利太太双膝跪下，让丹和两个孩子也跪下，她祈求上帝怜悯他们，帮助他们。当伯特拿着自己刚取的衬衫回来时，他们还在祈祷。他生气地看着他们。

“哦，好吧，好吧！”他喊道，“我给她十先令，让她把那个小混蛋打掉吧。”

贝利太太。她是个高个子女人，一头凌乱稀疏的红头发。她张开嘴时，你能看到她缺了两颗门牙。她的一只耳朵被丈夫扯掉了一块，额头上有一道伤疤，这道疤是有一次丈夫把她扔出窗外时留下的。他是个高大、强壮、残忍的家伙，在战争中受了重伤，因为他经常疼得厉害，贝利太太便原谅了他的暴力行为。他们有四个孩子，孩子们都怕他。但是贝利太太有很强的幽默感，是那种纯正的伦敦人的幽默感，当她对自己的生活不感到恐惧的时候，就十分风趣。她常常开怀大笑。最后贝利死了。他死后，我去看望她，她对我说："他其实不是个坏人。你知道他对我说了什么吗？这差不多可以算是他的临终遗言。'我让你过得很苦，是不是？你会为摆脱我而高兴吗？''不，我不会的，尼德，'我对他说，'你知道我一直都是爱着你的。'他怪模怪样地看了我一眼，你知道他说什么吗？'你这头老母牛。'这表明他真的爱我，是不是？我是说，像那样叫我老母牛。"

这是我打算写一本关于伯蒙齐人的小说时做的一些笔记。

1940

前几天我和一位法国军官聊了起来，我们谈到了法国的沦陷。他说："Et dire que nous avons été battus par des imbéciles（法语：我们居然是被一群蠢货打败的）."他的话使我十分沮丧。法国人似乎无法明白，他们之所以败得如此不堪，并不是因为德国人愚蠢，恰恰相反，是因为他们聪明。因为法国人受过良好的教育，善于言谈，所以他们愚蠢地认为只有他们才聪明。他们的自负导致他们鄙视一切法国以外的东西，这使他们成为欧洲最与世隔绝的民族。当他们陷入困境时，他们真的相信一句妙语就能使他们摆脱困境。但是，当你的车出了毛病的时候，并不是满腹经纶或一句妙语就能把它修好，你需要的是一个机修工。在这样的关键时刻，他的智慧才是唯一重要的东西，而你有的只是愚蠢。德国人钻研现代战争之道，并为自己配备现代化武器，难道这是没头脑吗？他们聪明地组织战争机器，使其高效运转，难道这不是聪明吗？他们准确地把握法国国情，以便能够好好利用法国的不团结、准备不足和情绪不稳定等因素，这难道展示的不是他们的敏锐吗？不，在这场战争中，愚蠢的不是德国人，而是法国人。但是，当法国人遭遇了这场灾难之后，还抱着这样一种愚蠢的虚荣心，我们对法兰西的复兴还能抱有什么希望呢？同盟国在谈论法国复兴，谈论把法国恢复成世界强国之一的必要性时，争论得面红耳赤。除非法国人学会正视事实，看清自己，否则他们永远都不会成功。他们必须学会的第一件事并不是谦逊（那对他们并没有什么好处），而是理智。

1941

纽约。H.G. 来过这里。他看上去衰老、疲惫、干瘪，但还是一如既往地精神抖擞，这得需要多少努力才能保持这种状态？他的每次演讲都很失败。人们听不见他在讲什么，听得见的东西，他们也不想听。听众纷纷离席，他又伤心又失望。那些话他已经讲三十年了，他不明白为什么讲的是同样的内容，如今他们怎么会这么不耐烦。河水继续向前流淌，独留他一人在岸边，他无法融入其中。作家会有那么几日的辉煌（如果他幸运的话），但是这段时光很快就会过去。但他毕竟已经风光过了，应该感到知足，也理应轮到其他人去风光一把。H.G. 曾对整整一代人产生过巨大影响，他为改变舆论环境也做出过巨大努力，我们会觉得，他只要想想这些就应该心满意足了。他总是很忙，根本没有时间去做一个哲学家。

对于人类那些强烈的情感，她的感受却非常平淡。这个俗气的中年女人天真得荒唐。她的聪慧程度已经达到她的极限了，但还是愚蠢得让你想打她。

我们对写作风格总是很挑剔。我们总是努力想写得更好。我们总是努力做到简单、清晰和凝练，我们的目标是把文章写得有节奏感和平衡感。我们大声朗读句子，以确保它听起来好听。我们搜肠刮肚。不过事实上，世界上迄今为止最伟大的四位小说家——巴尔扎克、狄更斯、托尔斯泰和陀思妥耶夫斯基——写作的时候并不太关注自己的遣词造句。这证明，如果你会讲故事、塑造人物、设计情节，如果你有诚意和激情，你怎么写都无关紧要。尽管如此，写得好总比写得烂要强。

多愁善感只是一种能把你惹毛的情绪。

这个世界一直都动荡不安。曾经有过短暂的和平与富足，但它们都只是例外，因为我们中的一些人生活在这样一个时期——19 世纪的后半段和 20 世纪的头十年——我们没有权利把这样一种生活状态视为平常。人生下来就必然会碰到麻烦，就像火星飞腾一样，这才是常态，我们不妨认命。如果我们能做到这一点，我们便可以带着既听天由命又幽默乐观的态度来看待人生，这可能是我们在命运面前最好的盔甲。

为什么当你听到一个年轻人信口开河地胡言乱语，既武断又偏狭时，你就会生气？你就会指出他的愚蠢和无知？难道你忘了，在他这个年纪，你也和他一样傻，一样武断，一样傲慢，一样自负吗？当我说你的时候，我所指的其实是我。

如果你指责他是个骗子，他会大吃一惊的。他是真的以为五五分的意思是自己拿百分之七十五，别人拿百分之二十五。

从根本上说，人不是理性的动物。正因为这样，小说才如此难写。对于一部戏剧的读者或观众来说，他们要求人物的行为举止符合逻辑。当某个故事里的人物做事时的行为动机不符合我们的预期时，我们会感到不满。我们期望他们的行为是理性的，如果不是，我们会说："人们才不会那样做呢。"我们对现实性的要求越来越严格。我们害怕巧合和意外。我们期望呈现在我们面前的角色行为总是恰如其分。

《奥赛罗》中人物的行为都不理性，尤其是奥赛罗本人，不过剧中几乎所有人的行为都不太理性。文学批评家们搜肠刮肚地想要证明他们并非如此，结果只是徒劳。他们本可以把这当作人类骨子里非理性部分的一个伟大例子。我相信，当代的戏迷们根本不会觉得剧中任何一个角色有什么不妥。

年少时，我假装自己无所不知，这经常给我带来麻烦，让我看起来像个傻瓜。我想我最有用的一个发现就是，说"我不知道"是件非常容易的事情。我从来都没有发现有谁会因此把我看扁。唯一的不便之处是，你承认自己不知道某些事情，有些人便会冗长乏味地把这件事一股脑地全部告诉你，并乐此不疲。但是有很多事情我其实并不想知道。

虚拟语气。美国作家比我们更常使用虚拟语气。我想他们已经习惯了，所以对他们来说这似乎很自然——对我们来说总是显得很迂腐——但我没有见过他们在谈话中使用虚拟语气，我想是他们的老师教过他们要在写作的时候才使用它。

我猜想，老师们反复灌输这些严格语法，肯定是因为学生们在说话时普遍存在语言上的马虎和错误，因此才逼他们写作时要严谨。他们这样其实是在以卵击石，虚拟语气已经在垂死挣扎了，最好的办法是尽快把它从痛苦中解脱出来。毕竟，写作是建立在日常用语的基础上的，我们不应该忘记，正是因为那些令老师们恼火的马虎和错误，才产生了精炼的短语和生动的成语。无论大人还是小孩，都不会有哪个美国人说“I’ll come to see you if I be in town”，他会说“I’ll come and see you if I’m in town”。他应该也这么写，这样才更好。

当然，在决定放弃一个准确的单词或短语而使用另一个常用的单词或短语时，是有一定困难的。lunch 是动词，luncheon 是名词，但是现在的习惯用法也把 lunch 作名词用。没有人会请你和他一起共进“luncheon”，他一般会请你和他一起共进“lunch”。我认为明智的作家会用较短的词，让另一个词自生自灭，渐渐消失掉。但仍然有人拒绝管公交车叫“bus”，而坚持叫它“omnibus”，但当他们想要叫一辆出租车时，他们从未想过要叫它“cabriolet”，都是叫它“cab”。

我在什么地方读到过，以举办早餐会而闻名的银行家诗人罗杰斯说，他希望自己的餐桌上永远不要出现一个把“balcōny”叫作

“balcŏny”的人。

一个小说家除非能让你相信他，否则他就完了，然而，如果他是完全可信的，他下笔可能就会很枯燥。这（作品的绝对写实）至少是人们改读侦探小说的其中一个原因。侦探小说里面有悬念，能激发他们的好奇心，给他们带来一种刺激感，作为回报，读者不要求它多么现实，他们只想知道坏事是谁干的，就算那个家伙的动机最不可能和最不充分，他们也愿意接受。

作家不需要吃一整只羊才能告诉你羊肉的味道，他只要吃一片肉就够了。但他必须要吃上那么一口。

我们在得克萨斯州的一个小镇上过夜。对于驾车穿越欧洲大陆，在中途逗留的人们来说，这里十分方便，旅馆里住满了人。每个人都睡得很早。十点钟的时候，一个房间里的女人打了个电话到华盛顿，在那框架结构的房子里，你可以清楚地听到她说的每一个字。她想找一个姓汤普金斯的少校，但她不知道他的电话号码，她告诉接线员他在陆军部工作。不久她就接通了华盛顿，当接线员告诉她找不到这个人时，她勃然大怒，说华盛顿的每个人都认识汤普金斯少校。她说她有很重要的事，必须要和他谈谈。她的电话被切断了，几分钟后她又试了一次。她每隔一刻钟就试一次。她辱骂当地的接线员，说这是个什么鬼地方？她还辱骂华盛顿的接线员。她骂的声音越来越大，没有人能睡得着，愤怒的客人们打电话到办公室，夜班经理上了楼，试图让她安静下来。我们听见经理温和地劝她，而她恶言相向，他说不过她，又回去了。她又开始给交换局打电话，她打了一遍又一遍，她叫喊着。愤怒的男人穿着睡衣，蓬头垢面的女人裹着头巾，走进过道，猛敲她的门，叫她不要再吵了，好让他们睡觉。她叫他们见鬼去吧，变着花样地骂，惹得端庄的淑女们勃然大怒。经理又被找了过来，他一筹莫展，只好请警长来。警长来了，但他也不是她的对手，不知道还能做什么，就派人去请医生。在此期间，她不停地打电话，对接线员大喊着脏话。医生来了，看了她一眼，耸了耸肩，说他无能为力。警长想要医生带她去医院，但是出于某种我无法理解的原因，医生拒绝了，好像说她是别的州的暂住者，如果她疯了（因为所有这些愤怒的人对此都深信不疑），可能会需要本州来负责治疗费用。她继续打电话。她尖声叫道，她必须接通汤普金斯少校，这是一个生死攸关的问题。她终于接通了他。当时是凌晨四点，旅馆里没有一个人合过眼。

“你找到汤普金斯少校了吗？”她问接线员，“你肯定你接通他了吗？他在吗？”然后，她气势汹汹、一字一顿地强调说：“告——诉——汤——普——金——斯——少——校——我——不——想——跟——他——说——话——”

说完，她把听筒“砰”的一声挂上了。

爱国主义有一点很奇怪：换个地方，它就不起作用了。许多年前，我写了一部叫《恺撒之妻》的剧本，在英国很成功，在其他地方却不尽人意。这出戏写得还不错。对于其他国家的人民来说，英国人为国家而牺牲自己，这种事情似乎是不可能的，听上去很荒唐。我在现在的战争剧中也注意到了同样的情况。虽然这些电影都有很多废话，但只要涉及美国人的英雄主义和自我牺牲，美国观众就会照单全收，同样的英雄主义、同样的自我牺牲若是发生在英国人身上，激起的则是他们的嘲笑，而不是同情。他们对英国人在伦敦轰炸期间表现出的勇气很不耐烦，英国人在希腊的溃败（这是所有参加远征的人都预料到的结果）和他们在克里特岛的无望处境，只会激起他们的愤怒。

南卡罗来纳。风吹在松林间的呜咽，就像远方黑人的歌声，向漠然的上帝唱着他们忧伤的歌。

不知道一个故事的架构算不算是一种记忆手段，让你把它牢牢地保存在记忆里。为什么人们会记得盖伊·德·莫泊桑最好的小说，比如《羊脂球》《泰利埃公馆》《遗产》，就算过了四十年仍然记忆犹新？这不仅仅是因为故事本身，里面的故事并不比我们读过又忘掉的其他一千个故事好多少。我想到这些，是莫泊桑的一个短篇小说引发的。它已经出现在好几本选集里了，我没有把它放进我编的那本书里，我想他或许不开心了。他的写作很有特色，在描述环境的感觉、气味和印象方面，他有着美国人所特有的好本事。故事既有趣又复杂，但是它分成了两部分，每个部分都可以成为一个独立的好故事，而他没有结构意识，所以没有把它们组合成一个整体。

我认为你必须要确保不把故事的重点分散掉。不管契诃夫的故事有时多么混乱，他总是小心翼翼地避免这种情况的发生。事实上，写故事和写剧本一样，你必须想好自己到底写什么，然后坚持到底。也就是说，故事一定要有架构。

美国人的一些错觉：

一、这个国家没有阶级意识。

二、美国咖啡很好喝。

三、美国人讲究公事公办。

四、美国人的性欲很强，红头发的人比其他人性欲更强。

在这个国家充斥着的各种错觉中，最奇怪的是人们普遍认为这里没有阶级差别。有一天，有人邀请我到西部和一位女士共进午餐，据说这位女士有两千万的资产。我在欧洲从未见过有哪位公爵像她那样受人尊敬。你可能会觉得，从她那丰满的嘴唇里吐出的每一个字都是一张百元大钞，而客人们可以把它捡起来带走。美国确实有一种人人平等的错觉，但这只是一种错觉。银行家会在火车的休闲餐车里跟旅行推销员侃侃而谈，仿佛他们是平等的，但我觉得银行家一定不会邀请他去自己家里做客。而在查尔斯顿或圣芭芭拉这样的城市，一位旅行推销员的妻子，无论多么迷人，多么有教养，都无法成功地跻身上流社会。社会地位的差别归根结底取决于金钱。18 世纪英国的大贵族们之所以能让他们的下级俯首称臣（我们今天听了都倒胃口），不是因为他们的头衔，而是因为他们的财富以及财富给他们带来的影响力，这种影响力使他们能够向朋友和下属提供恩惠。随着英国的工业化，他们失去了大量的财富和影响力。如果说他们依然在某种程度上保持自己作为一个阶级的独立性，那也是因为英国人与生俱来的保守主义。不过他们不再像以前那样享有人们同样的重视了。当人们可以从他身上得到一些好处的时候，热爱他是对他表示尊敬，但是现在他没有什么东西可以给了，再去热爱他则是可鄙的。

但是，若是认为阶级差别只存在于社会的中上层，那就大错特错了。在英国，技艺高超工匠的妻子会认为自己比普通工人的妻子高一等，不会和她来往。我知道在遥远的西部有一座崛起的新城，几年前才建成，用来为一家大工厂的员工提供住处。白领员工和工厂工人住在相邻的街区，房子都是按照相同的样式建造的，外观一模一样。他们吃同样的罐头食品，读同样的报纸，看同样的电影，开同样的汽车，但是白领工人的妻子不会和工厂工人的妻子打桥牌。阶级差别的存在似乎是社会生活中不可分割的一部分，与其否认，倒不如承认它的存在。

我感到奇怪的是，人们关心民主是否能得到延续，却并不担心它赋予雄辩术的影响力过大。一个人可能毫无私念，一心为国尽忠，他可能睿智、谨慎、英勇、博学，但除非他也有能说会道的天赋，否则，他永远不会达到可以行使自己权力的政治地位。前几天，我听到一些人在讨论L成为总理的可能性，他们一致认为他没有机会，因为他是一个糟糕的演讲者。我想他们是对的，但一个政治家在处理一个现代国家的复杂事务时，所必需的才能竟然是一副在广播中听起来不错的好嗓音，或者是发明巧妙政治口号的把戏，这难道不可怕吗？如果他把这些天赋与常识、正直和远见结合在一起，还真是不错，但这种情况太少见了。演讲的魅力不在于理性，而在于情感。在考虑可能决定一个国家命运的措施时，让谋略受情绪左右而不是受理智引导，这实在是疯狂。“你不能把人类钉死在黄金十字架上”，这句话几乎把一个无知而自负的傻瓜送进了白宫，很少有哪句话比这句对民主的打击更大了。

当然，母亲节是制造商们为销售产品而想到的一个妙招，但除非公众的反应令人满意，否则他们肯定不会在报纸上为这个节日购买昂贵的广告版面。他们在利用情感做生意。我感觉，在美国，亲情要比我们这里强烈得多。美国人都认为大家应该感受到亲情，而且他们也的确做到了这一点。我很惊讶地听说，在一个繁忙的办公室里，一个忙碌的人要请上一个星期假，因为他和妻子要去纽约附近的某个地方给他的岳母送葬，那个距离还没布里斯托尔到伦敦的距离远。若是在英国，他也许会去参加葬礼，但最迟在第二天就会回来。使我感到惊奇的，不仅是他觉得有必要从紧急事务中缺席这么久，去陪伴伤心的妻子（据我所知她肯定是伤心的），还有就是，尽管他的缺席会给他的雇主带来不便，但他的雇主仍然认为他这么做是正确且合理的。在这场战争中，我目睹了无数母子情深的场景。有一次是我在宾夕法尼亚车站等火车的时候，我看到一群应征入伍的人要前往军营。有一个女人，一个矮矮胖胖、相貌平平、灰白头发的小个子女人，紧紧地抱着她的儿子，双臂环抱着他的腰，脸上带着绝望的表情。她这副模样倒像是跟情人分别一样，但这个男孩只是去参加集训而已，还要好几个月才可能会被派往国外。在英国，那位母亲如果到车站来送儿子，当车门打开时，她一定会轻轻地吻他一下，说："好吧，再见了，老伙计。要守规矩哦。"然后面带微笑地挥手离开。我在 U.S.O.[①] 的俱乐部里见过想家的士兵，样子看起来甚是可怜。

在英国，母子分别已经有三百年的历史了，有时他们知道分开就是永别，慢慢习惯了之后便觉得这是一件再平常不过的事，不必大惊小怪。的确，在美国的发展过程中，许多家庭都是举家前往西部的，他们遇到的千难万险加强了家人之间的联系。但毕竟，还有成千上万富有冒险精神的年轻人只身离开了，当时的信件和回忆录中没有任何迹象表明，他们的离开让父母感到痛苦。当捕鲸船从新贝德福德和南塔基特出发的时候，没有什么记录能证明那些船员的女眷们，对于这种分离感到多么痛苦难忍。这种情感外露难道不是最近才出现的吗？今天的美国人比英国人更加情绪化，我想这一点没有人会怀疑。但据我们所知，他们在一百年前并不是这样的。这种变化是怎么发生的？我只能把它归结于过去两代或三代人普遍的混血生育。情感是会传染的，德国人的多愁善感，意大利人的极易兴奋，爱尔兰人的热情洋溢，犹太人的敏感多疑，这些都战胜了新英格兰人的沉默寡言和弗吉尼亚人的自尊骄傲。现在，面无表情的

① 即 United Service Organization（美国劳军联合组织）。

人会让人觉得愚蠢、麻木，会招来别人的嘲讽或打趣。

我常常想，如果我会背字母表，我的生活一定会轻松很多，我能节省多少时间啊。我如果不先在心里默念 G、H 的话，我就永远也分不清 I 和 J 的位置。我不知道 P 是在 R 之前还是之后出现的，直到今天，我都没记住 T 的位置。

男人最大的谎言莫过于他们的性能力。至少在这一点上，每个男人都说自己是卡萨诺瓦，他们在内心深处也正是希望成为这样的人。

她成功、富有、受人钦佩，有很多朋友。她本应该是一个非常幸福的女人，但她不是，她痛苦、紧张、不满。精神分析学家也对她无能为力。她没法对他们说出自己的毛病，因为她自己也搞不清楚。她这是在寻觅自己的悲剧。后来她爱上了一个比她小好几岁的年轻飞行员，做了他的情人。他是一名试飞员，有一天，他试飞时出了问题，他的飞机坠毁了，他当着她的面遇难了。她的朋友们担心她会自杀。完全不会，她变得快乐、肥胖和满足。她经历过自己的悲剧了。

奇怪，当自己的缺点放在别人身上时，人却毫无招架之力。骗子会相信别人骗人的鬼话，阿谀奉承者会把别人的奉承当回事。我所认识的最撒谎成性的人曾经愤怒地写信告诉我，有人造了她女儿的谣。我不知道当时自己为什么没有回信问问她，她是否认为自己就应当是世界上唯一的一个说谎者。R。他是个爱说大话的人，但他总是会被别人的大话唬住。他总是试图让自己显得更重要一些，尽管经历了一次又一次的失望，他仍然对自命不凡的人深信不疑。正因为这样，我才会强烈怀疑T.E. 劳伦斯是不是名副其实，因为我知道有两个他真心诚意信任的人实际上是冒牌货。

旅美外国人一定会注意到，尽管大多数人都认识一大群人，但很少有人有真正的朋友。他们有生意上的伙伴、打桥牌的牌友、高尔夫球场上的玩伴，有一起钓鱼、射击或航海的伙伴，有一起喝酒的酒友、一起战斗的战友，但也就仅此而已。我在美国遇到的所有人中，只有两个人算是亲密的朋友。他们会相约一起吃晚饭，然后闲聊一晚上，因为他们享受彼此之间的交往。他们彼此之间没有秘密，都会对对方关心的事情感兴趣，因为那也是他们自己关心的事情。现在，当你考虑到美国人是多么善于交际，多么友好亲切的时候，这种现象就显得非常奇怪了。我唯一能给自己的解释是，美国的生活节奏太快，以至于人们几乎没有时间去交朋友。若想把相识变为相知，是需要有闲暇时光的。另一种可能的解释是，在美国，一个男人娶了妻，他就会被控制，她会要求他别无二心，一心扑在家里，把家变成他的牢笼。

无论在世界上的哪个地方，女人之间的友谊都是不稳定的。她们永远不会完全地信任对方，即使是最亲密的关系，也依然会有所保留，有所担忧，有所疑虑。

真正的朋友。她已是中年，但干净整洁，衣着十分讲究，如果看到她你会说:“她年轻时一定很漂亮。”但问起她为什么没结婚时，别人会跟你说:“那是因为她一心只爱着她的母亲。”她很有同情心，没有人比她更善良。若是你的丈夫因欺诈而受审，开庭的时候她会全程坐在你身边陪你；若是他被判入狱，她会来你家里一直陪在你身边，直到你习惯了这种状态；如果你因为一些灾难突然破产，她会花一个星期陪着你，帮助你决定接下来要做什么；如果你在里诺，突然觉得自己无法面对上法庭的折磨，她就会跳上飞机过去陪你，直到你拿到判决书。不过她最在行的是照顾丧亲者。如果你的丈夫死于冠状动脉血栓，如果你的女儿在分娩时去世，或者你的儿子在车祸中丧生，她会带上几个行李箱，坐火车或者乘飞机来陪你。距离不是问题。她不会被北达科他州的严酷气候吓倒，也不会被得克萨斯州的酷暑吓倒，即使碰上迈阿密的旅游旺季，那种不合时宜的欢乐也不会吓倒她。如果有讨人厌的媒体要打探悲剧事件的情况，她也不会退缩。她对记者很好，若是忘了叮嘱他们不要在文章中提到自己的名字，她只会对自己恼火。当你一遍又一遍地跟她讲起你心爱之人最后时刻的悲伤细节时，她会非常有耐心地听着你讲；她会把一切都安排妥当；她会帮你买花；她会帮你回复那些你觉得并不需要回复的吊唁信；她会在教堂里和你一起祈祷；她会站在你身边，陪你在墓穴前哭泣。你一从墓地回来，她就会坚持让你去休息，然后，在你酒足饭饱之后，跟你说“亲爱的，你必须要保持精力”，她会建议你打上几局金罗美纸牌。她一般会在葬礼后的第二天离开，她在纽约还有一大堆事情要做。“亲爱的，你必须试着重新开始。”走之前她还不忘劝你。在经历了这一切之后，她自然已是疲惫不堪，不过她一回到大都市，还是拿起电话，一个接一个地打给她的朋友们，告诉他们刚刚过去的一切有多么糟糕。

当那些生活在美国的英国人对美国指指点点时，美国人自然会感到不满，他们明明可以这么反驳：“如果你不喜欢这个国家，为什么不离开呢？”但是他们做不到，他们就只能生闷气。麻烦的是，当他们批评英国时，你却并不生气，反而很可能会赞同他们的观点，他们把这归因于你的自负。他们觉得这对他们是一种侮辱，因为他们认为你不在乎。而你的确不在乎。

自从法国沦陷以来，许多报纸和杂志转移到了英国和美国，近来，我曾两三次被邀请为这些报纸和杂志撰稿。我都拒绝了，但并非出于恶意，因为我对法国是心存感激的。是法国教育了我，是法国教会了我审美的能力、逻辑思考的能力和良好的判断力，是法国教会了我写作。我在法国度过了许多快乐时光。我之所以拒绝他们，是因为我认为他们要我写的那种文章只会起反作用。从那以后，许多杰出的作家做了我不愿做的这件事情。在我看来，他们写得毫无意义。他们告诉法国人，长期以来，法国人都是欧洲最文明的民族，他们的文化是无与伦比的；他们谈到了法国伟大的历史、伟大的文学和卓越的绘画；他们跟法国人说，他们生活在一个美丽富饶的国家，巴黎是一个迷人的城市，全世界的人都喜欢去游览。

法国人对这一切再清楚不过了，正是这些导致了他们的毁灭，因为他们过于高估了自己。19世纪初，法国是欧洲最富有、人口最多的国家。拿破仑的战争耗尽了她的财富，大批人民惨遭屠杀。一百多年来，法国一直是个伪装成一流强国的二流国家。这对她来说是双重的不幸：首先是因为这会导致她缺乏维持这种伪装的资源；其次是这会导致那些更强大的国家提防她的野心，而实际上，她根本无力实现这种野心。有些事情只有非常精明的人才能预见到，而战争使这一切变得明晰。战争可以让她面对事实，决定自己何去何从。她可以认命，做一个富有一些的西班牙，大一些的荷兰，或者像意大利一样做一个令人愉快的度假胜地。但如果她不满足于此，希望再次成为一流强国，那也要靠她自己的双手去奋斗。她有丰富的物产、优越的地理位置和机智、勇敢又勤劳的人民。但是她必须停止依赖她过去的名望，停止自我陶醉，她必须勇敢踏实地面对现实；她必须把公共利益置于个人利益之上；她必须做好准备向那些长期受她鄙视的民族学习，从她们身上认识到一个国家没有牺牲就不会有力量，没有完整性就不会有效率，没有纪律就不会有自由。她应该明智地少听那些文人的阿谀奉承，因为能救法国的不是奉承，而是真理。只有她自己才能救自己。

我的一个朋友告诉我，他正在审校自己刚刚写完的一篇小说，把它讲得更细腻微妙一些，我感到很惊讶。我知道这话不该由我讲，但是光靠思考没有办法做到细腻微妙。细腻微妙是一种心灵品质，如果你有这种品质，你就会表现出来，这是无法抑制的。它跟原创性是一样的：没有人能通过努力再努力而变得富有原创性，那些富有原创性的艺术家只不过是在做他自己而已，他用那些在他看来最正常和最明确的方式来表现事物。因为这样的方式对你而言是新鲜的，你就说他很有原创性。他根本不懂你是什么意思。比如说那些二流画家，他们多么愚蠢啊，他们只能用一种枯燥而平庸的方式在画布上作画，为了用他们的“独创性”来打动世人，便把一些毫无意义的、不协调的东西加到学院派的背景上。

很久以前我就下定决心，生命太短暂了，凡是可以付钱让别人为我做的事，我绝不会自己动手做。我现在要把刮胡子这件事剔除在外。那些大忙人嘴上跟你说他们的时间很宝贵，每周却有六天都要去美国理发师那里刮胡子，又耗时，又无聊，又复杂，每每看到这种情形，我都着实惊讶。

我敢说，能生在一个忠诚而团结的家庭里是一件非常愉快的事情，但是我认为，当一个成年人要走向社会时，这对他不会有任何帮助。在这样一个家庭里，每个人之间都相互倾慕，这使他对自己的能力产生了一种错误的认识，因此越发难以应付生活中的跌宕起伏。如果这对一个普通人来说仅仅算得上是不利，对一个艺术家来说却是致命的。艺术家是个独行侠，他的道路是孤独的，族群把他赶到旷野，对他是有好处的。在有些事情上，他只能算得上有潜力，溺爱他的亲人们却会过分地赞扬。这只会伤害他，因为他误以为自己已经做得很好了，就不会去思考如何把事情做得更好。自满是艺术家的致命毒药。

看到这个国家的冒险精神似乎大大衰退，我感到很奇怪。毕竟，正是冒险精神驱使人们来到了这个国度。我知道有许多人被贫穷逼出了欧洲，还有许多人留在家里忍受贫穷，移居国外的都是那些爱冒险的人。很多人之所以来到这里，是为了享受这里的宗教或政治自由，他们一定也有冒险精神，因为有更多的人留在了故土，向那些令他们感到厌烦的条件妥协。我知道，在那些从沿海定居点迁徙到中西部安家落户的人中，有许多人是和家人一起去的，但还有成千上万的年轻人、中年人或老年人只身前往。他们涌向内华达州和加利福尼亚州的矿区。当霍勒斯·格里利说“到西部去，年轻人”时，难道不正是为了挑起年轻人的冒险精神吗？我和很多要去打仗的小伙子谈过，大多数人去参军是因为不得不去，也有许多人是出于责任感，但我还没有找到哪个人把它看作一场惊心动魄的冒险。看起来，他们唯一的抱负就是在自己的家乡安安静静地待着，在办公室或商店里找份工作，不必去冒险。

价值观。当我们认为一个理论是错误的，却又知道很多伟大的哲学家都持有这样的观点时，自然会犹豫。“价值观是绝对的，是独立于我们思想之外的”便是这样的一个例子。我们会觉得，如果价值观真是绝对的，是独立于我们思想之外的话，人类到现在大概已经搞明白了价值观是什么，并且（理所当然地）永远不会动摇自己对它的忠诚了。但是，什么样的价值观受到推崇是取决于环境的，它们会在一代又一代的人之间变化，荷马时代的希腊人所推崇的价值观与伯罗奔尼撒战争时期的不同。价值观在不同的国家之间也是不一样的，欧洲人从未认同过印度人的无欲无求，其他宗教信仰也从未推崇过基督教所鼓励的谦逊品质。在我自己的一生中，我看过有些价值观逐渐失去了它们的价值。我年轻的时候，“绅士”这个概念是有价值的，现在，不仅它所指的人，就连这个词本身也变得有些令人反感。在厕所外面，你经常会看到一个门上写着“女士”，而另一个门上写着“男士”。如果我所听到和读到的都是真的，那么在过去的三十年里，未婚女性贞操的价值在盎格鲁－撒克逊国家也变得没那么重要了，不过它在拉丁国家仍然很重要。但是，如果说既然道德价值不是绝对的，那么它就要受偏见或喜好的左右，这也有失偏颇。人们既然承认语言是根据生物学的需要而发展起来的，为什么道德价值观不能以同样的方式发展呢？它们对物种的生存来说至关重要，于是就在物种进化的过程中发展了起来，这难道不可能吗？如果说这场战争证明了什么的话，那就是它证明了，除非一个国家珍视某些价值观，否则它就会被摧毁。这些价值观都是非常现实的，因为它们不仅是国家，而且是个人的生存所必需的要素，因而必须受到珍视。

当战争胜利时，我满怀激情地希望，我们不要愚蠢到认为战争之所以胜利是因为我们拥有敌人所缺乏的美德。如果我们认为我们之所以能胜利是因为我们的爱国、勇气、忠诚、正直和无私，那就大错特错了。若不是我们有足够的力量来生产大量的武器和训练大批的军队的话，那些美德对我们来说就毫无用处。打胜仗的是强权，不是公理。关于前面所提到的美德，我们只能说，除非一个国家在整体上去践行它们，否则它们将会忽视或拒绝提供击退敌人所需的力量（就像法国一样）。否认敌人拥有一些和我们相同的美德是愚蠢的，他们也英勇、忠诚和爱国。他们有一些与我们不同的价值观，如果他们实现了他们的雄心壮志，统治了世界，那么一百年后，他们的这些价值观就会毫无疑问地被接受，就像我们现在珍视的价值观，被我们国家那些不动脑子的人所接受一样。强权就是公理，这是一种残忍的说法，我们所有的既有观念都让我们去否认它，但这句话的确是真理。其含义是，一个国家必须要有足够的强权来捍卫自己心目中的公理。

对于那些想把“美”列为绝对价值之一的哲学家来说，这是一项艰巨的工作。当你说某样东西“美”的时候，你的意思是它能激发你内心的一种特定的情感状态，但那也取决于各种各样的环境条件。如果某种“绝对”会受到个人特质、学习训练、时尚品位、习惯、性和新奇感的影响，那还叫什么“绝对”呢？人们会认为，一旦一个物体被认为是美丽的，它就会包含足够的内在价值，为我们无限期地保留它的美丽。我们知道并非如此，我们也会厌倦它。熟悉也许不至于导致轻蔑，但会带来冷漠，而冷漠是审美情感的致命毒药。

美是一种价值，但只有当它能升华灵魂，使灵魂能够接纳更加重要的东西，或将灵魂调整到合适的情感状态，以便接受更重要的东西时，美才是一种基本的价值。但究竟什么是灵魂呢?

外部原因引起的某些感觉能够在你内心产生所谓的审美情感。但审美情感的奇怪之处就在于，它也有可能被某些次等的艺术所激发。有的人能从巴尔夫的《波希米亚女郎》中获得审美情感，有的人能从贝多芬的《第五交响曲》中获得审美情感，我们没有理由说前者的情感没有后者真挚，没有后者那么有建设性。

有些理论艺术家说，“绝对美”指的是那些感性的、受过教育的、有教养的人所公认的“美”，这些人也太傲慢了。黑兹利特就是一个有教养、受过良好教育和敏感的人，却把柯勒乔和提香相提并论。当他们列举自己心目中那些创作出过“绝对美”作品的艺术家时，他们往往会提到莎士比亚、贝多芬（如果他们是知识分子，也会提到巴赫）和塞尚。他们提到的前两位（或三位）也许没问题，但他们如何能确定塞尚会对我们的后代产生和他对我们一样的影响呢?我们的孙辈们很可能会像我们现在看待巴比松画派的画家一样，对他漠不关心。在我的一生中，我目睹了太多审美判断标准的逆转，以至于我对当下流行的观点失去了信心。正如济慈所说，美好的事物不会是永恒的喜悦，它是一种在特定的时刻激发出我们特殊情感的东西，如果它做到了这一点，“美”所能给予我们的，它也能给予我们。如果有人不赞同我们的审美观点，我们就轻视这个人的话，那也太荒谬了。我们却往往会这么干。

看起来，一个种族的身体特征，以及他们对美的理解，可以在一两代人之内就有所改变。我年轻时，英国的漂亮女人都是胸部丰满，细腰肥臀的，看上去有生育许多孩子的潜力。而现在的美女都很苗条，都是屁股小、胸小、腿长的类型。她因为这些特点而受人欣赏，难道不是因为现在的经济条件大不如前，大家都不喜欢生太多孩子的缘故了吗？她偏男性的形象却令人喜欢，难道不是因为这暗示着她可能不育吗？

如果你去看画像和照片的话，你会发现上个世纪的美国人大都骨瘦如柴，身形颀长，五官鲜明，都长着大鼻子，上唇长、嘴巴薄、下巴尖。现在，你很难找到哪个人长得像英国漫画家笔下的山姆大叔一样了。今天的美国人胖胖的，脸圆圆的，五官小小的，而且不太立体。当下的美国人对穿着打扮不太在行。在美国你可以看到很多漂亮的年轻人，但很少能见到哪个中年人还保持着漂亮的容貌。

我又在重读桑塔亚那，这是一件非常愉快的事情。但当你读完一章后，停下来问问自己读过这章之后，有没有变得更好或者更聪明的时候，你都不知道该怎么回答。人们通常称赞他妙语连篇，但一个句子只有在意义明晰的时候才算得上妙句，他却常常把句子的意思弄得模糊不清。他很有天赋，很会使用意象，会做漂亮的隐喻和恰当的明喻，他有出色的举例技巧，但我从没听说过哲学需要如此华丽的修饰，这会分散读者对论点的注意力，让读者产生一种不安的感觉，他们认为如果这论点要是更有说服力的话，就不需要用这么花哨的方式去论述了。

我认为桑塔亚那之所以能在美国名声大噪，是因为美国人缺乏自信，认为外来的东西一定比本土的东西更有价值。因此，他们会自豪地给你端上法国卡门贝尔奶酪，事实上他们自己生产的奶酪和进口奶酪一样好，甚至还要更好一些。在我看来，桑塔亚那是一个走错了道的人。他伶牙俐齿，善于讽刺，同时又通情达理，他的理解力很敏锐，我认为，凭着这些，他就可以像阿纳托尔·法朗士那样，写出带着哲思的浪漫小说，他的作品将会带给读者持久的乐趣。他跟那位法国人一样机智敏锐，但他的学识更广博，视野更开阔，心思更细腻。桑塔亚那决定成为一名哲学家而不是小说家，这对美国文学来说是一个损失。事实上，他的作品中最让人读起来受益匪浅的是皮尔索尔·史密斯从他的文集中摘录的那些小品文。

谦逊是我们必须要有的一种美德。就艺术家而言，这句话是很有道理的。的确，当他把他所做的和他想做的相比较时，当他把自己令人失望的努力成果和世界上伟大的杰作相比较时，他会发现，谦逊是最容易实现的美德。除非他谦逊，否则他不可能进步，自我满足对他而言是致命的。奇怪的是，我们会对别人的谦逊感到尴尬。当他们在我们面前卑躬屈膝时，我们会感到不安。我不知道为什么会这样，可能是其中有一些奴性的东西触犯了我们作为人类的尊严。当我想要请两个黑人女佣来照顾我的时候，种植园的监工向我推荐了她们，说：“她们是好黑奴，她们很卑躬。”有时，当其中一个女孩用手指掩着脸跟我说话，或者紧张地傻笑着问我能不能把某件我要扔掉的东西给她时，我会忍不住想喊：“看在上帝的分上，别这么低三下四的。”

要么，这是否是因为别人的谦逊会迫使我们意识到，自己也没有什么价值呢？

不过，当人面对上帝的时候，为什么要谦卑呢？是因为上帝比人更好、更有智慧、更有能力吗？这个理由真是不堪一击。这和我的女仆在我面前卑躬屈膝的原因差不多：因为我是白人，我有更多的钱，而且我比她受过更好的教育。我认为应该谦卑的是上帝才对，当他认识到自己在创造人类的过程中做得有多差时，他就应当很谦卑。

我不明白为什么批评家们总是期望作家们写得更好。作家很少能做他想做的，他们总是在自己的能力范围内尽力做到最好。如果那些研究莎士比亚作品的学者们，在研究过程中遇到明显的漏洞时，他们不闭上眼睛坚持说这根本不是什么缺陷，而是承认莎士比亚也偶尔犯错的话，他们就可以省去很多麻烦。我看不出为什么要认定莎士比亚没有意识到某些戏剧里的动机太薄弱，以至于破坏了虚构的剧情。为什么批评家们要说他没有意识到呢？我认为有证据表明他是意识到了这一点的。如果不是他意识到了手帕事件太牵强，经不起推敲的话，他为什么要安排奥赛罗说“那个手帕是一个埃及女人给我母亲的……”这段话呢？我想，他试图想出更好的设计，但就是想不出来——如果我们肯得出这样的结论，那就省事多了。

他个子高高的，体格魁梧，一头金色的卷发在阳光下闪闪发光。他长着一双明亮的蓝眼睛，一副友好而开朗的面孔。他没受过什么教育，英语也很糟糕。他毫无自我意识。他不做作，十分健谈，喜欢交际。他是个飞行员。他在谈论自己的经历，“我以前从来没有信仰过什么宗教，”他说，“但当我陷入困境时，我就会祈祷。‘哦，上帝啊，’我说，‘让我活到明天吧。’我会这样一遍又一遍地说。”

她是一个小个子女人，黑头发，黑眼睛，年轻漂亮，外表整洁利索。由于战乱，她来到了南方腹地，但在那之前，她一直住在俄勒冈州的波特兰，她用那个城市的标准、习惯和生活方式来衡量一切。任何不同之处都会激起她的厌恶和蔑视。如果能觉得自己和其他人一样优秀，比大多数人都聪明（在美国人的意义上），她就会十分高兴。但在这里，当周围的人都比她的阶级地位高而她还不得不与他们交往时，她便感到非常尴尬。羞愧让她变得有些咄咄逼人：她感到羞愧，是因为她害怕他们不接受她对自己的评价；她咄咄逼人，是因为她决心不让自己被他们捉弄。她结婚之前给一位商人做秘书，直到现在才有仆人伺候她。这使她心里充满了困惑，还夹杂着一些愤怒，她认为这种主仆关系是不民主的。但是，她为什么会认为请人帮忙做饭比请人代写书信更不民主，没有人清楚。她憎恨老板的和气，认为这是对她的施舍。作为一个被迫背井离乡的人，别人为她所做的一切，她都认为是自己应得的。她不喜欢东方人，认为他们傲慢、做作、居高临下、目空一切。事实上，她对他们的厌恶之情不亚于美国人对英国人的厌恶。她将他们与俄勒冈州波特兰市的人们比了比，然后就把他们否定了。

如果同盟国因为自私、缺乏远见和愚蠢，在战争后，因为厌恶德国人的罪孽而不去学习他们的美德，那就太可悲了。德国人冷酷无情，不守诺言，阴险残暴，奸诈腐败。没错，每个字都是对的。但他们教会了德国人民勤奋和自律；他们努力使自己国家的年轻人变得强壮、威武和英勇；他们教导年轻人心甘情愿地为公共利益而牺牲自己的利益（他们对公共利益的看法与我们的不同，但这并不相干）；他们把爱国主义变成了一种积极强大的力量。所有这些都是好的，我们应该明智地去学习他们。人应该读读史书。当初意大利各城邦的人民认为，他们可以用大价钱收买威胁他们的敌人，用雇佣军来保卫他们的边界，从而维护自己的自由。他们的历史证明，除非一个国家的人民积极备战，除非他们愿意花钱提供足够的军备，否则他们将失去自由。只有愿意放弃部分自由才能享有自由。这句话已经是老生常谈了，但总是被人遗忘。

当一个朋友拍我的背说我是个好人时，我很高兴，但当他用另一只手扒我的口袋时，我就感到讨厌了。

他是个骗子，曾进过监狱。现在他在部队，过得非常不开心。

他刚刚又升职了，这让他感到很沮丧。他讨厌生活，因为他说他总是受到挫折，他的每一个抱负都已经实现，没有什么能让他继续活下去的目标了。

她热情地问我："出名是一种什么样的感觉？"

我想这个问题我已经被问过二十次了，我从来都不知道该如何回答，但是今天，我突然想到了答案，只是太迟了。

"这就像有人送你一串珍珠。它很漂亮，但是过了一段时间，如果你还能想起它的话，你就会怀疑它们到底是真的还是人造的。"

现在我已经准备好了答案，但我也不指望会有人再问我这个问题了。

下水管。美国人对他们吃进肚子里的食物质量和烹饪方法那么漠不关心，但他们竟然为自己用来处理排泄物的机械设备而感到如此自豪，真是莫名其妙。

人生既悲剧又琐碎，人生就是一出通俗剧，剧中人们最高尚的情感也不过是为了激起庸俗观众的廉价情感而已，太悲哀了！

我们吃吧、喝吧、玩乐吧，因为明天我们就会死去。是的，我们死得很悲惨，很痛苦——但也并非总是如此。有时我们在打了一场痛快的高尔夫球后，静静地坐在安乐椅上，喝着威士忌和苏打水死去，或者睡在床上，毫无知觉就死去了。我想，要是这样的话，我们就可以嘲笑某些人了，他们不断地做着各种尝试，从未休息过，直到最后被死亡追上，他们才发现自己还有那么多想做的事情没有完成。

他们认为他无所不能，无所不知，还有一堆我不知道的本事，但他们从来不夸奖他有常识，也不承认他宽容，这让我感到很奇怪。如果他像我一样这么了解人性的话，他就会知道人是多么软弱，他们的情感是多么难以控制；他就会知道他们的心中是多么恐惧，他们多么可怜；他就会知道，再坏的人也会有善意，再好的人也会有坏心。如果他还有感情的话，他一定会感到“懊悔”，当他想到自己在创造人类的过程中所犯的错误时，他除了懊悔还能有什么其他感觉呢？奇怪的是，他怎么没有干脆利用他的万能来把自己毁灭了呢？也许他做的那些事真的就是在毁灭自己呢。

如果知识不能引导正确的行为，那它有什么用呢？但是，什么是正确的行为呢？

谁都可以骗我一次，我并不介意，我宁愿被人欺骗也不愿去骗人，宁愿被人愚弄也不愿去愚弄人。但我自然会小心翼翼，不让同一个人骗我两次。

对作家来说，谨记：不要解释过多。

G.K.。他知道 X 是个骗子，但还是觉得不管他骗谁都不会骗自己。他不知道骗子首先是骗子，然后才是朋友。然而，我在 X 的奸诈狡猾中发现了一些吸引人的特质。他骗得 G.K. 倾家荡产，然后逃到美国躲避官司。我在纽约一家高档餐厅吃饭时遇见了他，他还是那么温文尔雅，那么和蔼可亲，那么快活。他见到我似乎真的很高兴。他非常自在，尴尬的不是他，而是我。我敢肯定他不会因为良心不安而睡不着觉。

我们会觉得，当别人帮了我们的时候，道声谢是件很容易的事，但其实大多数人觉得说“谢谢”很难。我想，这大概是因为他们觉得帮忙的人给了他们恩惠，他们在潜意识里对此感到抗拒。

我又读了一遍罗素的《我们对外部世界的认识》。也许正如他所说，哲学并没有提供，也不试图提供解决人类命运问题的方法。也许我们不应该希冀为生活中的实际问题找到答案，因为哲学家还有别的事要做。但是，又有谁能告诉我们，生活是否有意义，人类的存在是否只是一场悲剧呢？不，“悲剧”这个词太高尚了。应该说，人类的存在是否只是一场可笑的倒霉事呢？

在美国待的时间久了，没有人会注意不到“嫉妒”是多么普遍。它会带来不幸的后果，因为它会导致人们贬低那些本身美好的东西。彬彬有礼、穿着考究、英语说得准确、注重生活品质，这竟然沦为做作，甚至是堕落的标志，这实在太奇怪了！一个上过一所很好的寄宿学校，又在哈佛或耶鲁念过书的人必须非常谨慎，否则就会引起那些没有这种优势的人的敌意。看到一个文化人为了不让别人觉得自己自命不凡，便装出一副热心的样子，使用一种对他来说陌生的语言风格，真是令人遗憾。如果嫉妒者关注的是如何把自己提升到他们所嫉妒之人的水平，这一切就无关紧要了，但他们没有这样做，他们只想着怎么把别人拽下来，拽到跟自己同样的水平。他们心目中的“普通男人”是那种胸毛浓密的男人，会穿着衬衫吃馅饼，还打嗝的人。

皮尔索尔·史密斯在《琐言录》中某个地方有些自鸣得意地说，畅销书作者会把嫉妒的目光投向文坛中更杰出的作家。他错了，他们对那些人并不在乎。他所说的那种作家属于另一个级别，他只是个入门级的畅销书作家，但他自命为文人，他认为文学批评家们没有给他应有的表扬，这使他很难堪。休·沃波尔就是这样一个人，我毫不怀疑他会愿意用在大众中的名气去换取知识分子对他的尊重。他谦恭地敲着他们的门，恳求他们让自己进去，而他们只是大笑，这对他来说着实很痛苦。真正的畅销书作者不会为这样的欲望所困扰。我认识已故的查尔斯·加维斯。在英国，每一个女佣，每一个女店员，还有许多别的人，都读过他的书。有一次在加里克，我听到别人问他的书销量有多少。起初他不愿透露。“哦，那不值得谈。”他说。但最后，他不耐烦地做了个小小的手势，说道：“七百万册。”他是一个谦虚、低调、彬彬有礼的人。我相信，当他坐在书桌前，准备往那数不清的书里再添一本时，他是有了灵感，全身心地投入其中的。

因为这就是问题的关键：没有人可以光靠努力就能写出一本畅销书，他必须真心诚意地写。那些使你发笑的陈词滥调，老掉牙的人物，用滥了的情景，还有寻常普通的故事，都让你嗤之以鼻，但在他看来既不陈腐，也不老套。相反，他觉得它们新鲜而真实。他像福楼拜对待《包法利夫人》一样，全神贯注地创作自己的角色。几年前，爱德华·诺布罗克和我决定合作写一部电影剧本。这是一出令人毛骨悚然的情节剧，我们把惊心动魄的情节一个接一个地讲了出来，想到一件又一件，我们笑得前仰后合。我们写了两个星期，这两个星期我们过得很开心。这是一部出色的作品，结构合理，扣人心弦，但我们一直没找到人把它演出来。读过这个剧本的人都说了同样的话："这个剧本写得有些言不由衷啊。"当然，他们说得没错。结论很明显：除非你自己信服，否则你不可能写出任何能让人信服的东西。畅销书之所以畅销，是因为它是作者用心写出来的。他的精神状态调整得跟读者一样，以至于他真切地分享出了公众的愿望、偏见、情感和观点。他给的都是他们想要的，因为那也都是他自己想要的。哪怕有一丝一毫的不真实，都会很快被读者看出来，然后就兴致全无了。

人类的一大不幸是，当他们不再性感的时候，还会在很长一段时间里仍有性欲。我想，他们如果想要满足这种性欲，并没有什么不合适的，但我认为他们最好不要谈起这件事。

他告诉我，他的妻子相当不爱讲话，他希望能让她开口说说话。“天哪，”我说，“那就开始大声读报纸吧。这样她立马就能像喜鹊一样叽叽喳喳说个不停。”

几个世纪以来，讽刺作家们一直在嘲笑那些人老珠黄却追求不情愿的小伙子的女人，但那些上了年纪的女人依然不懈地追求着那些不情愿的小伙子。

她不是一个愚蠢的女人，实际上，她很聪明。她既不看报纸，也不听收音机，因为，她说，既然她对这场战争无能为力，为什么还要为它操心。她实在不明白你为什么要看新闻，而不是听她讲讲她自己的事。

我给了她一本我的新作。她热烈地称赞这本书，她每一句称赞的话都让我感到很窘迫。我努力地克制着自己，以免说出让她闭嘴之类的话，还装出一副很欣慰很受用的样子。如果这本书就是她说的那个样子的话，那我所花的心思、所读的文献、所付出的努力就都白费了。我努力劝自己，她之所以从中读出虚荣和浅薄，是因为她自己本就是个虚荣浅薄之人。也许，你对一本书倾注了什么，品出的就是什么，你从书中读出的其实就是你自己的样子。所以说，也许只有当你心中多少有一些祥和感的时候，你才能读出《斐多篇》的安详；只有当你多少有一分高尚情怀时，你才能读出《失乐园》的崇高。这个观点和我早年的看法一致，那就是，小说家只能成功塑造出那些跟自己有共同点的人物。对于其他角色，他只是在描写，而不是在塑造，而且极少能让读者信服。如果真如我所说，那由此可以推断，通过研究某个作者塑造得最成功的角色（他凭借着很强的同理心和情感反应写出来的角色），你应该就能相对完整地推断出他本人的性格，这要比读他的任何一本自传都来得有效。

1944

这一部分就当是后记吧。昨天我七十岁了。人每过一个十年，就将其视为一个重大事件，这很自然，尽管这可能是非理性的。我三十岁的时候，我哥哥对我说："现在你不再是一个男孩了，你是一个男人了，你必须有个男人的样子。"当我四十岁的时候，我对自己说："青春到此结束了。"在我五十岁生日那天，我说："欺骗自己是没有用的，现在已经是中年了，我还是接受现实为好。"六十岁的时候，我说："现在是时候去理顺我的各种事务了，因为这是我老年的开始，我必须把该了结的事做个了结。"我决定退出戏剧界，写了《总结》。在《总结》中，我试着回顾自己从生活和文学中学到的东西，我做过什么事，这些事给我带来了什么样的满足感。但在所有的生日中，我认为七十岁的生日是最重要的。一个人已经活了三个二十年和一个十年，这是人们习惯接受的预期寿命，而把剩下的岁月看作多活一天就赚了一天，到底能活多久是没有定数的。到了七十岁的时候，我们就不再是要步入老年，而已经是老年人了。

在欧洲大陆，当一个人达到一定的成就时，他们有一个可爱的习惯。他的朋友、同事、门徒（如果他有的话）会一起为他写一卷散文集以示敬意。在英国，我们不会这么抬举显赫人物，不会用这种方式来表示尊敬，我们顶多也不过是设宴庆祝一番，而且除非他确实非常显赫，否则我们也不会为他设宴。H. G. 威尔斯七十岁时，我就参加了这样一场晚宴。数百人前来赴宴。萧伯纳，一个身材高大、白胡子、白头发、皮肤白净、眼睛明亮的俊朗人物，发表了演说。他笔直地站着，交叉着双臂，带着他那调皮的幽默，说了许多让当晚的客人和他的听众们尴尬的话。那是一场非常有趣的演说，他声音洪亮，铿锵有力，令人钦佩。他的爱尔兰口音很明显，这也缓和了他的恶毒话。H. G.，他的鼻子埋在稿子里，高声读着他的演讲稿。他暴躁地谈到自己已经上年纪了，又抱怨说在场的人也许以为他已经七十岁了，又出席了这场宴会，就表明他已经为自己的事业定下了一个期限。他抗议说，他和以往一样做好了准备，还想把这个世界恢复正常呢。

我自己的生日过得很随便。我像往常一样早上工作，下午在房子后面的树林里散步。我一直无法搞明白是什么为这片树林赋予了神秘的吸引力。它跟我见过的任何树林都不一样，它的静谧似乎比任何静谧都更沉静。生机勃勃的橡树枝繁叶茂，树枝上覆盖着灰色的西班牙苔藓，就像披着一件破烂的裹尸布。这个季节的橡胶树都已经是光秃秃的了，野生楝树上一簇簇的浆果都已晒干，变得枯黄。到处都是高大的松树，如一团团翠绿之火，高耸在低矮的树木之上。这片脏乱的、废弃的树林给人以奇怪的感觉，尽管你独自行走在里面，却并不感到孤独，因为你有一种怪异的感觉，好像有一些看不见的生物，似人非人的东西，在你的周围飞舞。模模糊糊地似乎有东西悄悄地躲在树干后面，静静地看着你走过。树林中有一种悬念感，好像你周围的一切都在等待着什么似的。

我回到家里，给自己泡了杯茶，开始专心看书。晚饭后，我又读了一会儿书，玩了两三局纸牌游戏，听了一会儿收音机里的新闻，然后带着一本侦探小说就上床了。我看完小说就睡着了。除了跟我的黑人女仆说了几句话，我一整天都没有和任何人说话。

我就这样度过了我的七十岁生日，我本来也是希望这么度过的。我沉思着。

两三年前，我和莉莎一起散步，不知道为什么，她说起了她对老年的恐惧。

“别忘了，”我对她说，“当你老了的时候，现在那些让你觉得愉快的事情，你就不会有欲望去做了。老了也有老了的好处。”

“什么？”她问道。

“嗯，你几乎不需要做任何你不想做的事。你可以享受音乐、艺术和文学，这虽然与你年轻时不同，但感受是同样强烈的。有很多事情跟你没什么关系，你也可以冷眼旁观，从中得到不少乐趣。如果你的快乐感没有那么强烈，那你的痛苦也就没有那么揪心了。”

我知道这一切似乎都是冷冰冰的安慰，甚至在我说话的时候，我也意识到，这是一种黯淡的前景。后来我想了想，我悟到老年最大的好处就是精神上的自由。我想，与之相伴而来的，是人们不再那么在乎壮年时认为重要的事情了。另一种补偿是它可以把你从嫉妒、仇恨和恶意中解放出来。我觉得我谁都不嫉妒，我已经尽我所能地利用了大自然赐予我的天赋，我不羡慕别人有更大的恩赐，我已经取得了很大的成功，我不羡慕别人的成功。我很愿意腾出我长期占据的那个位置，让另一个人上来。我不再介意别人怎么看我，他们接不接受我都无所谓。如果我知道他们不喜欢我，我也不会感到不安。

我早就知道，我内心有一种东西使某些人反感，我认为这很自然，没有人会喜欢所有人，他们的恶意并没有使我心烦意乱，反而使我很感兴趣。我只是好奇，我的内心是怎样与他们格格不入的。我也不介意他们怎么看待我这个作家。总的来说，我已经完成了我打算做的事，其余的事都与我无关。成功的作家周围多半会围绕着许多骂声，我们许多人很容易把它误认为名声，而我从不太在意所谓的名声，我常常希望我是用笔名写作的，这样我就可以默默无闻地走过这个世界。我写第一部小说时确实起了一个笔名，但因为我的出版商警告我，这本书可能会受到猛烈的攻击，我不想躲在一个编造的名字后面，所以就用了真名。我想，绝大多数作家都暗暗地希望自己死后不会被彻底遗忘。我偶尔也会自娱自乐一下，掂量掂量自己是否还能被人记住那么一小段时间。

读者一般认为我最好的作品是《人性的枷锁》。这本书的销量证明它仍然很受欢迎，而它是在三十年前出版的。对一部小说来说，那是很长的生命了。但是，后人不大愿意把时间花在长篇巨著上，所以我认为，随着我这一代的逝去，这本书将和许多更好的书一起被人遗忘。我想，我的一两个喜剧也许还能苟延残喘一段时间，因为他们都是按照英国喜剧传统写的，从王朝复辟时期的剧作家开始，一直到诺埃尔·科沃德的剧本，这样的剧本总能逗乐观众。也许他们还能在英国戏剧史中为我的一两本作品提供一席之地。我认为，我的一些好作品将会在很多年之后的未来，被收录到各种选集中，随着时间的流逝和文明的发展，其中一些故事涉及的环境和地点会有一种浪漫的魅力。两三个剧本和十几篇短篇小说，我就带着这样一件薄薄的行李，出发去未来了，但这总比什么都没有要强。就算我错了，在死后一个月就被人遗忘了，那我也不知道了。

十年前，我在舞台上鞠了最后一次躬（只是打个比方，因为在我最初的几部戏剧之后，我就拒绝做这种丢人现眼的事了），媒体和我的朋友们都认为我不是真心的，以为我退隐一年左右就会复出。但是我从来没有复出过，也从来没有复出的打算。几年前，我决定再写四本小说，然后就收笔，但连小说也不写了。我只写了一本（我没有算上我写的那部战争小说，那是我在美国时上面布置给我的战时工作的一部分，我觉得写这部小说真心累人），但我觉得现在不太可能再写另外三部了。按照我的设想，这三部故事，一部写发生在16世纪西班牙的奇迹故事；第二部写马基雅维利在罗马涅留宿在切萨雷·博尔贾府上时的故事，那段经历成了他创作《君主论》的最佳材料，我打算在他们的谈话材料中穿插进他写《曼陀罗花》的蓝本。我知道作家们经常用自己的亲身经历来创作小说，那些事情也许微不足道，但通过巧妙的创作就会变得妙趣横生、引人注目，我想，如果把这个过程反过来，从小说来推测作者的亲身经历应该会更有意思。我本想写一本关于伯蒙齐贫民窟的一个工人阶级家庭的小说，写完就收笔。我想，五十年前我开始写小说的时候写的就是伦敦无所事事的穷鬼，如果我最后再写一部关于他们的故事，那将是我职业生涯的一个圆满结局。但我现在只是把这三部小说作为消遣，供我无聊时的遐想之用。这才是作者从他的书中获得最大乐趣的方法，一旦他写好了，它们就不再是他的了，他也不能再用他想象中的人的谈话和行动来娱乐自己了。我想我也不可能在七十岁或更高的年龄写出任何有价值的东西，因为这个时候，我已经没有了灵感，也没有精力和创造力了。即便是最伟大的作家，文学史也看不上他老年时期的作品，文学史对此有时会报以怜悯和同情，但更多的是漠不关心。我自己也见证过才华横溢的作家们江郎才尽，实在可悲，他们继续写下去，但力不从心，和以前的水平相去甚远。一个作家只有跟他同时代的人才有最好的交流，让下一代去选择他们自己的代表人物才是明智之举。不管他允许与否，他们都会这么做。他的语言对他们来说像天书一样，什么都看不懂。我毕生致力于总结我的生命和生命活动模式，我觉得没有什么值得我添加进去的了。我已经实现了自我，我非常愿意就此结束工作。

有一个迹象让我注意到自己这样做是明智的，那就是尽管我总是活在未来而不是当下，但最近一段时间我发现自己越来越留恋过去了。当未来不可避免地如此短暂，而过去又如此漫长时，我这个样子或许是很自然的。我总是提前制订计划，并执行这些计划，但是现在谁还能制订什么计划呢？谁能知道明年或后年会发生什么呢？一个人的境况将会怎样，是否还能像以前那样生活呢？我以前喜欢惬意地躺在一艘帆船里，在碧蓝的地中海里荡漾，那艘船已被德国人抢去，我的车也被意大利人据为己有了，我的房子先是被意大利人占去，现在又被德国人抢了去，我的家具、书籍和照片散落得到处都是——如果它们没有被抢劫一空的话。我享受过人们所渴望的每一种奢侈生活，还有两间自己的房间，有一日三餐，有一个可以借书的好图书馆，这些就足以满足我的需要了。

我常常沉浸在对早已逝去的青春的遐想中。我做过各种各样让我后悔的事，但我努力不让自己因其而烦恼，我对自己说，做这些事的不是我，而是当时的另一个我。我伤害过一些人，但由于我无法修复我所造成的伤害，我便试图通过造福他人来弥补。有时，当我回想自己当年享受男欢女爱时，原本是有机会在两性关系方面做得更好的，但我错过了机会，我便会十分懊恼。但我知道，这种错过是我避免不了的，因为我总是神经质，一到紧要关头，我的身体就会有强烈的反感，常常阻止我去冒险，哪怕在此之前，曾有一些欲望刺激过我的想象。我比我自己所希望的还要洁身自好。大多数人都话太多，老了更是话多。虽然我一向喜欢听而不喜欢说，但最近我觉得自己似乎又开始唠叨起来，我一注意到这一点，就立马设法改正了。大家总是会迁就老人，因此他自己必须谨言慎行，尽量不让自己惹人讨厌。他若硬要加入年轻人的队伍，那就有些无礼了，因为这会让他们感到拘束，他们和他在一起多少会有些不自在，如果他没有察觉到自己的离开会让他们松了一口气的话，那他就太迟钝了。如果他多少有些影响力，那他们偶尔还会去陪陪他，但如果他没有意识到他们并不是因为喜欢跟他交往，而是为了以后他们可以借此去跟同龄的朋友们吹牛的话，那他就太傻了。对他们来说，他是一座山，他们攀登这座山，不是为了登山的乐趣，也不是为了从山顶上欣赏风景，而是为了在下山之后可以讲述自己的丰功伟绩。老人最好还是经常与同时代的人交往，如果能从中得到一些乐趣，那他就很幸运了。被邀请参加一个将要入土之人的聚会，确实挺令人沮丧的。傻瓜不会随着年龄的增长而变得不那么愚蠢，而一个老傻瓜比一个年轻的傻瓜要无聊得多。

我不知道哪类人更让人难以忍受，是那些拒绝向时间低头，表现出令人作呕的轻浮感的老人，还是那些死守着过去的岁月，还要求整个世界都要与他们一起停步不前的老顽固呢？既然如此，老年人的前景就显得非常可怜了，年轻人不想和他做伴，而他又觉得和同时代的人做伴很无聊。他除了自己以外一无所有，我认为这非常幸运，因为我一直以来最喜欢的就是孑然一身。我从来都不喜欢和我的朋友们聚在一起，我认为这并不是对我年老的补偿，我可以找个借口，要么不去参加聚会，要么在无聊的时候悄悄溜走。现在我越来越孤独，我也越来越喜欢这种感觉。去年，我一个人在克姆河岸边的一所小房子里住了几个星期，一个人也没有看到，我既不孤单也不无聊。当炎热和疟蚊迫使我放弃隐居时，我确实是不情愿地回到纽约的。

奇怪的是，一个人要花那么长时间才能意识到善良的大自然所赋予他的好处。直到最近我才意识到，我是多么幸运，从未遭受过头痛、胃痛或牙痛的痛苦。有一天，我读到卡丹在他的自传中写道，当他快八十岁的时候，他庆幸自己还有十五颗牙齿。我刚刚数了一下我的，发现我还有二十六颗。我得过许多大病，肺结核、痢疾、疟疾，还有一些我也不知道的病，但是我既不酗酒，也不暴食，而且我的身体还很硬朗。很明显，除非一个人很健康，否则他不能指望自己的老年时光过得有多快乐。此外，他还得有足够的收入，这份收入不必很高，因为一个人的必需品并不太多。恶习才是费钱的，而人在年老时很容易变得有德行。但要是又老又穷，那就太糟糕了，在生活必需品上依赖别人更糟糕。我感激公众的厚爱，它不仅使我生活得舒适，使我能够满足自己心血来潮时的需要，还使我能供养那些我有义务照顾的人。老年人很容易变得贪得无厌，他们喜欢用钱来维持在那些依赖于自己的人当中的权力。我没有发现自己有任何犯这些毛病的冲动。我有很好的记忆力（除了记不住名字和面孔），我几乎能过目不忘。我这样也有不好的地方，现在我已经把世界上所有伟大的小说都读了两三遍，再读它们的时候就没那么津津有味了。很少有现代小说能激起我的兴趣，要不是有这么多侦探小说的话，我都不知道要怎么消磨时间。这种小说非常引人入胜，读着读着，时间一下就过去了。我从不喜欢读那些与我毫不相干的书，也从来都无法强迫自己去读那些关于风土人情的娱乐书籍或旅游指南，对这些书里的内容我并不在意。我不想知道暹罗的历史，也不想知道因纽特人的风俗习惯，我也不想读曼佐尼的生平，我对斯托特·科尔特斯的好奇心仅限于他是否曾站在达连某座山的山顶上。对于我年轻时爱读的诗人作品，我仍读得很开心，同时也对今天的诗人很感兴趣。我很高兴自己能活这么久，这样我才能读到叶芝和艾略特后期的诗歌。我能读得进去与约翰逊博士有关的一切，也能读得进去与柯勒律治、拜伦和雪莱有关的一切。人老了就会失去初读世界名著时的那种兴奋感，那种感觉是永远无法重获的。有些东西，初读的时候让你觉得自己像济慈口中的“观星者”，现在重读却觉得“它其实并不高明”，这真是叫人伤心。但有一个主题，仍然可以让我感到兴奋，那就是哲学，不是那种爱争辩、枯燥专业的哲学，而是那种能解决我们所面临问题的哲学——“若是无法治愈人们的痛苦，哲学家说什么都是枉然”。柏拉图、亚里士多德（他们说亚里士多德枯燥无味，但如果你有幽默感，你会发现他身上有很多有趣的东西）、柏罗丁和斯宾诺莎，以及各派的现代思想家，包括布拉德利和怀特黑德，他们从未停止过让我愉悦，他们也促使我反思。毕竟，他们，还有那些希腊悲剧作家，都只讨论那些对人类重要的事情。他们使人振奋，使人平静。读他们的作品就像在布满千岛的内海中乘着微风航行一般。

十年前我吞吞吐吐地在《总结》中写下了自己关于上帝、永生、生命意义与价值的印象和想法，在这些问题上，我后来也没有遇到什么事情让我改变当初的想法。如果一定要我再写一次《总结》的话，我会尽量不把“价值观”这个重要问题写得那么肤浅，也许在“直觉”方面也不会写得那么随意，某些哲学家对“直觉”已经有了大量的假说，建立起了一个庞大的体系，但对于我而言，这个地基并不稳固，支撑不起任何实在的建筑，它跟西班牙城堡里那股水柱上摇摇晃晃的乒乓球一样不稳固。

现在我离死亡又近了十年，我跟十年前一样，对死亡并不恐惧。确实有那么几天，我觉得自己每件事都做得太多了，认识的人也太多，读的书也太多，看到的图画、雕像、教堂和漂亮的房子也太多，听的音乐也太多。我不知道上帝是否存在。人们为证明他存在而提出的任何论据都很没有说服力，正如伊壁鸠鲁很久以前所说的，信仰必须建立在直觉之上。我从来没有过那样的直觉。而对于世间邪恶为何能与全能至善的上帝和平共处，至今也没有人给出令人满意的解释。有一段时间，我被印度人关于存在、知识和幸福的神秘中性物概念所吸引，这种观念没有起点，也没有终点，比起人类按照自己愿望设计出的任何其他神而言，我更倾向于相信这一点，但我认为这只不过是一种令人印象深刻的幻想罢了。我们无法从根本出发，从逻辑上来解释世界的多样性。当我想到浩瀚的宇宙、无数的星星、数光年的空间时，我的心中充满了震撼，但我的想象力有限，实在无法想象它的创造者。我愿意把宇宙当作一个人类智慧无法解开的谜团。对于生命的存在，有的人认为存在一种“心身”物质，它是生命的萌芽，而这种物质“心”的方面是“进化”这一复杂过程的根源，这一观点，我并不排斥。但这一切的目的（如果有目的的话）是什么，这一切的意义（如果有意义的话）是什么，对我来说，仍然一如既往地难以窥探。我只知道，哲学家、神学家或神秘主义者对它的任何说法都无法说服我。但是，如果上帝存在，并且关心世间之事的话，那么他一定足够通情达理，能够像一个理性之人一样宽容地对待人类的弱点。

那么灵魂呢？印度人称它为“大我”，认为它从始于永恒，并将存续到永恒。相信这个观点，比相信它是在受孕或是出生时产生的要容易得多。他们认为它有“绝对实在”的性质，是从“绝对实在”中产生的，并将最终回到“绝对实在”中去。这是一种令人愉快的设想，除此之外，不可能是别的什么。它使得人们相信轮回，而轮回又为邪恶的存在提供了人类智慧所能得出的唯一合理的解释，因为它假定邪恶是对前世错误的报应。它没有解释为什么一个全智全善的造物主会愿意乃至有能力创造出错误。

但是灵魂是什么呢？从柏拉图开始，人们就为这个问题给出了许多答案，其中大部分只是对他猜想的修正。我们经常使用这个词，我们之所以用它肯定是有所指的。基督教认为灵魂是上帝创造的一种简单的精神物质，是不朽的。人们可能不相信它的存在，却依然很看重它。当我问自己我所说的“我”是什么意思时，我只能回答说“我”指的是我的自我意识，是内在的自我，是我的人格，我的人格是由我的思想、我的情感、我的经历和我的身体特质共同组成的。我想很多人都不愿相信肉体的特质会影响灵魂的构成。就我个人而言，我确信这一点。如果我没有口吃的毛病，如果我再高上四五英寸，我的灵魂就会大不一样了。我的下巴略微前突，在我小的时候，他们并不知道只要在下颌还没定型的时候，就给我戴上金属牙套还是可以补救的；如果他们这样做了，我的面容就会不同，我的同伴对我的反应也会不同，因此我的性格、我对他们的态度也会不同。但是如果灵魂可以被牙科器械改变的话，那它又能算个什么东西呢？我们都知道，如果我们不是碰巧遇见了这样或那样一个人，如果我们不是在某个特定的时刻出现在了某个特定的地点的话，我们的生活将会截然不同；如果是这样的话，我们的性格、我们的灵魂就会是另外一番模样。

我不知道灵魂究竟是一种品质、情感、癖好的集合体，还是一种简单的精神实体，但无论它是什么，它表现出来的都是个人性格。我想每个人都承认，无论是精神上的还是肉体上的痛苦，都会对性格产生影响。我认识一些人，他们在贫穷和默默无闻的时候善妒、刻薄和吝啬，但一旦获得成功，就变得善良而宽宏大量。银行里不多的存款和些微的名利就能赋予他们伟大的灵魂，这难道不奇怪吗？相反，我还认识一些人，他们本来是正直可敬的，在生病或落魄时却变得满嘴谎言、阴险狡诈、牢骚满腹、心怀恶意。因此，我实在难以相信以肉体特质为条件的灵魂能够独立于肉体而存在。当你看到死人的时候，你一定会觉得他们看上去确实死得透透的。

有时有人问我是否愿意把这一辈子再重新来过。总的来说，我这一辈子过得还是相当不错的，也许比大多数人的生活都好，但我认为没有必要再来一遍。再读一遍你以前读过的侦探小说也一样无聊。但假设真有转世轮回（世界上四分之三的人口都对此深信不疑），而且自己可以选择是否要重返人间新生的话，我过去有时倒是想过自己应该愿意尝试一下，去体验一番以前因为条件限制和个人癖好制约而未能体验的事情，去学习一下我没有时间和机会去学习的东西。但搁到现在的话，我会拒绝，我已经活得够久了，我既不相信永生，也不渴望永生。我愿意迅速而无痛苦地死去，虽然我确定在我最后一口气的时候，我的灵魂，连同它的抱负和弱点，将化为乌有，但我依然会十分满足。我把伊壁鸠鲁写给美诺寇的那句话牢记在心："要习惯于这样一种信念，即死亡对我们来说无足轻重。因为所有的善与恶都存在于感觉之中，而死亡剥夺了感觉。因此，正确地理解死亡对我们来说并不重要，死亡也就变成了一种乐趣，并不是因为死亡增加了无限的时间跨度，而是因为它消除了对永生的渴望。因为对于真正懂得死也没什么可怕的人来说，生也没有什么可怕的。”

今天，我认为是时候用这段话来结束这本书了。

上面这篇文章我已经写了五年了。尽管在我所谈到的四部小说中，我已经写了三部（第四部我不打算写了），但我并没有修改里面的文字。当我结束了在美国的长时间逗留，回到英格兰之后，我重访了我原本打算用来作故事背景的伦敦城区，于是，我跟那些原本打算写的故事人物的原型重新有了来往，这时我才发现一切都发生了翻天覆地的变化。伯蒙齐已不再是我认识的那个伯蒙齐了。战争摧毁了很多东西，有许多人丧生，但是，我的朋友们不再担心失业了，他们不再住在满是虫子的廉价公寓，而是住进了干净整洁的市建公寓里。他们家里都会有一台收音机和一架钢琴，他们每周去看两次电影。他们不再是无产阶级的成员，而变成了小资产阶级。但我发现，并非只有这些好的变化。人们的精神面貌不一样了。在过去的不幸日子里，尽管他们忍受着苦难和贫困，但他们是快乐和友好的，现在他们的生活却充满了可悲的嫉妒、仇恨和恶意。他们以前并没有对自己的命运有什么不满，而现在他们对那些享受着他们所缺乏的优越条件的人，充满了怨恨。他们闷闷不乐，满腹牢骚。一个我认识多年的某个家庭里的母亲（她是一个清洁工）告诉我：“他们打扫干净了贫民窟和垃圾，所有的快乐和喜悦也都随之而去了。”我进入了一个让我感到十分陌生的世界。我相信它仍然可以为一部小说提供充足的素材，但我心里原本想的那幅场景已经不复存在了，我看不出写它的意义何在。

在过去的五年里，我也许学到了一些我以前不知道的东西。我曾偶遇过一位著名的生物学家，因此我对有机体的原理有了初步的了解。这是一门很有教育意义，也很有趣的学科，它解放了精神。科学家们似乎一致认为，在未来某个遥远的时期，我们的地球甚至将不能维持最基本的生命形式，但是，在远没到这种状态之前，人类就会像许多生物物种一样，无法适应不断变化的环境，已然灭绝了。我们不得不做出这样的结论——所有的进化都是徒劳的。实际上，导致人类产生的进化过程完全就是大自然所犯下的荒唐事，荒唐得惊天动地，像基拉韦厄火山的喷发或密西西比河的洪水一样惊天动地。因为任何明智的人都不能否认，在整个世界历史上，不幸的总和远远大于幸福的总和。只有在很短的几个时期里，人类才生活得比较安稳，不必面对持续不断的恐惧和暴力死亡的危险，而且，正如霍布斯断言的那样，人类并不只是在蛮荒时代才过得孤独、贫穷、肮脏、粗野和短暂。古往今来，许多人相信来世的存在，并借此抵消了自己在这悲惨世界中短暂逗留时所遭遇的种种困难。他们是幸运的。对那些有信仰的人来说，信仰能解决那些从理性角度出发无法解决的困难。有些人说艺术有一种价值，并认为这种价值就是艺术本身存在的理由，他们说服自己：普通人的悲惨命运，对于画家和诗人光辉的作品来说，并不算太高的代价。

我对这种态度表示怀疑。哲学家们认为艺术的价值在于其效果，并由此得出结论——艺术的价值不在于美，而在于它所引导的正确行为。在我看来，他们才是对的。因为一种效果，除非它是有效的，否则就是徒劳。如果艺术仅仅是一种乐趣，无论它能给人多少精神上的享受，它都没有什么了不起的意义。它就像支撑着巨大拱门的石柱顶上的雕刻，它们的优雅和多样使人赏心悦目，却没有任何实用价值。艺术，除非能引导正确的行为，否则就只不过是知识分子的鸦片。

那么，人们就不能指望在艺术中找到某种缓解悲观主义的慰藉（这种悲观主义很久以前就在《传道书》中得到了不朽的描述）。我认为，在人类面对疯狂世界的英雄气概中，存在着一种比艺术之美更伟大的美。我从帕迪·菲纽肯的无畏姿态中看到了这种美。他纵身跳下，向他所在中队的飞行员传达了这样一个信息："就这样了，伙计们。"我还从奥茨船长的冷静决心中看到了这种美，他在冰冷的夜里独自赴死，而不愿成为战友们的负担。我还从海伦·瓦利亚诺的坚贞不屈中看到了这种美，她既不年轻，也不漂亮聪慧，她忍受着地狱般的折磨，宁死也不出卖自己的朋友（不是为了自己的祖国）。帕斯卡在一篇著名文章中写道："L'homme n'est qu'un roseau，le plus foible de la nature；mais c'est un roseau pensant. Il ne faut pas que l'univers entier s'arme pour l'écraser：une vapeur，une goutte d'eau，suffit pour le tuer. Mais quand l'univers l'écraseroit，l'homme seroit encore plus noble que ce qui le tue，parce qu'il meurt；et l'avantage que l'univers a sur lui，l'univers n'en sait rien.Toute notre dignité consiste donc en la pensée.（法语：人不过是一根芦苇，是自然界最脆弱的东西；但他是一根会思考的芦苇。想要毁灭他并不需要整个宇宙都拿起武器，一口气、一滴水就足以杀死他。然而，即便这世界毁灭了他，人却仍然要比置他于死地的东西更高贵，因为他认识死亡，知道这个世界比自己强在哪儿，世界对此却一无所知。因此，我们全部的尊严都在于思想。)”真是这样吗？当然不是。我认为现在人们对尊严的“概念”有一些贬损，我觉得把法语里的这个单词翻译为“高贵感”会更好。有一种高贵感并不是源于思想，它更原始。它既不依赖文化，也不依赖教养。它根植于人类最原始的本能之中。面对着它，上帝（如果真的是他创造了人类）也许会羞愧地把头埋起来。尽管人有种种的软弱和罪恶，但在精神如此辉煌的时刻，他还是能拥有壮丽的情怀，也许我们正是因为知道这一点，才不至于彻底绝望。

但这些都是严肃的话题，即使我有能力处理，这里也不是讨论这些问题的地方。因为我就像一个在战时码头等船的乘客，我不知道哪一天启航，但我已准备好了，随时可以上船。我没有去参观这座城市的景色，我不愿意看到我永远无法在上面驰骋的漂亮的高速公路，也不愿意看到我永远也坐不进去的崭新的带着各种现代化设备的大剧院。我看看报纸，翻翻杂志，但是当有人要借给我一本书看时，我会拒绝，因为我可能没有时间来把它读完，而且无论如何，在面对接下来的这段旅程时，我也不会对这本书感兴趣。我在酒吧或牌桌上会认识一些人，但我不愿与其深交，因为那些人很快就要与我分离。我在路上。